A INTENSA PALAVRA

Carlos Drummond de Andrade

A INTENSA PALAVRA

Crônicas inéditas do
Correio da Manhã, 1954-1969

1ª edição

EDITORA RECORD
RIO DE JANEIRO • SÃO PAULO
2024

SUMÁRIO

11   Um só diamante, *por Luís Henrique Pellanda*

29   A pipa
31   Relações de água
33   Velho nome
35   Miss Abbott
37   A escuridão
39   Corpos nus
41   A liberdade pelo terror
44   A "Avenida Errada"
47   Vocabulário político
49   Dores do mundo
51   Meu limão, meu limoeiro
54   A decisão
56   Os namorados e Rilke
58   Chuva de cinzas
61   Ogum, em sua luz
63   Palavras cruzadas
65   O costume de bater
68   Moça voadora
70   As faveladas
72   Vida de ministro
74   A profissão que não existe
76   Fetichismo
79   Cartomante
82   Silêncio e fichinha
85   Tragédia política
87   Relatório verbal
89   Um retrato
91   Árvore faladeira

94	Diante do mar
96	Pão dormido
98	Chapéus etc.
100	Miss
103	Perdidos & furtados
105	Volta dos astros
108	Dezembro
110	Companhia
112	Os bancos
114	A lua nenê
116	Cacareco & outros
118	O baile
120	Aos candidatos
122	Na calçada
125	Namorados
127	Eleição no bairro
129	Boa disposição
131	Conversa de casal
133	A vida e os anúncios
135	Viajota
137	Casarão mouro
140	Morte no jantar
142	Joelho
144	Dr. Paulinho
146	Julgar
148	Ser jurado
151	Simbólico
153	Contra o invasor
155	Folha seca
158	Os 4
161	Primeiro dia
163	Feijão
165	Cosmonauta
167	Quase verbetes
169	O homem julgado
171	Impedimento da primavera
173	De ópera

175	Fim
177	O circo
179	O mundo transformado
181	Duas elegias
183	Cruz
185	Tremor
187	O bonde
189	Hino carioca
191	A bomba
193	A formiguinha
195	Na rua
197	O correio esperado
199	Mulher de cachimbo
201	Só para homens
203	Coco liso
205	O poder do Braga
207	Bacupari
209	Da colocação de quadros
211	Umbigo
213	Nova angústia
215	Greves
217	O bigode do poeta
219	Coração gravado
221	Miss U
223	O banto medita
225	Frágil rainha
227	Chico
229	O engraçado
231	Simpatia
233	Reino animal
235	Poesia-notícia
237	Guerra ao pombo
239	Decoremo-nos para o Natal
241	O que não houve
243	Rua, dezembro
245	O discípulo marcado
248	Hora de provar

250	O outono, o céu
252	A lista
254	Camélias
256	Antielegia do centavo
258	O vendedor de leis
260	Um festival
262	O pensador
264	Amor
266	Pé no asfalto
268	Testemunha da noite
270	Mobilidade
272	Agapanto
274	Receber no banco
276	Ode ao centavo
278	Ano de prata
280	Autor completo
282	Mar, sempre novo
284	Tesouro
286	Correio da crônica
288	Despesa de mortos
290	Entrevista
293	Mágicos
295	Volta
297	O novo governo
299	Vestidos
301	Lojinhas
303	Costureiro
305	Gedeão
307	Telefonista
309	Rosácea
311	Ícaro
313	A nota & a carta
315	17 mil horas
317	Procissão
320	Dicionários
323	Cabeça de Mário
325	A intensa palavra

327 A moda
329 O colarinho, por favor, o colarinho
331 A nova roupa velha, esse problema
333 De um dicionário moderno
336 As lacônicas
339 Rio em tempo de guerra
342 Cartas a diversos
345 Bombas na madrugada
347 Enquanto varria as folhas
349 Elegia de um computador
351 No Mar da Confusão

353 Índice onomástico

UM SÓ DIAMANTE
POR LUÍS HENRIQUE PELLANDA

*"Que adianta encher este espaço com palavras,
se uma só devia valer, e não vale?"*

Carlos Drummond de Andrade

1

No dia 26 de março de 1954, Carlos Drummond de Andrade publicou em sua recém-lançada coluna Imagens, no *Correio da Manhã*, uma crônica chamada "O velho Machado". Nela, criticava a sanha dos antologistas que então se dedicavam a organizar volumes póstumos da obra de Machado de Assis. Em jornais e revistas do século anterior, pescavam somente os textos que o autor, em vida, não havia publicado em livros. Drummond não se conformava. Até mesmo à nossa admiração pelo gênio, escreveu, era "preciso impor limites". Acusava os pesquisadores de estarem convertendo Machado em um "cafarnaum de papel impresso", exumando artigos que seriam no mínimo "desinteressantes à sua glória". Mário de Alencar, lembrou o cronista, teria inclusive alertado Machado contra os riscos que corria ao não tomar precauções legais: após sua morte, alguém poderia vir a coligir seus velhos escritos "indiscretamente", "sem outra intenção que não a do interesse mercantil". Drummond também se mostrava preocupado com os aspectos financeiros daquela inovadora e controversa prática dos editores, levantando a "hipótese de um novo e duvidoso direito autoral, o do compilador". E concluía sua diatribe com um apelo: "Institua-se [ao escritor], por favor, o direito de não ser reeditado sem discriminação – direito que valerá como pia reverência aos mortos."

Li essa crônica logo no começo do meu trabalho de organizador da antologia que agora você tem em mãos. E, apesar de pego no contrapé, não esmoreci. Pelo contrário: me pareceu ainda mais importante buscar argumentos que justificassem, ao menos para mim, a republicação, agora em livro, destas 150 crônicas que o próprio Drummond deixou que se amarelassem, por quase três quartos de século, em seu vasto arquivo pessoal. Durante um ano, li não apenas os mais de dois mil textos que o cronista produziu especialmente para a sua coluna no *Correio*, entre os conturbados anos de 1954 e 1969, período sobre o qual esta compilação se debruça. Também fiz questão de ler ou reler vários de seus outros livros de crônicas, lançados antes ou depois de sua morte, em 1987. Dez deles foram publicados com o seu aval; diversos outros surgiriam mais tarde, trazidos à luz sem qualquer supervisão do autor.

Em seguida, consultei a extensa correspondência trocada entre Drummond e Mário de Andrade, entre 1926 e 1945. Eu já sabia que Mário, quando Carlos era ainda um jovem autor não publicado, o havia impedido de destruir uma série de poemas de cuja qualidade o próprio poeta passara a duvidar, e fui atrás da referência exata. A carta é de 8 de maio de 1926, quatro anos antes da formidável estreia de Drummond em livro, com *Alguma poesia*. Mário é cristalino em sua admoestação: "Você me falou que eu não me espantasse se um dia você rasgasse seu caderno de versos. Isso você não tem o direito de fazer e seria covardia. Você pode ficar pratiquíssimo na vida se quiser, porém não tem direito de rasgar o que já não é mais só seu, o que você mostrou pros amigos e eles gostaram."

O argumento é sentimental, mas, mesmo retirado de seu contexto, é válido e, acima de tudo, divertido – um adjetivo caro a Drummond. Toda obra literária, uma vez apreciada por um conjunto considerável de leitores, em certo sentido deixa de pertencer a quem a escreveu. Porque a leitura dos outros, ao produzir novas e inúmeras significações e correspondências, a transfigura. Assim, numa carta de 28 de novembro de 1928, Mário ainda aconselhava o amigo neófito a "abandonar para as revistas" alguns de seus trabalhos já escritos, despachá-los logo para o mundo, de modo que, libertado deles, pudesse vir a produzir ainda mais. Que parasse de poupar sua obra, de escondê-la em escaninhos e gavetas. Um trecho, em especial, merece a citação: "Nas revistas nada morre de todo. As revistas ficam e quem fica mesmo célebre sempre topará depois de morto com quem reúna e reedite em artigos as coisas esparsas."

Pois foi comigo que Drummond acabou topando e, se o traio agora, prefiro pensar que, de certa maneira, agrado ao Mário. Célebre, Carlos já o era quando moço, e ainda mais na época em que eu mesmo comecei a ler sua obra mais seriamente, na adolescência, antes mesmo de o poeta se tornar a sóbria efígie da nossa velha cédula de 50 cruzados novos, em 1989. Drummond passava de mão em mão, e lembro de sempre reler, no verso da nota, dois versos que jamais deixaram de me intrigar: "Minha vida, nossas vidas / formam um só diamante".

2

Numa de suas crônicas mais conhecidas, "Fala, amendoeira", de 1954, Drummond ensaiou uma definição para o gênero em que ainda começava a se aventurar. Um cronista, escreveu, desempenharia o "ofício de rabiscar sobre as coisas do tempo". E ele estava certo, embora um cronista, claro, seja bem mais que um rabiscador. Ele é como um caçador de coincidências ou, para usar um termo menos violento, um cortejador de acasos – no que se assemelharia aos próprios leitores, que estão sempre buscando alguma confluência entre o que leem e o que vivenciam no seu dia a dia. E é justamente nesse terreno fértil e movediço, no qual as coincidências se multiplicam com o avanço das décadas e a evolução da mentalidade de leitores cada vez mais diversos, que uma crônica escrita no Brasil, há setenta anos, pode ganhar novos sentidos, alheios e até mesmo estranhos ao projeto e ao desejo original de seu autor.

Mário de Andrade, por exemplo. Morto nove anos antes de Carlos estrear a coluna Imagens – e que, em 1993, também acabou estampando uma cédula, a de meio milhão de cruzeiros –, sempre foi lembrado pelo amigo em muitas de suas crônicas, com carinho, admiração e algum espanto por já não tê-lo consigo, ao alcance de uma carta ou de um telefonema. Assim, num dos textos que selecionei para esta compilação, publicado em maio de 1967, Drummond nos dá a notícia do roubo de uma "cabeça de Mário", esculpida em granito por Bruno Giorgi, e que se encontrava exposta no Jardim da Glória. Por que razões o ladrão a levou não nos é esclarecido, mas Carlos remete seus leitores a uma antiga crônica de Mário, incluída no livro *Os filhos da Candinha*, em que o autor paulista refletia sobre o antigo culto nosso às estátuas: "A função permanente da estátua não é conservar a memória de ninguém, é divertir o olhar da gente. O fato é que bem pouco as estátuas divertem." Carlos, então, imaginava o amigo ressuscitado, divertindo-se com o furto da própria cabeça de pedra: "Roubaram, é? E ninguém não viu, me'irmão? Que delícia!"

Ora, quase meio século depois, Drummond, assim como Mário, também se tornaria estátua. E mais de uma, na verdade. A mais famosa delas, instalada de costas para o mar de Copacabana, teve seus óculos de bronze furtados diversas vezes em questão de pouquíssimos anos, e as reações do público à frequência com que esse delito era cometido e noticiado na imprensa variavam entre a indignação, a perplexidade e a galhofa. Pois não só essa coincidência, hoje, enriquece e ressignifica a crônica de Mário, escrita em 1929, e a de Drummond, republicada agora, em 2024. Não escapará a quase nenhum de seus leitores atuais o fato de que a estátua de Carlos, em Copacabana, tornou-se, também ela, célebre. Tanto que bem poucos turistas, de passagem pelo monumento, resistem à tentação de se sentar ao seu lado e tirar com ele uma *selfie* para as redes sociais, já obrigatória mesmo para os que jamais leram uma única palavra escrita por Drummond. Não poderíamos então dizer que Carlos, tornado estátua, nos diverte o olhar?

Seja como for, artista, efígie ou estátua, podemos ainda ouvi-lo decretar em 1984, numa entrevista concedida para Maria Julieta, sua única filha e também escritora: "O importante num cronista é saber divertir os leitores."

3

Mas é claro que não se trata apenas de diversão. O próprio Drummond, em várias ocasiões, sutilmente sugeriu o oposto. Declarou ser a crônica um gênero "menor e engraçado", que se enquadrava "exclusivamente no segundo caderno dos jornais". Fazia, porém, a ressalva: o segundo caderno teria "a função de corrigir o primeiro". O poeta, sob a máscara do cronista, representava o papel de "um palhaço, um *jongleur*, dando saltos e cabriolas, fazendo molecagens", e "o sorriso do leitor seria sua maior recompensa". Assim, como colunista de jornal, Drummond defendia não ter outro objetivo além do de encarnar "alguém que procurava

18

amenizar o aspecto trágico, sinistro, do mundo que vivemos". Propunha, contudo, que a poesia, em sua forma prosaica de crônica diária, fosse "o necessário anteparo de nossa alegria, o recuo estrófico, nossa cota de consolo para que não sucumbamos à catástrofe dos fatos". Para um gênero menor, concebido para a diversão do leitorado, seria missão mais que suficiente.

E quem eram, afinal, os leitores de Drummond no *Correio da Manhã*, nas décadas de 1950 e 1960? Ele mesmo chegou a dizer, e nunca saberemos com que grau de seriedade ou ironia, que imaginava seus leitores "como senhoras, pessoas até idosas". Fosse quem fosse, é certo que o público cultivado por Carlos não mais existe, assim como o Rio de Janeiro sobre o qual escrevia, enquanto os leitores deste livro, hoje, serão totalmente diferentes daqueles primeiros, tanto em termos de diversidade social quanto de experiência cotidiana. Em comum, nós e eles ainda teremos um mesmo conjunto precedente de circunstâncias históricas e culturais que nos reúne (ou aprisiona) num mesmo destino de brasileiros, o que não é pouco. O Drummond poeta, assim me parece, é universal; o Drummond cronista, porém, exige de nós um sentimento não só do mundo, mas sobretudo do país.

4

A coluna Imagens cobriu quinze anos de grande agitação política no Brasil, sendo que hoje não nos é possível acompanhá-la sem traçar paralelos imediatos com nossa época. De 1954, com o suicídio de Getúlio Vargas, a 1969, com o fechamento provisório do *Correio da Manhã*, depois da decretação do AI-5, em dezembro do ano anterior, temos acesso, no calor dos acontecimentos, a tudo o que temia e pressagiava Drummond em vários momentos-chave de nossa história recente. Às vezes com opiniões questionáveis, às vezes tomado de acentuada doçura, ele escreveu sobre JK e a construção de Brasília, sobre Jânio e Jango, sobre a Guerra Fria e o golpe de 1964 e, por fim, sobre o endurecimento do regime que levou sua própria coluna a um desenlace melancólico, com a prisão de Niomar Moniz Sodré Bittencourt, dona do *Correio*, e o próprio jornal se tornando alvo de um atentado a bomba, maquinado por agentes da extrema direita. De todos esses textos, porém, interessantíssimos no que ainda têm de esclarecedores e/ou desalentadores, precisei pinçar apenas os que, apesar de tratarem de política, preservassem principalmente o seu valor literário.[1]

O mesmo posso dizer em relação aos milhares de crônicas em que o autor discorre, incansavelmente, sobre os outros tantos assuntos de sua preferência: moda e comunicação, ciência e tecnologia, arte e cultura, natureza e urbanidade, amor e morte, religião e justiça, emprego e economia, educação e leitura, crime e violência policial, sexualidade e infância, memória e progresso. Concentrei-me não só nos textos que até agora não haviam sido editados em livro, mas, também e acima de tudo, nos que pudessem ser fruídos como literatura, se não isentos de parcialidade e relevância política (pois que tal isenção não existe), ao menos não estritamente factuais, opinativos ou jornalísticos. Por isso, vão aqui reunidas as crônicas em que Drummond, segundo a minha leitura, aparece mais claramente como o grande autor que é.

Num primeiro momento, saltará ao olhar do leitor desta antologia a exuberância da lista de obsessões negativas do cronista: sua ojeriza pelos trâmites burocráticos e corruptos que sempre nos foram tão familiares; pela propaganda ideológica ou comercial, tão vazia quanto invasiva, incapaz de respeitar até mesmo o céu e a paisagem cariocas; pela ignorância e pela rudeza dos poderes mundanos, sempre autoritários e não raro assassinos; e pela soma das incompetências que costumam gerenciar não só nossa máquina estatal, mas também a iniciativa privada. Tudo se nos apresenta péssimo, e, diante de um século que se modernizava essencialmente por meio das guerras e da exploração excessiva de seus recursos naturais, o autor parece se esforçar para convencer a si mesmo de que um futuro, fundado nas bases da ternura e da civilidade, ainda era viável.

---

1 Afora três crônicas, cuja importância histórica me pareceu transcender esse critério: "Tragédia política", "Hora de provar" e "Bombas na madrugada". Elas tratam, respectivamente, do suicídio de Getúlio Vargas, do golpe de 1964 e de um atentado cometido pela repressão contra o próprio *Correio da Manhã*.

Vem daí, talvez, o empenho de Drummond para registrar, em prosa perfeita e disciplinada, o seu amor sem medidas pela natureza, em particular pelas árvores e pelos animais, seu apreço pelas crianças, pelos santos sincréticos que de um modo quase irracional o comoviam, seu constante apelo a uma fé que obviamente lhe faltava, sua intensa admiração pelos encantos do sexo oposto, sua paixão pela "concha de egoísmo que era a felicidade doméstica", pelo exercício da poesia e de sua própria potência de refabular, através da palavra, o planeta, o Brasil, o Rio e as Minas Gerais de sua juventude. É a isso, quem sabe, que o cronista se referia quando falava em "amenizar o aspecto trágico, sinistro" da vida: oferecer aos leitores, junto com suas crônicas, uma chave de compreensão e resistência que lhes permitisse enfrentar o tempo ruim de peito aberto, sob as bênçãos do humor e da beleza, escorados por um otimismo meio discrepante, de índole debochada, mas que fazia o cronista se emocionar inclusive com a chegada de nossa espécie à Lua.

5

Na crônica "Na rua", de julho de 1962, Drummond nos dá uma pista robusta sobre aquele que pode ser o seu tema de predileção. Depois de enfileirar uma série de observações apressadas a respeito de golpes e revoluções, maiôs e biquínis, greves e quartéis, inflação e criminalidade, parlamentarismo ou presidencialismo, o pensador para, respira e se pergunta: "Não será a crise um estado normal, o absurdo um estado normal?" E logo nos propõe que aceitemos esse absurdo sem angústia, numa tentativa de domesticá-lo, como prática filosófica e de higiene mental. O ser humano, afinal, ou mais especificamente o brasileiro, seria apenas "um pobre ser vulnerável, de vida curta e alma ansiosa, que através do absurdo, entre equívocos, ambiguidades e pressões, busca (e seria bom que o deixassem) simplesmente – viver". Eis a forma drummondiana de cumprir aquele que talvez seja o principal dever de um cronista: irmanar-se com quem o lê, mesmo que na absurdidade.

Ao escrever sobre os 50 anos de Rubem Braga, Carlos disfarçadamente reflete sobre o próprio ofício. O cronista (no caso, o exemplar Braga) é aquele que adere "ao vivo, sob aparência de sonho e alienação", é "o poeta do real, do palpável, que se vai diluindo em cisma. Dá o sentimento da realidade e o remédio para ela". Drummond não chega a dizer isso de si mesmo, deixa as comparações ao encargo de seus leitores. Do próprio trabalho, como o cronista clássico que é, não faz alarde. Diminui-se, calculadamente. Afirma não passar de um "pequenino noticiarista da Terra, da cidade, da minha rua". "Sensível a ruínas", considera-se um "arqueólogo sentimental", um "cantor de despedidas urbanas".

Drummond, no fundo, é o cronista do cidadão comum destituído pelos poderes constituídos, a quem sempre há de faltar alguma coisa – água, dinheiro, carimbo, luz, amor, saúde, trabalho, sossego, paz de espírito. Habituado a uma longa existência de servidor público, Carlos enxerga a vida como "uma sucessão de decretos", "um assunto contínuo", que ao menos nunca faltará a quem escreve três crônicas por semana, mediante pagamento. Quanto à morte, ele evita defini-la, embora jamais a perca de vista. Mesmo que o progresso e o conhecimento lhe pareçam valores positivos e imprescindíveis, não disfarça certa decepção com a ciência: "Os cientistas não se recusaram à fabricação da morte." As bombas de hidrogênio e de azoto o assombram, pairam por anos e anos sobre sua coluna, como uma espada de Dâmocles sobre a coroa da humanidade. "Na verdade", escreve, "a bomba já explodiu e explode todos os dias", "a bomba está em nós, janta e dorme conosco". Enojado, descarta a escusa cínica e oficial de que a bomba atômica seria a única força a defender o chamado "mundo livre". E crava: "Nunca houve mundo livre em nenhuma época da história." Até a capacidade e as boas intenções de seus pares são, pelo escritor já consagrado, postas em xeque: "Fizemos discursos, manifestos, artigos, poemas contra a bomba, mas também fizemos a bomba, que nos desfaz."

Investe na imagem de descrente, mesmo quando compõe com humor e alguma leveza. Ao falar de aeromoças, por exemplo, personagens modernas que nunca deixaram de enfeitiçá-lo, lembra do poema de Manuel Bandeira em louvor da profissão, reivindicando às comissárias um lugar de honra no Olimpo. Mas logo se encabula e lamenta: "Não há mais deusas na civilização cristã e industrial, mas empregados e empregadores." Todos entregues à assombração do dinheiro, ao "figurativismo abstrato" das moedas, à proliferação dos bancos que passam a dominar o cenário urbano, substituindo lojinhas, confeitarias, bares, livrarias, cafés. E, no entanto, é tudo farsa e incorporalidade: "Os fantasmas existem mais que o nosso dinheiro."

Não fosse assim, o Brasil, tão rico e promissor, estaria em melhores condições. Mas não, em vez disso, vivemos um eterno impasse, integramos uma nação há séculos suspensa entre o roubo e o golpe: "Temos de impedir que os políticos furtem ou deixem seus parentes furtar; ou que derrubem as instituições. E depois? Revelando-se e mantendo-se honestos, e fiéis à ordem constitucional, que farão os novos mandatários do povo? Nada." Drummond vê a brasilidade presa a uma maldição cívica e cíclica, a uma "débil democracia", um sistema "em que a melhor eventualidade está na eleição de governantes e parlamentares 'honestos' e 'respeitadores da lei', com omissão de tudo quanto seja visão política, formação cultural, integração nas melhores ideias do tempo, grandeza de espírito e generosidade humana".

Eram, os dele, assim como são os nossos, tempos de ódio – "que campo fértil para o ódio é o campo da justiça" –, racionamento de amor e, talvez, algum excesso de comunicação: "E se todos telefonássemos menos, cultivássemos o silêncio comunicante?" Drummond prezava a quietude, chegou a falar da "alta qualidade e beleza do silêncio", invocar a "soberania do nosso silêncio". Tinha horror sobretudo ao carro de som. E talvez dessa mesma aversão tenha nascido a simpatia insuspeitada pelas igrejas e pelos santos, a estatuária calada, e por tudo mais que circundasse os ritos religiosos, tanto os africanos quanto os católicos. "O cristianismo é, na sua maior beleza, a organização poética da loucura", elogiou. Uma beleza que continha, é claro, o seu grão de treva. Quando retratou a Procissão do Enterro, em Ouro Preto, na Sexta-feira Santa, que entrava madrugada adentro em meio à chuva e à maravilha, não perdeu a oportunidade de anotar: "Não era espetáculo. Era pesadelo."

Atração semelhante (e quase teórica) ele sentia por outra manifestação popular formadora da nossa cultura, o Carnaval ou, conforme Drummond o classificava, "a elevação da alegria ao nível do esporte, sem perda da sua raiz instintiva". Da religiosidade e das festas carnavalescas, porém, era um admirador acanhado, que preferia manter-se ou à janela de casa, em Copacabana, ou diante de uma TV sintonizada no Baile do Municipal, estratégia adequada para evitar os "embaraços da presença física". Mas, se é verdade que não se contempla, a partir destas crônicas, um Drummond folião, farrista e dançarino, tampouco se vê, nelas, um asceta. Longe disso.

Devotou-se, como costumam fazer os cronistas – escritores que tanto dependem da fé de seu público –, à construção de um personagem de si próprio, cuja amplitude de caráter ia da troça à humildade. Dele, certa vez, Antonio Callado disse que tinha uma "superior modéstia". E é o que se depreende do conselho que Drummond dá a seus colegas de crônica, "esse gênero precário", em "Bacupari", texto publicado em fevereiro de 1963: "Não vos envaideçais nem ambicioneis nada além do justo limite, que é passar despercebido."

Nisso, Carlos falhou. Que esta antologia seja mais uma prova, entre tantas outras, de seu imenso fracasso.

Luís Henrique Pellanda nasceu em Curitiba (PR), em 1973. Escritor e jornalista, é contista e cronista, autor dos livros *O macaco ornamental, Nós passaremos em branco, Asa de sereia, Detetive à deriva, A fada sem cabeça, Calma, estamos perdidos, Na barriga do lobo* e *O caçador chegou tarde*. Suas obras foram finalistas dos prêmios Clarice Lispector/Fundação Biblioteca Nacional (2010), Jabuti (2012 e 2022), Portugal Telecom (2014) e Oceanos (2024).

A INTENSA PALAVRA

CRÔNICAS DO **CORREIO DA MANHÃ**
1954-1969

A PIPA

A rua Joaquim Nabuco, no posto 6, é uma rua feliz: há anos que não se queixa de falta d'água.

Não que disponha de grandes nascentes, adutoras ou reservatórios; dispõe do mar e de Deus. E se os moradores não se queixam, isto não se deve a uma delicada constituição psicológica. Chegaram à conclusão de que não adianta queixar-se. Seria malbaratar um tempo de ouro, que melhor se emprega na pesquisa e na expectação da pipa.

A pipa é uma instituição moderna, disposta sobre pneus, e que dá ou promete água. É sobretudo um sonho, uma alegoria motorizada, e a suprema aspiração do vivente.

Se você pensa em telefonar para 32-2172, dizendo que falta água em seu apartamento, não faça isso: o aparelho está ocupado e assim continuará até a consumação dos séculos. Use a imaginação, e peça com voz doce e descuidosa que, se não for muito incômodo, mandem o carro-pipa. Pode ser que um dia o telefone não esteja ocupado, e ouça o pedido. E que continue ocupado: fale assim mesmo, como um palerma, fale sempre com doçura, porque um dia há o milagre e a pipa chega.

Se não chegou, é azar seu; saia à sua procura. A qualquer momento do dia ou da noite, há sempre um carro-pipa nas ruas da zona sul, demonstrando ao mesmo tempo a falta d'água e a existência dela. Identifica-se esse veículo pela cor alva, e principalmente pelo ronco surdo, pungente e avassalador com que suas entranhas cortam o sono da madrugada. Descoberta a pipa, entre em contato com a sua guarnição. Terá o conforto de saber que o seu nome "está na lista" há quinze dias. A pipa ia justamente visitá-lo, pois chegou a sua vez de tirar o cascão do corpo e lavar a cara; mas sucede que as pipas, como tudo no Rio, obedecem a um regulamento, e este manda o motorista que telefone para o Serviço de Águas de cada casa aonde chegue.

E o Serviço manda desrespeitar a lista, porque há um clamor aflito partindo da residência do senador Procópio. Ainda bem. Pelo menos, Procópio não dormirá imundo esta noite; se você votou em Procópio, tanto melhor: convém que seu representante no Parlamento seja um homem limpo. E um dia a pipa chegará.

Chegou? Realmente, uma algazarra festiva se levanta em frente de seu lar. É a pipa! Às vezes as mangueiras são curtas, não atingem a caixa-d'água. Não importa. Alguém na prefeitura pensou em você, embora com equipamento insuficiente. Outras vezes, é a própria água que falta à própria pipa d'água, como se faltassem lençóis ao Copacabana Palace, incenso à Candelária, dinheiro ao Banco do Brasil. Não importa. Chega um momento em que você ouve o ronco tenebroso do motor enchendo de água a sua casa, e embora um pouco demais, porque o jato inunda as paredes e as pessoas, você sabe que há no mundo uma coisa chamada água, embora barrenta; que ela pode chegar ao seu domicílio, embora jamais pela torneira. Gratifique então os honrados homens da pipa com 50 cruzeiros; é o bastante, embora o dr. Café Filho[2] dê 100.

Estudaremos a sociologia da pipa.

(9 de janeiro de 1954)

---

2   João Fernandes Campos Café Filho (1899-1970) era então o vice-presidente do Brasil. Assumiria a presidência ainda em agosto de 1954, depois do suicídio de Getúlio Vargas.

RELAÇÕES DE ÁGUA

A *Encyclopaedia of the Social Sciences*, de Seligman, verbete "Water law"[3] e afins, não cuida do assunto; há porém uma sociologia da pipa, que esboçaremos a largos traços.

Resultado de uma situação de carência, a pipa, antes de mais nada, virá a remediá-la. Seu efeito sobre a comunidade é pois benéfico. Revigora a condição humana, provando ao cidadão que ele não é um bicho. Sugere, teoricamente, certa confiança fugaz no governo que idealizou a pipa e a fez funcionar. Por último, torna mais concreto o vínculo social aproximando os vizinhos e convidando-os à confraternização. Verdade seja que esta já se esboçara diante da seca e da sede, criando o que poderíamos chamar de relações de água.

Pela relação de água, o morador passa a tomar conhecimento da existência de seu vizinho, a olhá-lo com simpatia e a ver nele um semelhante, escravizado à mesma tragédia. Juntam-se e blasfemam contra a municipalidade. Há nisso um certo prazer que não é maligno, mas catártico.

Se a pipa surge à esquina da rua, provendo às necessidades fundamentais da espécie, o começo de aproximação se consolida e atinge à convivência. A pipa cria amizades, através da revolta, da esperança e da euforia.

Mas é preciso que a pipa seja distribuída conforme a sã justiça. Como a água é *res communis*,[4] e estabelecendo a Constituição que todos são iguais perante a lei, temos de admitir também que todos são iguais perante a água.

---

3 *Enciclopédia das Ciências Sociais*, obra em 15 volumes publicada entre as décadas de 1930 e 1960, pelos economistas americanos Edwin R. A. Seligman (1861-1939) e Alvin Saunders Johnson (1874-1971). Drummond se refere ao verbete "Lei da água".

4 Em latim, "coisa comum", que pertence a todos.

Se a pipa serve mais à limpeza de uma família que à de outras, uma nova e odiosa forma de discriminação é posta em vigor, e a comunidade sente-se ferida. A pipa gera então a suspeita, o hábito de espionagem, o ressentimento e as más relações entre vizinhos.

Tomando para alvo destas considerações, entre muitas, a rua Joaquim Nabuco (além de seu belo nome é comum a Copacabana e Ipanema e pode ser considerada uma rua-padrão), é grato reconhecer que até agora a ação da pipa não conseguiu desunir seus habitantes. Se corre a notícia de que determinado edifício é mais aquinhoado do que os outros (três pipas por dia, três vezes por semana), a boa vontade geral prefere acreditar que se trata de um boato divisionista. O cimento da compreensão mútua existe. Mas não basta. Há que criar um anel de vontades em face da grande reivindicação de 1954: uma banheira certa para cada pessoa viva.

Forme-se (e o conselho vai a todas as ruas sublinfáticas) o comitê da pipa destinado a pleitear não da ONU, do Congresso, do sr. Getúlio Vargas, do prefeito Dulcídio[5] ou do engenheiro Fiúza,[6] mas de um modesto e digno cidadão, colocado em um posto-chave, o manobreiro Delfim, a pipa equitativa e regular, imparcial, metódica e benfeitora. O dr. Jaime Guedes, o pintor Reis Júnior, a atriz Aurora Aboim, o capitão Aniceto, a "estrela" Fada Santoro, o farmacêutico Otávio, o tabelião Impellizieri, o arquiteto Claudio Luiz Edmundo, o sr. Arczyl Bek Jedigaroff (colhido na lista telefônica para representar o elemento estrangeiro) são aqui citados como pessoas-símbolo, num apelo à unidade de ação diante da pipa.

Moradores da rua Joaquim Nabuco, unamo-nos.

(10 de janeiro de 1954)

---

5 Dulcídio Cardoso (1896-1978), prefeito do Rio de Janeiro, então Distrito Federal, de 1952 a 1954.

6 Yedo Fiúza (1894-1975), engenheiro, candidato à Presidência da República pelo Partido Comunista do Brasil (PCB), em 1945. Na época da crônica, trabalhava no Departamento de Águas do Rio de Janeiro.

VELHO NOME

Estava a cidade de Calambau posta em sossego, quando um deputado perrista[7] reparou em seu saboroso nome e achou-o feio; o senso estético revoltou-se e, unido ao senso cívico (esta mistura é rara), redigiu logo um projeto de lei nos seguintes termos: "Artigo único – Calambau passa a chamar-se Presidente Bernardes."

Mas o padre Maciel Vidigal, historiador e genealogista de boas letras e alguma flama, saiu-lhe ao encalço e provou-lhe que Calambau é voz indígena de mais de 200 anos: existia antes de ser criada a capitania de Minas e antes mesmo de ser gerado o tetravô do bisavô do sr. Artur Bernardes,[8] que ninguém gosta de mudar de nome ou de ver trocado o nome do seu chão natal; e citou Sêneca e Alexandre Severo, como convém quando se trata de amor à pátria e horror à bajulação. Cabe acrescentar que a nova designação parece imprópria: se Calambau significa lugar onde o mato não é fechado, o mato político do sr. Bernardes é fechadíssimo.

O padre está certo, quanto mais não seja, porque o passado vale mil vezes o presente, o qual só valerá alguma coisa daqui a mil anos, e olhe lá. Os nomes de cidades, feios ou bonitos, deviam ser tombados para sempre pelo Patrimônio Histórico, e punido com pena de morte quem ousasse trocá-los. Não troquem os nomes. Troquem as estradas ruins, os trilhos de burro, por estradas boas; deem luz às casas, escola aos meninos, bancos de jardim aos namorados, e a posteridade abençoará o autor dessas obras; mas não troquem os nomes. Não adianta nada à glória dos sujeitos, e gera na alma de cada munícipe um profundo, irreparável desgosto.

---

7 Integrante do antigo Partido Republicano (PR).

8 Artur Bernardes (1875-1955) foi presidente do Brasil entre 1922 e 1926, pelo Partido Republicano Mineiro (PRM).

Certa quantidade de mineiros pacíficos gostava de ser chamada de calambauense; havia a história calambauense, comidas calambauenses, o céu calambauense. Tudo isso está ameaçado de passar a presidente-bernardense, ou coisa parecida. Já os figueirenses, de muito bom topônimo, se resignaram a ser governador-valadarenses; e dia houve em que a velha Itabira dos irmãos Albernaz[9] se viu bruscamente designada por algo de estranho, malicioso, enredado e furta-cor: Presidente Vargas.

Há tempos, um poeta de lá exalara sua nostalgia neste verso: "Itabira é apenas uma fotografia na parede; mas como dói!" Com a reforma do nome, Rubem Braga lembrou que o verso devia ser lido assim: "Presidente Vargas é apenas uma fotografia na parede; mas como dói!" O poeta sentiu-se magoado em seus alicerces, e é de imaginar a cara dos itabiranos, não por causa do verso, mas pelo fato de passarem a ser – eles, descendentes de Amador Bueno,[10] contemporâneos de Saint Hilaire e de Eschwege[11] – uns presidente-varguenses encabulados.

Mais uma vez, caros deputados e governantes, deixem em paz os nomes simples do velho Brasil, que mal nenhum fazem aos políticos, e serão mesmo daqui a pouco, tirante uma centena de obras de arte – casas, igrejas, chafarizes, pontes e fortins –, os últimos testemunhos comovedores do nosso passado.

Quando tivermos pintado de novo os nossos municípios tradicionais com o nome de presidente, o mundo nos julgará um país estupendo, pelos milhares de estadistas que cultuamos; mas quem não sentirá saudade e remorso?

(14 de janeiro de 1954)

---

9 Salvador e Francisco de Faria Albernaz, bandeirantes que desbravaram o interior de Minas entre os séculos XVII e XVIII.

10 Drummond pode estar se referindo a três pessoas: Amador Bueno de Ribeira, o Aclamado (1584-1649), administrador da Capitania de São Vicente; seu filho, Amador Bueno, o Moço (1611-1683); ou seu bisneto, o também bandeirante Amador Bueno da Veiga (1650-1719).

11 Augusto de Saint-Hilaire (1779-1853), naturalista francês, e Wilhelm Ludwig von Eschwege (1777-1855), geógrafo alemão. Ambos estiveram no Brasil e escreveram sobre o país.

MISS ABBOTT

O cronista recebeu esta carta aérea:

"Prezado Senhor – Sinto grande fascinação pelo Brasil e, por isso, estou planejando uma viagem ao seu país para, talvez, aí permanecer indefinidamente.

Constituindo o comunismo uma grande ameaça aos Estados Unidos, eu desejaria saber se o Brasil corre os mesmos riscos e se o país está em guarda contra o seu perigo. Assim sendo, ficaria muito agradecida se Vossa Senhoria me desse o seu parecer sobre a situação atual existente em seu país.

A Biblioteca de Chicago deu-me alguns nomes de jornalistas aos quais eu poderia solicitar essa informação, e o seu nome figura entre os mesmos. Com os maiores agradecimentos etc., (Miss) *C. Ann Abbott*. The Palmer House, Chicago, Ill."

É uma tremenda responsabilidade para o jornalista, Miss Abbott, ter de influir na sua decisão. Mesmo em caráter experimental, a senhora não se anima à viagem sem certeza prévia de que, chegando, sua encantadora pessoa não será recebida por um comissário do povo.

Saiba, porém, que no Brasil o comunismo foi liquidado por acórdão do Tribunal Superior Eleitoral de maio de 1947,[12] inspirado pelo marechal Dutra. Se depois disto ele continua a existir, é por teimosia. Perante a lei (e somos todos muito legais) ele não existe.

Mas, como um princípio de dialética hegelo-marxista rege a atividade deles, pode-se dizer que a sobrevivência do partido é assegurada por

---

12 Em maio de 1947, o TSE, por três votos contra dois, cancelou o registro do PCB, por considerá-lo uma organização internacionalista e antidemocrática. O presidente da República, então, era Eurico Gaspar Dutra (1883-1974). Os partidos comunistas só voltariam à legalidade no Brasil em 1985, com o fim da ditadura militar.

dois fatores contraditórios: um negativo, o comportamento comunista, totalmente desprovido de sensibilidade e imaginação políticas; outro, positivo, a seu modo, que são os carinhos velados e intermitentes com que o governo cultiva isso que a senhora chama de "grande ameaça". Cultiva, principalmente, socializando a pobreza através dos institutos profissionais e regulando o consumo depois de legar a produção ao abandono. De sorte que o comunismo existe e não existe conforme as circunstâncias, os ventos e as verbas que sopram.

Aconselhá-la a vir com o seu possível *oomph*,[13] os seus dólares e a sua máquina de *waffles*, seria imprudência. Por outro lado, deixar que a senhora fique aí, num país já meio sovietizado apesar da administração republicana, dá um grande remorso na gente.

O ideal, Miss Abbott, será a mudança para Pasárgada, não a velha cidade do sul da Pérsia, onde o ar cheira a petróleo, mas a outra, a dos sonhos e recalques libertados, que um poeta criou. É o único lugar decente para uma pessoa fugir da vida e dos problemas do seu tempo. E um dos problemas é precisamente este: elevar a existência humana, material e espiritualmente, sem recurso à ferocidade comunista. É ganhar a batalha, no plano da democracia ativa.

No mais, querida Miss Abbott, se nos Estados Unidos a organização McCarthy[14] ainda não inventou método mais eficaz de apurar o local onde alguns ricos cautelosos podem conservar sua riqueza deixando que o resto da humanidade se dane, e o jeito é escrever cartinhas aos jornalistas distantes, fazendo-lhes perguntas bobas, então, ó caríssima, estamos todos no mato sem cachorro.

(29 de janeiro de 1954)

---

13   Gíria onomatopeica que significava "vigor", "força", "energia".

14   Referência a Joseph McCarthy (1908-1957), líder anticomunista do Comitê de Investigação de Atividades Antiamericanas do Senado dos Estados Unidos, criado em 1953 e peça-chave nas perseguições políticas do chamado macarthismo.

A ESCURIDÃO

Tempo houve em que tudo era luz, e essa tão fulgurante que ninguém conseguia dormir. Então os Huni Kul despacharam uma delegação a Yamo Yuchibo, que morava no Ocidente, pedindo-lhe a escuridão. Na vivenda de Yamo, a noite pendia do teto, ainda não usada neste mundo. Os mensageiros receberam-na dentro de uma caixa; mas abriram o volume durante a viagem de volta, e as trevas se espalharam sobre monte e vale. Imediatamente, os homens da caravana foram invadidos pelo sono, imobilizando-se nas posturas em que se achavam, muitas delas grotescas e absurdas. E nunca mais a noite faltou.

Isso aconteceu entre os caxinauás, no começo dos tempos, mas o ensinamento perdura: os homens preferem a escuridão. Um mau poeta parnasiano chamado Jânio, de cabeleira intonsa e ar místico de gafanhoto, ou de personagem dos velhos filmes cômicos da Sunshine,[15] amava entretanto o sol, ou parecia amá-lo. A claridade que esse homem punha em tudo, a pureza, a incapacidade de ser como os outros, que mentiam ou traficavam na penumbra; a rispidez tocante, que o aproximava dos simples e o revelava imune às viscosidades do poder; a perseverança com que ia vencendo o ridículo do nome e das concessões publicitárias feitas para o seu triunfo na eleição de prefeito; isso tudo o situava no partido do dia, e dava esperanças. Mas eis que o cidadão se volta para o ocidente e se revela também, ele, um miúdo partidário da noite.

Por que o meio político brasileiro é tão pobre de homens novos, e por que nossa confiança teimosa há de permanecer ainda, apesar dos pesares, com os de mais de quarenta anos? Ninguém aparece por aí que consiga ser

---

15 A Sunshine Comedies foi uma série de curtas-metragens cômicos de grande sucesso, produzida pela Fox Film na época do cinema mudo, entre os anos de 1916 e 1925.

puro por mais de seis meses? Nossa democracia não forma nem renova quadros? Chegamos a ficar tão desprovidos de substância que apenas conseguimos inventar pseudônimos, pequeninas formações verbais de corte pitoresco, tais como Jânio e Jango?

A mesquinhez dos tempos se torna patente ao considerarmos que, para levantar o povo e conduzi-lo até as eleições, habilitando-o a escolher bem, o lema encontrado pelos homens de boa vontade não envolve nenhuma posição teórica nem formulação alguma de caráter programático: é simplesmente o alerta contra duas formas de degradação da vida política: o roubo e o golpe. Temos de impedir que os políticos furtem ou deixem seus parentes furtar; ou que derrubem as instituições. E depois? Revelando-se e mantendo-se honestos, e fiéis à ordem constitucional, que farão os novos mandatários do povo? Nada. Irão dormir, na posição caxinauá em que os surpreender o crepúsculo.

É realmente uma débil democracia, esta em que a melhor eventualidade está na eleição de governantes e parlamentares "honestos" e "respeitadores da lei", com omissão de tudo quanto seja visão política, formação cultural, integração nas melhores ideias do tempo, grandeza de espírito e generosidade humana. Já temos na história da República desses exemplos cinzentos, de homens que eram bons sujeitos e jamais se sentiram tocados pelo menor raio de luz. Mas então a vida marchava a passo lento, e não havia consciência de que nosso organismo nacional sofria a pressão de forças mundiais poderosas; o povo sabia menos, não lia nada, e ia levando. Temos de descobrir pessoas novas que abominem a negociata e a conspiração, mas que sejam também, e antes de tudo, homens públicos de verdade.

(6 de fevereiro de 1954)

CORPOS NUS

As primeiras fotografias de bailes de Carnaval enchem as revistas e fazem parar na rua os basbaques, diante dos jornaleiros. Essa documentação é apresentada com aparente objetividade e, insinuam os semanários, valerá amanhã como história e sociologia. Reprovam-se mesmo tais costumes novos, e chama-se para o fenômeno a atenção dos pais de família.

Na realidade, falta qualquer valor documental a esses instantâneos onde a jovem de malha ou de biquíni aparece cavalgando o pescoço do moço cabeludo e de short, quando não assumem postura mais fricativa. A curiosidade ou mesmo a graça primitiva da imagem desaparece quando sabemos que a pose foi preparada pelo fotógrafo, e que os dois jovens estavam bêbedos. A maioria dos flagrantes carnavalescos apresentados pelas revistas é obtida assim: não há espontaneidade nem sensualidade autêntica, mesmo grosseira. De resto, os cortes bruscos na vida, que a reportagem ilustrada pratica pelo mundo afora, são todos mais ou menos do mesmo teor. Vemos Madame Coty[16] preparando na cozinha o seu chocolate, como se houvesse na parede uma objetiva escondida, e a boa senhora estivesse realmente providenciando qualquer coisa. Não. Está posando, apenas. A fotografia é uma das mentiras mais tolas de nossa vida. Se quisermos apreender alguma coisa da realidade, temos de interrogar os pintores, os poetas, os chamados "homens de imaginação", que mesmo mentindo denunciam a secreta verdade das coisas.

Quanto ao ar reservado e nobre que as revistas assumem para apresentar as fotos, parece antes uma ardilosa invenção da gerência para adormecer a suspeita dos bem-pensantes. Mas o que se faz, sob a capa de reprovação, é comércio do nu figurado, venda de possibilidades mentais de prazer. Os

---

16 Germaine Coty (1886-1955), então primeira-dama da França.

corpos despidos que saracoteiam por animalidade sadia em alguns casos, por automatismo em outros, ou porque a Rolleiflex está captando cenas picantes, vão pois levar dinheiro para a empresa jornalística, e dinheiro ganho da maneira menos legítima, porque não corresponde a um serviço informativo prestado, e sim à deturpação ou à criação artificial do fato. E esse fato assim adulterado vai agir socialmente, despertando reações fáceis de avaliar, mas difíceis de controlar em seu desenvolvimento. Ainda que abominando cordialmente o excesso de pudicícia das ligas pela moralidade e das associações de pais de família, temos de convir que esta obra jornalística, se não constitui um incitamento à obscenidade, é, pelo menos, um expediente mercantil à sua sombra e, como tal, francamente deseducativa.

O nu percorre as ruas, e não há que refreá-lo. Os seios passaram a ser expostos com tamanha inocência que, já agora, o critério estético deve ser o predominante na apreciação deles. Depois de séculos de roupa pesada, e às vezes mais provocante que a pura e simples revelação da humana arquitetura, é até uma festa para os olhos ver restituídos à natureza os elementos naturais que jaziam sob o peso de censuras religiosas e outras. Descontada a parte de moda que há nos decotes atuais, observa-se como a dignidade do corpo se vai recuperando pela sua exposição sem malícia. Mas as fotografias posadas dos bailes nos causam impressão diversa e equívoca. Nada ali reabilita o instinto, antes procura deturpá-lo, querendo contrariar aquilo que acima das leis e costumes sempre se observou como sinal de civilização, a saber, que o ato de amar é um segredo entre dois amantes.

(24 de fevereiro de 1954)

A LIBERDADE PELO TERROR

À esquerda, o "tailleur" da moça está enrugado pela atitude contorcida a que a obriga a sujeição de quatro braços fortes; dir-se-ia que querem impor-lhe uma visão odiosa, e ela se recusa com o corpo e com a alma. No outro extremo, o rapaz baixinho, de cabeleira e bigode, surge suspenso no ar, como um terno no cabide, ombreando com o paisano alto e possante que também o sujiga. Ao centro há um pobre judas de gravata esvoaçante e camisa desfraldada a descer pelas calças, e as calças são curtas, como se alguém as puxasse pelos fundilhos; também essa figura, meio dolorosa meio grotesca, está duramente enquadrada entre braços, botões e quepes policiais. Legenda: Terroristas porto-riquenhos presos na Câmara de Washington.

São evidentemente terroristas, e a tal ponto que a própria fotografia infunde certo terror. Ninguém nela está matando ou morrendo. Não há instrumentos de suplício, nem sequer os aparelhos singelos e "funcionais" de uma câmara de execução. Apenas um instantâneo agitado. A atmosfera pânica é sugerida pelo braço humano, a apertar e a alçar de maneira tão rude os presos, que lhes arranca, juntamente com as pontas da camisa, alguma coisa de mais íntimo e particular a cada um. Ou que tenta arrancar-lhe isso. Na realidade, a camisa se recompõe, ou compra-se outra; e aquilo mais íntimo que os porto-riquenhos, ou quaisquer homens na situação em que eles se encontram, guardam com ciúme e feroz determinação, é como se os braços não pudessem nada para extirpá-lo, porque nunca ninguém pôde nada contra isso, nem o fogo, nem a água, nem o frio nem a corrente elétrica: nem mesmo o mau uso que o fanático faz do objeto ideal do seu fanatismo.

Ninguém no mundo aprova os métodos utilizados pelos nativos de Porto Rico para discutir no Congresso norte-americano a independência de seu país. Por mais coriáceo que seja um deputado republicano, deve-se ter esperança de convencê-lo. Desvanecida essa ilusão, ainda assim não é recomendável o emprego de revólveres. Dois ou três homens morrem ou ficam aleijados; e daí? O problema político fica por resolver, e os americanos irão explorar o argumento de que nacionalismo, na pequena ilha escrava, é sinônimo de assassínio, e com assassinos não se discute, o que de resto é falso. Mas o que distingue o terrorista, ao lado do primarismo intelectual, é o calor de uma desesperada paixão, que o absolve aos olhos de qualquer homem isento de paixão. Tem mil chances de morrer, contra uma de matar; entretanto, alveja. Está no rastro de todas as revoluções vitoriosas, como patrulheiro suicida, e anuncia as reformas sociais que o desenvolvimento pacífico não logrou realizar. Isto não o justifica historicamente, mas tampouco justifica as forças reacionárias que se opõem de maneira obtusa ou criminosa a tais reformas. No fundo, não foi nenhuma associação secreta porto-riquenha que armou esses homens. Foram os espanhóis, que na hora da derrota os entregaram como servos aos Estados Unidos. Foram os norte-americanos, que dão a Porto Rico uma constituição, uma universidade, um fingimento de povo livre, mas que lhe recusam a liberdade, essência dessas instituições.

Dizia Alain[17] que a célula política é constituída por um homem livre contra um tirano; se cada homem livre tomasse a seu cargo um tirano, chegaríamos a uma espécie de equilíbrio. Os terroristas de Porto Rico tiveram a intuição dessa verdade, mas a praticam em termos de atentado pessoal. Por sua vez, lembrava Jefferson[18] que o senso moral faz parte da nossa natureza, tanto quanto o tato, a vista, o ouvido; sem ele, não é possível viver. O regime de submissão política de um povo a outro ofende o senso moral, e particularmente a Declaração de Independência americana: se todos os

---

17 Pseudônimo do filósofo francês Émile-Auguste Chartier (1868-1951).

18 Thomas Jefferson (1743-1826), filósofo político e terceiro presidente dos Estados Unidos.

homens nascem iguais, os porto-riquenhos também; se o criador lhes confere certos direitos inalienáveis, não podemos recusá-los aos antilhanos; e se o povo tem o direito de "transformar ou de abolir os governos injustos", então é o próprio Jefferson que explica o gesto de Lolita Lebrón[19] e seus companheiros desvairados.

(6 de março de 1954)

---

19   Dolores Lebrón Sotomayor, ou Lolita Lebrón (1919-2010), líder nacionalista porto-riquenha. Em 1954, liderou um ataque armado à Câmara dos Deputados dos Estados Unidos, reivindicando a independência de Porto Rico. Cinco congressistas ficaram feridos. Lebrón passou 25 anos na prisão.

A "AVENIDA ERRADA"

Realmente, minha senhora, são 50 anos idos e vividos. No dia 1º de março de 1902 (e não no dia 9, como lembrou um vespertino), começou a demolição; no dia 8, o casario velho da Prainha estava por terra. Em alguns meses, 550 prédios vieram abaixo. Impossível não chamar de bons aqueles tempos. Imagine a senhora que convocar os proprietários a entendimento, pagá-los e derrubar-lhes a trapizonga, foi tudo obra de quatro meses. Hoje em dia, nossos filhinhos ficam taludos e a gente envelhece sem ver consumado o alargamento da avenida Princesa Isabel, que, brotando do túnel aos olhos cansados de quem vem do centro, lhes abre uma perspectiva de azul-marinho e gaivotas de voo rítmico, mas em certo ponto se encolhe, e aquele estupor do Hotel Vogue obriga os carros a dobrar à direita. Há anos que se fala em desimpedir o leito da avenida. Pelo visto, não será para as próximas gerações.

E sabe a senhora o que significava abrir um caminho largo da Prainha ao Boqueirão do Passeio? Vai ver que nem sabe o que querem dizer esses nomes... O centro inteiro da cidade era um xadrez enfadonho de ruelas acanhadas e tristes, como lembra o nosso caro Gastão Cruls.[20] Foi preciso lutar muito, discutir, impor, arregaçar as mangas e meter a picareta. Até um homem como Calógeras[21] estava contra, porque lhe parecia que com um dinheiral tamanho o mais sensato era aparelhar os portos da Bahia a Pernambuco. Mas Lauro Müller, Passos e Frontin,[22] com o perdão

---

20 Gastão Cruls (1888-1959), escritor e médico sanitarista, autor do romance *A Amazônia misteriosa* (1925).

21 O engenheiro e político Pandiá Calógeras (1870-1934).

22 Todos os três engenheiros: Lauro Müller (1863-1926), ministro dos Transportes entre os anos de 1902 e 1906; Francisco Pereira Passos (1836-1913), prefeito do Rio de Janeiro, então

da palavra, meteram os peitos. Cortou-se metade da rua de São Bento; parte da rua Beneditinos; metade da rua Municipal; três quarteirões da Ouvidor; metade da rua de Santo Antônio, do beco de São Gonçalo e do beco Manuel de Carvalho; quase toda a rua da Ajuda... Houve que arrebentar o granito do morro de São Bento e remover o barro do morro do Castelo. A avenida Central ganhou logo o apelido de "Avenida Errada". Mas estava certíssima.

Não, querida senhora, minha geração não assistiu à inauguração do eixo da avenida Rio Branco em setembro de 1904. Então, apenas engatinhávamos, com exceção do Manuel Bandeira, que tinha 18 anos, e do Olegário Mariano,[23] broto de 15, e que talvez possam contar alguma coisa. O que lhe sei dizer é que a avenida encheu com seus largos espaços e seu prestígio a área de nossa infância. A artéria mais larga do Brasil e talvez da América do Sul! Lá os grandes do tempo, de palheta ou chapéu-coco, se sentavam em mesinhas na *terrasse* dos cafés, para tomar refresco de bacuri e ser fotografados pela *Fon-Fon*. Seus cinemas e suas sorveterias eram lugar de delícias, e havia muitos automóveis italianos, e muitas francesas diabólicas, e o homem com um espelhinho na ponta da bengala, para ver... parece que era para ver pernas femininas, minha senhora!

Hoje, a avenida acabou, porque já quase não há aquelas pomposas criações do Rebecchi, do Morales, do Jannuzzi,[24] que marcavam o "apogeu do ecletismo arquitetônico", no dizer de Lucio Costa,[25] e cederam lugar às formas de concreto, de mais ou menos estilo, a última das quais é a feira do Clube de Engenharia, aberta em lojinhas de ocasião. O Palace Hotel, que levou anos fechado, porque o Rio não comportava hotel de

---

Distrito Federal, no mesmo período; e Paulo de Frontin (1860-1933), encarregado das obras de reforma e construção da avenida Rio Branco.

23   Olegário Mariano (1889-1958), poeta e diplomata, primo de Manuel Bandeira (1886-1968).

24   O espanhol Adolfo Morales de Los Rios (1858-1928) e os italianos Sylvio Rebecchi (1882-1950) e Antonio Jannuzzi (1854-1949), todos arquitetos.

25   Lucio Costa (1902-1998), arquiteto e urbanista brasileiro, autor do plano piloto de Brasília.

tamanho luxo, é um espectro na memória dos que ali beberam, dançaram ou dormiram. A Galeria Cruzeiro tem um ar de fantasma aposentado, e onde estão o Alvear, o Pathé, o Lopes Fernandes, a redação do *País*, o edifício Laffont, os bolos mouriscos? Estão no coração dos velhos, apenas. A avenida é hoje uma pista de ônibus enfumaçados e lotações mortíferos. Deus a proteja quando passar por lá, minha senhora!

(11 de março de 1954)

VOCABULÁRIO POLÍTICO

Nossos editores ainda não se lembraram de publicar um vocabulário político, e é pena, porque as palavras têm um significado concreto na linguagem comum e acepções fluidas na vida política. Por isto se propõem aqui algumas tentativas de definição, seguidas de exemplo. Os doutos farão melhor do que o aprendiz.

Água – Promessa de candidato a vereador. "Daremos água ao povo, ainda que seja preciso retirá-la do Copacabana Palace."

Câmara – Corpo legislativo que, pela Constituição, toma contas ao presidente da República, embora nem sempre. "A Câmara teve um de seus mais belos dias ouvindo um soneto de Baudelaire recitado pelo general Flores da Cunha."[26]

Coerência – Traçado moral, reto, que permite variações curvilíneas. "Se abandonei o meu partido foi para ser coerente comigo mesmo e, conservando o meu mandato, defender melhor as ideias que nos congregavam."

Deputado – Aquilo que todos desejaríamos ser, e que seríamos melhor do que os atuais. "Meu primo Chico, depois que é deputado, anda com partes de besta."

Discurso (de candidato) – Vale-tudo. "Este é um discurso honesto e sincero. Não vos prometo a Lua nem as estrelas, mas cada um terá seu filezinho na mesa do orçamento."

Discurso (de presidente) – Texto nebuloso que comporta no mínimo cinco interpretações inconciliáveis. De bom ou mau estilo, conforme o chefe de gabinete. "O último discurso de Sua Excelência é uma teteia."

---

26 O general José Antônio Flores da Cunha (1880-1959), deputado federal pela União Democrática Nacional (UDN).

Justiça (eleitoral) – Aparelho de precisão destinado a verificar como o povo se enganou, e a fazer respeitar esse engano. "A justiça eleitoral proclamou eleito o candidato trabalhista à presidência."

Lei – Norma escrita, imperativa, sem a qual ninguém pode fazer ou deixar de fazer alguma coisa, salvo se aparecer outra norma não escrita e mais imperativa ainda. "A lei às vezes é mole, mas é lei."

Partido – Agremiação fundada para defender certos princípios enquanto não for possível trocá-los por uma aliança com outras congêneres. "Nosso pujante partido é favorável à autonomia do Distrito, mas primeiro é necessário que nasçam dentes nas galinhas."

Prefeito – Cidadão investido do poder executivo e nomeativo na municipalidade, por eleição direta ou escolha palaciana. "Cada cidade tem o prefeito que não merece."

Presidente (da República) – Cidadão bem maior de 35 anos, de nacionalidade gaúcha, dotado de poderes divinos, mas que não pode aplicá-los porque os invejosos não deixam. Há exceções. "O marechal Dutra é um ótimo ex-presidente."

Senado – Organização de pessoas maiores de 35, que cá fora omitem essa circunstância; lá dentro, distraem-se chateando os candidatos a embaixador ou prefeito. "O Senado não funcionou por falta de número."

Senador – Pessoa que gostaria de fazer alguma coisa, mas que, pela Constituição e pelo regimento, está terminantemente proibido de cultivar veleidades dessa ordem. "O senador foi visto no baile do High-Life, fantasiado de saca-rolha."

Voto – Substância aparentemente pouco nutritiva, que não enche barriga de eleitor, mas da qual o eleito extrai muita vitamina. "O voto é a arma suprema da democracia; manejado com imperícia, dispara pela culatra."

(18 de março de 1954)

DORES DO MUNDO

O dr. Hirsch,[27] dos Estados Unidos, tem razão ao louvar as dores de cabeça, embora o faça por motivos técnicos imprestáveis. Não, a dor de cabeça não é bela e boa porque constitui uma reação do tecido nervoso ao excesso de trabalho do cérebro. Se assim fosse, quantos conhecidos nossos não estariam para sempre libertos do seu acúleo, eles que jamais empreenderam o menor esforço mental? Não, a dor de cabeça é nobre e venerável em si, como dor, e dor que atinge logo a cúpula de nosso imponente sistema físico e intelectual. Sua fina qualidade provém de uma razão filosófica.

O mundo é uma coleção de dores produzidas pela nossa mania de querer viver, como ensina Schopenhauer, e as teorias mais recentes não o invalidaram. O mundo é representação ilusória e vontade absurda. Você toma a providência mais insignificante, abre, por exemplo, uma porta, e logo se desenrolam grandes e hostis consequências. O ato inicial do amor é um ato pleno de dores imediatas e remotas, estas últimas gentilmente legadas às gerações futuras. Nessa constelação de dores fatais, porque resultantes do processo vital, a dor de cabeça, como a de dente, a de barriga, a de cotovelo e todas as suas colegas são outras tantas manifestações de que continuamos vivendo, e vivendo sob o império da lei. Apenas, essa lei não é a civil, que os homens reunidos em parlamento estabelecem e revogam ao capricho de suas dores; é lei do filósofo, que no meio da universal angústia "pensou" o drama do mundo e lhe apontou dois corretivos: a arte, calmante passageiro, e a piedade, sentimento que, adormecendo

---

27 Possível referência a James Gerald Hirsch (1922-1987), famoso imunologista norte-americano.

o egoísmo, e cimentando a identidade absoluta de todos os pobres seres humanos, acaba com essa máquina de sofrer que é o "eu" e nos dissolve a todos no grande corpo hindu do nirvana. E então, mas só então, não haverá dores de cabeça.

O professor Henrique Roxo,[28] porém, ouvido pelo repórter, não vai na conversa: para ele dor é dor, amola e – textual – "não tem a menor serventia". Ilustre mestre, Vossa Senhoria está com a razão materialista, não com o idealismo filosófico, e nossa posição, a do cronista e de Schopenhauer, é a mais forte. Sem dor de cabeça não haveria afirmação concreta do nosso daninho estado de viventes, e tudo seriam especulações bobas. Mas quando o filósofo diz que viver é sofrer, a dor de cabeça sacode com a cabeça que sim, que sofrer é viver, e só esta prova de existência e de conformação a um estatuto metafísico, quanto não vale, professor? Se permite, vai aqui um verso do Heliodoro Pamplona, bardo de Ribeirão Preto, que sempre me comoveu pela sua admirável intuição do que se poderia chamar a "fisiologia circulante" do universo:

A cabeça me dói aqui no embigo
como o embigo me dói em toda parte.
Nos ferros da prisão estou contigo,
em meio ao cosmos, pelo sonho d'arte.

Dirá Vossa Senhoria que os versos são chinfrins. Talvez. O pensamento deles, porém, responde a uma velha mágoa do Heliodoro e da espécie humana. Professor, não negue serventia à dor de cabeça, raiz desta crônica.

(27 de março de 1954)

---

28   Henrique Brito de Belford Roxo (1877-1969), psiquiatra.

MEU LIMÃO, MEU LIMOEIRO

O garoto de dez anos estava sentado no chão de pedrinhas brancas e pretas, a cabeça entre as mãos, soluçando. E por mais que se lhe perguntasse por que sofria, não dava resposta. O jornaleiro, ao lado, vendia tranquilamente os vespertinos. A noite pousava sobre o Castelo. Afinal o menino explicou, entre lágrimas:

— O rapa levou meus limões e arrebentou o caixote. Os pedaços estão ali.

Jaziam, realmente, a pequena distância. Os transeuntes se debruçaram sobre a dor do menino e quiseram avaliá-la em termos de prejuízo. Quanto valia o caixote de limões?

— 150 cruzeiros – respondeu ele, em tom seguro de quem sabe muito bem o preço das coisas. (Eram 150 limões e um exemplar, mesmo pífio, dessa frutinha nacional vale um cruzeiro – ou, para falar em termos que toda gente compreende, o rapa tirara do menino mercadorias no valor de dois dólares e meio.)

Os curiosos eram pessoas do povo e da classe média, onde ainda costuma observar-me com certa frequência o contagioso fenômeno chamado "pena". Mas esses dois grupos sociais não são, por sua vez, dos mais favorecidos, e não seria fácil reunir ali 150 cruzeiros para indenizar o pequeno comerciante. Pingaram algumas notas de 5 e algumas pratas de 2, e com isso a nossa sensibilidade ficou aliviada, e cada um foi para seu destino, e não se fala mais nisso.

Está-se vendo resplender ao longe o regulamento municipal que proíbe vender sem licença, e o garoto certamente o infringia, de modo que a apreensão foi legal. Aí, por falta de legalidade é que o nosso poder público não pode ser autuado. Ele conhece bem as leis e regulamentos e é implacável quando se trata de sonegação de taxas devidas pelo comércio de limão, esse grande comércio que, como se sabe, já enriqueceu gerações inteiras de felizardos. Apenas a dois passos do caixotinho quebrado, o que se passa no Mercado Municipal? Bem, os donos do Mercado pagam impostos, e tudo lhes é permitido.

Assim, pois, se todos os pobres e desempregados do Rio quisessem vender limão, isqueiros mágicos, balões, perfumes de Guerlain fabricados em Ramos, dentaduras de matéria plástica, qualquer miudeza ou qualquer porcaria, não haveria vaga na avenida para uma pessoa andar. O comercinho de calçada não tem inconveniente algum, é até simpático e de interesse turístico, desde que seus praticantes paguem a taxa sagrada.

Rompido o caixote e apreendidos os limões, a prefeitura deixa à sua sorte o garoto desiludido, e quem quiser que faça considerações de ordem moral ou social sobre o abandono de menores nesta admirável cidade, onde a prefeitura assusta as crianças porque não pagam taxa para vender limões, e por sua vez cobra taxa para fornecer água aos moradores e não a fornece.

Já vi o rapa, na praia, confiscando peixes e frutas de um tabuleiro, em meio ao frio silêncio dos pescadores. Já o vi na rua São José numa espécie de demonstração de frevo, para pegar, nas suas voltas, um preto que dançava melhor do que ele, mas que afinal foi vencido. Já o vi em frente a um cinema de Copacabana, desmanchando fulminantemente a fila de entrada para colher um rapaz que vendia chocolates, e os pacotinhos coloridos se espalhando no ar sob o olhar aterrorizado das crianças. Meus olhos estão sujos de ver o rapa, porque de cada vez que ele opera com a sua brutalidade e a sua inconsciência, a mesma reprovação atravessa as pessoas e todos assistem e ninguém esboça um protesto e ninguém volta satisfeito para casa.

Aquela garrucha que o general Flores da Cunha costuma sacar nos debates parlamentares, para começo de conversa, e que é tão eloquente quanto Demóstenes, como seria bom possuí-la e portá-la não para trucidar o rapa – que é afinal um pobre-diabo compelido a assustar os seus semelhantes e companheiros de pobreza –, mas para assustá-lo por sua vez e convencê-lo de que essa questão de licença para vender no fundo é uma imensa bobagem, a caça miúda não adianta. Com a garrucha na destra e um balancete na sinistra a gente lhe mostraria o que perde o Brasil por dia em imposto de renda sonegado não pelo contribuinte comum mas pelos que etc. E em seguida iríamos tomar uma cerveja com o rapa já humanizado.

(28 de março de 1954)

A DECISÃO

Quando se supunha que o júri havia acabado, eis que ele continua nas páginas dos jornais, nas conversas de rua, de casa e de escritório, menos na consciência do que na curiosidade de cada um. O veredito, em si, não é analisado. O que se procura é interpretá-lo à luz de nossa própria convicção anterior, formada à base de fotografias, de palavras soltas, de impressões fugitivas, de intuições.

Para muitos, e não dos menos categorizados, a ideia de crime chegou a desaparecer, por trás das emoções diversas que a batalha judicial traz consigo, e entre elas a de uma partida de futebol ou de uma corrida no Jóquei. Não se tratava mais de punir um delito, e sim de saber quem ganharia. Advogados aboletaram-se no Tribunal para apostar, jornalistas e radialistas os acompanharam – e parece que muitos perderam muito para poucos.

A ideia da absolvição foi insinuada por jornais simpáticos ao réu e transmitida sutilmente, à medida que o julgamento se desenrolava, como para chegar até à sala fechada, à maneira de uma brisa benéfica. Além do mais, o país anda tão errado e todos tão descrentes do castigo para as faltas que se cometem a cada instante, faltas que chegam até a ser premiadas, na política, nos negócios, na vida de sociedade, no plano individual, que a poucos ocorria a possibilidade de condenação. Não que existisse unanimidade quanto à figura do acusado; apenas, criminoso ou não, o que se punha em dúvida é que houvesse júri capaz de declará-lo autor do homicídio. Pois houve, e a reação observada foi um misto de revolta, da parte dos que, sentimentalmente, se haviam colocado ao lado do jovem, e de infinita surpresa da parte da maioria, que já não acredita nos homens.

A posição sentimental inspirava-se em duas razões físicas, tratava-se de um rapaz bem-apessoado, e sua farda era prestigiosa aos olhos femininos e até das crianças. Pelo uniforme e pelos bigodes simpatiza-se com um homem, e a simpatia o isenta de quaisquer crimes. Outra corrente, porém, estava disposta a condená-lo porque seu rosto, no julgamento, era duro e frio, e rosto é espelho da alma. A imensa maioria nem sequer comprovara pessoalmente esses dados sensoriais. Todos os juízos se elaboraram diante de fotografias. Devemos contar com o flash na formação de nossas convicções, e também da história.

A moça, em quem o promotor vira formação e caráter pré-prostitucionais, foi cumprimentar o promotor pela sua vitória, e este agradeceu e disse que ela era uma boa moça. Antes, ela inocentara o rapaz; depois o acusara, mais tarde desmentiu a acusação e finalmente se desinteressou do assunto. Se nossos escritores de ficção necessitam de um tipo, aí está ele, à espera da arte. A oratória praticada foi a de sempre, com os pobres recursos literários que são de estilo no foro e que constituem talvez o eco de velhos costumes. Tem-se a impressão de que o júri chegou ao resultado conhecido apesar da polícia, dos jornais que tinham tomado partido pró e contra, apesar da defesa e da acusação, ambas com suas imagens deformadas e ingênuas que se destinam antes ao auditório do que ao conselho de sentença. O nível intelectual deste último merecia algo melhor; de qualquer modo, esses jurados decidiram por si, e daí o assombro que provocam.

(31 de março de 1954)

OS NAMORADOS E RILKE

Sr. delegado, os jornais previnem que Vossa Senhoria vai percorrer ruas escuras, jardins, praias e desvãos da cidade, à procura de casais licenciosos, para recolhê-los ao xadrez. Dizem mais: que os namorados discretos, de mãos dadas "num romance puro", nada têm a temer, pois "merecem todo o nosso respeito e acatamento". Tudo porém está na dependência da chuva, que recebe pela verba da polícia, e desmancha os colóquios sem necessidade de violência.

É cisma talvez, sr. delegado, mas, sempre que a autoridade pensa em medir as expansões amorosas à luz da Lua, tenho a impressão de que as coisas não andam bem neste país. De fato, andam rigorosamente mal, tão mal que, se fôssemos estabelecer escala de prioridade para a ação do poder público, a repressão aos excessos condenáveis do namoro ficaria em milésimo lugar, tantos são os problemas de vida ou de morte que temos de enfrentar, mesmo que chova. Comida, habitação, água, escolas para excedentes, menores ao abandono, saneamento, estradas (já ouviu falar na revelação de Klein & Saks:[29] alimento há para o Brasil inteiro, o que não há é transporte e armazenagem?), tudo isso e mais o que não se menciona porque come espaço, aí está à frente do casalzinho malandro, e o tempo gasto com este costuma ser estranhamente furtado àquelas graves cogitações.

Bem, eu sou delegado de costumes e o resto não me compete, dirá sabiamente Vossa Senhoria. Nesse caso, entremos "no mérito". Um poeta de língua alemã ensinava que para escrever um poema – a primeira linha de um poema, um simples verso – era preciso que o indivíduo tivesse visto muitas cidades, ho-

---

29 Drummond se refere ao livro *O problema da alimentação no Brasil*, relatório produzido pela comissão de técnicos norte-americanos conhecida como Klein & Saks, e publicado pela Imprensa Nacional em 1954.

mens e coisas, soubesse o movimento que fazem as flores ao se abrirem pela manhã, houvesse escutado gritos de parturientes e assistido a agonizantes, e se lembrasse de tudo isso e esquecesse isso tudo, e que tudo, convertido em sangue, olhar e gesto, era possível que lá um dia, depois de muitos anos, lhe brotasse a primeira palavra de um verso... Mal comparando, até que o investigador, por muito fino e escrupuloso que seja esse servidor da lei, aprenda a distinguir o romance puro do impuro, e a interpretar segundo Ovídio e a psicologia sexual o grau de inocência de um aperto de mãos, é necessário que ele tenha vivido toda aquela experiência rilkiana e mais ainda, porque o poeta se limitará a escrever um poema sem consequência no plano civil, ao passo que o tira julgará o amor para resolver quanto à liberdade ou a clausura dos amantes.

Antes de estender o braço para separar a misteriosa união de falanges, falanginhas e falangetas, e o resto, esse investigador ideal deveria ainda ter em vista outro passo do mesmo Rilke, para quem a volúpia carnal é uma alta e ilimitada experiência, um conhecimento do universo, o conhecimento íntegro, na sua plenitude e esplendor, e quem sabe lá se aquele rapaz e aquela rapariga que formam no banco uma só e extasiada criatura não estão, precisamente, realizando essa experiência do absoluto?

Que a realizem em casa, pipocas – dirá Vossa Senhoria. Saiba o sr. delegado que a maioria das pessoas que respiram o ar do Rio de Janeiro não tem domicílio próprio, que a casa de aluguel é triste e suspicaz, que a luz das estrelas é um bem de todos, e o coral das ondas é a própria música das almas. Os amantes insofridos, quando não são apenas depravados, e nesse caso não tem polícia ou chuva que os corrija, vão para a rua chamados pela brisa nos ramos e tangidos pela falta de ninho. Não seria o caso de compreender, antes de prender? Pergunte a seus colegas de Paris e Londres, doutor.

(2 de abril de 1954)

CHUVA DE CINZAS

Pescadores japoneses receberam queimaduras ao explodir a bomba H. Os atuns, porém, nada sofreram, ao que afiança um técnico. Ele nunca viu a *História da criação do mundo,* do presbítero Manuel Dias de Sousa, Lisboa, 1857, onde se lê sobre o atum: "Este peixe é muito tímido e se inquieta com o trovão ou com qualquer ruído." Seria preferível que os atuns morressem envenenados, a sobreviverem, em pânico, para a pescaria final.

*

Nota feliz do noticiário: a bomba pode ser fabricada com material barato. Se pudermos destruir o mundo sem maiores despesas, estaremos economizando para os gastos imprevisíveis da recomposição.

*

Os lapsos mentais... A nova bomba é tão poderosa, diz o especialista, que uma só bastaria para aniquilar Nova York. Será esse o objetivo secreto dos fabricantes? Esperava-se que um único exemplar destruísse, caso necessário, a região de Moscou; a hipótese de liquidar Nova York não entrava nos cálculos.

*

"Fazemos experiência de morte sobre as estradas, de morte caindo do céu, de morte por projéteis teledirigidos etc." Há alguma coisa de pueril nessa concorrência ao câncer e à hipertensão, que, sem auxílio de laboratório, chegam ao mesmo resultado.

*

"Os filmes apresentam a superfície azul do mar onde antes contemplávamos a Ilha de Elugelab."[30] Depois de cada experiência atômica, é necessário recolher os compêndios de geografia.

*

"Esta bomba é a única força que defende hoje o mundo livre." Mas se explode sem maior exame, adeus mundo livre ou escravo. Seria mais exato dizer que nada protege o mundo livre, depois que existe a bomba. Como nunca houve mundo livre em nenhuma época da história – estamos presos à necessidade, e só por ela existimos –, é mais fácil concluir que nem a bomba nem a escravidão acabam com o mundo.

*

"A próxima dádiva da ciência ao homem será a bomba HN." A mais recente não é a bomba H, dos ocidentais, e sim a N, de azoto, lançada pelos russos. Se o alfabeto é reduzido, as combinações de letras são ilimitadas, e só podemos contar com o tédio da ciência para minorar a sua generosidade.

*

Chuva de cinzas sobre Nagoia e seus trigais. Não veio de Bikini, mas da Sibéria. É a distração dos japoneses: recebem a morte ora de um, ora de outro lado, e as espigas envenenadas permitem aos sobreviventes fazer apostas apaixonantes sobre a direção do vento.

---

30 Elugelab, no Atol de Enewetak, nas Ilhas Marshall, desapareceu completamente da superfície do oceano Pacífico no dia 1° de novembro de 1952, após servir de palco ao teste inaugural da bomba de hidrogênio norte-americana.

*

Nossa civilização quer morrer, mas não tem coragem bastante para suicidar-se. A divisão simplificadora entre dois grupos, caracterizados por ideologias e interesses opostos, é, no fundo, simples expediente adotado para chegar ao aniquilamento. A maioria dos seres vivos não tem ideologia alguma, e o interesse comum seria continuar a viver, senão com amor ao menos com calma. Enquanto isso, vamos preparando e adiando a catástrofe. O que nos salva ainda é o medo de morrer, mais vigoroso que a fascinação da morte.

*

Louva-se o homem pela riqueza da imaginação. Deveríamos lamentá-lo pela pobreza dessa mesma imaginação, que assusta os russos, os americanos, os neutros e os atuns.

(6 de abril de 1954)

OGUM, EM SUA LUZ

Fila, propriamente, não havia na praça da República, esquina de Senhor dos Passos; havia um bolo humano intransponível, de sorte que São Jorge deixou de receber o tributo ao cronista, mas sua glória resplandecia sobre o jardim em frente, os carros em disparada, o Rio inteiro e o mundo. Pelo dia afora, o trabalho continuou, mas era como se não houvesse trabalho: dia santo nas almas, com o fervor latente arrebatando os fiéis para uma região mais alta. E, à noite, quem não é surdo ouviu os poderosos cânticos que reboavam nos terreiros repletos, em redor do Gongá:

"Em seu cavalo branco ele vem montado.
Calçado de botas ele vem armado."

São Jorge é cada dia mais absoluto, e não há líder socialista, demagogo, taumaturgo ou mártir que possa com ele. Todas as esperanças estão voltadas para São Jorge. O fato de necessitarmos de um santo que ande armado, e não apenas revestido de aço, mostra a dureza dos tempos. O dragão está sempre apontando ali na esquina, e contra um bicho tão flamívomo nossa faquinha de picar fumo, nossos bodoques, estilingues e truques se revelam de uma desolada ineficácia.

E contudo o próprio São Jorge foi sacrificado. Padeceu torturas e cortaram-lhe a nobre cabeça. Era a vingança do dragão, que, ainda morto, podia fazer mal a um santo tão bom, cujo aspecto marcial esconde um coração todo forrado de veludo e inesgotáveis doçuras.

Na derramada mansuetude desse coração estará talvez o sentido da queda de São Jorge, em que nem todos reparamos. De tanto ver o garbo de Ogum, a prumo em seu corcel branco, olvidamos essa outra imagem dolorosa de Ogum decapitado por ordem de Diocleciano, que por sinal também entendia de arte militar. Tendo liquidado o dragão a pontaços de lança, São Jorge não escapou entretanto a um homem, de carne e osso, a um tirano ao seu tempo. De bichos infernais ele entendia, não de política. O fim de São Jorge é altamente cristão, e atesta grandes verdades da Igreja, mas devemos convir que esse general foi apenas um instrumento nas mãos de Deus, e que os desígnios divinos são o próprio mistério.

Compreende-se a esperança última dos fiéis, vendo em São Jorge a solução para a crise nacional, que é afinal uma síntese de nossas crises pessoais, de amor, de dinheiro, de desorganização, de tudo. São Jorge pode ajudar muito, quando, por exemplo, rasga pessoalmente o decreto de perseguição dos cristãos, pois um decreto desses ofende o senso de justiça. A figura do herói chegando à porta do palácio, erguendo a mão resoluta e dilacerando o papel injusto é uma imagem cívica, e não bélica, de muito ensino. Mas a perseguição se desencadeou mesmo assim, e São Jorge acabou sendo uma de suas vítimas incontáveis. Vamos que não fosse. Em lugar do decreto odioso haveria que instituir outros, mais construtivos, a vida é uma sucessão de decretos, e pode ser que o bom santo não atinasse com a forma de redigi-los. Coisas de paisano.

Amemos Ogum, que ele bem o merece e aí está para nos proteger de Exu na medida do possível, mas hoje em dia nem a santos se deve pedir milagre.

(24 de abril de 1954)

PALAVRAS CRUZADAS

Um telegrama italiano informa que o sr. Mário Solfo, acordado há trinta anos, goza de saúde perfeita. Esse homem invejável, entretanto, não é feliz. Embora o sono não lhe faça a menor falta, ele o procura obstinadamente, a poder de soporíferos, e, como não consiga cerrar os olhos, passa a noite comendo e decifrando palavras cruzadas até amanhecer.

O que tirou o sono a Mário Solfo, não sabemos, mas a circunstância de o haver perdido de todo aí por volta de 1924, dois anos após a marcha sobre Roma, faz supor que esse homem teve sua economia interna revolucionada pelo fascismo. Os discursos de Mussolini mantiveram-no sempre alerta, sempre assustado – e o que veio depois, não sendo apenas verbiagem, completou a obra. Imagine-se que ele assistiu praticamente a tudo, nestes últimos trinta anos: o assassínio de Matteotti,[31] a depressão norte-americana de 1929, a tomada do poder por Hitler, a queda da Áustria, a conquista da Etiópia, a liquidação da liberdade na Espanha, o avacalhamento das democracias, as depurações soviéticas, o extermínio em massa dos judeus, toda a Segunda Guerra Mundial, a morte do Duce, o desaparecimento de Hitler na fumaça, a Guerra Fria que continua, o mundo inteiro querendo paz e ninguém sabendo fazer paz, e tudo ainda de que já nos esquecemos, nós outros que conhecemos a graça de dormir. Assistiu e vem assistindo de olho aberto, registrador, lúcido, porque, embora com a máquina do corpo funcionando normalmente quanto aos demais serviços, esse de tirar uma pestana lhe é vedado.

Se o pormenor de que Mário Solfo consagra sua vigília a uma contínua mastigação é destituído de interesse, o mesmo não sucede quanto ao outro, de que Mário Solfo não deixa de mão, os problemas de palavras cruzadas.

---

31 Giacomo Matteotti (1885-1924), político socialista italiano, assassinado pelos fascistas.

De fato, é o que ele tem a fazer, não para matar o tempo, que é imortal, mas para não ficar apenas espiando, espiando sem esperança de não espiar mais, sem poder de influir em qualquer sentido e sem poder também de mandar parar, Mário Solfo procura compreender.

Dizia o outro que nos cansamos de tudo, menos de compreender. Se ao menos Mário Solfo chegasse ao fim de suas palavras cruzadas (e as soluções muitas vezes são outros tantos problemas, como aconteceu com o concurso da nossa Cruz Vermelha, que provoca uma demanda nos tribunais), sua vida perderia esse caráter de pesadelo acordado, que lhe atribuímos. Mas as palavras que ele, na sua insônia, procura desemaranhar, ao que parece, andam cruzadas até o infinito. São talvez palavras absurdas, que não figuram no dicionário, pois este é uma pobre composição de homens que passam metade do tempo acordados e outra metade dormindo – e, enquanto dormem, as coisas mudam de sentido, e o sentido transita pelas palavras e pelos acontecimentos a seu bel-prazer, como um doido aquilão.

Mas, então, por que não sai?, perguntará um pessimista brasileiro, vendo a insolubilidade do problema desse eterno vigilante. Calma, pessimista. "Sair é fácil, ficar é que é difícil", como diria um outro outro. E Mário Solfo, possivelmente, ama a dificuldade.

(11 de maio de 1954)

O COSTUME DE BATER

A polícia bate, o preso apanha, e a vida continua. Não continua para todos, pois alguns sucumbem ao espancamento. Os jornais gritam; a população comove-se; o governo manda abrir inquérito rigoroso. A palavra inquérito parece que se esvaziou de conceito, e, não sendo acompanhada de rigoroso, não significa mais nada. Em todo caso, abre-se o inquérito; os acusados negam; as testemunhas calam-se ou balbuciam; o delegado não apura nenhuma responsabilidade, ou a apura vagamente; a própria vítima, aterrorizada, costuma negar; a figura indecisa do culpado custa a esboçar-se; o inquérito fecha-se, como as bocas; vai a um promotor; não há prova; ou a um juiz; não há pronúncia; ou há, de tempos em tempos, menos para escarmentar os violentos do que para romper a tradição monótona, um julgamento, uma condenação, uma cintilação de justiça. Tão raro! O normal é que, antes de chegar a esse resultado confortador, ou a resultado nenhum, a emoção pública se haja esvaído, e ninguém se lembre mais do espancado, quanto mais do espancador. Os inquéritos, as denúncias, os crimes, tudo isso se arquiva. E de novo o ciclo infatigável se desenvolve: a polícia bate, o preso apanha, a vida continua.

Por que bate a polícia? Bate por simplismo, porque é mais simples bater do que investigar a verdade por trás do emaranhado de hipóteses. Seria preciso dar a todos os seus servidores aulas de psicologia e conhecimentos gerais sobre a profundeza da alma dos homens; mais fácil é adestrá-los nas artes de defesa e ataque, principalmente de ataque. Prepara-se o profissional para enfrentar indivíduos perigosos, e se ele não tem a mente esclarecida começa logo a considerar todos os indivíduos perigosos potencialmente. A atividade policial fica sendo um jogo em que vence o mais forte, o mais brusco, o de maior poder de iniciativa. Essa concepção de luta chega a cegar estas pessoas: pensam que estão na guerra, quando apenas interrogam um homem desarmado e aturdido, no interior de um xadrez.

Esta profissão é dura, porque a todos os riscos específicos acrescenta mais um, o de endurecer quem a exerce. É preciso ter uma grande saúde de espírito para não abusar do direito de prender, e para não desdobrá-lo num suposto direito de bater. Para evitar essas denúncias se colocou a polícia sob a vigilância do direito. Onde há um bacharel de boa formação jurídica os excessos da atividade policial se reduzem ao mínimo. A polícia é função do direito, e fazer dela uma atividade leiga, metade técnica para os elementos especializados, e metade primária para o seu pessoal de base, é criar para o cidadão novos motivos de insegurança, além daqueles que à polícia cumpre remover ou remediar.

Não quero mal à polícia, embora ela me inspire sempre uma certa inquietação. Seus homens são como outros quaisquer, mais ou menos compreensivos ou rudes; muitos deles morrem às mãos do criminoso, mas a instituição em si é tão propícia à contradição e ao abuso, que o melhor é não nos queixarmos de nada perante a autoridade; pode ser que ela descubra em nós um culpado, e saímos do distrito (ou não saímos) em situação muito pior do que quando lá entramos.

Que os juristas do governo e a justiça togada estejam sempre de olho no excesso policial, é o que podemos desejar de melhor. Se o caso Nestor Moreira[32] emocionou a toda gente, não é apenas porque se trata de um jornalista e de um rapaz conhecido como boa praça; é porque distinguimos através dele muita gente anônima que apanhou e

---

32 O repórter Nestor Moreira foi espancado numa delegacia de Copacabana pelo policial Paulo Roberto Peixoto, o Coice de Mula, em maio de 1954. O agressor teria reconhecido nele o jornalista que costumava criticar a incompetência do trabalho policial investigativo carioca no jornal *A Noite*. Moreira passou dias internado e não resistiu aos ferimentos. Morreu aos 45 anos. O crime comoveu a opinião pública e desencadeou uma série de fatos que, de acordo com alguns historiadores, teriam culminado na crise que levou o presidente Getúlio Vargas ao suicídio, três meses mais tarde.

nunca se soube; e é sobretudo pela pessoa humana em geral, essa pobre e abandonada pessoa, que mesmo sem querer paga tributo à Ordem.

(16 de maio de 1954)

MOÇA VOADORA

Novas profissões surgem todos os dias; poucas recebem, ao nascer, o canto de um poeta. Nenhuma delas é prosaica, no sentido absoluto da expressão, mas os poetas nem sempre são bastante argutos para perceber que uma forma inédita de trabalho se incorporou aos ofícios tradicionais.

Com as aeromoças, deu-se este acontecimento feliz: aparecidas há relativamente pouco tempo, encontraram aqui o seu cantor na pessoa de Manuel Bandeira, que teve imaginação necessária para situá-las na Antiguidade clássica. Onde olhos vulgares identificavam apenas moças atuais circulando num *clipper*, ele distinguiu a imagem das deusas que baixavam do céu grego para se misturarem à vida dos homens.[33]

Há outro fundamento para a comparação, que aqui se deixa consignado. A função da aeromoça corresponde, na aparência, a alguns deveres precisos e imediatos, que dizem respeito ao bem-estar da viagem. À primeira vista, ela poderia ser considerada uma peça, entre muitas, do avião. Mas reparem bem nessa jovem serena e até sorridente, que se disfarça na impessoalidade de um uniforme para nos prestar pequenos obséquios. Um vago constrangimento penetra os mais delicados: esticar-se um marmanjo na poltrona, dormir e até roncar, enquanto a moça fica vigilante para que ele não sinta frio, calor, fome, sede, dor de cabeça, enjoo, tédio ou qualquer outra coisa desagradável, é, pelo menos, falta de educação. Mas não foi para embaçar nos homens os últimos vestígios de polidez que as empresas de navegação aérea idealizaram a figura da comissária de bordo e selecionam com rigor os aspirantes a esse posto. Há um objetivo maior e secreto. E esse objetivo é conjurar o Medo.

---

33 Drummond se refere ao poema "Discurso em louvor da aeromoça", de 1952.

O Medo instala-se na aeronave com a nossa bagagem e a nossa pobre pessoa física. Ele começa a existir com a ideia de viagem; acompanha-nos ao aeroporto; vai à balança; oculta-se na ficha; está na voz que parte de ignoradas cavernas e ressoa enérgica: "Senhores passageiros, queiram tomar lugar no avião, e boa viagem!" O Medo é recalcado, analisado, ironizado, mas à semelhança do mosquito que foge aos nossos golpes e volta para zumbir, não fora, dentro de nós, o Medo é invencível.

Então surge a aeromoça e, com sua espada invisível, destrói o Medo. Foi para isso que a convocaram: porque é frágil, quase menina, porque nos lembra imperativamente a vida, e nos contagia de despreocupação provisória. Se fosse perigoso viajar, aquele ser tão sem defesa não estaria ali, diariamente, com a segurança com que nós, bípedes pesados, vamos toda manhã para o escritório. Ela nos salva do Medo, e por isso devemos tê-la na conta de mensageira do Olimpo: moderna valquíria, baixada não para recolher os heróis mortos no campo de batalha, mas para livrar da ideia de morte a gente sem heroísmo.

As moças que se dedicam a este trabalho monótono, arriscado e de teto baixo quanto a salários, sorrirão do que ficou escrito. Também elas sentirão seu friozinho secreto, e não há mais deusas na civilização cristã e industrial, mas empregados e empregadores...

De qualquer maneira, enquanto não nos convencermos de que viajar pelas alturas oferece o mesmo risco que estar no interior de qualquer veículo, ou andar com dois pés pela rua ou dormir em casa na cama, o Medo voa conosco, e só a intercessão da aeromoça eliminará esse clandestino. Amanhã, 31 de maio, celebramos o dia da aeromoça. Que elas tenham suas reivindicações atendidas na Terra, porque até os anjos precisam vestir e comer; e Deus as proteja no ar, para que sejamos protegidos por nossa vez.

(30 de maio de 1954)

AS FAVELADAS

Dizia a carta:

"Um leitor qualquer vem propor-lhe um assunto – que, por ser humilde, não é menos interessante.

Trata-se do seguinte: há, no Morro X, uma Fraternidade do Père Charles de Foucauld,[34] quer dizer, um barraco em que vivem (como faveladas) quatro irmãzinhas da referida congregação. Que fazem? Em casa, ou barraco, rezam; fora, trabalham em fábricas (como operárias). E só. O ideal: comungar com o pobre. Nenhuma apologética, nada de eficiência. Apenas abandono. São três francesas e uma paulista, moças e generosas. A cidade não suspeita que existem."

Dizer aqui o nome do morro, e o bairro onde se localiza, como faz o leitor, é dar à cidade notícia positiva dessas quatro moças – e basta que a cidade saiba que elas existem, sem ir perturbar-lhes a existência, tornando-as alvo de uma reportagem. Sim, essas moças existem, como as favelas e os favelados cuja sorte elas elegeram. O padre de Foucauld, sacrificado há tantos anos, continua cada vez existindo mais, se o seu exemplo move assim os corações. A existência de tudo, em um mundo de contrários irredutíveis, é motivo de pasmo para quem reflete um pouco, e de indiferença para a maioria. De maneira que nem sabemos como classificar a "escolha" realizada pelas irmãs do Coração de Jesus – se na categoria do sublime, na do absurdo ou na do inútil. Porque até nas matérias da alma se introduz essa noção de rendimento.

Essa incorporação às favelas pode ser considerada como aceitação da miséria, e indignar os reformistas. É preciso acabar com o triste ajuntamento

---

34 O religioso francês Charles de Foucauld (1858-1916) foi canonizado em 2022, pelo papa Francisco.

humano (ou inumano) que coroa a nossa soberba metrópole, e nenhuma atitude puramente sentimental contribuirá para isso. Certos teóricos irão mais longe, condenando as quatro irmãs pelo impulso individualista que substituem ao processo dinâmico, e até científico, da luta de classes. Socialmente, pois, o gesto das moças não satisfaz nem os urbanistas da prefeitura, nem os técnicos do serviço social, nem os socialistas dos diversos matizes; a muitos cristãos mesmo há de causar espécie, pois quase ninguém hoje em dia se lembra de que o cristianismo é, na sua maior beleza, a organização poética da loucura.

Um dos pontos que Chesterton louva particularmente em São Francisco de Assis é a sua engenhosa concepção da Ordem Terceira, ou seja, uma instituição destinada a ajudar as criaturas comuns a levarem a vida comum com uma extraordinária alegria. Sabemos o que se tornaram com o tempo as ordens terceiras: uma burocracia, muitas vezes em torno de um patrimônio bancário ou imobiliário. Mas a fraternidade do padre de Foucauld restabelece o pensamento franciscano quando sugere essa redescoberta da vida comum, sem a disciplina da regra, sem a preocupação de provar ou explicar nada, e sem a terrível noção de eficiência a que se refere o leitor. Redescoberta que é também a da pobreza, pela participação em seu cotidiano segredo, e não do lado de fora, como fazem os que se debruçam para extingui-la por um plano de salvação universal, ou pela concessão de auxílio também exterior, e mecânico. Participação que permite assimilar a experiência alheia, convertendo-a em nossa própria experiência, por via de amor. Mas tudo isso é tão simples, que se torna incompreensível; e tão belo, que não cabe numa crônica. Desculpe-me o leitor amigo se não aproveito o assunto das faveladas modernas.

(4 de junho de 1954)

VIDA DE MINISTRO

E chega uma hora em que a gente se despede. Inclusive os ministros. Estavam no seu duro afã de providenciar soluções para nossos graves problemas, e eis que a folhinha indica o prazo para a desincompatibilização. Se continuam na pasta, não podem candidatar-se às próximas eleições. Por outro lado, saindo, o futuro se desenha incerto, e lá se vai talvez o segundo pássaro, que voa longe e alto, na cola do primeiro, que espontaneamente soltamos. E nessa magoada alternativa o coração do ministro se dilacera: saio, não saio, saio...

Não se sabe que visgo ou doçura encerra a poltrona ministerial, para que homens tão diversos de índole e costumes políticos aspirem todos a ocupá-la, e a deixem sempre com melancolia. Cavalheiros de posses, que dispõem no lar de móveis mais confortáveis, obstinam-se em sentar pelo maior tempo possível nessa cadeira de certo mau gosto, e estilo duvidoso, pois em matéria de arte não foi à toa que o governo republicano se instalou na rua do Catete. Ascetas conhecidos pelo desprendimento do mundo e suas vaidades também abandonam a solidão para provar a volúpia de um gabinete ministerial. E mesmo quem já provou não desdenha voltar – para ver se tudo está na mesma, ou se a sensação resiste à repetição, quem sabe?

Os ministros são mediocremente pagos, e qualquer chefe de empresa ou advogado de partido tira, brincando, o dobro do ordenado. Há, é certo, compensações laterais, como o bom automóvel, que não é um, mas dois, para servir também à patroa, além de outras miudezas gratas, mas tudo isso desaparece no oceano de caceteações que é a vida ministerial. A horda de pretendentes a lugares que não existem envenena o dia de qualquer cristão; quanto aos cargos que existem, se eles são poucos para os parentes chegados, quanto mais para os numerosos primos pobres que todos nós possuímos. Há também o martírio cotidiano do lançamento de pedras fundamentais, de inaugurações simbólicas, de próceres que devemos levar ou receber, pois a nossa ausência no aeroporto seria notada; há a interminável conversa mole com os congressistas, que têm direito de entrar sem obrigação de sair; e à noite, quando a carcaça pede um colchão restaurador, jantares e espetáculos exigem um derradeiro esforço que é também da alma, para levar até o fim um programa de futilidades e mortificações em que se perdeu mais um dia de vida. Não houve prazer.

Houve utilidade, em troca? Seria excessivo afirmar que os ministros nada fizeram em meio a essa agitação vã. Eles – não se sabe como – despacharam dois mil processos, dos quais fizeram subir mil ao presidente da República; os despachos, na maioria, podiam perfeitamente ser dados pelos diretores gerais, chefes de seção ou delegados regionais de cada ministério. Mas a racionalização do serviço público não conseguiu acabar com a centralização burocrática, que é de interesse político. Assinando sem ler, pois do contrário nem teria folga para pentear o cabelo, esse forçado de novo tipo não pode deixar papel mofando na mesa. Tem de desunhá-lo para que não cresça por geração espontânea. E que tempo e que disponibilidade de espírito lhe restam para estudar as questões fundamentais de sua pasta, para traçar planos e não ficar nas soluções isoladas e de emergência, para se pôr em contato com as coisas, as realidades, as obscuras e tristes realidades do interior brasileiro, e não apenas de seu estado, como alguns gostam de fazer, de resto menos na qualidade de ministro que de político? E nos intervalos, é preciso ir ao Palácio cumprimentar a presidencial verônica; é preciso aparar golpes, desfazer futricas, ter olho nos colegas, que atrapalham, e calar os queixumes, quando a razão deles vem do alto. É preciso tudo isso... e não se consome, em nosso humano peito, o acre prazer de ser ministro.

(25 de junho de 1954)

A PROFISSÃO QUE NÃO EXISTE

A seção de consultas sobre previdência social, mantida pelo *Correio*, respondeu ontem à poetisa Marília, de São Paulo, que, invocando esta condição, deseja contribuir para algum instituto. Esclareceu-se à moça que poesia não é ainda considerada profissão, e desse modo, não se enquadrando seus cultores em qualquer dos sindicatos existentes, estão fora do alcance da previdência.

Correto. A poesia começa por ser uma antiprofissão, no mundo de hoje, pois mesmo praticada com exclusão de qualquer outra atividade, ou principalmente nessa hipótese, ela confere ao indivíduo uma reputação de inutilidade social que basta para afastá-lo do sistema de autodefesa instituído pelos grupos sociais. Se pedimos a um bombeiro que nos conserte um cano furado na cozinha, o resultado do seu serviço é de tal natureza que admitimos imediatamente o interesse público dessa modalidade de trabalho, e não repelimos a ideia de que os bombeiros velhos devem gozar de aposentadoria decente. Mas quando é em nossa alma que arrebentou um cano, e pedimos a um poeta que com seu equipamento de palavras ritmadas nos recomponha a economia interna, a operação que ele realiza é tão sutil que temos dificuldade em incluí-la no rol dos serviços profissionais, e não chegamos a conceber que também esse especialista precise de salário-família, de proteção contra acidentes e de outros cuidados miúdos. Admitimos, sim, que ele venha a desfrutar a imortalidade, espécie de aposentadoria *in abstracto*, regulada por um instituto de fantasmas, e concluímos que esta é a parte mais alta, pois os privilégios concedidos à classe dos bombeiros terminam com a sua existência corporal.

Não se paga a um poeta pelo bem que faz. Não percebendo salário, nem honorário, não é, portanto, um profissional. E por que não se paga? Por que um poema não tem preço? Seria então impossível pagar aos médicos, que ao menos por definição nos salvam ou preservam a vida, bem supremo; e aos simples farmacêuticos, veículos dessa salvação. Nada tem preço, se repararmos bem, pois todas as funções vitais são igualmente necessárias e preciosas, e qualquer ato visando a mantê-las, mesmo atingindo aparentemente só uma parte insignificante, serve ao homem na sua integridade. Seria impossível pagar aos sapateiros todo o bem que fazem a nossos pés e por extensão ao conjunto de nosso corpo e mais amplamente ainda ao espírito que o habita e cujo equilíbrio repousa nas mais variadas e mesquinhas circunstâncias físicas. E, entretanto, a todos esses servidores do gênero humano se arbitra uma paga mais ou menos razoável pela colaboração que trazem ao nosso ofício de viver, e a todos se integra no famoso sistema previdenciário.

Um pequeno esforço mental no sentido de dar nomes às coisas chegaria à conclusão de que existe a categoria profissional do poeta, mesmo quando não corresponda a uma categoria econômica atuante. De resto, em sociedades consideradas menos evoluídas do que a nossa, essa realidade coexistiu com a categoria: lembra Robert Briffault[35] que na Idade Média a poesia do *jongleur*, ou cantor ambulante, não se dirigia apenas a um gosto especial e pretensioso, da gente "bem" da época, mas antes fazia as vezes das formas literárias mais variadas do mundo de hoje: era romance, era teatro, era jornal, e interessava a todos. Atualmente, continuamos a pedir ao poeta serviços específicos e muito bem caracterizados, mas não achamos no dicionário socialista uma palavra para defini-los e uma outra para situá-los num sindicato qualquer – e fora dos sindicatos não há salvação, na era do Super-Estado.

Graças, Marília bela (pois este nome já é uma presunção de beleza), graças por tua reivindicação, que fará sorrir o Ministério do Trabalho, mas que vem trazer às mesas redondas este problema, um dos maiores da Terra: que é a poesia, e qual a sua parte na sorte do homem?

(17 de julho de 1954)

---

35 Robert Briffault (1876-1948), escritor e antropólogo cultural francês.

FETICHISMO

Musa centenária, canta o estabelecimento de Madame Besse, na rua do Rosário, 74. Lá estão seis moças pedalando em suas maquininhas, as primeiras desse engenho que o Rio recebe. Mais doze maquininhas esperam, na alfândega, que se desenvolva entre nós a moda dos vestidos de fabricação mecânica, lançada ultimamente nos Estados Unidos.

Aproxima-te de uma das jovens e admira o progresso do século. Está sentada numa banqueta de falso charão, junto à mesinha onde se deposita a delicada armação de aço. Basta um leve movimento do "pezinho travesso", e esse aparelho novo se põe a rodar. As mãos céleres "fazem passar pela agulha uma ourela de seda ou de cambraia, ao longo da qual vai-se estendendo com incrível velocidade uma linha de pontos que acaba necessariamente por um ponto de admiração" – admiração dos nossos olhos extasiados ante o prodígio.

Quem assim descreve o *atelier* de Madame Besse, lamentando não esteja ele instalado na aristocrática rua do Ouvidor, paraíso das francesas, não é um peralvilho qualquer, mas o grande José de Alencar, então nos seus 25 anos, em crônica para o *Correio Mercantil*. Vede o sensualismo do homem, a prelibar finas delícias: "Até agora, se tínhamos a ventura de ser admitidos no santuário de algum gabinete de moça, e de passarmos algumas horas a conversar e vê-la a coser, só podíamos gozar dos graciosos movimentos das mãos; porém, não se concedia o supremo prazer de entrever sob a orla do vestido um pezinho encantador, calçado por alguma botinazinha azul; um pezinho de mulher bonita que é tudo quanto há de mais poético neste mundo."

Não é preciso assinalar que estamos em 1854. Ainda não foi inventado o maiô, que instituiria novos e mais altos padrões poéticos. No Rio imperial de cem anos atrás, você tinha de simular um pretexto qualquer para vislumbrar numa oficina de costura da rua do Rosário um biquinho de sapato acionando a tal máquina portentosa, pois raros, muito raros seriam admitidos ao recesso do santuário da virgem, e esses tinham de contentar-se com o espetáculo das mãos. Eram apenas seis máquinas de costura, para toda uma população masculina, e Madame Besse não aprovaria a aglomeração de basbaques à sua porta.

Não foi certamente a vulgarização das máquinas de costura, hoje elétricas, que terá posto fim ao fetichismo dos pés, cultivado pelos nossos avós. Na realidade, outras formas de culto substituíram as antigas, pois o animal humano se recusa a abrir mão de seus misteriosos anseios, e nele a imaginação está sempre a serviço do instinto. Ainda agora, lê-se nos jornais que, quase trinta anos depois do primeiro homem-periscópio,[36] apareceu o segundo – desta vez com o espelhinho adaptado ao sapato, para descobrir... o quê? Aquilo que se deixa ver nas ruas sem qualquer esforço da parte do transeunte, esse individualista prefere vê-lo por um processo especial de sua invenção, refletido e fugitivo, e menos visto do que entrevisto. Não tenham dúvida: a nudez absoluta, se vier a ser decretada pela moda ou pela necessidade econômica, não impedirá que um fetichista de novo tipo se apaixone e sofra e delire diante de uma radiografia feminina, degustando a poesia de certos ossos, ou de qualquer deles.

É um consolo verificar que a psicanálise dos doutores de Viena ainda não acabou com a vida psíquica subterrânea da humanidade. Pelo contrário, alargou-a. Descoberta a raiz remota de nossos complexos e frustrações, e resolvidos os casos neuróticos suscetíveis de tratamento eficaz, nossos bons amigos Freud e Jung difundiram e socializaram a noção de recalque, pondo-a ao alcance da copeira menos científica, de sorte que hoje ninguém pode queixar-se de não ter o seu fenômeno patológico a preço módico, na zona profunda da consciência. De resto, eles tiveram a gentileza de

---

36 O "homem-periscópio" seria um tal Simeão Salustiano de Oliveira, preso em 1918, na Galeria Cruzeiro, portando um guarda-chuva adaptado para a espionagem: trazia um canudo de papelão com um espelhinho na ponta.

lembrar-nos que a própria doença é uma distração ou um refúgio para o doente, e que, portanto, não vale a pena curá-la, para retornarmos à insipidez incurável da saúde.

O novo homem do periscópio, com seu espelhinho, prova que o homem ainda não viu tudo, e que sempre lhe restará alguma coisa para ver – máquina de costura ou reflexo esquivo.

(21 de julho de 1954)

CARTOMANTE

De repente, Madame Azaleia, que viajou por toda a Europa e, de norte a sul, o nosso belo país (assim diz o seu prospecto), surge como a própria esperança, oferecendo a chave de nossos problemas. Quereis descobrir alguma coisa que vos preocupa? Quereis fazer voltar para vossa companhia alguém que de vós se tenha afastado? Quereis alcançar um bom emprego e prosperidade? Quereis promover um casamento difícil? Quereis curar alguém do vício da embriaguez? Madame Azaleia resolve tudo isso. "Trabalhos sinceros, rápidos e garantidos."

É a mensagem que recebemos por baixo da porta da casa, e que nos torna agradavelmente dispostos a enfrentar mais um dia de trabalho e aflição. Por 20 cruzeiros apenas, das 9 da manhã às 9 da noite, numa rua qualquer, alguém está ao nosso dispor, para ler o nosso passado, interpretar o nosso presente e esclarecer o nosso futuro.

O passado não interessa muito, salvo como teste para comprovação dos dotes de Madame Azaleia, e é mesmo preferível que ela não bula demasiado nele. As dores do presente nos são conhecidas; só nos falta o conhecimento dos bálsamos, e estes, cerrados no futuro, é que a distinta cartomante-quiromante se propõe a ministrar-nos, mercê de suas claras e agudas visões.

O negócio das cartomantes é ainda aquele que menores decepções nos causa, e reparem como a industrialização do mundo não o abalou nos seus fundamentos e no seu *décor* clássico. Um baralho, as linhas da mão, uma sala humilde com a mesinha recoberta pela toalha estampada (hoje de matéria plástica), e esse anúncio ao mesmo tempo mirabolante e ingênuo que o rapaz desempregado ou o velho trôpego vai distribuindo de porta em porta, porque cada porta é uma dor escondida, ou pelo menos uma ambição insatisfeita. Quem será insensível a essa pergunta que penetra sozinha na casa e não se confunde com nenhum outro reclame comercial; essa pergunta indiscreta, generosa e fáustica: "Quereis destruir algum mal que vos perturba?"

Não importa que Madame Azaleia fracasse. Ela manipula forças demasiadamente poderosas para se vergarem à sua boa intenção. A consulta não resolverá talvez nenhum de nossos problemas, e entretanto o fato de haver no meio de tantos consultórios de vísceras um consultório do destino, que tenta organizar a nossa felicidade pessoal (e se dependesse das cartomantes, não tenho a menor dúvida que todos a alcançaríamos, salvo uma escassa minoria destinada a provar pelo contraste a magnitude do nosso privilégio e a intercessão das videntes), este simples fato exerce uma influência favorável sobre os acontecimentos, ou no mínimo sobre a visão que temos deles.

Raríssimas pessoas deixarão de conceder às cartomantes um crédito, insignificante que seja, de confiança e simpatia, a que se mescla, mesmo em espíritos cultivados, certa dose de temor. Ela pode ser a caricatura de uma sibila, mas resta no coração do homem o sentimento de um mistério privativo, autônomo, que é o da trama de nossa vida, e pode coexistir com a concepção racionalista ou mística do universo. A uma cartomante não perguntaremos os grandes segredos do sobrenatural, mas gostamos de contar com essa chance de apurar pequenos pontos obscuros de nossa órbita: se alguém nos trai ou nos corresponde sinceramente, se devemos empatar dinheiro num negócio, se temos ou não uma úlcera no duodeno. Observem que o anúncio, por sua vez, joga apenas com o concreto individual; não promete cura para os males gerais nem se embrenha pela política; tudo são interesses do corpo e da alma de cada um, em particular. Daí talvez a atenção que provoca sempre. E se nem todos procuram Madame Azaleia é porque muitos se contentam em saber que ela existe. Em alguma parte da cidade, com suas cartas e sua ciência das quatro linhas fundamentais – vida, cabeça, coração e sorte –, e ainda com sua imaginosa ignorância, ela pressente ou adivinha talvez alguma coisa de nós que está caminhando lentamente em nossa direção.

(19 de agosto de 1954)

SILÊNCIO E FICHINHA

A passagem do carro de propaganda oral e musical do aspirante a vereador, lançando pânico ao espírito desprevenido, levou-me a sonhar com um movimento político de grande envergadura: pelas eleições, contra a propaganda eleitoral.

Estranho veículo aquele, a começar porque não era nada: não tinha forma, traços característicos, serventia aparente. Era apenas um ruído em marcha, e todo mosqueado de letras ferozes, em vermelho e preto.

Criatura humana, à primeira vista, não o pilotava, pois a coisa, envolta em faixas e inscrições, se mexia como esses monstros sem cabeça que habitam os mares lendários, e tanto mais terríveis quanto não se pode amputar-lhes nenhum elemento diretor. Rodava por si, ou movido talvez pela gasolina do inferno, e seu bramido, que pretendia reunir marchas militares e virtudes de candidato, parecia a razão única de sua existência.

Até aos mais altos edifícios subia o clamor uivante por ele desencadeado, de sorte que não se podia afirmar, de chofre, se era pela rua que trafegava, ou se percorria antes as avenidas do ar. Ribombava lá embaixo, mas internava-se cá em cima em cada pessoa, com a simultaneidade da corrente elétrica, a todas infundindo um solene pavor, que os ouvidos, mais do que os olhos, recolhem e distribuem pela rede nervosa.

Mas nos dias de hoje também os olhos têm sua cota de sofrimento, obrigados que estão a defrontar a massa de cartazes que barram colunas, muros e frontispícios, não com o resultado de atenuar a feiura habitual de nossa arquitetura civil, e sim de torná-la mais ofensiva. Cartazes que, pela insistência do mau gosto e pela toleima dos dizeres (raros escapam a esses padrões), em vez de estimular o nosso amor ao voto, antes o afugentam.

Afinal, uma campanha política não deve ser causa de desconforto físico e moral para os cidadãos, nem é desejável que a democracia vá pedir aos regimes totalitários suas técnicas de espalhafato e de *bourrage de crâne*.[37]

A ideia que aqui se propõe é a seguinte. Consolidar a democracia pelo voto, instituindo ao mesmo tempo a defesa dos aparelhos auditivo e visual, e consequentemente assegurando o equilíbrio psíquico, pela abolição da propaganda pessoal.

Os partidos apresentariam ao colendo Tribunal Superior Eleitoral as listas de nomes e respectivas fichas policiais judiciais, bancárias, escolares e outras. O Tribunal as registraria sem exame, pois o estudo desse material absorveria cinco anos, e este é o prazo dos mais longos mandatos. Publicar-se-ia tudo no *Diário Oficial*, e o povo, de jornal em punho, o olho nas fichas, escolheria meticulosamente seus mandatários. Partidos e candidatos fariam voto de silêncio no pré-eleitoral. Quem gritasse ou mandasse gritar em megafones teria o registro cassado.

Voltaria a reinar relativa tranquilidade nas ruas e nos espíritos. Quem quisesse eleger um guitarrista ou um pistoleiro (há gosto para tudo) poderia fazê-lo à vontade, sem a atual margem de engano, pois a propaganda confunde o varão probo com o meliante, e o imbecil com o homem de grandes luzes. E ninguém mais seria coagido a escolher candidatos como quem escolhe sabonete ou pó de matar barata, pela tremenda imposição da publicidade, isto é, não escolhendo.

Voltaria a ser grato, ou pelo menos deixaria de ser suplício andar pelas ruas. O eleitor se sentiria mais disposto ao serviço da pátria, e compraria jornal para ler jornal, iria ao cinema para ir ao cinema, ouviria rádio pelo rádio, e não para tomar conhecimento de caras, slogans e cacofonias delirantes. Poderia olhar para as árvores sem constrangimento, e não veria – como já vi – o céu maculado pela fumaça desses nomes abstrusos que o teco-teco vai espalhando em voo rasante.

---

37 Expressão francesa correspondente à nossa "lavagem cerebral".

O silêncio será garantia de eleições livres. Se não for estabelecido antes de 3 de outubro, ficaremos todos loucos, e então, adeus democracia. Por favor: silêncio, e uma fichinha bem explicada dos candidatos.

(20 de agosto de 1954)

TRAGÉDIA POLÍTICA[38]

O respeito aos mortos não é só uma lei cristã: está no fundo da natureza humana, e se confunde com o respeito próprio. Súbito, a pessoa do presidente deixou de interessar ao debate político. As queixas contra ele desaparecem, e a paixão se cala, como vazia de seu objeto. Luta-se contra um vivo, porém os mortos adquirem logo uma invulnerabilidade que torna inútil qualquer censura, se o próprio sentimento da morte já não a tornasse odiosa.

Contudo, este é um morto que fala. Suas palavras de despedida ao mundo são um ato polêmico e uma acusação geral aos que o enfrentaram na luta democrática. E todos quantos proferiram alguma vez uma palavra de oposição a seus fins, devem sentir-se visados, em maior ou menor grau, pelo seu libelo.

A todos acusa, o presidente morto, de combaterem na sua pessoa o bem geral, ou o dos pobres, que ele pretendia. Não o fez em condições que permitissem diálogo. Escolheu um pronunciamento além da fronteira sagrada, quando o gesto mais espontâneo de seus maiores adversários só pode ser, antes de qualquer outro, o de deplorar sua tragédia.

E é deplorando esse drama, vivido menos no atrito com forças contrárias do que no interior do seu espírito, que somos levados a deplorar também o sentido de sua mensagem final. Inspirando-se no amor aos humildes, não serve entretanto ao amor, pois divide a nação em dois grupos que se guerreiam: o dos pobres e humilhados, e o dos ricos e opressores. É lícito recear que esse supremo recado, trabalhando as imaginações simples, gere impulsos de ódio e vindicta que nem sequer terão alvo justo e definido,

---

38   No dia 24 de agosto, pressionado a renunciar, o presidente Getúlio Vargas (1882-1954) se suicidou com um tiro no coração, no Palácio do Catete. Deixou uma carta-testamento endereçada ao povo brasileiro, cujas famosas palavras finais são: "Saio da vida para entrar na História."

pois reunirão na mesma hostilidade forças realmente opostas ao desenvolvimento da justiça social, e outras que aspiram precisamente a essa justiça, • mas através de uma concepção distinta da que parecia animar o político desaparecido. Entre os que, de consciência limpa, divergiam do presidente, estavam muitos dos melhores e mais puros homens do país, e não mereciam ser tratados como inimigos do povo.

O amor ao povo, pela natureza dinâmica de seus negócios, exige dedicação e presença, e não afastamento desesperado; se este ocorre, só nos resta enxergar no episódio o traço doloroso da contingência humana, que lucidamente não cabe assimilar a uma decisão de luta no plano espiritual, pela memória ativa.

Noutro rumo, por mais imbuídos que estejamos do sentimento de nossa missão histórico-social, é forçoso admitir a dificuldade que há em impor à história o nosso perfil. As declarações da hora definitiva pedem antes modéstia, senão humildade, que o tempo irá ou não convertendo em glória perene, graças ao estudo crítico de documentos e testemunhos os mais contraditórios.

A tradição romana fez do suicídio político um ato de singular e cruel nobreza, fundando-o no estoicismo, que é austero desprendimento. Se em sua motivação pode ser captado um elemento de natureza especial, como seja, a intenção de um gesto que vise arrebatar os espíritos, é como se, simultaneamente, lhe faltasse um elemento clássico. Não importam. A própria e inesperada paixão do homem, brotando, em sua incandescência, de uma figura que nos acostumáramos a ver risonha e isenta aparentemente da noção trágica da vida, é bastante para suprir a falta de conteúdo filosófico dessa morte. Em seu desespero, ela nos comove, e, compungidos e respeitosos, nos inclinamos ante este final de destino.

(25 de agosto de 1954)

RELATÓRIO VERBAL

Não, minha senhora, não me pergunte a mim o que foi este Carnaval. Não indague de um monge as coisas do tempo, que atroam nas gazetas. Monge? Esse ainda pode contar de realidades espirituais; mas o seu servidor aqui presente nada sabe, nada intui e nada diz. Contar-lhe que não saiu do Rio é fazer supor que ficou no Rio e, necessariamente, que brincou. É que a senhora não atentou ainda nessa variedade fraudulenta de seres que não vão e não ficam; que continuam. O acontecimento acontece em volta, e não os atinge. Fugir? Fugir para onde, senhora minha, se nos transportamos conosco serra acima ou praia abaixo, e levamos, na valise ou na imaginação, a sombra daquilo de que fugimos? O número de indivíduos que não se carnavalizam durante o Carnaval é infelizmente avultado, e só lhes resta esperar que "isso" passe. O pior é que muitos carnavalescos, e alguns até influídos, não têm outra esperança, porque a obrigação de brincar nem sempre é festiva, e pode assumir visos de condenação. Imagine uma cidade condenada à alegria o ano inteiro, a vida inteira… e venha me dizer depois como essa gente se matou de alegre.

A notícia mais direta que tive do Carnaval este ano, minha senhora, me foi trazida na fisionomia da ancila doméstica. Não perdeu uma noite de rua ou de baile; na primeira noite, quando ia de bonde, cantando o samba do recordar é viver, e a marcha da água que lava, lava, lava tudo, alguém lhe arrebatou das mãos a carteira, com todos os caraminguás. Esse tipo de furto não é privativo do Carnaval, convenhamos, mas em ocasião tal, avalie a senhora o que não representa o dinheirinho do pobre. Os passageiros não se ergueram dos bancos, porque já viajavam de pé; houve gritos de pega-ladrão, mas ninguém se animou a saltar do bonde para persegui-lo, e essa sorte de malandro tem força total nas pernas. A moça empregada ia chorar, mas considerou que tinha tempo; era sábado, o Carnaval apenas estava principiando a coçar; na volta encontraria um irmão que lhe pagasse a passagem; choraria depois. Brincou bem brincado o seu Carnaval, como antes passava bem passados os seus bifes, e hoje, quarta-feira de cinzas, está deplorando sua rica pecúnia. Minto: está vivendo ainda seu pessoal e inesquecível roteiro de canto e pulo, no qual o episódio da carteira é apenas um incidente truncado.

Que vi pessoalmente do Carnaval, minha senhora? Da janela, vi uma pálida figura zoomórfica, último avatar do boi-bumbá, custodiado por dois sujeitos vestidos de roupa velha de mulher. Nem uma nota de cor. Os vestidos eram ou tinham sido brancos, e faltou material para colorir o papelão do boi. Também não cantavam, como se até isso custasse dinheiro. Limitavam-se a gingar com o ritmo possível, que cada um trouxera do berço. O pandeiro estendido por um deles pedia vagamente um níquel, e não era atendido. Mas parece que alguns blocos de moças bonitas e bem fantasiadas, fazendo o mesmo gesto com garbo maior, arrecadaram apreciável soma de papel-moeda.

Que ouvi? Algum carro em disparada, cortando a rua, numa lufada de vozes que vibravam um instante, e depois era a pasta de silêncio, fora e dentro deste eremita leigo. Confesso-lhe que caí na tentação de ouvir a descrição dos préstitos pelos locutores de rádio, e isso me curou da tentação de vê-los. Parece ser esta a nobre missão dos locutores. No mais, andei lendo, com auxílio do dicionário, aquela velha história da Cantuária, em que Chaucer exemplifica numa virtuosa mulher o exercício da paciência, para concluir que a mulher e a paciência foram sepultadas na Itália, há séculos. Eis o retrato do meu Carnaval, prezada senhora; posso indagar como foi o seu, ou seria demasiado indiscreto?

(24 de fevereiro de 1955)

UM RETRATO

Percorrendo essas oito páginas de notícias do país e do estrangeiro, que vieram embrulhando um pacote de livros, detenho-me na coluna (tão modesta) que estampa o retrato do menino Edival. O retrato e a notícia de sua morte, em dez linhas.

Era soldado do Corpo de Bombeiros ou, mais propriamente, aspirante a soldado. Tinha cinco anos, e o uniforme da corporação. Na fotografia, veste a farda de 3° sargento, e sorri com antecipação para os leitores do jornal. Era mascote dos bombeiros e morreu – ainda se morre disso – de pneumonia.

Não posso explicar por que simpatizei tanto com Edival. O fato de tratar-se de uma criança estimadíssima entre os bombeiros de uma cidade distante não é suficiente. Eles conheciam o garoto, eu não. O fato de ter morrido também não justifica essa ternura que veio bruscamente diante do jornal, quando já não havia nada que remediar na vida do pequeno. Desconfio do carinho que os mortos inspiram, e que os vivos não souberam despertar. E sendo morrer, via de regra, um dos atos menos voluntários da espécie, não se pode querer bem a uma pessoa unicamente porque foi compelida a morrer. Não, Edival deve ser gostado por outro motivo.

Esse motivo é o seu sorriso. Edival sorri para a vida, para o fotógrafo e para a morte, de que ele não tem o obscuro pressentimento. A vida desse menino agrada pela condensação de elementos: em cinco anos, Edival nasce, enverga uma farda, faz a mascote do Corpo de Bombeiros, tira retrato, apanha pneumonia e desaparece. Só depois de morto – e a esse preço – o seu retrato figura nos jornais. Para nós, ele começou a existir agora, e viverá cinco minutos. Na realidade, travamos conhecimento com Edival quando o seu destino está consumado e perfeito, e nada há a tirar nem pôr em sua vida. A fotografia de Edival são as suas obras completas. E nessas obras, nada mais belo que o seu sorriso.

Aí está como a providência, ou que nome tenha, preserva certos seres do que poderíamos chamar a decomposição vital. Se Edival crescesse, que seria desse guri daqui a quinze, vinte anos? Teríamos mais um "soldado do fogo", sem alegria especial, sem esse dom de comunicação, preocupado com o soldo baixo ou com a falta d'água, que ocorre fatalmente no instante em que os vigias sonolentos ou os comerciantes desejosos de mudar de ramo deixam cair uma ponta de cigarro, a esmo.

Morreu precisamente depois de um desses incêndios. O fogo pegara numa lavanderia, em frente ao canal. Na infância de nós todos, havia a piada do incêndio na caixa-d'água. O que aconteceu foi mais ou menos isso. E a água faltou. O prédio ardeu inteiramente, o que, digam o que disserem, ainda é uma maneira de melhorarmos a arquitetura nacional. Por mais que se esforçassem, os bombeiros nada puderam fazer. Voltaram ao quartel, desconsolados. Lá, circulava a notícia de que Edival estava doente. Dois dias depois, ele morria. Não sei quanto custa uma lavanderia elétrica, mas senti mais a morte do pequeno bombeiro.

Por que motivo Edival sorria tão docemente para nós, que não o conhecíamos ainda, senão para nos deixar saudade? Em alma tão simples, seria absurdo pesquisar uma intenção de sobrevivência sentimental através da fotografia, mas o sorriso dele é, apesar de tudo, um astucioso convite à amizade. Convite que nos chegou às mãos quando o remetente já havia morrido. A vida, como o correio, costuma chegar atrasada.

(15 de maio de 1955)

ÁRVORE FALADEIRA

A amendoeira com quem costumo bater papo, da janela, estava muito absorvida com os preparativos da mudança de estação, para receber os meus cumprimentos.

— Estou caprichando nestas folhas novas – explicou-me. — Não me venha com os seus hinos, encomendados, que não resolvem. E daí, as notícias são ruinzinhas.

— Você andou lendo os vespertinos, amiga?

— As notícias vêm na brisa, e árvore tem mais sensibilidade para captá-las do que vocês, espécie sem radar. Sei que o fogo está lavrando na Serra dos Órgãos...

— Mas há uma turma grande a combatê-lo.

— É, uma turma taca fogo e outra apaga. Mas enquanto a segunda não chega, nós (nós é um modo de dizer, meus problemas são outros) ficamos torradas.

— E quais são os seus problemas, árvore rezinguenta?

— São urbanos, e nisso nos parecemos, você e eu. Aspiramos a mesma fumaça ignóbil, estamos expostos aos mesmos impactos dos carros desembestados, e você quer saber de uma coisa? Acabaremos ambos expulsos da cidade.

— Mas a cidade foi feita para nós, ou por outra, nós é que a fazemos, meu bem.

— Conversa. Na prática, onde há uma árvore há um trecho de pista furtado aos automóveis. Onde há um homem, outro cisma logo: bom lugar para uma bomba de gasolina. E vivemos, eu e você, conspurcados pela propaganda eleitoral. Já se viu os letreiros dependurados entre dois troncos, por essas ruas? Salário não é renda, candidato do povo, candidato mais pobre, participação nos lucros, contra o golpe, petróleo... Essas imagens de cenário surrealista entram também dentro de você, meu velho, tanto para lhe sugerir o voto como para lhe turbar a paz interior. Não sou contra a democracia, mas sofro em minhas raízes.

— Isso não é nada, filha. O barulho dos alto-falantes, horas a fio, é que é de morte.

— E você pensa que árvore é surda, que minhas fibras não estremecem diante da música ordinária ou inoportuna? Olhe as árvores próximas do Municipal, por exemplo: ouvem os melhores concertos e as piores óperas; devem andar meio píssicas. Mas, o que me parece, com relação aos alto--falantes, é que os do Juarez são manejados pelos partidários do Juscelino, os do Juscelino pelos do Adhemar, os do Adhemar pelos do Plínio, tal é o desprazer que causa a pregação de um candidato, nesse tom de trovão possesso.[39]

— Vamos esquecer isso, amendoeirazinha. A semana é de vocês, e os poetas, os botânicos e os funcionários estão lhes dizendo doçuras...

— Obrigada. Durante sete dias, prestam-nos grandes homenagens, e no resto do ano é aquele pá! de machado nos pés de pau, reboando pelo Brasil. Digo pés de pau, porque vocês nem ao menos sabem o que cortam ou queimam. De resto, não me queixo de ninguém em particular. Estou com o Gilberto Amado,[40] de quem a música das palavras costuma chegar a mim, na viração de Laranjeiras, e é uma delícia ao descrever uma árvore de beira-rio: "De uma choviam flores grandes, moles, amarelas, que se cruzavam com as borboletas no ar peneirado de borrifos de água." E Gilberto, sem nomeá-la, observa muito bem: "Ninguém sabe nome de árvores no Brasil, aliás em parte nenhuma, como pude verificar em minhas viagens."

E passarinhando no assunto:

— Sabe quantas árvores o Departamento de Parques e Jardins devia plantar por ano? 10.000. Sabe quantas ele plantou no ano passado? 2.700.

---

39 Candidatos à Presidência na eleição de 1955: Juarez Távora (1898-1975), pela União Democrática Nacional (UDN); Juscelino Kubitschek (1902-1976), pelo Partido Social Democrático (PSD), eleito; Adhemar de Barros (1901-1969), pelo Partido Social Progressista (PSP); e Plínio Salgado (1895-1975), pelo Partido de Representação Popular (PRP).
40 Gilberto Amado (1887-1969), escritor e político sergipano.

Nem todas pegam, e muitas das velhas são sacrificadas. De sorte que daqui a alguns anos, se o deus Pã não mandar o contrário, quando um viajante pedir para ver uma árvore, por curiosidade, o carioca responderá: "Está em falta." Ui!

— Que foi?

— Nesse momento, estou recebendo uma mensagem da Bahia: derrubaram os quatorze fícus da velha praça da Sé, vão fazer lá um abrigo e uma pista de estacionamento aéreo.

No ar, sob o ruído das obras, passava um suspiro de folhagem.

(16 de setembro de 1955)

DIANTE DO MAR

Não só as crianças acreditam que, em certa noite do ano, um velho decrépito some pelos ares, levando um saco de restos, e que em seu lugar vem um menino luminoso. Também os adultos, e principalmente os adultos, creem na dupla aparição, e chegado o momento alçam os olhos para o céu, onde aparentemente não acontece nada. Alguns julgam ver o fenômeno, que entretanto se desenrola dentro deles, onde um velho não está fugindo, mas se detém e cava e lavra e rói e ri como os ratos riem.

E há os que não olham apenas para o alto, do terraço do apartamento, e sim para a rua, a campear o ano novo. Dizem que um dos lugares de onde melhor se pode vê-lo é a praia. O ano novo, como a vida, está no mar, e as ondas o trazem até nós, em sua respiração reboante. Como a noite é escura, costuma-se acender luzes para distingui-lo, ou, quem sabe, para orientá-lo, não vá o menininho perder-se entre restingas desabitadas ou expor-se à artilharia da costa. O espetáculo das luzinhas acesas – sete, quase sempre – no côncavo de pequenas escavações na areia sugere outros tantos focos brilhando no íntimo dos que fizeram esses buracos, acenderam esses pavios. A praia é treva e esperança, em partes iguais e aderentes, e esta vence aquela. Como foi possível, sem represas e centrais elétricas, sem energia nuclear industrializada, tornar alva a pele da noite? São velas que não atingem a um palmo, diante das águas e sob o céu imenso; e pequenos grupos se curvam para vê-las, e nelas cravam a atenção, e longamente quedam presas de seu bruxuleio.

Na última noite em que isto se deu, chovia. Guarda-chuvas punham manchas mais pesadas, no negro-cinza do anfiteatro formado pelos morros, sob nuvens espessas. Mas as pessoas vestidas de branco quase não os usavam, entregues a seu silêncio e seus cânticos, a sua imobilidade e seus gestos. Se estes às vezes eram bruscos, as palavras vinham sempre numa grande suavidade, mais sussurradas que entoadas. Nenhum coral majestoso, senão um murmúrio que parecia querer desabrochar em cantiga de roda ou de boas-vindas, mas pairava na indecisão, e morria entre flores. Flores vivas, que ornavam a areia, ou flores já batidas de salsugem, que o mar devolvia e tornava a levar, como quem brinca.

Fui ver com um amigo esses vultos de branco, movendo-se na praia e banhando os pés na onda quebradiça. Os gestos desmesurados não nos assustaram, lembrando leituras de livros graves, em que se conta de almas inflamadas de puro amor, que também impõem ao corpo essas disritmias. A nota dominante era antes de concentração e humildade, dentro da esperança, que insistia em selecionar os seus presságios. O ar, ao mesmo tempo, era inaugural e antigo, anterior a todas as construções metafísicas e contemporâneo delas, e sob a chuva erravam desejos, temores e crenças do homem, tentando conjurar o destino. Não vimos desrespeito a credo nenhum, nem a menor intenção de afirmar a superioridade de uma prática sobre quaisquer outras.

A certa altura, voltamos para a calçada, de onde se descortinava um préstito flamante e musical, em que outros homens transportavam em triunfo uma imagem querida. Os da praia não os hostilizaram nem interromperam o que faziam. Acima de todos, e sem que muitos o soubessem, o espírito de fraternidade unia inconciliáveis: e o mistério da noite mágica operava. Por isso, quando li no *Globo* que cenas vergonhosas e bárbaras se desenrolaram nas praias do Rio, na noite de passagem do ano, para agravo de nossos foros de povo civilizado e ofensa da população católica, pareceu-me que o simpático vespertino estava, pelo menos, de mau humor.

(4 de janeiro de 1956)

PÃO DORMIDO

Se hoje não te ofereço uma boa crônica, não culpes o cronista: ele começa a comer pão dormido, e te dará imagens dormidas. Acabou a era do pão matinal, que te esperava fresquinho para dar-te bom-dia e manter tua fé na solidariedade da espécie. Ao tomar o café, sentias obscuramente que alguém passara a noite preparando o teu pão, e agora ia dormir enquanto te aprestavas para o trabalho em benefício dele, alguém.

Para ser honesto, admito que não pensavas em padeiro nenhum, à hora da primeira colação; e se um cara qualquer te insinuasse que ias trabucar feio e forte ao longo do dia para compensar esse sublime sacrifício noturno, dirias o nome não dicionarizado de tua preferência, mais nada. Entretanto, assim era: o homem da noite vivia por sua vez das utilidades que o homem do dia lhe proporcionava.

Porque a verdade, amigo, é que tu e teu padeiro vos aliastes para a vida e para a morte; um carecia do outro, um era o outro, os dois formavam um só profissional. O padeiro era a parte noturna de teu ser proletário; era o elemento especializado que se destacava do sono para manipular a farinha, fazer a massa e pô-la ao forno, enquanto a parte diurna e múltipla repousava, para que o teu ser inteiro e devorador tivesse, entre outros, o conforto matutino do pão.

Esse equilíbrio de tarefas do indivíduo social rompeu-se. Há muito que não entregavas pão à tua própria casa. Ficaste cheio de partes, e o noturno panificava e punha na vitrina; o diurno tinha de, pessoalmente ou por mandatário, ir buscá-lo. Já não falo na pífia qualidade de teu produto. Como relaxaste, amigo, na composição e na fatura! Já te ofereceste, à guisa de pão, calcário, malacacheta, cartolina, farelo, sei lá. O trigo ficou sendo pseudônimo. E se reclamavas de ti mesmo, vinha a justificação de mau humor: se de dia não providenciavas nada direito, como querias que as coisas melhorassem à noite? Se não conseguias divisas, como ambicionavas trigo de verdade? Se não pagavas a entrega domiciliar, como a exigias? Etc. etc. Perdeste, amigo, a unidade.

Hoje perdes algo mais, que é noção da divisão do trabalho no tempo justo. Uma parte não quer mais ficar de vigília, preparando comida para as demais; à noite, que todo mundo durma, beba ou ame; panificar, não. E como não se vai mais panificar à noite, um exército de padeiros, de pessoas, que realmente metem as mãos na farinha, ficará desempregado de noite e de dia. Pergunto: estás regulando?

Responderás que tudo isso é mera croniquice. Ninguém é obrigado a trabalhar à noite. Quem não apetecer pão de véspera, coma brioche. Muita gente acorda depois das 9, das 10, das 11, e terá pão fresco distribuído às 8. O mundo não vai acabar porque a gente madrugadora deixa de tomar café com pão acordado às 7. (Digo pão acordado porque a expressão se impõe, diante do pão dormido que vamos enfrentar; haverá também, conforme o grau de rigidez da massa, pão insone, pão cochilante, pão hipnotizado.) Concluirás que, bem pensadas as coisas, voltará a haver pão fresco e fabricado à noite, mediante um recuo da Cofap[41] na questão do tabelamento, e um aumento substancial de preço em favor, não dos que fizeram esse pão, mas do que o mandam fazer, e dormem regalados (uma indústria tão dispendiosa! – exclama a nota do sindicato patronal).

Eu sabia.

(22 de maio de 1956)

---

41 Comissão Federal de Abastecimento e Preços, criada em 1951 pelo Ministério do Trabalho, Indústria e Comércio, e substituída, em 1962, pela Sunab (Superintendência Nacional do Abastecimento).

CHAPÉUS ETC.

Dizem que está voltando a moda do chapéu. Quando voltará a da cabeça? Não será amanhã, pois essa peça do corpo humano é de fabricação delicada, e sua feitura intensiva exigirá a readaptação da indústria, que há tanto tempo abandonou essa linha de produção. De qualquer modo, os chapéus começam a andar no ar, a relativa distância do pescoço, no lugar onde outrora havia a cabeça.

O desaparecimento da cabeça, entre nós, não foi instantâneo, nem data por exemplo de 1937,[42] como insinuam os eternos descontentes e os liberais. Tanto assim que em 1947, segundo lembra um vespertino, ainda se fez uma derradeira importação de quarenta dúzias de chapéus europeus, o que induz a crer na existência, àquela época, de quase meio milhar de caixas cranianas no Brasil. Verdade seja que o importador ainda guarda em sua loja nove chapéus – mais do que o suficiente para cobrir um ministério de capacidades, pois, se são dez as pastas do governo, nem todas exigem de seus detentores esse ornamento civil.

A crescente procura do chapéu, assinalada agora, esbarra na dificuldade em obter pelo de coelho ou de castor, que são as matérias-primas dessa indústria. Os coelhos terão acelerado a fuga, ao saberem da nova moda; e castores, quem já viu um castor na vida? Por falta de material, talvez se fabriquem chapéus-fantasmas, para cabeças-fantasmas. Ou simples forros e fitas, dispostos adequadamente em chapéus invisíveis, que a moda é ainda um fenômeno de sugestão, individual e coletiva. Mas deixemos este capítulo. Há outras novidades no setor da indumentária masculina, como por exemplo

---

42 Drummond parece referir-se, ironicamente, ao golpe militar que, no dia 10 de novembro de 1937, fechou o Congresso Nacional, revogou a Constituição de 1934 e instaurou o Estado Novo do Brasil, mantendo Getúlio Vargas no poder até 1945.

a opção entre o estilo italiano e o clássico, que o comércio está propondo. O italiano se apresenta assaz revolucionário, embora a revolução consista em mexer ligeiramente no caimento do ombro e na linha da cintura. Não chega a ser uma reforma social, nem mesmo uma reforma de caras, de que andamos saudosos; é um jeitinho aqui e outro ali, mas vale a intenção de mudar alguma coisa no homem, revelada pelos alfaiates de meia-confecção.

Se você reparar um pouco, verá que voltaram os punhos de abotoadura, que faziam o inferno e a dignidade de nossos avós. Ainda são moles, mas daqui a pouco surgirão num tecido semelhante ao compensado. Encontrei na rua alguns cidadãos que os exibiam com certo garbo; não iam a uma reunião social, iam ao batente: o uso da abotoadura pode trazer alguma satisfação nos dias que correm.

Assim é o homem. Querem fazê-lo pré-encolhido, sanforizado, trubenizado, eletrobarbeado, psicanalisado, semi ou totalmente confeccionado. Mas ele reage, restabelecendo a solenidade medieval do chapéu, e não porque seja inverno ou a cabeleira sumiu, mas porque, mesmo sem cabeça, o homem sonha o sonho da existência e quer dispô-lo a seu modo, ter seus caprichos ou a ilusão de seus caprichos; e prefere ter mais trabalho ao vestir a camisa mas tirar desse trabalho uma distração ao aborrecimento de usá-la.

Acompanho com o maior interesse os anúncios ilustrados dos *magasins* do Rio, e vejo em cada padrão novo de blusão ou camisa de lã, de cor espaventosa, um signo da alegria de viver, que insiste em desabrochar no homem.

(7 de junho de 1956)

MISS

Um júri douto e variado subiu a serra, em noite chuvosa, para escolher a Miss Brasil 1956. São sacrifícios que qualquer mortal topa, mesmo não tendo habilitação para discernir em matéria de beleza. O outro júri, inumerável, ficou disperso pelo país afora, esperando sua vez de decidir, pois os veredictos desse gênero são eternamente reformáveis, o que não quer dizer que sejam ineptos ou injustos: são êxtases de cada um, à base de sua formação, sua fisiologia, seu estado de nascimento, suas experiências intransferíveis. É admirável, mesmo, que um tribunal de mais de um juiz acorde em escolher determinada moça, entre vinte e duas que se apresentem. Chego a achar que um juiz único deve vacilar ao extremo, e jamais, se tem consciência apurada e o hábito de *couper un cheveu en quatre*,[43] decidirá em definitivo, já não digo em favor de uma arquitetura inteira, mas de um par de olhos ou de pernas.

Que adianta estabelecer que o busto perfeito pode oscilar entre 95 e 85 centímetros, ou que o quadril deve ficar na casa dos 90? O cânon internacional não diz o indizível, que zomba dessas medidas. A luz, o ângulo, a granulação da pele, a joia, o pó de arroz, o perfume, a graça, a inteligência, o desejo, até a música do instante e mil outros elementos vão valorizar esse busto ou comprometer-lhe a magnificência, de sorte que centímetros, em si, não resolvem. Uma escultura eternamente cambiante se instala no corpo, e se vai desfazendo e compondo ao ritmo do andar, enquanto dentro do observador, por sua vez, imagens insuspeitadas aderem a essa representação múltipla, tornando-a ainda mais complexa. Ponham agora vinte e duas jovens escolhidas em frente de um mísero juiz, e digam-me que pode fazer esse esteta, ou esse jornalista, ou esse ministro, ou esse fabricante

---

43 Em francês, "cortar um fio de cabelo em quatro", expressão que significa esmiuçar, entrar em detalhes exagerados, fazer distinções desnecessárias.

de tecidos, ou o que poderia fazer um Winckelmann ou um Leonardo em pessoa, tão humanos, vulneráveis e perplexos como o meu caro João Brandão,[44] de Itabira!

A ocorrência do módulo 5 sobre 3, ou acorde menor, a determinar as proporções femininas, bem como a divisão de partes pelo umbigo, que se obtém pela aplicação da linha áurea, são base para o julgamento ideal, que não ocorre na vida. Escolhemos antes com o nosso instinto e a nossa experiência, e, se nos curvamos a prescrições externas, é sob protesto íntimo. Todas as moças que desfilaram no Quitandinha podem considerar-se vitoriosas *in petto*,[45] e o resultado seriam muitas misses Brasil, se o júri deixasse falar o mistério de sua sensibilidade.

A transformação da moça em miss é outro aspecto dos concursos, que valeria a pena estudar do ponto de vista psicológico e de conduta social. A partir do momento em que a elegem, ela se despersonaliza e é um bem de todos, isto é, deixa de existir. Vira anúncio de sabonete, de malha para balé, de gelatina em pó. Passa a ter opiniões literárias que jamais lhe haviam ocorrido, vai ao Jóquei quando preferia ir à Barra da Tijuca, visita o Chefe da Nação e dá autógrafos com uma letrinha que não teve tempo de glamorizar-se. Suponho que fique profundamente infeliz, pois, como o personagem de Chamisso, perdeu a sombra, e, pior do que ele, ganhou um halo que a acompanha até nos momentos de solidão, o que deve ser cacetíssimo. Parece que elas adoram isso. É pena.

A reação social é de curiosidade e crítica: reprovamos-lhe com indignação o milímetro de anágua à mostra; não sabe pentear-se; o azul não lhe vai bem; o sorriso é pouco inteligente; a voz uma tristeza. Todos a devoram com os olhos, mas para achar que o sabor não corresponde. Em compensação, amamos cada vez mais as mulheres divinamente imperfeitas, que têm coxas a mais ou a menos, e nunca seriam a miss do seu bairro ou de sua rua.

---

44 João Brandão, personagem fictício de diversas crônicas de Drummond, que pode ser considerado a personificação do homem comum, ou mesmo um alter ego do poeta.

45 "Dentro do peito", em italiano, ou seja, em segredo, intimamente.

A infelicidade de ser miss, entretanto, não é irremediável. Dura um ano. E a força da natureza é tamanha que costuma aparecer um rapaz disposto, quebra o mito público, restabelece a moça, a moça esquece que é bonita demais, fica noiva, casa com ele e, se tiverem muitos filhos, até que é um bonito final de crônica.

(19 de junho de 1956)

PERDIDOS & FURTADOS

Por que diminuíram de valor os objetos perdidos na rua ou furtados, que a polícia recolhe? A relação publicada faz cismar. São certidões de nascimento, casamento e óbito; títulos de eleitor; bolsas de matéria plástica, chaveiros de couro ou metal, um deles de propaganda política; e broches de fantasia. Há, é certo, um cordão de ouro, destacando-se entre um porta-níqueis de crocodilo e um porta-notas também de matéria plástica. Tanta matéria plástica solta por aí! Os objetos que outrora se queriam nobres hoje se resignam a essa natureza dúbia, espécie de barro industrial de que se fazem as novas coisas e talvez os novos homens. De marfim, platina, chorão, cedro, prata, não há nada. Onde se perdem hoje as boas coisas de antigamente? Já não seduzem os ladrões?

Noto mesmo a falta de guarda-chuvas, que eram tão distraídos, e se deixavam sistematicamente perder, como se tivessem repugnância em acompanhar seus donos, ou fossem neutros no conflito entre a chuva e a pessoa. Dir-se-ia que até os guarda-chuvas têm medo hoje da aventura, não sabem ousar; protegem-se da chuva a si mesmos, enganchando-se no braço para serem guardados. Ou seguem talvez presos a uma corrente de matéria plástica, que lhes impeça a mudança de proprietário? Não sei. Há também a explicação de que eles podem estar acabando, que essa raça lúgubre mas útil e sobretudo tão século XIX nos vai deixar para sempre, como fez o pássaro arqueoptérix, do período cretáceo, que teria precisamente meio metro de diâmetro e planava mais do que voava. Nesse caso, que invenção substituirá essa máquina, aliás, engenhosa? Ou já não nos importa mais molharmo-nos ou permanecer enxutos, como se cuidados mais graves lançassem um impermeável sobre nossa calvície precoce?

Lembro-me bem dos róis de coisas achadas que os jornais publicavam até 1939, ano da guerra: eram joias khapurtalescas, luciluzindo na calçada do Copacabana Palace e até de hotéis menores; uma estola de *vison* posta inexplicavelmente ao pé de uma palmeira da rua Paissandu; um piano inteiro, de porte médio, em perfeito estado de conservação; e balaios de orquídeas, coletes de veludo, uma naveta setecentista com a marca do prateiro; códices com iluminuras; um retrato de Sarah Bernhardt com dedicatória a um usineiro requintado de Pernambuco; e cartas de amor embrulhadas em papel azul-claro ou cor-de-rosa, e amarradas com fita de seda em que havia passarinhos pintados à mão. Dizem que não se escrevem mais cartas de amor, por isso não se pode perdê-las. Mas quando uma pessoa tem o espírito realmente desprendido da materialidade terrena e conserva um miligrama de poesia está apta a perder qualquer coisa de precioso, o que é a melhor maneira de valorizar ainda mais essa coisa, ou de forrar-se à sua perfeição incômoda. Não perder nada é terrível como sintoma de lucidez, prudência, avareza.

Estimo inclusive as pessoas que se perdem a si mesmas, na via pública, seja porque andam simultaneamente em dois planos, o paroquial e o mágico, seja porque não têm simplesmente senso de direção. Creio que entre estas últimas são escolhidos geralmente os diretores de autarquias e até ministros, mas o lamentável é que os investidos em tais funções logo passam a dirigir demais, atropeladamente, sem folga para os dirigidos. Nosso aplauso deve ir antes para os que se perdem, simplesmente, e não fazem questão de ser encontrados – porque esses encontram sempre, dentro ou fora de si, o trevo de três pétalas e meia, a chave que abre as nuvens, o relógio que conta as horas fora do tempo, como essas que a gente passa conversando calado com uma pessoa às vezes distante e tão próxima que lhe sentimos a respiração sob a noturna camisola pressentida.

A última lista de perdidos e furtados me decepcionou. Certidões, meu Deus, talvez sejam perdidas voluntariamente, e isso não vale. E há demasiada matéria plástica nos tempos modernos.

(7 de agosto de 1956)

VOLTA DOS ASTROS

Que nos trará novembro, na promessa dos astros? Cada mês que surge, o cronista gosta de consultar o seu horóscopo, e só não telefona ao astrólogo Celso Antônio[46] para não perturbar seus trabalhos de escultura, amorosamente lentos. Mas ele acerta sempre. O ano passado, anunciou-nos em surdina coisas magnas no painel de novembro, recomendando a cada amigo que não facilitasse, não saísse à rua, tivesse em casa seu estoque de mantimentos. Não acreditamos, e vimos. As cautelas materiais foram desnecessárias, mas o que estava escrito nos astros, à luz de Escorpião, Celso o enxergou e previu.

A história do homem tem sido um desdenhar dos signos que lhe presidiram à geração. Mas esse desdém está previsto nos signos e se opera ao seu influxo. Tal de Virgem se comporta como nascido em Gêmeos; mas o que lhe sucede é estritamente virginiano, e daí a dramaticidade ou a frustração de seu curso. Um Peixes não teime em leonizar, e ai do Libra que se enfeite de Aquário. Conhecemos um Áries que fazia tudo por ser feliz e dar felicidade ao próximo, mas fazia-o pela carta de Câncer, e suas boas disposições eram catastróficas. Um seguro mapa horoscópico iluminaria as relações humanas. Em nosso modesto parecer, o registro civil devia conter a indicação planetária adequada à orientação de cada um, pois toda criatura ganha um corpo celeste, antes de ganhar um nome, e ninguém lhe fala dessa dádiva, que é imperial e decisória.

A ciência dos astros está apenas recomeçando, após séculos de

---

46 O escultor Celso Antônio de Menezes (1896-1984). Entregou diversas obras sob encomenda para os governos de Getúlio Vargas e Gaspar Dutra, entre elas a polêmica escultura "Trabalhador brasileiro", de 1945.

presumido racionalismo científico que, ao tomar conhecimento das irradiações siderais, lhes reconhecia efeitos físicos evidentes, mas negando-lhes atuação no domínio psíquico. Temos de reestruturar o materialismo em bases que o reconciliem com a sabedoria caldaica e o obscuro sentimento dos primitivos, para quem o espaço é um armazém de presságios. Uma nova leitura da natureza, e os problemas políticos morais do nosso tempo poderiam talvez ser atacados com maior fruto, na certeza de que o mundo se torna mais simples e harmonioso à medida que nos desfazemos do conhecimento enfático e peneiramos no terreno da simpatia cósmica.

A direção do país, repartida entre executivo, legislativo e judiciário, passaria a contar com um quarto poder, o astrológico, sob cujas mensagens os demais trabalhariam atentamente. Não sorriam, por favor. Habituamo-nos a considerar com fleuma a atividade de senadores, deputados e generais que dispõem sobre a sorte da nação baseados em princípios de ciência política ou militar, mas alheios por completo a fatores que essas disciplinas não abarcam, e entretanto influem decisivamente em todas as operações humanas. Aliás, toda essa arte de governar, ainda vigente, é peculiar a uma concepção do mundo que virou farinha. A física nuclear se encarregou de demonstrar que andávamos enganados na conceituação da matéria, que o universo era coisa muito distinta da que imaginávamos, uma coisa só pressentida por inocentes filósofos e magos de eras remotas, desprovidos da informação prática de que hoje dispõe o próprio analfabeto. O mundo sólido que pisávamos transformou-se num mundo abstrato, energético, dócil a quaisquer formas, e entretanto guardando sua unidade íntima, de que não suspeitáramos, em nosso afã de diversificar e classificar os elementos. Retifica-se a relação homem-natureza. Que valor têm nossos métodos de governo, instituições e códigos de princípios, elaborados numa floresta de enganos?

Os astros estão voltando. Os conselhos dos jornais "aos que nasceram de tal a tal dia" interessam tanto a nós como à nossa cozinheira e ao titular da Fazenda. A conjuntura é esta: Saturno entra na segunda casa solar, depois é o trânsito de Marte. Aos nascidos nesse período, evitar extravagâncias monetárias, viagens de recreio, ter paciência com crianças e cultivar o romantismo.

(1° de novembro de 1956)

DEZEMBRO

Notícias do Rio, compadre? Tenho andado com o nosso João Brandão a percorrer a cidade, para assuntar. Sentimo-nos como aqueles persas do Montesquieu, que foram conhecer Paris e observar-lhe os costumes. O Rio está cheio de espírito de Natal. Se você me pedir que lhe defina esse espírito, eu embatuco, mas nem só de definições vive o homem. Saiba pois que o referido nos habita. As ruas e os corações são só Natal, e as próprias árvores se natalizam. À noite, eu e o João pensamos que elas pegavam fogo: eram rubras, amarelas, crepitantes. Mas o povo ia e vinha pelas calçadas, sem se fichar, donde concluímos que aqueles clarões provinham de lâmpadas elétricas insinuadas entre os ramos e anunciavam o Natal. As pobrezinhas talvez padecessem calor; havia de ser o calor da fraternidade universal. Para o ano – informou-nos um senhor da prefeitura – cogita-se de colar letrinhas fluorescentes nos peixes dos aquários, formando palavras natálicas; também se cogita de aquarelar as nuvens. Fé e *promotion*.

Passamos por um armazém, onde uma faixa estendida de lado a lado nos saudava: "*You are welcome* – seja bem-vindo – *Sia benvenuto*". Olhei para João e decidimos participar das alegrias daquela boa casa, mas os donos e empregados nos receberam com ar de pressa, explicando-nos que não havia propriamente festim ou ceia, e tínhamos de passar pela caixa. Para não sair de mãos abanando, cada um de nós adquiriu uma garrafa de infusão de cevada, de efeito cordial, por Cr$. 1.500,00 e retiramo-nos. "No Pará é outra vida", contou-nos Eneida que passava, "por quaisquer 300 cruzeiros se tem uma garrafa de uísque careca". Indagamos que marca era, e esclareceu-nos que é todo uísque bom, desembarcado de contrabando na selva e bebido em Belém a preço quase de água mineral: careca, isto é sem selo. Sucede que o pessoal do Rio, sempre atento à vida nacional, e ciente dessa preciosidade a escorrer na Amazônia qual rio de mel, toma o avião e traz tudo para cá, vendendo-o a preço de joalheria. Esse novo método de importação tem a vantagem de economizar divisas, oh, quanto!

Mas a chama do amor ao próximo lavra como um incêndio. Basta dizer-lhe que muitos jovens estão agora devotados à tarefa de angariar donativos para o Natal dos pobres. De preferência na zona sul, onde o sentimento cristão é mais exuberante. A maneira de fazê-lo não deixa de ser curiosa. Tomam um carro, em geral sem avisar o dono, e descem onde haja uma senhora à espera de condução. Pedem-lhe a bolsa, o anel, a pulseira e o brinco; sobem imediatamente e vão repetir mais adiante a operação. Como não há tempo a perder, eles mesmos costumam tirar da pele feminina esses distintivos, produzindo alguns arranhões. A doadora pode sofrer um traumatismo e até falecer, mas o fim elevado justifica a precipitação dos meios. O carro costuma arrebentar, e é substituído por outro. Dizem que a polícia não aprova essa arrecadação volante; contudo, não a coíbe.

Começaram, compadre, a circular os cartões de Natal, e uns são muito bonitos, como o do Paulo Gomide,[47] que inclui uma xilogravura colorida e um poema que começa amargo e termina azul: "O mar é um Natal eterno, sem cruzes depois..." Apareceu-me debaixo da porta outra mensagem, também em verso, com uma vinheta humilde: "Boas festas ao lixeiro – que anda um pouco cansado." A confissão de fadiga faz pensar: não estaremos todos um pouco cansados? As coisas não estão cansadas em nosso redor? O Emmanuel Mounier[48] descobriu que as coisas circundantes participam um tanto de nossas disposições, e é preciso olhá-las com um começo de ternura e respeito. Não sei se estamos agindo assim. Até breve, compadre.

(11 de dezembro de 1956)

---

47 Paulo Gomide (1912-1982), poeta, autor de *Flamengo e outros poemas* (1956).

48 Emmanuel Mounier (1905-1950), filósofo francês personalista, um dos fundadores da revista *Esprit*.

COMPANHIA

Um dos mistérios do Natal é caberem nele tantas festas: a religiosa, a familial, a infantil (espécie distinta), a popular e mesmo a agnóstica, dos que não apreendem o divino e entretanto o celebram. E todas essas comemorações se processam em dois planos: o Natal exterior e o interior se interpenetram, mas não se confundem. Assistimos à festa nas ruas, nas casas, nas igrejas, participamos dela, mas promovemos em nós uma outra festa, ou tentamos promovê-la, calados, até melancólicos. Será o Natal uma solidão à procura de companhia?

Recordo uma noite de Natal passada no estrangeiro, há cinco ou seis anos. Estávamos reunidos em torno à mesa, comendo e bebendo coisas que é de uso comer e beber em maior quantidade, numa data em que comida e bebida deviam ter tão pouca importância, e contudo a têm enorme e simbólica. Sentíamo-nos felizes: uma pequena família que reúne suas metades habitualmente separadas tem direito a isso. Havia mesmo a circunstância de que a família aumentara, e não era só um menino ideal que saudávamos, era também outro menino de carne e osso, bochechudo, olhos azuis, dormindo no quarto próximo. A alegria não chegava a ser ruidosa, dado o temperamento geral e a conveniência de não acordar o menino. E seria completa, se algumas lembranças não nos acudissem: pessoas que tinham morrido há muito tempo se apresentavam, docemente incômodas; recordá-las era bom e triste. Pessoas distantes, amigos, até desconhecidos, essa massa anônima que faz parte de nosso existir, e que lá longe, no Brasil, estaria vivendo seus diversos natais, enquanto outra massa anônima em volta de nós se entregava aos mesmos ritos sacros e profanos. Estávamos protegidos, solidários, unificados; contudo, estávamos também isolados de inúmeros seres, nessa concha de egoísmo que é a felicidade doméstica.

O telefone interno tocou na copa; da portaria chamavam o dono da casa. Um rapaz italiano chegara do Rio num avião das 23 horas, atrasado, para de surpresa passar o Natal com a mãe, moradora no mesmo edifício. A senhora não estava, o rapaz queria entrar, e o porteiro, desconhecendo-lhe a identidade, não sabia o que fazer: como ele dissesse que vinha do Brasil, e nossa família era metade brasileira, o homem entendeu que devia consultar-nos.

Manuel (o dono da casa) desceu para conversar com o recém-chegado. Este era um moço simpático e mal escondia a ansiedade pelo desencontro. Ficou decidido que ficaria no hall do edifício, até que a senhora voltasse, Manuel subiu para trazer-lhe um prato, copo e garrafa. Encontrou a família sob o impacto daquele viajante noturno e sem aconchego de Natal; trocou um olhar com a dona da casa e desceu novamente, de mãos vazias. Ia chamar o rapaz para a nossa mesa; se fosse um impostor, paciência. O rapaz subiu, tímido, sem jeito. Ia dar trabalho, perturbar a intimidade... Reanimou-se ao calor de uns goles, contou-nos coisas, ouviu outras. De vez em quando olhava o pulso. Quanto tempo duraria a espera? Nossa intimidade se rompera, os assuntos tinham de ser mais gerais, mas déramos companhia a um estranho, parecia que o nosso Natal se dourara de um elemento novo. Por outro lado, se a senhora italiana não chegasse, até quando o teríamos conosco, não ficaria meio cacete aquilo?... Se ela não o reconhecesse, havia de ser engraçado. Essas imaginações passaram pela cabeça deste narrador, que logo se envergonhou do mau pensamento; não há Natal perfeito. Às duas da madrugada, o telefone avisou que a senhora havia chegado e esperava o filho lá embaixo. Tempos depois, Manuel estava no Rio e avistou o rapaz na calçada; ia abraçá-lo, efusivo, mas o outro o cumprimentou vagamente e se afastou. Esquecera talvez a companhia, ou se lembrava somente do desamparo inicial.

(21 de dezembro de 1956)

OS BANCOS

Aproveitem, velhos, aproveitem, jovens. Tomem seus últimos sorvetes, trinquem as derradeiras coxinhas; a Colombo vai acabar. A notícia não é nova, todos a sabem; mas é como se ninguém soubesse, pois não vejo nas fisionomias esse abatimento que deve figurar a irretratabilidade de uma grande perda. As pessoas trafegam pela rua Gonçalves Dias como se nada houvera, e entretanto há; penetram naquele templo leigo, onde a pequena burguesia carioca celebra há cinquenta anos seus ritos sociais, pedem o almoço, servem-se, saem. Daqui a meses não poderão nunca mais cumprir essa rotina simpática. Os grandes espelhos *art nouveau* serão vendidos em leilão (vi há pouco o leilão de tacinhas e xícaras da Brasileira, de muito menos tradição; era vulgar, mas doía), as memórias fugirão dali como baratas tontas. Quem teve um encontro feliz na Colombo, e quem não os teve?, já não poderá evocá-lo, debruçado à própria mesa onde o rosto da criatura recém-descoberta surgia por trás de um vasinho de flores tão comum e que contudo parecia o jardim de Boboli, em Florença, onde nunca estivemos senão em sonho. Lugares onde vivemos minutos interiormente densos são lugares tocados de magia, e a Colombo podia lembrar simultaneamente, a frequentadores diversos, diversamente imaginosos, um palácio árabe, uma festa veneziana, uma galeria de Versalhes, um desfile de retratos de Van Dyck, e não sei que mais. A música fácil, sentimental, que sua orquestra nos injetava, contribuía para tais encantamentos, pois não há nada como música barata para mexer com o íntimo do homem e convocá-lo à transcendência (não é Mozart que inspira, é o realejo). Bem, os prejuízos são irreparáveis. *Ubi Colombo fuit*,[49] amigos, amigas, vocês terão um banco.

---

49   Em latim, "onde estava a Colombo".

112

A cidade, reparem, se enche de bancos. São belos ou pretendem sê-los. Ostentam painéis de mosaico ou afresco, tapetes abstracionistas, plantas que aprenderam com Burle Marx a ser diferentes e a se integrarem na composição plástica. Pelo Natal, exibem árvores modernas, de onde pendem desejos benéficos, sugestões de amor, de família, de desinteresse. Ah, os bancos, como são poéticos, distanciados de todo pensamento de vil pecúnia, os bancos de hoje! Este exibe fotografias de paisagens brasileiras, estoutro rivaliza em requinte decorativo com uma butique, aquele ali tem uma suavidade de claustro a que não falta a água de um tanque. Gosto muito dos bancos atuais, por terem vencido o preconceito de que a solidez do estabelecimento dependia do chão de ladrilho hidráulico, das escrivaninhas de pau-preto e do teto ornado com teias de aranha. Mas lamento que eles sejam tão numerosos.

Senão, vejamos. Onde era uma confeitaria, salta um banco. Onde um bar (e Deus sabe como são raros os bares na cidade), outro banco. Café expresso! banco. Livraria! banco. Chapelaria! banco. Os bancos foram criados para fazer o comércio do dinheiro, que se destina a produzir e vender utilidades. Assim, mediante empréstimo bancário, um sujeito monta digamos uma confeitaria, um bar, um café expresso, uma livraria, uma chapelaria. Mas se o banco, em vez de emprestar-lhe o dinheiro para essas coisas (a retenção de crédito é geral, gemem os necessitados), ele o empresta a si mesmo para aformosear-se ou fundar outro banco, isto é, uma filial, não parece brincadeira?

Detenho-me antes que me acusem de opor embaraços à expansão da rede bancária nacional. Quem já assinou um papagaio em hora aflita, e o resgatou depois em humildes amortizações, não tem direito a falar mal dessa instituição. Apenas pedirei aos meus amigos banqueiros que deixem, por favor, alguma lojinha livre na cidade, algum ponto delicado onde se possa beber chá ou martíni, conversar, ver, comprar um livro, estudar uma mulher.[50]

(19 de fevereiro de 1957)

---

50 A Confeitaria Colombo continua aberta até hoje.

A LUA NENÊ

O lançamento do satélite artificial é assunto alto demais para o poder de voo deste foliculário, que se habituou a excursões rasantes sobre miúdos acontecimentos. O feito científico dos russos deixou-me boquiaberto, não minto; mas o que mais me tocou foi a palavra do menino norte-americano, que denominou o novo engenho de *baby moon*. Creio que, pela primeira vez na história das relações internacionais, um povo, ao dar ao mundo uma lição de poesia, é gentilmente correspondido por outro povo com outra lição de poesia.

Sim, é apenas um nenê, essa primeira criação ainda canhestra do homem, rodando no espaço como uma criança pequenina que nos manda sinais aflitos; uma criança que não sabe o caminho de ida ou o de volta, que gira sempre, e no seu girar está prestes a desfalecer; pelas proporções exíguas, pela contínua e irrequieta movimentação especuladora, é mesmo um garotinho explorando à sua maneira o universo. Mas é também uma lua, a velha lua, de nossas lendas mais antigas, de tal modo ligada à mitologia do coração que qualquer criatura não desprovida inteiramente do arrepio cósmico se sente às vezes exilada na Terra e nostálgica do tempo que lá não viveu, mas desejaria ter vivido.

A "lua nenê", assim, vale como interpretação poética do ato russo de cosmogonia, neste ano geofísico diverso do ano comum, porque assinala um esforço maior do homem por se livrar de suas cadeias, no conhecimento pacífico da grande caixa de segredos em que nos achamos metidos.[51] Alguns senadores de Washington talvez ainda torçam o nariz, diante da alegre traje-

---

51 O ano de 1957, quando foi publicada esta crônica, marcou a entrada em funcionamento do Sputnik I, o primeiro satélite artificial da Terra, lançado pela União Soviética em 4 de outubro.

tória do satélite, pressentindo nele a malícia da origem; mas a criança americana, ao perceber que uma segunda lua transita agora em redor da Terra, e que essa lua se parece com o seu irmãozinho menor dormindo no berço como uma abóbora rosada, ensinou os Ministérios de Relações Exteriores de todas as nações como classificar um novo fenômeno e situá-lo na escala dos fatos humanos, que não são fatos políticos, mas realidades naturais.

Amanhã virão outras luas garotas, russas, americanas, inglesas, não importa a nacionalidade. Importa é reconhecer que o homem ampliou sua busca, e manda recados a si mesmo através de luazinhas mágicas dispersas na estratosfera ou na ionosfera, luazinhas que revelam menos o domínio sobre a natureza do que a integração nela. Não é uma lição de orgulho que tiro das luinhas. É um sentimento de paz, de viagem possível, de conversa com outras formas do mundo, até agora cerradas ao diálogo, e que se põem a conviver conosco, a ensinar-nos, a ajudar-nos a cumprir o ofício da vida. O homem já se despiu de muitas ilusões cientificistas, e não há grande risco de que ele reinaugure sua soberba materialista, capaz de divinizar os objetos, em substituição aos deuses clássicos. A grandeza das luas novas está na humildade que nos infundem, juntamente com o pasmo lírico da invenção. Tudo são jogos possíveis, num mundo possível. Nem os russos devem inflar-se demasiadamente com a prioridade. O bom das coisas pacíficas é a gratuidade, o serem de todos e de ninguém. Essa lua a 900 quilômetros sobre a mesa em que escrevo, passando agora sobre a Índia, um pouco mais tarde na Venezuela, e que talvez vejamos no crepúsculo matutino ou no crepúsculo vespertino, e talvez não vejamos com olhos de ver, mas certamente vemos com olhos interiores e detectamos com o radar da poesia, essa lua sem dono político é um presente do homem a si mesmo. E não diminui o mundo: acelerando a imaginação, ajuda a criar outros mundos, e outras viagens.

(8 de outubro de 1957)

CACARECO & OUTROS

Cacareco, a convite do sr. Jânio Quadros,[52] vai inaugurar o jardim zoológico de São Paulo. A despeito do que sugere o nome, Cacareco não é nenhum palhaço, como Carequinha ou Arrelia. Trata-se de um rinoceronte (jovem) do zoo da Quinta da Boa Vista, filho de Britador e Teresinha, e irmão de Pata Choca. Valeria, brincando, um milhão de cruzeiros, se tivesse preço; não tem, por ser um dos casos excepcionais, de rinoceronte nascido de pais cativos, expansão que esses animais raramente se permitem. O ambiente carioca é tão aliciante e sugestivo que, mudando-se para o Rio, Britador e Teresinha não encontraram melhor maneira de agradecer-nos senão infringindo o severo estatuto da espécie e brindando-nos com dois rinocerontezinhos que são hoje uma das atrações da Quinta e, em contraste com a Câmara dos Vereadores, ajudam a reduzir o déficit das finanças municipais.

Cacareco viajará confortavelmente pela Central do Brasil, garantido por seguro contra acidente, e podemos confiar no zelo do diretor do zoo carioca, dr. Melo Barreto. Sei do carinho que ele tem pelos animais sob sua tutela, dos grandes aos pequenos. Não afino entretanto com a conveniência da viagem, pois Cacareco não vai como visita, com lugar no palanque oficial, e com direito a taça de champanha; vai como peça da coleção do nosso Jardim, da mesma maneira que se viaja um Renoir do Louvre para ser exposto em outro museu (por sinal que os museus da Europa estão reagindo contra essa moda, recusando-se terminantemente a emprestar suas preciosidades, que acabam sempre danificadas pelas contingências do transporte). Cacareco não é porém um Renoir; seria talvez um Dürer, que desenhou aquele rinoceronte oferecido ao rei de Portugal em 1515; na realidade, é um grande bicho tranquilo, que ama sestear e comer bananas

---

52 Jânio Quadros (1917-1992), à época, era governador de São Paulo pelo Partido Trabalhista Nacional (PTN).

na Quinta, sem que o amolem. Ora, se o sr. Jânio Quadros não dispõe de um rinoceronte permanente, que adianta deliciar o público paulista só por alguns dias com um exemplar emprestado? Cada jardim zoológico deve ter o seu rinoceronte próprio; e creio que esse bicho merece figurar no rol dos bens que de forma alguma podem ser emprestados, a saber: livros antigos, cristais de Lalique, roupas íntimas e mulher. Embora sem a fragilidade desses valores cabe considerá-lo igualmente precioso – pois todo rinoceronte que se preza é unicórnio, isto é, partilha com o licorne da lenda o privilégio de ter um chifre único, de efeito salutar contra venenos.

Aliás, uma das coisas que ainda não pude compreender bem (e são milhões) é o uso publicitário que se vem fazendo dos animais entre nós. Com o intuito de familiarizar com eles camadas da população desinteressadas da natureza ou impedidas de frequentá-la, trazem-nos às vezes para a televisão, onde são "explicados" sob a luz furiosa das lâmpadas, em condições que lhes devem infundir profundo terror e lhes roubam, evidentemente, toda a espontaneidade. A cabra Mansinha, que procurou o Hospital Miguel Couto para se tratar de um ferimento, foi vista mais tarde em um programa de auditório, mas garantiu-me que não o fez espontaneamente, como no primeiro caso. Na esquina da rua México com Araújo Porto Alegre, mantém a prefeitura um mostruário de aves, artisticamente arrumado, mas que a mim sempre causa mal-estar: elas pousam em galhos artificiais numa gaiola de vidro, diante da confusão do trânsito. Finalmente, numa livraria do centro da cidade, em meio ao burburinho das compras de Natal, pude ver, enjaulado e exposto como fenômeno, um infeliz urubu-rei, absolutamente desgostoso daquele habitat erudito. Disseram-me que outras espécies tinham sido e seriam apresentadas ali: faisões, chimpanzés, onças, hienas... Um folheto distribuído na ocasião ensinava aos visitantes do jardim zoológico, entre outras coisas, "não incomodar os animais". Estaria sendo cumprida a recomendação?

Desejo-lhe boa viagem, Cacareco, e que não o importunem com perguntas sobre as metas de JK ou a sucessão paulista. Que o respeitem, enfim.

(4 de fevereiro de 1958)

O BAILE

Um dos prazeres do Carnaval, para quem não o brinca nem foge dele, é deixar crescer a barba. Prazer especificamente masculino, mas de que as senhoras podem participar, na medida em que as divirta assistir ao florescimento da dita barba, como se novos maridos (ainda mais velhos) fossem brotando dos antigos, a cada manhã. No fundo, é uma forma de fantasiar-se à custa da natureza – e com essa fantasia pode-se ir ao baile do Municipal pela TV, sem os embaraços da presença física.

Foi assim que comparecemos, como nos anos anteriores, àquela festa tradicional e nos aplicamos a extrair de sua observação alguns elementos de sociologia carnavalesca. O que sobretudo atrai em baile tão procurado é o que o filósofo chamaria a sua mesmidade. O baile de 1958 foi exatamente igual ao de 1945 e prefigura o de 1964, que vagamente se prepara na cabeça de um decorador ainda não conhecido, na de um futuro prefeito e na de um não menos futuro diretor de turismo. E sendo igual, distribui a seus frequentadores a sensação de relativa eternidade, que os conforta. Daí ser tão visitado por pessoas de mais de 45 anos, que já mediram forças com o tempo. Víamos, da escadaria do teatro, avançarem damas e cavalheiros pela passarela, e logo a estatística assinalava esse caráter crepuscular do espetáculo. Sem embargo de que moças lindas surgiam aos cachos, e isso também fazia parte do conforto dos mais idosos, permanentes em meio ao renovar-se da natureza.

A passarela é de grande importância, porque leva o baile ao povo, sem levar o povo ao baile, o que seria impraticável. Uma festa requintada, em que nos sentimos ao mesmo tempo participantes de outra festa, popular, encerra dupla sedução. E seria um erro ver reprovação ou ressentimento nos olhos do observador da rua. O homem sem recursos gosta de contemplar a suntuosidade dos outros, e sente que tudo aquilo foi concebido um pouco no desejo de deslumbrá-lo, desejo que é uma forma remota de fraternidade.

118

O concurso de fantasias deveria chamar-se concurso de máquinas, pois é visível o gosto das concorrentes por exibirem complicados engenhos mecânicos, dentro dos quais elas se escondem como sacrificados passageiros de satélites artificiais. O esforço é digno de menção, porque, mesmo não se dirigindo para a implantação da indústria pesada ou à mecanização da lavoura, contribui para o desenvolvimento da mentalidade maquinista, e quiçá do automatismo, entre nós.

Mas reparem na diferença de comportamentos. O locutor ia perguntando o custo das fantasias mais mirabolantes, porque nos bailes também se faz economia política. E enquanto os aparelhos femininos, no dizer de suas donas, chegavam a 200, 300 e até 400 mil cruzeiros, os aparelhos masculinos, não menos magnificentes, quedavam na casa humilde dos 20 mil. Verdade seja que o pintor vestido de mandarim deu como preço de custo de seu traje 23 mil e, meia hora depois, ouvido por outro locutor, 30 mil. Explica-se: suspensa durante o Carnaval a política de estabilização de preços, a vida subira 30% em 30 minutos. Resta explicar outro fenômeno: porque os mesmos artigos são incomparavelmente mais caros para mulheres do que para homens – quando o menos incompreensível seria o contrário.

A coexistência de pessoas não fantasiadas, que brincavam milhões, e de outras fantasiadas e que nem sequer podiam mover-se, tolhidas por suas vastas engenhocas de plumas, lamês, paetês, strasses, canutilhos, vidrilhos etc., documentava uma peculiaridade do Carnaval: festa em que uns divertem os outros, ou pretendem fazê-lo. Não nos pareceu absurda a pergunta de um dos locutores, já cansado, a uma senhora em toalete de baile: "Pode descrever-nos a sua fantasia, por obséquio?", e como a senhora respondesse que não estava fantasiada: "A senhora vai concorrer aos prêmios, certamente?"; "Não"; "Ótimo, desejo que saia vitoriosa no concurso". E por que não? Ela sorriu, agradecida.

(20 de fevereiro de 1958)

AOS CANDIDATOS

Aviso aos candidatos: vossa propaganda escrita, nas ruas, é contraproducente.

Quem vai para o batente gosta de passear a vista na paisagem e vê-la isenta de sugestões políticas. Não o atraem referências a pessoas ou partidos; interessa-lhe o bom aspecto das árvores, o estado do mar, a coloração verde ou violeta dos morros, uma gaivota à flor da água, o avião em trânsito. Faixas de propaganda, com siglas e nomes de pessoas conhecidas ou desconhecidas, não.

A alguns, causam até mau humor, insinuando-lhes o propósito de não sufragar candidatos tão indiscretos, que querem entrar pelos olhos adentro, como produtos de laboratório ou aparelhos elétricos, em vez de convencer-nos por suas ideias ou feitos.

Se almejais realmente cativar o eleitorado, concentrai-vos algumas horas, ou anos, escrevei uma carta formulando vosso pensamento sobre a coisa pública – os problemas da cidade, do estado ou do país – e ponde-a no correio. Leremos vossa plataforma e decidiremos no silêncio de nossa soberania.

Mas encontrar vossos nomes borrando a parede, o muro, a amurada, e até a árvore, é algo que nos magoa os olhos e predispõe contra vossas justas aspirações. Prometeis defender nossos interesses e começais ofendendo o interesse de ver a cidade limpa, bem arrumada, convertendo-a numa imensa loja em liquidação, num depósito de secos e molhados, em que cada saco de batatas exibe uma tabuleta indicadora do preço?

Ao rabiscardes qualquer coisa nas pedras da amurada, sabeis que elas não podem clamar contra o desaforo; mas não espereis o nosso voto, contai com o nosso antivoto, em favor da limpeza das pedras e das eleições.

Aquele que, em lugar de insculpir (esporadicamente) as iniciais do seu amor no tronco de um fícus, aí deixa gravadas as iniciais do PST ou de qualquer outro P, é inimigo do bem público. Não transformeis as árvores em cabos eleitorais de aspirantes a vereador. Começai por aprender a amá-las, que o amor vos ensinará muitas coisas.

Não me julgueis reacionário nem me acuseis de abominar a competição política. Embora forrado de ceticismo, acho ótimo variarmos de governantes e de parlamentares, em prazos curtos, e que a variação se faça por meio de escolha pública e universal. Com todas as bobagens que pratiquem, prefiro-os à autoridade imposta e interminável. Mas, por favor, deixai a natureza em paz, e não vos afadigueis em multiplicar o feio na cidade.

Se não escutais meu apelo cordial, se insistirdes em proclamar na base dos monumentos ou na escadaria dos edifícios públicos que sois o tal, que não podemos passar sem vossas luzes no timão desta grande pátria ou deste município neutro, trabalharei de bandido contra vós. Usarei a conversa ao pé do ouvido e os meios fortes. Começarei lembrando às autoridades, se acaso estão esquecidas, as instruções sobre propaganda partidária e campanha eleitoral, baixadas pelo STE (Resolução n.° 4.710, de 28 de junho de 1954, em hibernado vigor). Lá está, no art. l°, § 21°: "Não será, porém, tolerada propaganda: ... e que prejudique a higiene e a estética urbanas, ou contravenha a posturas municipais, ou a qualquer outra restrição de direito"; e no art. 9°, § 2°: "Entendem-se por meios lícitos de propaganda os que não possam constituir dano ou prejuízo à coisa pública, tornando-se passível de repressão o emprego de tinta ou piche, com o fim de propaganda eleitoral, nos muros, edifícios, monumentos e amuradas." Está dito ainda, no art. 17, que as reclamações sobre a matéria dessas instruções terão caráter urgente; e no art. 19, que os tribunais eleitorais poderão requisitar força para assegurar o cumprimento das mesmas instruções. Portanto, ficais prevenidos. Se me sujais as árvores ou maculais por qualquer forma os bens da vista e as graças da cidade, chamarei contra vós, pelas vias legais, o general Lott[53] em pessoa, e quero ver como vos saireis dessa.

(17 de abril de 1958)

---

53 Marechal Henrique Teixeira Lott (1894-1984) atuou como ministro da Guerra dos presidentes Café Filho e Juscelino Kubitschek. Deste último, aliás, garantiu a posse ao conter um possível golpe político-militar no dia 10 de novembro de 1955, pouco mais de um mês após as eleições. Candidato à presidência pelo PSD, em 1960, Lott foi derrotado por Jânio Quadros.

NA CALÇADA

Sr. prefeito do Distrito Federal:[54]

Em dia de março último, dirigi a Vossa Excelência, por este canal, um apelo de munícipe: que se dignasse mandar plantar, na calçada junto ao meu domicílio, um pé de amendoeira, para substituir o que ali havia, de minha particular estima, e que se finara. Vossa Excelência houve por bem atender a este pequeno contribuinte, e em certa noite chuvosa homens desceram de um caminhão, arrancaram a árvore morta e deixaram fincada no local a tenra muda de outra, protegendo-lhe a verticalidade com um espeque. Senti grata emoção, sr. prefeito, e manifestei-lhe em uns versinhos mofinos porém sinceros, que fiz publicar no mesmo local do pedido.

O aparecimento da amendoeirazinha em nossa rua foi saudado com alegria pelos velhos moradores, sensíveis a esse tipo de acontecimento. Houve, é certo, uma vizinha que não acreditou no que os olhos lhe mostravam, e sacudiu o tronco magriço, para certificar-se de que não era de cartolina. Certificou-se, confrangendo este morador, que do alto inspecionava a região. Veio depois um guri de jardim da infância e arrancou duas folhas à amendoeira, que não as tinha de sobra. Uma senhora que passava pôs a mão na cabeça do garoto e aconselhou-o com brandura: "Deixe a árvore em paz, meu bem." A mãe, que estava ao lado, abespinhou-se: "Esta árvore é sua?" "Não, é de todos", foi a resposta. A outra bradou, ofendida: "Nelsinho, deixa a árvore toda para esta dona enjoada e vamos embora."

Dois dias depois, um grupo de meninos mais taludos cercou a amendoeira em atitude suspeita, e logo se viu que pretendiam arrancá-la. Um

---

54 Na época, Francisco Negrão de Lima (1901-1981).

senhor idoso aproximou-se para impedi-lo. Foi ameaçado e vaiado, mas sua presença obstou a consumação do ato. No dia seguinte, o espeque de bambu desapareceu, e o nosso serviço secreto de informações apurou que fora convertido em varetas de papagaio. O porteiro do edifício mais próximo improvisou outra estaca, mas um rapazinho de bicicleta passou bem rente e abalroou o tronco, que vez por outra passou a receber também bolaços da turma da pelada.

Cada manhã, ao abrir a janela, tínhamos medo de olhar e verificar que a amendoeira sumira. Ela permanecia lá, para receber novos agravos. Os barraqueiros jogavam-lhe em cima toda sorte de detritos e atiravam-lhe em redor caixotes vazios. Pedi ao fiscal da feira que fiscalizasse também a integridade da amendoeira, mas ele me ponderou a natureza específica de suas funções: a lei não lhe permitia desviar a atenção. "Se o doutor tem influência, peça um guarda." Fiz o cálculo do número de guardas necessários para tomar conta de todas as árvores recém-plantadas no Distrito Federal e achei melhor não averiguar o limite de minha influência.

Certa manhã, sem embargo das vicissitudes, a planta sorriu-nos com um broto. A satisfação dos mais velhos não durou muito: à tarde, os mais novos tinham destruído o rebento. E essa luta de gerações continuaria pelo resto da era cristã, se a amendoeira tivesse sete fôlegos e o inimigo não houvesse resolvido agir com presteza. Acordamos e vimos o tronco partido em dois. Mais como sinal de inconformismo, as partes foram ligadas a barbante, fingindo saúde. Que adiantava? As folhas amarelaram e caíram. Nenhum sinal de vida, mais. Perdêramos a batalha.

Ainda não. Dois novos rebentos afloraram à casca ressequida, mostrando que a amendoeira não se entregara. Ficamos maravilhados. Pois não lhe digo nada, sr. prefeito: horas depois, os brotinhos jaziam no chão.

Não dispomos de aço e cimento para estabelecer proteção adequada a tão frágil ser. Também não podemos ficar de metralhadora em punho, vinte e quatro horas por dia, guardando o pedaço mutilado de arbusto, em que a vida teima em manifestar-se. Entregamos os pontos. Um vizinho comentou: "A geração de hoje não está preparada para receber uma árvore." Só a de hoje?, pergunto eu. E uma curiosidade me assalta: como e por que terão vingado as árvores (últimas) que ainda frondejam no Rio de Janeiro? Os tamoios teriam código florestal e o levavam a sério, ou cultivariam um sentimento da natureza que nós civilizados perdemos?

Grato à sua boa vontade, despeço-me melancolicamente, pedindo-lhe por favor que não nos mande outra árvore.

(13 de maio de 1958)

NAMORADOS

Toda vez que vejo um par de namorados, procuro não importuná-lo, e sigo com ar ausente. Por isso não entrevistarei nenhum sobre o dia deles, que o comércio situou em 12 de junho. Gostaria entretanto de saber como lhes parece a data, se é que lhes parece. Minha impressão é que os namorados não tomam conhecimento do dia, ou por outra: o ano inteiro é para eles 12 de junho, ou dia de namorar.

Que é namorado? Inútil tentar defini-lo: se ele próprio não sabe o que seja, não adianta recorrer ao dicionário. Este nos dirá, entre outras coisas, que namorado é peixe. Sim, mas de uma singular espécie, pois não morre só pela boca, senão também pelos olhos. Namorado era ainda o grilhão pesando quarenta arráteis (mais de 17 quilos) arrastado pelos presos da cadeia do Limoeiro, em Lisboa, nos velhos tempos, quando o dr. Salazar[55] nem sonhava em existir, mas já se coligiam elementos para ele governar tranquilo e vencer qualquer eleição. Esse grilhão, pesando muitas e muitas arrobas, parece-me vê-lo e ouvi-lo ranger em volta de mãos e pés dos namorados, que fingem ignorá-lo e caminham tranquilos e leves. Namorado é finalmente aquele ou aquela que corteja, que requesta, que se afeiçoa; o dicionário chega a positivar: "que se apaixona", e até: "com intenção de casamento". Ora, a maioria dos namorados não corresponde a essa definição.

O namorado é e não é. Tende a ser, como tende à evanescência. Acorda com o apetite da eternidade, e não chega ao entardecer. Também lhe sucede despertar sem plano, ou com o propósito de demitir-se, e subitamente

---

55 António de Oliveira Salazar (1889-1970), ditador português de inspiração fascista e católica, presidiu o Conselho de Ministros da República Portuguesa entre 1932 e 1968, período que ficou conhecido como Estado Novo. O regime só caiu em 1974, após a Revolução dos Cravos.

ocorre a cristalização, que o converte em duro e doloroso apaixonado. Nunca sabe o que se passa consigo, e muito menos com o seu par. De ordinário não se leva a sério, e por isso não está preparado, não pressente o perigo, não se defende.

O que distingue o namorado será talvez, com o desapego ao tempo, a integração no instante – instante físico, sentimental, humano. Enquanto o amante se suplicia com o pensamento de que a vida toda não é bastante grande para caber sua paixão, o namorado se deixa viver, sentindo que as horas, e não os anos, lhe servem perfeitamente de quadro.

O namorado é um perseguido, porque as pessoas, autoridades ou não (falo dos países subcivilizados), veem nele um ser anômalo, alheio às realidades econômicas, sem noção de trabalho, partido, religião; porque se desligou da rotina, sobretudo porque é ou parece feliz, e o espetáculo da felicidade alheia contribui para tornar mais crua a nossa carência de felicidade. A repressão ao beijo nos jardins públicos é praticada em nome da moral, por policiais ou simples cidadãos que adorariam estar ali fazendo a mesma coisa, ou se esquecem de que um dia fizeram.

Não venho, porém, reclamar privilégios ou direitos mínimos para os namorados, como o reconhecimento de sua condição aérea e irresponsável, criação e reserva de sítios amenos para eles, redução de preço nos concertos, confeitarias, tarifas postais e telegráficas, e nas viagens. O Brasil está crescendo tão depressa que não lhe sobra tempo para reparar nessas pequenas coisas de civilidade e simpatia humana. E os namorados, tão parecidos uns com os outros pelo mundo afora, jamais se organizariam em Internacional, nem mesmo em modestos comitês de bairro. São individualistas, pedem apenas que os deixemos em paz. Mas ser deixado em paz é a reivindicação suprema de todo vivente, nos dias que correm, e não há constituição ou governo que opere esse milagre. De qualquer modo, bom dia aos namorados!

(12 de junho de 1958)

126

ELEIÇÃO NO BAIRRO

Sexta-feira, este vosso criado se sentiu um pouco na pele do bom rei Pausólio, aquele personagem de Pierre Louÿs, que distribuía justiça sentado à sombra de uma cerejeira. Foi no pátio do Colégio São Paulo que esta sensação me visitou. Éramos uns duzentos eleitores, fazendo fila para votar nas duas seções ali instaladas. Mas quem disse que a fila era como o odioso normal das filas, que enxameiam pela cidade, senão pelo país e pelo mundo? A manhã eleitoral era suave, o sol não dava para castigar o nosso civismo – e havia bancos ao redor do pátio, como florescia no meio dele uma enorme árvore fornecedora de sombra a quem ali fosse votar em qualquer dos partidos e candidatos. E então, quem não queria ficar de pé, pelo Brasil, podia ficar sentado, também pelo Brasil, esperando sua vez e contemplando a bela amendoeira que vicejava sobre nossas esperanças e inquietações políticas.

Foi pois à sombra da amendoeira que distribuí a minha pessoal justiça, votando em nomes que a encarnariam e exerceriam, e assim manifestando minha desaprovação a outras. Devo dizer que o rito deslizou fácil e tranquilo, apenas um tudo-nada lento, por causa das duas cédulas, a oficial e a outra, que obrigavam a duas visitas à cabina indevassável, duas pinceladas de cola nas sobrecartas, duas verificações, dois mergulhos no saco de lona, dando a vaga e felizmente falsa impressão de que cada um de nós votava por dois, era duas pessoas numa só. Seria difícil explicá-lo às crianças que animavam o local – pois havia garotinhos circulando pela mão de suas mamães e até de alguns pais dedicados ao ofício doméstico. Alguns se aproximaram da mesa eleitoral… para votar? não: para beber um copo de água geladinha servida pelo fiscal Danilo Ramires, água reservada aos senhores mesários e que democraticamente matava a sede de futuros eleitores e, quem sabe?, presidentes.

Se houve eleição simples, com ar de conversa na calçada entre vizinhos, foi essa no fim da rua Joaquim Nabuco, a dois passos do mar-oceano. Poucos paletós se faziam notar, e quase todos revestiam camisas esporte. Uma ou outra gravata parecia pedir desculpas de aparecer, e até na mesa havia omissão dessa liturgia da indumentária grave, que antigamente se grudava aos atos de maior significação cívica ou pessoal. Aprendemos todos, nos últimos anos, que a solenidade não está na roupa, e que as mais altas operações da cidadania devem ter um cunho de naturalidade, de simplicidade, que as integre na vida cotidiana. Em outras seções, votaram shorts e maiôs: a praia estava chamando.

As mulheres, então, conferem ao ato eleitoral, não direi uma dimensão nova, mas um aspecto deleitável, que lhe valoriza muito a exterioridade. Manchas claras de vestidos leves, colares, miçangas, sorrisos, óculos de fantasia fazem supor que elas trouxeram para a votação um espírito frívolo e inconsequente. Engano ledo e cego: não creio que os homens de hoje ganhem em "politização" às mulheres; a consciência de poderem influir de modo direto no aperfeiçoamento da vida pública, a consciência ainda maior dos males produzidos pela indiferença na escolha, e por que não? O desejo de mostrar aos homens que eles podiam caprichar um pouco mais na política torna essas nossas amigas um tipo de eleitor terrível, que pesa em balança de infinitesimais as declarações e o passado dos candidatos, e cobra de cada um o que ele prometeu fazer de bom e se esqueceu de fazer.

A moleza do processo de votação, como disse, levava algum eleitor mais faminto a retirar-se em demanda do almoço a domicílio, e a voltar mais tarde. O prato de sanduíches que a certa altura surgiu para conforto da mesa foi considerado por todos os presentes medida adequada e conforme aos interesses nacionais, não acendeu gula ou cobiça; nem seria cristão que os mesários perecessem de fome em dia de verdadeiro banquete cívico. Então aconteceu esta coisa grata aos corações amantes da pátria, que era ver aquelas mãos austeras e impessoais conferindo e rubricando documentos e levando à boca, discretamente, a fatia de pão com queijo, enquanto outras mãos levavam à boca do saco de lona vitaminas novas para o Congresso e a Câmara de Vereadores. Uma eleição em família.

(5 de outubro de 1958)

BOA DISPOSIÇÃO

Éramos no lotação algumas pessoas sem idade e sem interesse, quando, pela altura do Flamengo, entrou a mocinha. Não trazia a mocidade radiosa nem o eterno feminino, como se diria em papéis líricos. Era simplesmente uma presença mais agradável, que fazia descansar de nossa inqualificação. Tinha dois terços de menina e um terço de moça. E faltava-lhe o desembaraço que qualquer uma dessas idades tem: estava ensaiando uma e se despedindo da outra, com a timidez, a imperícia, o susto de quem não pousou firme na vida.

Logo depois, abria a carteira e batia na testa, no gesto de quem se censura por um esquecimento. Mexeu, remexeu aflita, não achou o que procurava. Então, levantou-se rápida e foi murmurar um segredo ao ouvido do motorista. Bom rapaz! Ouvi-lhe a resposta:

— Não desça, não. Sente aí, e vai-se tocando.

Ela sentou-se, encalistrada, e não querendo parecê-lo. Erguia bem o queixo, como para se elevar acima de seus companheiros de viagem e assim livrar-se do constrangimento. Meu primeiro impulso, e certamente o de outros passageiros, foi oferecer-lhe a passagem. Mas ponderei – ponderamos – que, tendo o motorista manifestado compreensão simpática, o gesto que se fizesse para indenizá-lo ao mesmo tempo lhe confiscaria outro bem: as delícias da generosidade.

— Hoje em dia são raros os casos dessa ordem, comentou o velho professor. Essa gente não prima pela delicadeza...

— É, secundou o coronel reformado. Mas sabe que no meu tempo de escola militar não tinha disso de esquecer as coisas não. Era advertência da primeira vez, e prisão da segunda. Essa juventude de agora tem cabeça de passarinho.

A mocinha continuava pairando alto. Quando chegamos a Botafogo, ela puxou o cordão e, para surpresa geral, tirou da carteira uma nota de mil cruzeiros e apresentou-a ao motorista, que, com exemplar paciência, foi desenrolando notas de cem, de cinquenta, de vinte, de dez, de cinco e de dois cruzeiros, numa operação-troco que durou dois minutos e foi considerada a grande prova de galantaria profissional do século.

Estávamos ainda sob a impressão do acontecimento, quando, em Copacabana, o homenzinho de short e barraca, que entrara alguns quarteirões antes, deu o sinal e, com um sorriso de quem pede desculpas mas sabe que será desculpado, estendeu ao motorista uma nota de cem cruzeiros. O motorista coçou o pescoço:

— Puxa, estou de azar. O cavalheiro não sabe que o troco máximo é de cinquenta? Ou é do interior? Vai ver que é!

O "vai ver que é", malgrado a sugestão carnavalesca, era tão inamistoso que o coronel reformado ia protestar, solidarizando-se com o banhista, pois no seu tempo de escola militar não vê que se tolerava uma coisa dessas. O professor meteu a mão na algibeira, para remediar a situação. Mas resmungando, resmungando, o motorista fez o troco, e o outro e a barraca desceram.

— Tem gente que traz a praia pra dentro do lotação e toma banho de mar em pneu, é o fim!

Lá em Ipanema, o professor fez menção de descer. Cautelosamente, examinou a natureza do meio circulante em seu poder. Não sem apreensão, verificou que, afora uma cédula de um cruzeiro, a menor era de cinquenta. Apresentou essas espécies ao nosso dirigente, e ele explodiu:

— Essa não! O senhor está pensando que eu sou o quê? Tesouro Nacional?

— Mas o senhor mesmo disse que o troco máximo...

— Que troco máximo! Troco máximo! Se todo mundo trouxesse notas de cinquenta, onde é que eu ia guardar troco para esse povo? Isso virava carro de pagador da Central! Bem, vou atender ao distinto por minha alta prosopopeia, mas até o fim do dia não troco mais nem uma micha de vinte!

O coronel, desta vez, ia agir, mas convidei-o antes a meditar numa tese psicológica: o desgaste rápido das boas intenções.

(3 de fevereiro de 1959)

CONVERSA DE CASAL

Mando daqui meu aplauso ao dr. promotor de Justiça da 4ª Vara Criminal, que, contrariando a índole punitiva de sua classe, se recusou a contribuir para que um casal fosse parar na cadeia pelo simples fato de estar conversando em casa, de madrugada, em trajes de dormir. Do ato desse representante do Ministério Público se conclui afortunadamente que em nosso país conversar ainda não é crime e nem sequer contravenção, ao contrário do que pensa a polícia; e a polícia pensa tão estritamente que se lhe afigura contravenção até mesmo o colóquio na intimidade do lar, a horas mortas, com a indumentária leve que o local e o momento aconselham e que o calor torna imperativa.

Longe de ser acusado, o casal merecia louvor e prêmio, pois, sem o saber, estava restaurando o casamento em uma de suas características essenciais e mais belas, qual seja o diálogo; um diálogo infindável, não apenas pela noite afora, mas pela vida afora e, em certo sentido, além dos tempos; confrontação contínua de duas partes irmãs, que dessa maneira se identificam e se reúnem, restabelecendo aquele mito grego segundo o qual no princípio os seres humanos eram completos e bivalentes, e só mais tarde se deu a lamentável separação.

O que impressiona antes de tudo nos casais contemporâneos é o silêncio a que eles se votaram, e que só se desfaz diante de uma terceira pessoa, quando então os dois começam a falar, não entre si, mas com ela. E conversavam tanto um com o outro quando namorados e noivos! Casou? Calou a boca. Se a gente encontra na rua um homem e uma mulher caminhando juntos com ar de procissão de enterro ou de indiferença total, não é difícil adivinhar que se trata de marido e de esposa, às vezes até se estimando, mas, ao mesmo tempo, acostumados e desacostumados ao convívio. E não é porque lhes falte assunto, a vida é um assunto contínuo, a própria relação entre eles uma fábrica de assuntos, mas não querem botá-la para funcionar, a menos que prefiram o funcionamento alternado, cada um comentando com quem melhor lhe pareça a matéria numerosa e variada dos dias.

Por isso, o casal que é quase processado porque conversava noite alta, no quarto, faz jus à nossa admiração. É um pobre casal que mora em habitação coletiva, num sobrado carcomido de Botafogo. Imagino que se percam de vista ao amanhecer; à noite, reencontrando-se, têm tanta coisa para se contar que a conversa – o oaristo, é o termo próprio – se prolonga por horas e horas e não se esgota; e conversando e rindo, rindo e conversando, pois isto não exclui aquilo, antes o provoca, os dois, em suas roupas despretensiosas, me parecem sacerdotes de uma religião perdida por incúria dos fiéis, mas que promissoramente renasce no interior de uma casa de cômodos.

Dir-se-á – e foi o que disse a polícia – que os demais moradores da casa de cômodos não gostam de ouvir conversa alheia, e deixam de dormir por causa da charla matrimonial. Tenho pena deles, não porque percam o sono, mas porque, abominando a conversação, esse prazer que, antes de ser socrático, já era um traço da natureza humana, a repelem até nos vizinhos, e querem implantar a mudez como norma ideal de vida. Coitados, precisam de uma cura de readaptação à palavra, à doce palavra da conversa íntima, tecida de pensamentos, notícias, anedotas, delicadezas e deliciosas bobagens.

E à polícia, tão empenhada em velar pela tranquilidade noturna, eu pediria que tomasse menos nota dos barulhos internos e mais dos externos. Numa terra em que há uma noite por semana em que ninguém consegue tirar uma pestana – a noite de preparação da feira livre –, é uma pena que ela fique de ouvido colado às portas para pegar conversa de marido e mulher – a não ser, como disse, que fosse para homenagear os conversadores, oferecendo-lhes violetas e a ordem do legítimo Cruzeiro do Sul.

(12 de março de 1959)

A VIDA E OS ANÚNCIOS

Em pleno ócio de domingo, o cronista afundou no mar de anúncios classificados do jornal, disposto a comprar imaginariamente tudo que lhe oferecessem, desde o Ford 1925 até o canário, passando pelo bolo de casamento. Alguns negócios o deixaram surpreso, e aqui se referem, para estudo dos tempos (vide Gilberto Freyre, o anúncio utilizado dentro da técnica antropossociológica, para interpretações socioantropológicas).

Madame L. vende ou troca um esbeltex por um piano. Como explicar a volta aos grandes instrumentos, em habitações que já não os comportam? Madame L. emagreceu tanto com o aparelho, que já cabe piano no apartamento, e piano era o seu sonho, a que renunciara por excessivamente gorda?

Na rua Dona Delfina, vende-se "linda mesa esculturada, com corpo de mulher": não é apenas um móvel, é também uma voluptuosidade. E Eurico troca "um terreno em Bom Clima, perto do Petrópolis Country, por um avião de turismo em qualquer estado". Tipo do homem de hoje: prefere a propriedade aérea à propriedade terrestre, e nem faz questão de segurança. É talvez candidato a...

Os *Sermões* de Vieira, "excelente encadernação de couro, 15 volumes não manuseados, vendem-se para desocupar lugar", enquanto na rua Bolívar "oficial do Exército, na reserva, vende todos os seus uniformes (manequim 48-50) em ótimo estado de conservação, inclusive capote, espada, botas etc.", faltando só as medalhas e a fé de ofício.

Estaquei diante de um artigo que não se vendia, dava-se: "Dá-se um menino para batizar, com a condição de, se for preciso, tomarem conta do mesmo: combinar pelo telefone." Ora pois, ainda há algo que se cede a troco de nada, algo que se oferece a quem queira, de graça: um menino. E não é um só: "Dá-se uma criancinha de cor branca, forte, preferência a casal sem filhos, telefone tal, marcar entrevista com Ieda."

A "cor branca", ao lado de "forte", é uma garantia com que se acena aos pretendentes, e não convém desprezá-la. Este anúncio me chamou a atenção para outros, mostrando a vantagem incomparável de ser branco, mesmo em países como o nosso, que venceram o preconceito de cor e combatem a discriminação racial na África do Sul. Num só dia – 26 de abril – eis a colheita:

"Moças brancas ou morenas claras, até 25 anos, precisam-se para trabalhar das 18 às 22 horas. Cr$ 3.000 mensais; não se exige instrução, basta dançar bem, estabelecimento de ensino rigorosamente familiar, avenida Passos."

"Moças e senhoras, fixo Cr$ 5.000 e comissões, com prática de vendas ou não, precisamos de cinco, cor branca, rua da Assembleia."

"Família pequena precisa de empregada branca para todo serviço, lavar a máquina, menos passar, exige-se referência e carteira de saúde, paga-se bem, rua Almirante P. Guimarães."

"Precisa-se de duas senhoras brancas para direção de pensionato com crianças de 6 anos, podendo trazer uma filha ou duas, rua Paissandu."

"Precisa-se de cozinheira branca, para trivial fino e lavar pequenas peças de roupa, casal de tratamento, exige-se referência, ordenado Cr$ 3.000, avenida Atlântica."

"Moças e senhoras claras e de boa aparência, admitimos quantas queiram trabalhar em venda de pinturas e retrato, com prática ou não. Serviço externo e fácil, boa remuneração e ótima comissão, rua Conde de Bonfim."

Não se exige instrução nem prática de serviço, mas brancura é indispensável, até para cozinheiras, que não costumam trabalhar no *living*. Não há dúvida, anúncios contam a vida.

(28 de abril de 1959)

VIAJOTA

Fui de manhã cedo levar um amigo ao aeroporto, o que é um modo de experimentar a sensação de viagem sem os inconvenientes de viajar. Sensação que começa pela especificidade do horário dos viajantes. Toda viagem que se preza exige hora insólita. Nenhum avião de linha internacional sai à hora em que costumamos ir para a nossa rotina de trabalho. Decola sempre noite alta ou madrugadinha lusco-fusca, para marcar de maneira agressiva a ruptura com o ritual de nossa vidinha particular. Costuma-se ouvir: "É tão simples viajar hoje em dia, tão fácil: posso ir almoçar em Buenos Aires e voltar para ver o show de uma boate no Rio." Mas quem diz tal coisa, simplesmente suprime a viagem, não a incorpora ao viver cotidiano. E esquece o que é necessário de operações estranhas para reunir esse almoço e esse show no mesmo programa; o indivíduo tem de escravizar-se a todas as imposições horárias da viagem sem experimentar o prazer viajeiro: vira ele mesmo avião, horário, voo numerado.

Saímos pois, ao amanhecer, quando parece que os pedaços da cidade, desmembrada polo sono, se voltam a colar, ainda recobertos por uma película de atordoamento. Mas há trabalhadores apressados, que se diria não terem dormido, ficaram em estado de alerta muscular; e há os primeiros banhistas, num mar nevoento. "Olha, está faltando ali o dr. Soledade", a gente pensa, lembrando o médico esportista de 80 anos, que se esperava encontrar em qualquer praia matinal, como símbolo de saúde; mas o dr. Soledade morreu há uma semana, aqueles são banhistas desconhecidos, que nos causam uma leve irritação admirativa, e a quem esquecemos, quando o carro atravessa o túnel para a cidade.

No aeroporto, o alto-falante não chama apenas passageiros e lhes deseja boa viagem; também apregoa anúncios, o que é uma ideia menos feliz; nunca vi um alto-falante falando nítido em aeroporto, aliás em parte nenhuma; a voz é um ronco rouco, no qual se pescam elementos de frase: fichas brancas... portão B... sr. Teopompo Amaral, queira dirigir-se... Com anúncios, a coisa fica mais confusa, o som é uma poeira espessa, bloqueando nossa faculdade de percepção intelectual. E toda aquela gente trançando sob aqueles ruídos desordenados. De repente o alto-falante se arrepende e transmite uma valsa vienense: ideia que tem a minha aprovação. Jamais associei uma valsa de Strauss a um aeroporto, *ceci tuera cela*,[56] mas qual o quê: a valsoca velha de guerra circula entre os aços e vidros modernos, como de resto vai rodopiando em toda parte; observa-se no Rio grande consumo sentimental de contos de bosques de Viena, patinadores, danúbios azuis, enquanto pegam cada vez mais as canções românticas de Elizeth, Maysa e Agostinho;[57] falharam todas as previsões de uma nova mentalidade nuclear e desenvolvimentista. E é curioso ver a valsa fanhosa, mas valsa, desmoralizar no aeroporto a sombria ideia de viagem. No jornal aberto do vizinho de banco (onde é sempre mais emocionante ler as notícias), o telegrama de Baltimore conta a desintegração de um Viscount no ar, mas essa desintegração ondula em ritmo de valsa, os círculos mansos neutralizam a realidade incômoda.

O perneta e o homem sem braços vendem bilhetes de loteria, distribuindo uma sorte que não tiveram, e as mulheres, de manhã cedo, diante de aviões que aguardam sinal da torre para partir, são, não digo mais belas, porém mais inaugurais, estão apenas começando a agradar os olhos, têm reservas de beatitude e crueldade. O amigo despede-se; minha viajota acabou.

(15 de maio de 1959)

---

56 Título do segundo capítulo do livro V do romance *Notre-Dame de Paris*, ou *O corcunda de Notre-Dame* (1831), de Victor Hugo (1802-1885). Em francês, a frase significa "isto matará aquilo" e, na obra, é dita por um clérigo, segundo o qual "isto", um livro, mataria "aquilo", a catedral. Ou seja, o conhecimento científico acabaria com a fé religiosa.

57 Elizeth Cardoso, Maysa e Agostinho dos Santos, cantores de grande sucesso nos anos 1950.

CASARÃO MOURO

Sabendo-me sensível a ruínas, um amigo me chamou para ver o fim do Castelo dos Catão,[58] que está sendo demolido na praia de Ipanema. Fui. Não tenho nada com o Castelo dos Catão, mas toda casa em pedaços me toca. Talvez por uma antiga impressão de serenidade e permanência, ligada à ideia de alicerce, parede, casa. E também por um sentimento encadeado de indivíduo-solidão-casa. No mundo tão vário em que nos movemos, os materiais disciplinados pela velha arquitetura individualista significariam a resistência: mas eis que se esfarinham a golpes de picareta, e aqui estou eu, arqueólogo sentimental, batido pela brisa marinha, a contemplar a destruição entre palmeiras.

O amigo recorda o título do belo romance de Lúcio Cardoso:

— Veja bem a casa assassinada.

Uma escada interna sobe para o espaço vazio; revela-se um trecho do quarto de banho: todas as intimidades da casa são desventradas. Esse aspecto choca muito nas demolições: de repente as coisas viram pelo avesso, a vida doméstica se torna transparente, embora já sem vida. Reconstituem-se gestos e hábitos dos antigos moradores. Como se entrássemos pelos fundos, sorrateiramente, e nos escondêssemos atrás da porta, assistimos aos movimentos desprevenidos de uma família que já não mora ali, cujos membros talvez já morreram, mas que repetem imaginariamente sua rotina.

E como o castelo é mourisco, um pouco de fantasia nos permite considerá-lo remanescente de um episódio histórico estranhamente esquecido

---

58   Casarão construído em Ipanema, em 1904, na esquina da avenida Vieira Souto com a rua Joaquim Nabuco, onde morava um cônsul sueco, Johan Edward Jansson. Mais tarde, o imóvel, também chamado de Castelo de Ipanema, foi vendido à família Catão. Hoje, onde antes se erguia o palacete, está o edifício Barbacena Guarará.

pelos compêndios: a invasão do Rio de Janeiro pelos árabes, no começo do século XX. Eles vieram, acamparam, combateram, implantaram traços de sua cultura, inclusive algumas edificações pretensiosas. O prédio do Café Mourisco, na avenida Rio Branco, e o Pavilhão Mourisco, em Botafogo, já não existem: restavam o Instituto Oswaldo Cruz, em Manguinhos, curiosidade turística de passagem para o americano que desembarca no Galeão, e este "castelo" à beira-mar plantado, cuja importância maior, nos últimos tempos, estava em servir de ponto de referência para banhistas; era elegante armar barraca em frente à propriedade dos Catão – até que, aborrecidos com a frequência exagerada que essa circunstância atraíra ao local, os verdadeiros elegantes emigraram para outro ponto, cuja areia se tornou distinta.

Do imóvel, dizia-se que não chegava a ser mal-assombrado, mas tinha um poder funesto: seu primeiro dono, homem de imensa fortuna, morreu pobre; e outro em desastre aéreo. Mas isto servia para aumentar a atração da casa perante o homem comum. Perfeito ou imperfeito, o exemplo arquitetônico convidava a cismas, a essas viagens que nunca a gente faz, guerras, voluptuosidades e religiosidades muçulmanas, tudo isso contido numa arte que, através "dos mais abstrusos problemas de geometria decorativa", como assinalam seus estudiosos, reúne o espírito do deserto a um sensorialismo refinado de fundo persa.

Certas construções, até mesmo pelo aspecto absurdo e desligado do ambiente, nos prestam serviço: trazem a porção de irrealidade que falta à vida positiva e miúda, criam um estado de sonho ou loucura passageira, no momento em que as contemplamos. Sempre tive em alta conta aquele portentoso laboratório do Elixir de Nogueira, na Glória;[59] era a antecipação de um protesto surrealista, uma sátira à mesmice da arquitetura comercial, isenta de surpresa.

Lá se vai o casarão mouro de Ipanema, com sua almenara. Passando pelo moderno edifício que surgirá em seu lugar, não pensaremos em califas e príncipes islâmicos, em mulheres reclinadas sobre a água que gorgoleja

---

59 Edifício *art nouveau*, de 1916, assinado pelo arquiteto italiano Antônio Virzi (1882-1954).

no tanque do pátio; não pensaremos no guerreiro Al Mansur, que morreu de desgosto, e em Sherazade, que venceu a morte a poder de histórias; não pensaremos em nada.

(28 de junho de 1959)

MORTE NO JANTAR

Informa um cronista mundano que o jantar em casa da Senhora X foi o mais lúgubre da estação: pouco antes de ter início, o cozinheiro faleceu em consequência de um colapso cardíaco. A *hostess* mal teve tempo de avisar pelo telefone seus convidados; alguns já estavam a caminho, e não houve jeito senão recebê-los e dar-lhes de comer. E como eram pessoas sensíveis, a colação foi triste. A morte do cozinheiro errava um pouco entre os talheres, qual mosca enxerida. Era ótimo cozinheiro; por que fizera uma coisa dessas?

A situação não é nova, em substância. Se morte e amor andam frequentemente juntos em poesia, morte e vitualha também costumam emparelhar na vida. Basta lembrar a importância considerável que assume em certos meios a parte alimentícia dos velórios. Há lugares em que o falecimento de uma pessoa suscita reuniões não muito diferentes das que assinalam um aniversário ou um casamento. Se o tom é mais reservado, nem por isso deixa de haver grande consumo de comezainas e principalmente de bebidas. Enquanto senhoras fazem quarto ao finado, os demais procedem ao ritual gustativo, relevando faltas devidas quase sempre à improvisação da mesa.

Nem sempre há improviso, contudo. Guy de Maupassant,[60] observador frio da realidade, conta a história passada numa aldeia francesa, onde se preparara o repasto comemorativo da morte do dono da casa. Ele tardava a morrer, os pratos iriam estragar-se, os convidados tinham pressa de regressar a seus trabalhos na lavoura. Resolveu-se então, entre parentes e amigos, que o festim mortuário se efetuaria ainda em vida do defunto, e diante de seus olhos, pois a casa era pequena. Ele próprio, defunto, comeu um naco de porco, e morreria assim mais confortado, não fora a grande

---

60   O escritor francês Guy de Maupassant (1850-1893), autor de clássicos como "O Horla" e "Bola de Sebo". O conto a que Drummond se refere chama-se "O velho".

briga que sobreveio entre convivas que abusaram das libações – mas isto não vem ao caso.

O dicionário folclórico de Cascudo[61] registra o caráter festivo dos "velórios de anjinho", em Portugal e no Brasil: os pais chegam a ser felicitados pela sorte do inocente, que se foi deste mundo antes de provar-lhe o amargor; na Argentina, padrinho e madrinha celebram o óbito cantando ao som de guitarra.

Mas uma coisa é extrair da morte comemoração mais ou menos agradável, e outra coisa é ter de dissimulá-la a nossos prazeres. O cozinheiro morto pouco antes do jantar não estava absolutamente nos cálculos dos convidados, que, recebendo a notícia, mesmo assim não desistiram de jantar. Jantaram bem, mas constrangidos; talvez não conhecessem o morto nem soubessem antes de sua existência, mas ele passou a viver precisamente porque tinha morrido, e se insinuava no sabor do aspargo. O tato da anfitriã e a delicadeza natural dos convivas salvaram a situação.

No ano passado, pelo que me contaram, fato idêntico sucedeu entre nós, mas a dona de casa preferiu não divulgar o passamento súbito da cozinheira; alguns comensais, encantados com o jantar, manifestaram desejo de cumprimentar a autora de tantas obras-primas. A fina senhora procurou dissuadi-los: "Não creio que ela receba cumprimentos." Um, porém, insistiu e acabou indo por conta própria à cozinha, e de lá ao quarto onde se achava o corpo. Voltou, carregou a mão no escocês, e a noite continuou amena. Se desta história eu fizer um conto, aviso desde já à Editora Cultrix, de São Paulo, que fica proibida de incluí-lo numa antologia de humor negro sem pagar-me direitos autorais, como é de seu feitio.

(21 de julho de 1959)

---

61   Luís da Câmara Cascudo (1898-1986), escritor e folclorista, autor do *Dicionário do folclore brasileiro* e de *História da alimentação no Brasil*, entre dezenas de outros títulos.

JOELHO

Está o homem quieto em sua casa, e a moça jornalista lhe telefona perguntando que é que ele pensa sobre a moda dos joelhos de fora. Em primeiro lugar, não penso nada; em segundo lugar, se pensasse, não o diria de graça à repórter, embora simpática. Somos todos pensadores profissionais, e cada um de nossos pensamentos, fulgurantes ou mínimos, se destina a encher meio palmo de coluna, sem o quê, nosso obscuro nome passará a figurar em outra seção do jornal, a de títulos protestados. Refletindo melhor, esse joelho me serve. Sento-me e contemplo-o.

Não acha o joelho muito feio para ser mostrado? – é a própria moça da pergunta, que o insinua. Não acho, não, senhora. É uma peça como outra qualquer do corpo humano, com sua funcionalidade e portanto sua justificação. Se fosse desnecessário, não existiria, e com existir ganha um sentido e mesmo certa forma de beleza – admitindo-se que o corpo humano seja belo, o que é uma opinião nossa sobre nós mesmos.

Dentro da condição de mamíferos bem pouco aperfeiçoados, como atestam os naturalistas – um que tenho aqui à mão lembra que não nos distinguimos na classe, nem pelo tamanho nem pela força muscular, nem pela acuidade dos sentidos nem pela proteção da pele –, e, na qualidade de parentes próximos do antropoide, não temos motivo para falar mal do joelho. Ele resolveu um complicado problema de articulação; é pouco móvel, sem dúvida, mas sem essa dobradiça modesta, ainda não de todo apurada, manteríamos sempre posições tão incômodas que nem é bom pensar nelas.

A situação de primo pobre que o joelho ocupa com relação ao corpo é das mais injustas. Poetas figurativos cantam (ou cantavam) cabeleira, rosto, seios, ventre, coxas, pernas, pés e outras particulares ocorrências, detendo-se amorosamente em cada uma delas, conforme o gosto, mas entre a coxa e a perna, olham depressa ou com enfado, disfarçam e passam adiante. Não há joelhos em poesia. Há no máximo "giolhos", como os de dona Guiomar, mencionados pelo místico de Mariana.[62] Os homens se ajoelham, sim, diante de Deus ou da mulher amada, mas sem apreço pela armadura óssea que tornou viável esse ato de adoração – que contribuiu para a espiritualização e a poetização do bicho homem.

Vêm agora os costureiros franceses e lançam a moda do joelho exposto, evidente, batatal, com a barra do vestido a servir-lhe de guarda-chuva. Dão--lhe uma chance, ao pobre e omitido joelho, que na semostração geral da vida não tinha vez. Convenho que não seja moda para todas as mulheres, mas qual o foi algum dia?

Os seres humanos estão apenas começando a descobrir a realidade de sua estrutura física. A noção que se tinha do corpo era a mais vaga e confusa possível, sob o peso de preconceitos e proibições éticas. Nudez ficou sendo pecado e ignomínia; a praia e as piscinas vão trabalhando para demonstrar a falta de conteúdo desse conceito. Não é necessário andar nu para fazer a demonstração total disso, nem a moda jamais chegará a esse ponto, sendo tanto uma arte de descobrir como de encobrir. Mas, através da fantasia dos costureiros, integramos um pouco mais o corpo humano no quadro natural da vida, e o compreendemos melhor, sem malícia e perversidade.

É a vez do joelho, da vulnerável rótula, do implícito menisco. Que os vestidos novos saibam valorizá-los.

(20 de agosto de 1959)

---

62 Referência a uma estrofe do *Kyriale* (1902), do poeta Alphonsus de Guimaraens (1870-1921), o "místico de Mariana". Na obra, no seu "Caput IV – A catedral", leem-se os seguintes versos: "Dona Guiomar tombou de giolhos, / – Dobravam tôdolos sinos – / E no horizonte dos seus olhos   Dois anjos cantavam hinos".

DR. PAULINHO

Foi em São Paulo. Podia ser no Rio, em Salvador ou Belém. O passageiro tomou um táxi no aeroporto. O motorista era desses que, contrariando a vocação dos motoristas, abrem a porta do carro e a cara, num sorriso. Dirigia manso, de vez em quando atenuava ainda mais a velocidade, para falar com um colega que viesse na mesma direção. Falava, esticava o braço, passava-lhe um papel.

— Você vai ler isso direito, ouviu? O camarada é legal!

Diante da cena repetida três vezes, o passageiro indagou:

— Desculpe, mas quem é legal?

— Ah, o doutor não sabe? Não ouviu falar no dr. Paulinho?

Não ouvira.

— O dr. Paulinho é o nosso candidato a vereador, em outubro. O doutor com licença, leve também um papelzinho para mostrar no Rio.

Não foi possível ler na hora o impresso, porque o motorista continuava:

— Ele é o nosso advogado no sindicato. Só em processos-crimes já fez mais de mil defesas, o doutor sabe lá o que é isso? Os mil e tantos não são todos motoristas, não, a maioria é gente pobre, que anda por aí. O dr. Paulinho, como se diz, é defensor dativo deles. Também todo mundo está trabalhando de graça pela candidatura dele. O dr. Paulinho não gasta um tostão, aliás, fez questão disso: quer ser eleito de mãos limpas, limpinhas. Cada manhã três motoristas saem por conta da propaganda, e, mesmo trabalhando como estou agora, a gente vamos falando em dr. Paulinho, ele merece.

— Que é que o dr. Paulinho vai fazer como vereador?

— Bom, vai chegar lá e dizer bem alto: "Nobres colegas, estou aqui para tomar todas as providências em benefício do povo, esse povo que depositou em mim a sua força total. Aquilo que for decente eu estou de acordo e defendo com sacrifício do meu sangue, mas para marmeladas vossas excelências não contem comigo!

O discurso foi pronunciado em tom enérgico, como o faria o próprio dr. Paulinho. Mudando de tom:

— Também, se ele fracassar...

— Não confia em seu candidato?

— Ah, plenamente. Mas o doutor sabe, tudo é muito relativo. Se o dr. Paulinho não fizer o discurso que estou lhe relatando a grosso modo, se ele não tiver peito, não agir na conformidade...

— E então?

— Eu largo o serviço e vou dizer pra ele, na bochecha: "Vossa Excelência me enganou! Vossa Excelência não é digna da força total que nós depositamos em suas mãos!"

O tom era ainda mais vibrante do que o do primeiro discurso.

— E daí?

— Daí, o doutor sabe como é, né?

Não sabia, mas calculava.

— Mas não há de ser nada, o homem é bom, doutor. E como está o Rio? Sempre aquela confusão danada?

No hotel, o passageiro leu atentamente o boletim eleitoral do dr. Paulinho, com o seu retrato jovem. Fundador da cooperativa que fornece aos motoristas, a preço baixo, acessórios e equipamentos necessários à manutenção dos veículos "para o exercício digno da profissão", consultor jurídico de vários sindicatos, pretende criar outras cooperativas para enfermeiros, oficiais de justiça, feirantes, ascensoristas; inclusão dos motoristas na comissão distribuidora de pontos de estacionamento; cessão de terrenos municipais, em comodato, para postos de gasolina e oficinas mecânicas; passe livre para oficiais de justiça nos ônibus (táxis, não); convênio entre institutos e prefeitura, para que o pronto-socorro atenda aos doentes que aqueles devem mas não podem acolher; construção de parque esportivo municipal para presos bem comportados. E mais: renovação de princípios.

Se dr. Paulinho for eleito, cautela com esse motorista de praça.

(17 de setembro de 1959)

JULGAR

De suas poltronas, em casa, diante do aparelho de TV, muitos viram o braço do réu erguer-se e apontar os julgadores, acusando-os de covardia. A cena da distribuição da justiça era uma cena de teatro, embora não ensaiada. Houve um *frisson* final. Daí a pouco, tudo terminava: a multidão em frente ao tribunal era dispersada à borracha pelos agentes da ordem, que nem sempre se confunde com a calma, e os condenados saíam para o presídio, sob as garantias da lei. "Fez-se justiça", comentavam alguns. "Que adianta, se a moça está morta", respondiam outros. "O principal criminoso continua impune", reclamavam terceiros. "Eu não os condenaria a tanto", escutava-se mais longe. E assim se diz sempre, depois dos julgamentos.

Juiz, jurados, promotor e defensores são julgados, por sua vez, num tribunal flutuante, como decidimos, depois de assistir a uma peça, que o melhor foi Paulo Autran, ou que Fernanda Montenegro esteve admirável, mas que X não correspondeu.

Há uma atração cintilante no ato da justiça. Queremos participar dele, vivê-lo, medir suas terríveis consequências. Identificamo-nos com o julgador, num prazer violento, e com o réu, numa emoção não menos brutal; tudo isso, é claro, protegidos pela certeza de que somos apenas espectadores intocáveis, sem responsabilidade. Tentamos descobrir na face do acusado um sinal secreto de culpa, ou um clarão de inocência, conforme antipatizamos ou não com ele. Seus menores gestos são interpretados. Se ergue a cabeça, é atrevido e afronta a sociedade; ou senão, é que tem consciência limpa; se baixa os olhos, confessa-se culpado ou se arrepende; se é belo e jovem, as opiniões, ou melhor, os sentimentos, se dividem entre piedade das mulheres e ressentimento dos velhos. O réu, julgado por tantos juízes quanto são os espectadores, é mil vezes absolvido e condenado até a morte, sem qualquer prova ou argumento senão os que cada um de nós colhe de nosso próprio temperamento, de nossas paixões, de nosso jornal e de nossa ignorância dos autos.

Como circular através de autos e quesitos, destrançando os cipós e as cobras que se emaranham pelos milhares de artigos e parágrafos do Código Penal e do seu irmão mais gordo, o Código do Processo?

A sentença no caso de Copacabana dá ideia da rede legal-burocrática, a que nem o juiz pode fugir. Um réu é condenado a 30 anos, por homicídio; sendo menor, a pena se reduz a 25 anos; por estupro, condena-se a mais 7 anos; como foi auxiliado, tem mais 1 ano e 9 meses; mas o estupro não se consumou, e descontam-se 2 anos e 11 meses; sendo menor, a pena diminui de 4 meses; por atentado ao pudor, é ainda condenado a 6 anos; como foi auxiliado, mais 1 ano e 6 meses; sendo menor, 6 meses; total, 37 anos e 6 meses. Qual o jurado que, leigo em direito, poderá mover-se à vontade entre os labirintos da lei, transpondo para termos jurídicos abstratos a visão humana que tem da realidade? Ouça-se André Gide, contando sua experiência do júri: "As perguntas são formuladas de tal modo que muitas vezes parecem armadilha, e obrigam o infeliz a votar contra a verdade para obter o que lhe parece ser a justiça." E não pode ser de outro modo. Geralmente, juiz e jurados cumprem seu dever; a Justiça é que é penosa e obscuramente distribuível, e fica sempre uma dúvida zumbindo no espírito do julgador mais reto.

Seria melhor, talvez, que a operação de julgar coubesse apenas a homens togados, que escreveram a lei ou vivem de praticá-la; e tudo se fizesse fria-mente, como nos processos cíveis; que se poupasse aos jurados o drama de consciência, embora se privasse o público da emoção do espetáculo. Há tantas formas salutares de democracia, que bem se poderia prescindir dessa do julgamento popular. Quanto ao benefício social da "justiça feita", à lição do crime punido espetacularmente, também me declaro cético: a lição intimida pouco, ou logo se esquece, e os crimes, com suas mil motivações, continuam a ser cometidos. E há ainda os que veem em todo condenado um mártir ou um herói, e secretamente ambicionam imitá-lo. O Cristo crucificado, que aparece por cima das cabeças, no tribunal, não é ouvido como testemunha.

(9 de fevereiro de 1960)

SER JURADO

Duas avaliações do mesmo delito, com um mês de intervalo, conduzem a sentenças inteiramente opostas. A primeira condena o réu a 25 anos e meio de prisão. A segunda limpa-o de toda culpa.

Parece-me ouvir a conversa dos dois "juízes íntegros", do quadro do museu de Antuérpia, contada por Anatole France. Vão montados em seus cavalos e discreteiam pelo caminho.

— A lei é a vontade de Deus, que não muda – pondera um.

— A lei é a vontade dos homens, que está sempre mudando – corrige o outro.

*

Apresentam-se aos jurados – e aos espectadores – as vestes da vítima, dilaceradas e tintas de sangue.

A mãe da vítima, presente ao julgamento, chora.

O advogado de defesa protesta contra o choro, dizendo que faz parte de um plano de encenação.

*

O advogado de defesa lembra a mãe do réu, doente, em estado grave, à distância.

O réu chora.

Os jurados hesitam entre duas mães.

*

Um assistente se oferece para apostar 50 mil cruzeiros em como o réu será absolvido. Topa qualquer aposta. Durante cinco anos fez um curso de direito – ou de corridas.

*

O juiz faz questão da leitura integral do processo, para elucidação dos jurados. Começa às 15h20 de sexta-feira e termina às 3h20 de sábado. Os jurados cochilam. O promotor dorme em cima da mesa, noutra sala. O advogado de defesa vai dormir em casa.

*

O perito fala em termos técnicos.

O jurado pede-lhe que se exprima com outras palavras, para se fazer entendido. Mas o perito é o homem que não se exprime com outras palavras.

*

Como nos filmes, chega um ofício em que se comunica a confissão de outro acusado. É válida, não é válida: funciona psicologicamente.

*

E chega a notícia maior de que o outro acusado tentara suicidar-se, numa confissão suprema. Na realidade, estava em uma sala do Tribunal, vivo e são. Não foi necessário um terceiro suspense.

*

Na rua, pela madrugada afora, locutores de rádio e televisão não se conformam com a proibição de entrada no recinto. Para eles, júri deve funcionar é no estúdio.

*

Opiniões:

— É, o primeiro conselho de sentença exagerou na dureza.

— Mas o segundo esbaldou-se na benevolência.

— Pois eu acho que os dois se completam para um resultado razoável: 12 anos de reclusão, que se reduzem a seis, se o rapaz se comportar bem.

— O júri é uma grande coisa. Erra num dia, erra no outro, e da soma dos erros sai a justiça.

*

Chuva, calor, pressões emocionais contrastantes, tédio do rito infindável, fingida fúria dos bacharéis em peleja retórica, urgências fisiológicas, comida que não é de casa, ignorância jurídica, sagrado terror da justiça como instituição, imagem da sociedade, repórteres, assistentes esperando teatro, réu contorcendo-se com dor no rim, desconforto do lugar e da situação moral, dúvida, noções escolares de consciência e remorso, impossibilidade de pensar sozinho sobre o travesseiro e formar juízo claro e definitivo sobre a culpa, a sorte e a vida do próximo: você aí, me responda: gostaria de ser jurado outra vez?

(15 de março de 1960)

SIMBÓLICO

Abri a janela. Depois de procelosa tempestade, noturna sombra e sibilante vento, como na epopeia, a manhã era diáfana e azul-cantante; um tico-tico pousara no fio e namorava a companheira; duas borboletas, dançando entre romarias, praticavam a mesma arte, e o soldador de caçarolas, de serviço junto ao meio-fio, dizia piadas para as empregadinhas que sobraçavam garrafas de leite. E era tudo bom e inaugural, enquanto a turma de garis, cumprindo ordens de Alvim,[63] o prefeito, dava duro, fazendo a toalete da rua.

— Muito serviço, hein? Falei para o chefe da turma.

— Um bocado muito, sim, senhor. Mas não há de ser nada. Com a mudança do governo vai ser mais fácil conservar a cidade limpa...

O homem falava com tanta candura que não me animei a perguntar-lhe se achava que o governo é que suja a cidade. Tomei nota de seu vaticínio e fui para o centro. Caixotes saíam do Senado. Nestes últimos dias não se tem feito outra coisa no Rio senão encaixotar coisas e despachá-las para Brasília. Que conterão esses volumes? Funcionários encaixotados à força, porque suavemente não se deixariam levar para a nova capital? Aproximando-me de um dos caixotes, julguei mesmo ouvir um flébil gemido lá dentro. Ia dizer: "Abra!" para o carregador, mas este me explicou:

— São os papéis chorando por terem de sair do Rio. Se até eles ficam tristes, que não fará quem tem olhos?

E então cheguei à conclusão de que para Brasília não vai ninguém de dois pés. O que vai é papel. O material humano ficará mesmo em nossas praias, piscinas, morros, avenidas, cafés e escritórios, cumprindo o destino carioca normal, enquanto o material de expediente, coagido, segue para a capital teórica do Brasil.

---

63 Joaquim José de Sá Freire Alvim (1909-1981), prefeito do Rio de Janeiro em seus últimos dias como Distrito Federal. Brasília se tornaria a nova capital do Brasil no dia 21 de abril de 1960.

— Perdão, dr. Juscelino, esse vai – garante-me o dr. Penido,[64] parando o seu Dauphine para assuntar a mudança.

— Para as festas de inauguração?

— Para ser fazendeiro também, então não sabia?

— Ahn!... – exclamo, desanimado. — Então dr. Juscelino vai é me fazer concorrência. Será um novo "fazendeiro do ar", título outorgado a este humilde cronista e versejador, e que podia ser usado sem risco, porque essa espécie de fazenda, mesmo sem reforma agrária, é a única que não paga imposto.

Outra presença dinâmica no Rio, agora, é a palavra "simbólico". Usa-se muito "simbólico". Os ministérios preparam contingentes simbólicos para a festa de Brasília, haverá um espetáculo teatral simbólico e a própria inauguração será simbólica, com luz, telefone, esgoto, calçamento, transporte etc., tudo rigorosamente simbólico. A Comissão de Festejos, que talvez se chame na intimidade de Comissão do Símbolo, exigiu casaca aos parlamentares que simbolicamente assistirão ao nascimento da cidade simbólica do futuro. Casaca é simbolismo puro, de um status que só sobrevive entre nós em estado gasoso de símbolo. Eu proporia bermudas para o ato inauguratório, mas parece que este é um símbolo ainda não oficializado.

Em meio a esse *forêt de symboles*,[65] veio-me o desejo de entoar o hino nacional, símbolo músico-verbal de nossa grandeza, mas aí apareceu o professor Adriano Kury,[66] e me deixou numa dúvida terrível, ao chamar-me a atenção para o verso: "O teu futuro espelha essa grandeza." É o futuro do Brasil que espelha a sua grandeza, ou a grandeza do Brasil que espelha o seu futuro? Kury entende que há uma inversão na sentença, mas eu não entendo mais nada, dr. Juscelino mudou tanto o Brasil que o futuro é presente, o presente é uma coisa que não sabemos qual seja, e na confusão desejo a todos um bom domingo.

(3 de abril de 1960)

---

64 Osvaldo Maia Penido (1908-1989), futuro chefe do Gabinete Civil da Presidência da República, no governo JK. Toma posse no dia da fundação de Brasília.

65 Em francês, "floresta de símbolos".

66 O filólogo Adriano da Gama Kury (1924-2012).

CONTRA O INVASOR

O Estado da Guanabara faz sete dias que nasceu, e já precisamos de tomar medidas para protegê-lo contra invasões de outros povos. Nas ruas, nos lugares de trabalho ou de vadiação, o que menos se vê são cariocas. Os brasilianos, ou brasilienses, estão lotando a nossa província, para surpresa dos ocupantes legítimos da terra. Como é que uma capital se inaugura e se desinaugura logo em seguida, como fizeram com Brasília? Sim, porque quase todo o povo que saiu do Rio para constituir o elemento humano do novo DF voltou ou está voltando às carreiras, e era uma vez a calma provincial de que carecíamos para botar em ordem nosso barraco.

Assim não é possível. Pensei em dirigir-me ao superintendente Câmara[67] para pedir-lhe que fechasse as barreiras e os aeroportos durante três meses, tempo bastante para essa gente perceber que mudou de condição e de domicílio, mas refleti que a medida nos privaria de abastecimentos vitais, e recuei do propósito. Conferenciando com Newton Freitas,[68] ele sugeriu que deixássemos coletivamente de cumprimentar os ex-moradores do Rio, que viessem conversar fiado em nosso território. A ideia é boa, mas não resolve. Resolve é uma lei proibindo aos brasilienses penetrar ostensiva ou sub-repticiamente em Guanabara, seja a que pretexto for, nos próximos dez anos. Dirão que sou duro? Estou apenas defendendo nosso rincão e ajudando indiretamente o prefeito Israel[69] a acabar a construção de sua capital, pela fixação compulsória do morador à terra. Ó gente, pois vocês não disseram que estava tudo pronto, que a cidade era um brinco, uma teteia, etc. e tal, e

---

67 José Sette Câmara Filho (1920-2002), primeiro governador da Guanabara.

68 Newton Freitas (1909-1996), escritor capixaba, trabalhou no Ministério das Relações Exteriores.

69 Israel Pinheiro (1896-1973), primeiro prefeito de Brasília.

agora deixam essa pasárgada para vir respirar o mau oxigênio, o vil carbônio da cidade que não servia para capital do país porque era cheia de vícios babilônicos? Se querem uma caminha fofa, um terno bem passado, um filé mais macio, vêm buscá-los aqui? Eia, sus, brasilíacos, ide a vossos trabalhos, amanhai e sujigai vosso sertão e deixai-nos aqui dando balanço em nossos cacos para ver o que faremos de nossa vida. Cáspite, quereis ficar lá e cá ao mesmo tempo, lá para constar, cá para bailar?

Nanja, senhores ministros de Estado, não o sois do Estado da Guanabara, e sim de JK, e deveis secundá-lo na sede do governo, onde há muito que fazer. (Tu, Nonô, tem-te nos limites.) E vós, senhores ministros do Supremo, perdoai-nos, mas não ouvistes o lúcido Gallotti,[70] agora é tarde. Distribuí vossa justiça à maneira do rei Pausólio, debaixo de uma árvore, se é que já a plantaram por lá, e adeusinho, *dura lex, sed lex*.[71] E vós, ó senadores, ó deputados, ó diletíssimos, que negócio é esse de ficar trançando na ponte aérea, tanto mais quanto vos declarastes em recesso, hein? Recesso é retiro, retiro é casa, e vossa casa é em Brasília, sem elevador nem móveis. Ficai lá dentro, sim? Quando um cidadão muda de residência, não volta à noite para dormir no apartamento que desocupara; corre o risco de ser recebido a batatinhas quentes pelo novo morador. Não somos violentos, meus prezados, mas defenderemos nossas praias e nossos buracos. Pois até a manteiga vós nos levastes para as festas da inauguração, quando a tínheis aí em Goiás! E voltais para comer-nos mais manteiga?

Após este desabafo, cuidemos do útil. Se a lei da proibição sumária da vinda de renegados à Guanabara não lograr aprovação, sugiro o confisco de seus bens, e uma série de medidas. Brasilianino não terá vez: voltando, só frequentará cinema-poeira, comerá em buteco da Cidade Nova, irá a pé do centro à avenida Niemeyer e assistirá – castigo supremo – todas as sessões da Câmara de Vereadores-Deputados. Não faço por menos.

(28 de abril de 1960)

---

70 O ministro Luís Gallotti (1904-1978), antes presidente do TSE, seria, entre os anos de 1966 e 1969, presidente do STF.

71 Em latim, "a lei é dura, mas é lei".

FOLHA SECA

A romancista Lygia Fagundes Telles, uma tarde dessas, ia pela avenida Copacabana, quando de repente... O melhor é começar do princípio, e o princípio foi no ano passado. O Instituto do Livro concedera-lhe um prêmio literário, entregue solenemente. Ao recebê-lo, a escritora discursou airosa, agradecendo no próprio nome e no de outros contemplados. Tudo lindo; só que a entrega do dinheiro fora simbólica; o Ministério da Fazenda o pagaria quando Deus fosse servido – e Deus só foi servido um ano depois.

Lygia embolsou pois o seu cheque, e circulava em Copacabana, pensando no regresso a São Paulo, quando, num cruzamento cheio de gente, sentiu no braço menos que um esbarrão: leve roçadura de casimira. Desses contatos banais de rua, em ponto de movimento. Um rapaz passara por ela, de pulôver na mão. Lygia percebeu que sua bolsa estava aberta. E não precisou examiná-la para sentir que a carteira nela guardada desaparecera.

— Fui roubada – pensou em voz alta.

Imediatamente pessoas param, indagam, interessam-se, e a reação da ficcionista é de desânimo. Não pensa nos cem mil cruzeiros em cheque, cheque não dá impressão física de dinheiro. Pensa no dinheiro em notas que trazia na carteira, para a viagem. Está numa rua do Rio, entre basbaques, sem níquel sequer para telefonar ao irmão ou a amigos; só, no meio da multidão, e desamparada.

Que foi, como foi, quem foi, gente ajuntando, e da janela de um lotação parado diante do sinal vermelho, um passageiro põe a cabeça para fora e avisa:

— O ladrão está aqui! Deve ser este cara que entrou afobado!

O motorista abre a porta, Lygia sobe e vê sentado no último banco o rapaz do pulôver.

— Quer me dar minha carteira!

— Que carteira! – responde ele com dignidade.

— A carteira que me roubou neste minuto.

O rapaz fica muito ofendido, mas o lotação brada em coro: "Carteira! Carteira!", e ele não tem remédio senão jogar o objeto ao chão esclarecendo:

— Não é flagrante!

Mas aí o guarda já entrara também e tira para fora o ladrão, à maneira como essas coisas se fazem.

Lygia, emocionada porém lúcida, pede que lhe restituam a carteira, para que possa cuidar de sua vida.

— Só no Dichtrito. (Ela observa que, no Rio, distrito se pronuncia assim.)

— Mas eu não quero dar queixa.

— A senhora tem de depor no Dichtrito.

Vão, seguidos de alguns curiosos. A romancista sente-se obscuramente culpada, à proporção que se aproximam da polícia. O preso, como um *angry young man,*[72] contorce-se, dá patadas e cabeçadas no guarda, que se defende à altura.

O delegado não está, sentam-se à espera, e o preso aproveita o relax para sair pela janela, com a mesma leveza que já demonstrara. Mas volta momentos depois, em situação bastante desfavorável.

Bem, o homenzinho está detido e a sociedade desagravada, mas eu continuo sem minha carteira e não posso sair daqui, reflete Lygia; e não é alentador.

Felizmente chega o delegado, que, logo às primeiras palavras da depoente:

— É a escritora?

— Eu mesma.

— Então veio ao Rio receber o seu prêmio...

— Exato.

---

72   Em inglês, "jovem zangado". Nos anos 1950, porém, havia no Reino Unido um movimento de novos dramaturgos e romancistas, liderados por autores como Kingsley Amis e John Osbourne, chamado Angry Young Men.

— E esse malandro leu as colunas literárias que noticiaram o pagamento, hein?

O delegado é amável, restitui objetos, cheque e dinheiro, explicando que a carteira ficaria retida como peça de corpo de delito. Não fizesse mau juízo do Rio; essas coisas acontecem em qualquer parte. Tivera sorte em perceber imediatamente o furto; os ladrões agem de maneira tão sutil que muitas vezes a pessoa nem sente. É a chamada "folha seca". Lygia, como escritora, achou perfeita a denominação: folha seca! O roçar de uma folha na pele... Cavalheiresco, o delegado mandou levá-la ao hotel.

(21 de junho de 1960)

OS 4

Chego tarde para fazer promoção dos quatro livros da Editora do Autor,[73] praticamente esgotados. Nem era minha intenção recomendar essas obras ao público de língua portuguesa. Minha intenção é mesmo oposta: evitar que saiam uma segunda, terceira, sétima, umas não-sei--quantas tiragens desses escritos abomináveis, lançados pelo processo insólito de quatro em um (pacote).

Entre as obrigações do escritor público, capitula-se a de alertar a coletividade sobre os males e perigos que possam incidir sobre a dita. Assumo o exercício desse dever notificando, a todos que o não fizeram ainda, que não devem adquirir e muito menos ler essas obras perniciosas, intituladas *O homem nu*, de Fernando Sabino; *Ai de ti, Copacabana*, de Rubem Braga; *O cego de Ipanema*, de Paulo Mendes Campos; e *Antologia poética*, de Vinicius de Moraes.

Perniciosas, eu disse, e quem quer que abra ao acaso uma página de tais volumes sentirá ao vivo a justeza da qualificação. São livros destoantes da pauta, contrariam maliciosamente normas consuetas da nossa literatura e espalham uma poeirinha atômica de desagregação.

O fato de Braga, Sabino, Campos e Moraes escreverem de maneira toda pessoal, de não se confundirem com quaisquer outros, já é bastante para despertar repulsa. Destacam-se do rebanho, o que é próprio de ovelhas negras.

A crônica e a poesia têm caminhos batidos, por onde autor e leitor podem trotar folgados e em paz com as instituições seculares, as ideias

---

73 Editora então recém-fundada por Fernando Sabino, Rubem Braga e Walter Acosta, autor da área jurídica. Em 1966, Acosta deixou a sociedade, e a empresa mudou de nome, tornando--se a Editora Sabiá.

adquiridas e os nobres sentimentos. Esses caminhos podem até ser cheios de atrações, brilhos e vidrilhos; o essencial é que não conduzam a lugar nenhum.

Paulo, Fernando, Rubem e Vinicius se dão ao luxo de abrir picadas próprias; pouco ligam para a opinião e gosto dos outros, cultivam seus gostos e opiniões, veem, pensam, sentem, dizem como querem, e ninguém se atreva a pedir-lhes contas. Deixam impressão, bolem com o leitor. É uma falta grave.

Dos três cronistas, não sei qual o mais digno de censura. Braga, num arranco de mau humor, chega a profetizar a destruição total de Copacabana, com todos os seus moradores e pertences, anunciando cenas de apocalipse, com os siris comendo cabeças de homem fritas na casca, no Petit Club. No momento em que procuramos erguer o Estado da Guanabara, esse capixaba, tão bem acolhido em nosso território, promove o pânico, desvia o turismo, e força a baixa no comércio de imóveis.

De Campos é suficiente dizer que se compraz em matar lagartixas e em descrever o processo bárbaro de extermínio de seres inocentes: a bordoadas. Poupou uma, porque lhe disseram que dá sorte; se não der, está liquidada. Mauzinho, o rapaz. Atrocidades, só na Argélia, contra os nativos etc.

A Sabino lhe agrada explorar situações ridículas, zombando de uma pobre dona Carolina, que quase morre engasgada com uma vértebra de peixe e que a exibe como lembrança; caçoa dos diretores de banco, reunidos para discutir problemas administrativos e que acabam ouvindo o jogo de futebol na Europa através do rádio transistor. Enfim, satiriza o que de mais circunspecto.

Quanto ao poeta Vinicius, todo o mal já foi dito; seu maior pecado é restaurar o amor na dimensão infinita, sem consideração a nossos recalques e preconceitos. Penso no caráter diabólico de poemas como "Receita de mulher", que está no livro, e que ninguém deve ler sob pena de sair para a rua louco de emoção erótica, e irrecuperável.

Além de tantos defeitos, os quatro escrevem com arte peregrina e inimitável, inspirando à gente desânimo, inveja e ciúme terríveis, como aconteceu comigo. Por tudo isso, lanço-lhes o meu anátema.

(30 de dezembro de 1960)

PRIMEIRO DIA

Já sei, leitor, o que dirás hoje ao esbarrar comigo nesta coluna: "Entra ano, sai ano, este sujeito está sempre escrevendo. Por que ontem, em vez de bater máquina, ele não foi conversar com a garrafa e pular no réveillon?" E dirás justo, pois é o que eu devia ter feito. Mas pensei em ti, imaginei-te de ressaca e desamparado no hall do ano-novo, precisando de conselho e camaradagem, e sacrifiquei minha celebração para te assistir nesta hora.

Toma o teu sal de frutas, amigo, e começa o batente hoje mesmo, se queres estar em dia com os novos tempos. Limpa a tua casa; se for grande, apenas o escritório; se fizer muito calor, pelo menos a prateleira do banheiro. É um gesto simbólico. A limpeza já começou na Guanabara, com algumas rápidas mas sintomáticas demonstrações de espanador oficial, e daqui a um mês começará no país.

Não digo que o Brasil vá ficar cintilante como uma joia, mas tudo indica que teremos em 1961 um bom serviço de limpeza pública. Vejo alguns cavalheiros com medo de tanta vassourada,[74] tanto sabão e água sanitária, obtemperando que um pouco de sujo dá valor histórico às coisas. Por que não o conservam no corpo ou na roupa, e o admitem nos negócios de Estado?

Arrumar o país é tarefa rude, mas desarrumá-lo ainda mais é impossível; nem um perito como o dr. Juscelino, voltando de férias, o conseguiria. Assim, não tens que optar: vai ajudando de mansinho a recuperação, e gozando a teu modo a sensação inesquecível de confiar no governo. Confiar, é claro, com olho crítico; mas o olho crítico já teve bastante trabalho nos últimos tempos, e é grato distinguir na paisagem aquele ponto de esperança que estimula a gente a vencer o comodismo, a tentar um gesto novo, e a fazer alguma coisa.

---

74 Referência ao jingle da campanha vitoriosa de Jânio Quadros à presidência da República, pelo PTN, no pleito de 3 de outubro de 1960: "Varre, varre, vassourinha."

Isto na ordem nacional; na ordem internacional, por mais que te empenhes em não participar dos negócios do mundo, com o café da manhã tomas um pouco de Cuba, de Congo e de armas nucleares. O ano vem tinindo do esforço pela autodeterminação dos povos e pela extinção das diferentes formas de colonialismo, e nenhum de nós pode fingir que tão tem nada com isso. Rir das macaquices de Nikita[75] e do palavrório dos reacionários ocidentais não basta. Tens, temos que contribuir um pouco para que se apure e se dinamize a consciência desses problemas. Abre a janela de teu apartamento, e alonga a vista o mais possível.

Na ordem pessoal, meu caro, sê moderado porém não abstêmio, cauto porém não medroso, paciente porém não mártir, delicado porém não baboso, alegre porém não palhaço. Dedica atenção especial a mulheres e crianças, que são a mesma flor, e trata-as com carinho, defendendo-te, porém, de arranhões de umas e fraldas mal postas de outras. Reserva à amizade o largo território que lhe é próprio. Cultiva teu gosto ou tua mania, desde que não perturbem o próximo. Sê feliz, na medida do possível, isto é, daquilo que está em teu poder: fugindo ao aborrecimento e amando os ócios tranquilos, num lugar de sombra ou de sol.

(1º de janeiro de 1961)

---

75   Nikita Kruschev (1894-1971) era, então, o primeiro-ministro da União Soviética.

FEIJÃO

Nossa rua não deu bola para a posse de Kennedy, as notícias que a gente procurava no ar eram outras, bocas, olhos, pensamentos concentravam-se em Feijão e no seu sumiço, uma rua são muitos meninos e meninas, chutando bola, patinando, brincando de mocinho, outros namoram, rua é principalmente área infantil, pessoas grandes e edifícios servem de decoração, os garotos assustados e a rua com eles, sabe lá se raptaram Feijão e mataram, não, morrer não morreu, o telefone toca na casa da modista, exigem 500 mil cruzeiros pela entrega de Feijão, puxa vida, todos ficam deslumbrados, esse Feijão, ninguém imaginava que ele fosse viver uma aventura assim, retrato na televisão e no jornal, nome em toda parte, "procurem Feijão", ordena com energia Carlos Lacerda,[76] polícia mobilizada, estão gravando conversas no telefone, a Companhia Telefônica não pode saber quem fala e de onde, o chefe de Polícia recebe um representante das famílias do bairro, é a primeira vez que nossa rua ganha cartaz depois de novembro de 1955, mas Feijão continua desaparecido, enigmático, longínquo, mães em pânico acertam medidas para evitar que seus filhos tenham a mesma sorte, Gaúcho passou dizendo que nunca mais andará sozinho, ele disse isso e estava sozinho, afinal quem é esse tal de Feijão se o jornal dá é Paulo Sérgio, bem, Paulo Sérgio é apelido, todos começam a sentir que gostavam muito de Feijão, falam dele no passado, era menino levado mas bom menino, a vida é assim mesmo, hoje de noite tem Carnaval de brotinhos na calçada do edifício Mamoré onde mora dr. Café Filho, não façam muita zoeira para não incomodá-lo, que nada, ele até gosta de ver a turma se esbaldando, e como se pode brincar sem fazer barulho, quero morrer no Carnaval na avenida

---

76 Quando a crônica foi publicada, Carlos Lacerda (1914-1977) era governador da Guanabara.

Central, a música sobe entre amendoeiras, invade o Salão Riviera, o Silva Cruz, farmácia, quitanda, Correio, há uma separação para os menorzinhos que começam o aprendizado do samba, pais, curiosos, sorveteiros fazem um bolo em redor e até 22 horas vamos esquecer que Feijão sumiu, depois a gente lembra outra vez, tem também o casamento de Inesinha, aquela garota que nasceu pouco antes de nos mudarmos para esta rua, o tempo passa a jato, hein?, o general todo orgulhoso e com razão, as duas meninas casadas, a primeira vai lhe dar um netinho, ele convidou para uma reunião mas não pudemos ir, pois estava muito animado, vocês perderam, a casa é uma das poucas restantes da rua, corretores de olho nela, de madrugada perguntam se quer vender, mas é tão gostoso ficar para semente uma casinha antiga de duas janelas entre edifícios pernaltas, o pintor Reis Júnior passa brandindo tela, paleta e cavalete, está fazendo o retrato do poeta casmurro; o Wilson Rodrigues[77] escreve mais uma estória de Pai João, dona Aurora[78] ensaia outra peça de Ionesco, Octávio Alvarenga[79] faz o estudo comparativo de todas as enciclopédias do mundo, a rua parece calma, passa dia, passa noite e Feijão nada, fica-se com medo de perguntar por ele, de repente todos os telefones trrimm, Feijão aparece em Cachoeiras do Macacu, perdera o caderno da irmã e dera o fora com medo, viajou de tudo, dormiu em delegacia, foi acolhido por um ferroviário, pescava no rio, praticou façanhas mil, merecia uma boa surra, não diga isso, o senhor parece que nunca foi criança, este terá muito que contar a filhos e netos, a mãe chora metade alegria metade angústia passada, a rua reencontrou Feijão, ah, menino, menino!

(22 de janeiro de 1961)

---

77 O poeta e escritor Wilson Woodrow Rodrigues (1916-c. 2000).
78 A atriz Aurora Aboim (1909-1989) estrelou algumas peças de Eugene Ionesco nos anos 1950, como *A cantora careca* e *A lição*.
79 Octávio Mello Alvarenga (1926-2010), escritor mineiro e advogado ambientalista.

COSMONAUTA

Então a Terra é azul e a gente não sabia? A vitória não é apenas dos cientistas russos e do moço Yuri.[80] É também dos otimistas em geral, que insistiam em pintar de azul, até de azul sobre azul, este nosso controvertido planeta. Outros declaravam a Terra negra (ou vermelha) de injustiça, de ódio, de miséria; na melhor hipótese, diziam-na de cor neutra, inexpressiva. O rapaz russo, que tem de extraordinário o fato de ser um rapaz comum, casado e com filhos, libertou-se da atmosfera, e em voo relâmpago através de espaços nunca dantes passeados descobriu a cor verdadeira da Terra, a cor que nos convida a ter confiança e a prosseguir em nossa condição humana, pois a essa cor estão ligadas representações de espiritualidade, paz, imensidão – em suma, a cor do céu, o azul. *"L'Azur triomphe, et je l'entends qui chante dans les cloches"*,[81] como o escutava Mallarmé.

Só que o céu não é azul, como pensávamos e supúnhamos ver; é escuro, tirante a preto. O azul, até agora conhecido por celeste, passa de direito a chamar-se terrestre. Dirão que estou me alongando sobre um aspecto mínimo do feito russo, que acima de tudo abriu o espaço cósmico ao homem. Mas, antes de estender minha curiosidade ao cosmos, sou um pequenino noticiarista da Terra, da cidade, da minha rua, e diante do primeiro cosmonauta penso em muitos de meus semelhantes que neste momento fazem a longa viagem de ônibus, de um a outro bairro do Rio, gastando tempo superior ao de que ele precisou para libertar-se da lei da gravidade e confortavelmente dar volta ao globo, mandando bilhetinhos como se estivesse sentado num gabinete em Brasília. A esses irmãos transmitirei, pois, de preferência, não a

---

80   Yuri Gagarin (1934-1968), cosmonauta soviético, primeiro homem a viajar pelo espaço.
81   Versos do poema "L'Azur", de Stéphane Mallarmé (1842-1898), "O azul triunfa e o ouço cantar nos sinos".

notícia de que é possível um deslocamento extra-atmosférico um tanto mais veloz que o deles cá embaixo, mas o conforto desta verificação: alguma coisa de bucolicamente azul-claro se desprende de nossas lidas e amarguras, e já podemos olhar para o céu com superioridade, pois azuis realmente somos nós, e não ele, em seu milenar fingimento.

No mais, se os graus do maravilhoso estão sendo alcançados com tal sofreguidão que quase não podemos nos maravilhar da proeza de hoje de manhã, porque a do horário da tarde a tornou banal, a consequência é que muitos espectadores se fazem demasiado exigentes no capítulo de prodígios, e, se o russo demorar mais um ano a chegar à Lua, se sentirão frustrados. Quando subiu o Sputnik I, em vários países se formaram filas de candidatos à primeira viagem intersideral, em astronave ainda não construída para empresa de navegação ainda inexistente. A nós maduros, intelectualmente condicionados à estrita área do mundo como o recebemos da rainha Vitória, de D. Pedro II e do Almanaque de Ayer, o major Gagarin e sua engenhoca nos deixam de queixo caído. Mas o garoto do edifício ao lado, a quem entrevistei sobre o viajante cósmico, estava perfeitamente integrado na largueza das novas dimensões, ou falta de dimensões, do homem atual, e sorriu. Em sua opinião crítica, 108 minutos para contornar a órbita da Terra é boa marcação; mas um herói de suas revistas fizera isso em 30 minutos. De qualquer modo, o cara é legal, admitiu ele.

(14 de abril de 1961)

QUASE VERBETES

Assessoria – Função ingrata por excelência. Se o chefe erra, claro que é porque foi mal assessorado. Se acerta, nunca é porque foi bem assessorado.

Censura (I) – Máquina de preservar a moral no horário das diversões.

Censura (II) – Esforço por abafar nossos maus pensamentos na obra dos outros.

Censura (III) – Arma de atirar na obscenidade e de acertar no gosto.

Comissão – Órgão caduco. Perdeu para "grupo de trabalho".

Contravenção – Crime pobre, mas que às vezes enriquece quem o comete.

Cuba – Charuto que não pode ser fumado até a ponta, com estopim.

Grupo de trabalho – Equipe que às vezes tem como divisa: *Much ado about nothing.*[82]

Meta – Arcaísmo de Diamantina. Que é, mesmo, que significava?

Miss Brasil – Título honorífico que distingue a ocupante de um maiô, para vender outros, vazios.

Opa – Interjeição poético-internacional, extremamente rápida.

Pelé – Alegria e esperança da pátria. Quem sabe se resolveria, em 1965?[83]

Rádio & TV – Aparelhos de falar muito, que lucram em falar o menos possível, principalmente de política.

Recesso remunerado – Sistema que se verificou ser mais econômico para a nação do que o oposto, de exercício remunerado.

Senador – Mandato de representação estadual, adquirido pelo voto (em geral) ou sob forma de ação ao portador (em Goiás).

Subsídio – Casa para deputados, que está sempre subindo, sem teto.

---

82 *Much ado about nothing,* título original da comédia escrita por William Shakespeare (1564-1616) em 1598, *Muito barulho por nada.*

83 Drummond provavelmente se refere àquela que seria a próxima eleição presidencial no Brasil, em 1965, mas que jamais viria a ocorrer, devido ao golpe militar de 1964.

Tarde de autógrafos – Teste a que o autor se submete, perante testemunhas, para provar que é realmente alfabetizado, e, em casos excepcionais, até mesmo autor.

(Variante: **Noite de autógrafos** – A mesma coisa, convidando a esticada em boates, para celebrar o êxito da prova.)

Voto (ainda em Goiás) – Endosso público a título de dívida particular.

(2 de julho de 1961)

O HOMEM JULGADO

O homem foi julgado em São Paulo por nove mulheres. Não cometeu nenhum crime, além desse de ser homem. E nessa qualidade o julgaram: por seus pequenos e grandes defeitos, suas possíveis virtudes, seu comportamento doméstico.

Que júri! Constituído nada menos que por Lygia Fagundes Telles, escritora; Hilda Hilst, poetisa; Maria Bonomi, gravadora; Edy Lima, autora de teatro; Elisabeth Hartmann, manequim; Camilinha Cardoso, relações-públicas; Eva Wilma, artista de cinema; Bibi Ferreira, artista de teatro; Ded Bourbonnais, figurinista. Um jornal reuniu-as na página e apresentou-lhes nove quesitos neste gênero: quando pensa em "masculinidade", que ideia, lhe ocorre? Que hábitos masculinos acha rudes e de mau gosto? A característica masculina particularmente aborrecida? Que fazer, se ele usa a força como último argumento? Que conselho daria aos homens? Etc.

As juradas foram em geral compreensivas para com o réu, e nenhuma o condenou formalmente. Hilda zombou um pouquinho dele: aborrece-lhe especialmente o fato de o homem conservar cinco resíduos vertebrais do apêndice caudal, quando a mulher possui quatro, e o orangotango três. O que Lygia vê de pior no homem é fazer "corte automática a todas as mulheres, sem desejo ou precisão". Bibi diz que não é boba de revelar defeitos no sexo forte. Para Elisabeth, não há nada no homem de particularmente desagradável.

No julgamento da indumentária masculina, foram reprovados "o refinamento excessivo e o desleixo" (Lygia); o linho branco (Elisabeth); a preocupação de combinar cores certinhas (Camilinha). Hilda acha o suspensório "engraçado demais; pode provocar o riso, nem sempre oportuno". "Masculinidade" lembra a Lygia fidelidade e sobriedade, a Bibi voz grossa, a Hilda caráter, a Camilinha falsa antipatia, a Maria árvore, mar, espaço. Eles próprios não descobriram ainda o sentido dessa palavra, afirma Elisabeth. E Edy pensa que eles a empregam às vezes para dissimular precisamente a falta de.

Remédio para a força bruta masculina, Hilda sugere calmamente revólver, só, ou revólver e depois sorriso ("depende"); Elisabeth: "botar a educação de lado; um bom tapa"; Ded: "aprendi boxe e judô"; Eva: "aprenderei jiu-jitsu"; Lygia preferiria perder os sentidos, nessa emergência. Como argumento para vencer o homem na discussão, ela exaltaria a capacidade de argumentação dele; Camilinha e Edy ficariam caladas.

Quase todo o júri aceita a ideia tão masculina (e tão pouco aplicada) de que a mulher precisa de amparo do homem. Lygia entende que ambos precisam de amparo, "bichos fragilíssimos que são". Edy se diverte com o paradoxo: a mulher, apoio maternal do homem, precisar de apoio do apoiado.

Beleza física, inteligência, gosto pela arte? Se o homem tiver tudo isso, Hilda o exibirá, o amará... e se livrará dele. Valem mais a bondade e o senso de humor, para Lygia. Beleza, para Ded, é o de menos: "não se come em salada".

Conselhos? Hilda: "Não se casem." Lygia: "Casem-se pouco." Camilinha: "Amai, amai, amai." Elisabeth: "Não brinquem com sentimentos alheios." Maria: "Não se imitem uns aos outros." Bibi: "Não sejam tão mulherengos!"

Não se divulgou o veredicto, mas creio que o homem foi absolvido.

(16 de agosto de 1961)

IMPEDIMENTO DA PRIMAVERA

Não sei se é por ordem de altos comandos militares, ou devido a uma nova Operação Mosquito,[84] mas tenho certeza de que a Primavera não conseguirá desembarcar no Brasil para tomar posse de sua presidência floral. Está impedida.

Apelei para as autoridades constituídas, nas pessoas de Cecília Meireles, Stella Leonardos e Clarice Lispector, governadoras da poesia e da prosa de ficção; telefonei ao dr. Campos Porto,[85] no Jardim Botânico, exortando-o a lançar manifesto; recorri ao Serviço Florestal e ao Serviço de Meteorologia do Ministério da Agricultura; enviei emissária ao diretor do Departamento de Parques da Guanabara e ao administrador da Floresta da Tijuca; tive importante conferência com Roberto Burle Marx junto ao jardim nascente do aterro da Sursan.[86] Apesar do unânime sentimento legalista que encontrei nesses próceres, não se julgaram garantidos para garantir a aterrissagem da Primavera. O Congresso, coagido, não acha solução.

Improvisamos no terraço do Ministério da Educação a cadeia radiofônica da legalidade primaveral, que não tinha cabimento instalar no porão do Museu Nacional de Belas Artes, como a princípio se alvitrou. As alunas da Escola Nacional de Música e da Escola Pública Olavo Bilac, os brotos do Leme, do Arpoador e da Tijuca, os moradores da rua das Acácias, o jornalista Floresta de Miranda e muitos outros elementos democráticos desfilaram pelo microfone, exigindo o cumprimento da Constituição e das

---

84 Operação liberada pelo major Coqueiro César, cujo objetivo era abater o avião que transportava o então vice-presidente João Goulart. O plano visava impedir que Jango assumisse a Presidência da República após a renúncia de Jânio Quadros.

85 Paulo Campos Porto (1889-1968), diretor do Jardim Botânico do Rio de Janeiro.

86 Superintendência de Urbanização e Saneamento.

leis equinociais do país, que mandam entregar o poder em 22 de setembro à Primavera, legitimamente eleita. Repeliam o golpe do verão como um atentado aos mais altos e cristalinos direitos da nossa gente, sequiosa de folhagem passada a limpo, do volitar de pássaros na abóboda celeste, do jovial burburinho de arroios entre o relvado.

Este desesperado movimento cívico vem sendo anulado por forças terríveis que se levantaram contra nós; baldaram-se os esforços para assegurar a posse da Primavera. A constante névoa seca, e a ventania, que vem fustigando as árvores, são operações preventivas, indicando que, se a Primavera se aventurar a descer por aqui, será presa, e reclamando, encostada ao paredão.

Basta correr os olhos por esta cidade do Rio, onde normalmente deveria pousar a Primavera, passageira de um jato de flores, na praça Paris, e se verá que não há condições para o seu exercício. O governador do Estado bota a culpa nos comunistas, outros botam a culpa no governador, e, embora os comunicados proclamem que reina absoluta ordem, todos sabem que as apelações líricas, os influxos poéticos, os fluidos sutis que anunciam o advento da Primavera estão sob rigorosa censura, à revelia da Constituição.

Mas a crise é nacional, e que adianta promover o desembarque e a investidura da Primavera, no Rio Grande do Sul ou em Goiás? Essa investidura pressupõe condições ecológicas que não existem. De longa data os reacionários tomaram todas as providências de guerra para extinção metódica de reservas florestais, ressecamento de cursos d'água, extermínio de animais silvestres e deterioração do clima. A Primavera foi impedida para sempre. A única solução é tê-la no concerto para violino, de Vivaldi.

(22 de setembro de 1961)

DE ÓPERA

O locutor da Rádio Ministério da Educação, transmitindo ópera do Municipal, não deixara de observar: Floria Tosca veste um elegante *tailleur* estilo 1961, enquanto os outros cantores aparecem trajados à moda antiga. E o crítico Eurico Nogueira França, por sua vez, confirma e comenta o espetáculo em termos saborosos. O soprano perpetrou homicídio na pessoa do Barão Scarpia, em condições bastante curiosas, usando vestido moderno, de saia apertada, que lhe tolhia os movimentos folhetinescos. O cruel Scarpia caído no chão do Municipal, vítima do punhal da Tosca; e esta, ajoelhada diante do corpo, sem ânimo para levantar-se porque o traje não lho permitia. Ao lado o sofá, que é quase um personagem de Puccini, pois o seu estofo tem, entre outras missões, a de proporcionar base estável à cantora, quando esta ataca a ária famosa. O papel do sofá, na melodramaturgia pucciniana, é mudo; no sábado, porém, esse móvel revelou dotes vocais insuspeitados, emitindo sons pungentes que muito contribuíram para realce da produção. Quando Scarpia lhe atirou Spoletta em cima, ele berrou de dor, de indignação, ou presa de ambos os sentimentos, e o fez em estilo tão verista que os espectadores julgaram vê-lo despedaçar-se naquele instante, a menos que tudo aquilo fosse um eco da batalha de Marengo, travada a distância. A Tosca, mui sabiamente, refletiu: "Neste eu não me sento, que não sou de ferro", e improvisou outra postura para soltar o canto, aliás louvado pela crítica.

Vestido e sofá trouxeram pois um condimento novo à ópera sexagenária, que, por muito que a amem os aficionados do gênero, estava sendo passada para trás pelos filmes de sadoerotismo da atualidade, igualmente operísticos e mais eficazes. Houve explicações plausíveis para uma e outra novidade, mas o plausível é sempre suspeito; prefiro o surrealista. Informam que o soprano titular adoecera e foi substituído à última hora por outro, de talhe mais volumoso, para o qual não havia indumentária apropriada no

173

guarda-roupa do teatro; a moça levou então o *tailleur* de sua propriedade. Por mim, inclino-me a reconhecer antes o propósito de aumentar a tensão trágica, pelo constrangimento da roupa, que tortura suplementarmente a pobre Tosca, ansiosa por salvar o amante, e travada até mesmo pela angustura das vestes. É um traço de Hitchcock adicionado a Puccini.

Quanto ao sofá, pode ter sido apenas falta de verba para restaurá-lo, se é que merece restauro; mas por que não admitir a influência da "música de vanguarda", oferecida poucos dias antes no mesmo local? A valorização do ruído levaria a introduzir, entre efeitos melódicos de patético já corriqueiro, o grito estalado, o ranger de um sofá, protestante contra a luxúria feroz de Scarpia e sensível ao sofrimento da Tosca. Outros móveis, amanhã, emitirão sons diferentes, e pode bem ser que a ópera tradicional italiana, deixando de ser interpretada por divas e divos de carne e osso, para sê-lo diretamente por mesas, poltronas, armários, sofás-camas, penteadeiras etc., realize uma revolução cênica. É o que almejo.

(12 de outubro de 1961)

FIM

O Dia de Finados adquire uma intensa atualidade quando o estrôncio-90 e o césio-137 andam soltos por aí, arruinando os seres e preparando a destruição universal. Destruição que vem tardando, pois não é de hoje que ela foi testada exemplarmente em Hiroshima e Nagasaki, por um dos dois grupos de poderosos coveiros empenhados nesse projeto. Assim pois, somos todos finados ou em véspera de sê-lo. Não importa de onde venha a morte, de leste ou de oeste, como se os pontos cardeais a tornassem mais ou menos morte; se vem numa carga de 50 a 500 megatons, o que só interessaria à estatística, se ainda sobrasse estatística; se morreremos em nome dos princípios da civilização cristã, de nossos avós, ou das leis da sociedade sem classes e sem Deus, de nossos netos, uma vez que tudo é morrer. Não importa mesmo se chegaremos a morrer em consequência de explosão à superfície, pois o fato de a bomba existir já é uma explosão.

Na verdade, a bomba já explodiu e explode todos os dias. Explode em nós e em nosso sentimento da vida. Somos uma poeira de gente desintegrada pela poeira radioativa que a bomba espalhou em nossas consciências. Que fizemos para impedir que isso acontecesse? Fizemos discursos, manifestos, artigos, poemas contra a bomba, mas também fizemos a bomba, que nos desfaz.

Antigamente as guerras se pelejavam à custa de mercenários que corriam o risco, e para os quais ela era um negócio, embora perigoso. Havia também os patriotas e os fanáticos, que matavam ou se deixavam matar movidos por grandes ilusões. E finalmente os pobres-diabos submetidos à disciplina, guerreando sem nenhum gosto, mas empurrados pelo regulamento militar. O regulamento continua a empurrar os pobres-diabos, mas eles já não são essenciais à guerra. Esta se faz hoje por artes de uma elite universitária e tecnológica, que sabe perfeitamente o que está fazendo e, ou não se arrepende de fazê-lo, ou não tem força moral para rebelar-se (e bastaria cruzar os braços).

Aos homens de ciência, surdos à voz de um Bertrand Russell ou indiferentes à menina italiana que nasceu sem olhos, cabe a responsabilidade desse assassínio mundial, tanto quanto aos políticos e grupos econômicos donos da guerra. Porque os cientistas não se recusaram à fabricação da morte – e da morte indiscriminada de tudo e de todos. Não se pode esperar de um praça de pré que imponha o desarmamento às grandes nações, mas é lícito esperar de físicos, químicos e matemáticos que não forneçam os elementos de degradação e destruição da espécie e da natureza. Pois é o que eles estão fazendo. Dir-se-á que a ciência sempre prestou concurso à guerra. Mas agora é diferente. A guerra lhe pertence, é especialidade sua, a guerra é científica, mais do que militar.

Por isso, não tenhamos ilusões. A bomba está em nós, janta e dorme conosco, e, se não a erradicarmos de nossa concepção do mundo e da existência, ela acabará mesmo por explodir de uma vez por todas. Esta decisão – se houver tempo – pertence ao homem, e não aos governos.

(1º de novembro de 1961)

O CIRCO[87]

Que dizer sobre este circo incendiado em Niterói? Ainda não se moldou expressão para conciliar horror e pena de modo que um e outro se manifestem em toda a pureza de seus respectivos conteúdos. Certas situações nos infundem horror, outras nos curvam à piedade; as primeiras, desprovidas de sentido ético, nada acrescentam ao ser moral; as segundas, por mais revestidas de desolação que se apresentem, nos tornam um pouco melhores, ou nos dão a ilusão de que melhoramos. Mas num caso como este do circo, horror e piedade se embaralham e se contaminam de tal forma que nem sabemos se o que prevalece é a piedade ou o horror; talvez resulte daí um terceiro sentimento, de desconfiança da validade da condição humana: por que, para que vir ao mundo, a esta reunião maior que a reunião no circo?

Não há purificação da alma, como na tragédia antiga. Esta tragédia é nova, tecida de fios de náilon e fios de desmazelo, de imprevisão e talvez de perversidade, se se apurar a origem criminosa do fogo. Para explicá-la, tanto podemos recorrer à fatalidade como ao absurdo e ao acaso, sem que se explique o conjunto do acontecimento, em seu transbordar. Explicação única e perfeita não encontramos. Não há razão para a morte pisoteada ou queimada de quase trezentas crianças e mães, não há razão para que o riso, a despreocupação, o relaxamento da ansiedade, a comunicação com a graça, a força e a habilidade dos animais, o contato com o homem extra-cotidiano que é o palhaço e o extradimensional que é o equilibrista, o

---

87 No dia 17 de dezembro de 1961, um domingo antes do Natal, o Gran Circo Norte-Americano pegou fogo, em Niterói. Considerado o maior incêndio com vítimas da história do Brasil, a tragédia provocou a morte de pelo menos trezentas pessoas, deixando no mínimo oitocentas feridas.

mergulho no sonho acordado e até mesmo o susto, o coração batendo diante do risco de morte enfrentado profissionalmente pelos artistas (essa perspectiva de morte de um ou dois, que domina o espetáculo), tudo isso seja fulminado e pulverizado em três minutos, apenas três minutos, com o céu de lona desabando em fogo, e os seres pacíficos, alegres, desintoxicados e deslumbrados, a se esmagarem uns aos outros, na ânsia de fugir e sobreviver.

É inteiramente sem sentido estético e lição moral, não prova nada como ensaio do fim do mundo pela bomba ou por qualquer meio engenhado pelo homem. E se nem é o primeiro incêndio de circo verificado no mundo (informa-se até ser o terceiro circo queimado, do mesmo proprietário), não deixa de haver nele um elemento novo, o aperfeiçoamento de um princípio de crueldade cega e impessoal, levada ao paroxismo. Não é apenas o maior desastre, a maior cena de pavor e morte de inocentes, em torno do picadeiro, como convém à triste publicidade que em nosso tempo substitui a glória. É também a mais completa, a mais perfeita ilustração da tragicidade do circo, ou seja, do lugar a que costumamos ir para nos libertarmos da tragicidade difusa e encoberta da existência, ou para imunizarmos contra ela os nossos filhos.

A razão deste desastre é a sua desrazão, a sua gratuidade, o fato de cortar ou deformar muitas vidas sem qualquer dos pretextos invocados para a guerra, o castigo ou o exemplo; como vingança, excederia o objetivo inicial, recaindo sobre os que não têm culpa; é o horror total. Nossa comiseração pelos que morreram ou se mutilaram, e pelos que sentem familialmente essas perdas e mutilações, é bem frágil e inexpressiva diante desse horror, em que coube a um elefante, rompendo à força o cercado, abrir caminho para a salvação de muitos. Que ao menos a tragédia sirva para fazer arregalar os olhos diante desta mesquinha verdade, e que doa nas consciências: não há hospitais, não há socorro de urgência organizado, nas grandes cidades do Brasil.

(20 de dezembro de 1961)

O MUNDO TRANSFORMADO

Alguém observou que cada vez mais o ano se compõe de dez meses; imperfeitamente embora, o resto é Natal. É possível que, com o tempo, essa divisão se inverta: dez meses de Natal e dois meses de ano vulgarmente dito. E não parece absurdo imaginar que, pelo desenvolvimento da linha, e pela melhoria do homem, o ano inteiro se converta em Natal, abolindo-se a era civil, com suas obrigações enfadonhas ou malignas. Será bom.

Então nos amaremos e nos desejaremos felicidades ininterruptamente, de manhã à noite, de uma rua a outra, de continente a continente, da cortina de ferro à cortina de náilon – sem cortinas. Governo e oposição, neutros, super e subdesenvolvidos, marcianos, bichos, plantas entrarão em regime de fraternidade. Os objetos se impregnarão de espírito natalino, e veremos o desenho animado, reino da crueldade, transposto para o reino do amor: a máquina de lavar roupa abraçada ao flamboyant, núpcias da flauta e do ovo, a betoneira com o sagui ou com o vestido de baile. Pois não só os contrários, mas ainda os neutros se amarão. E o suprarrealismo, justificado espiritualmente, será uma chave para o mundo.

Completado o ciclo histórico, os bens serão repartidos por si mesmos entre nossos irmãos, isto é, com todos os viventes e elementos de terra, água, ar e alma. Não haverá mais cartas de cobrança, de descompostura nem de suicídio. O correio só transportará correspondência gentil, de preferência postais de Chagall, em que noivos e burrinhos circulam na atmosfera, pastando flores; toda a pintura, inclusive o borrão, estará a serviço do entendimento afetuoso. A crítica de arte se dissolverá jovialmente, a menos que prefira tomar a forma de um sininho cristalino, o badalar sem erudição nem pretensão, celebrando o Advento.

A poesia escrita se identificará com o perfume das moitas antes do amanhecer, despojando-se do uso do som. Para que livros? perguntará um anjo e, sorrindo, mostrará a Terra impressa com as tintas do Sol e das galáxias, e aberta à maneira de um livro.

A música permanecerá a mesma, tal qual Palestrina e Mozart a deixaram; equívocos e divertimentos musicais serão arquivados, sem humilhação para ninguém.

Com economia para os povos desaparecerão suavemente classes armadas e semiarmadas, repartições arrecadadoras, polícia e fiscais de toda espécie. Uma palavra será descoberta no dicionário: paz.

O trabalho deixará de ser imposição para constituir o sentido natural da vida, sob a jurisdição desses incansáveis trabalhadores, que são os lírios do campo. Salário de cada um: a alegria que ele tiver merecido. Nem juntas de conciliação nem tribunais de justiça, pois tudo estará conciliado na ordem do amor.

Todo mundo se rirá do dinheiro e das arcas que o guardavam, e que passarão a depósito de doces, para visitas. Haverá dois jardins para cada habitante, um exterior, outro interior, comunicando-se por um atalho invisível.

A morte não será procurada nem esquivada, e o homem compreenderá a existência da noite, como já compreendera a da manhã.

O mundo será administrado exclusivamente pelas crianças, e elas farão o que bem entenderem das restantes instituições caducas, a universidade inclusive.

E será Natal para sempre.

(24 de dezembro de 1961)

DUAS ELEGIAS

Adeus, Mercado da praça XV! Olhos que te viram não te verão mais. Eras bem feio e sujo e desagradável. Mas já foste atraente, senão maravilhoso, e estás ligado às alegrias da descoberta do Rio pelo provinciano. O fedor de galinha e peixe, o matraquear de tamancos, o primitivismo das instalações e da técnica de vender, nada impedia que te visitássemos com assombro pela babel de alimentos, cores, sons e perfumes silvestres que ostentavas.

Não esquecer que se comia bem em teus restaurantes, num dos quais, térreo, o caranguejo no aquário subscrevia esta declaração: "Hoje, sopa de mim", enquanto em outro, suspenso sobre a baía, e com fumaças de grã-fino, a gente, com um pouco de boa vontade, se sentia almoçando a bordo de navio. E os que passavam a noite na farra, e ao amanhecer iam a ti, à procura menos de um reativo contra o pileque do que de uma forma rural de purificação, de banho de luz e de seivas terrestres, expresso em tuas infinitas laranjas e melancias, em teu queijo gordo e patriarcal? Adeus, Mercado velho de guerra, que foste destruído pelo progresso (?) e pela horrenda pista elevada que liquidou, aliás, de um golpe, com toda a praça XV e suas graças históricas.

Feita a elegia, ocorre-me indagar por que o governo local não contrata para essas e outras demolições o MAC,[88] que anda por aí mostrando sua capacidade destrutiva. A agressividade desses homens misteriosos e sinistros, que querem defender a democracia acabando com ela, seria melhor aproveitada. Por que não jogam bombas nos remanescentes do morro de Santo Antônio ou nas rochas que dificultam a abertura de novos túneis, para melhoria do tráfego urbano? Vamos, senhores terroristas, parem com

---

88 O MAC (Movimento Anticomunista) era um dos grupos de extrema direita que promoviam atentados terroristas a bomba no Rio de Janeiro, no início dos anos 1960.

essas brincadeiras estúpidas; arrebentem, mas o que precisa ser arrebentado. Sobre política, vamos conversar. Que pretendem vosmecês? Que fórmula sugerem para a solução de nossas inúmeras dificuldades e problemas de pauperismo, de aproveitamento de recursos naturais, de organização, de justiça social, de humanização da vida? Estão satisfeitos com a ordem atual, e querem prorrogá-la indefinidamente? Tudo por aqui e pelo país afora está certo, e quem disser o contrário é comunista e vai para a forca? O extremismo de vosmecês é mais angélico e saudável do que o dos outros?

Com isso, faltou espaço para uma segunda elegia: a dos burros aposentados da Limpeza Pública. Que foi mesmo que obtiveram: decreto de aposentadoria ou sentença de morte? Trocaram a carroça pelo urubu; antes continuassem no varal, com direito à ração diária e ao abrigo. Não obstante a evidência das fotografias e dos testemunhos pessoais, um porta-voz oficial afirma que eles morrem, sim, mas de velhice e cansaço. Não duvido que o mesmo porta-voz apresente declaração escrita e póstuma dos burros, confirmando essa dupla *causa mortis*. Reflexão feita, o instituto de aposentadoria é tão sutil que não poderá ser aplicado tão cedo a espécies outras além da humana. Escrevi "humana", mas tenho dúvidas quanto ao adjetivo, para a variedade burocrática.

(10 de janeiro de 1962)

CRUZ

Quase todos carregamos a nossa cruz; alguns, além da própria, carregam a cruz dos outros. Carregar duas ou três cruzes não é empresa superior às forças do homem. Veem-se ombros frágeis, quase de vidro, suportando enormes madeiros. Parece que há mesmo certo prazer nisso. E orgulho. O ar de sombria felicidade com que o homem costuma gemer, num encontro de rua: "Pois é isso, lá vou eu carregando a minha cruz." Olha-se para ele, não transporta coisa nenhuma, ou simplesmente segura entre dois dedos um pacote minúsculo, leve e até gracioso presente para a amada. Entretanto ele garante que sim, é até uma cruz bem pesada, não há cruzes leves. Temos de acreditar em sua boa-fé, como aliás na de todos os ministros, presidentes, governadores e prefeitos, que, infalível e confessadamente, portam cruzes, e cruzes que eles disputaram, cruzes que queriam esquivar-se-lhes, mas que eles perseguiram tenazmente até alcançá-las e botá-las ao ombro. O extraordinário, mesmo, o raro e inconcebível é não se carregar cruz nenhuma.

Vejam esse homem. É cearense. Vale dizer que nasceu com uma cruz ao lado, não precisou requerê-la. Mudou-se de sua terra, e isso significa reforçar o peso da cruz, como fazem os exilados. Escolheu uma cidade de São Paulo: Itatiba. Fez-se comerciante. A cruz pesou-lhe menos. Há, é certo, os impostos, fregueses impontuais, concorrência, porém não há dúvida que sua cruz se tornou bastante mais confortável. Era uma cruz urbana, matriculada na Junta Comercial, sem seca e mandacaru; enfim, uma cruz como tantas que carregamos sem perceber. Não ficou, porém, satisfeito. E ei-lo que manda fabricar uma outra cruz, ampla e bem vistosa, e resolve literalmente carregá-la, não apenas de sua casa à Igreja de Itatiba, mas até São Paulo, até o Rio, até o Vaticano.

Esse homem vai a Roma de cruz às costas. Já recebeu a bênção do vigário e será alvo de diversas manifestações nas cidades por onde for passando.

Porque vai a pé, à boa maneira dos peregrinos, senão à Itália, pelo menos à Guanabara. Aqui tomará o navio, mas a cruz será sua companheira a bordo, e com ela se apresentará ao Papa.

Cruz de alumínio, direis vós que lestes o telegrama de São Paulo. Pesando três quilos, e não três arrobas. Sim, não é de cabiúna ou de ferro, mas é uma cruz pública, real, escandalosa. Cruz de protesto contra as explosões nucleares. O homem assumiu este pecado do mundo e procura resgatá-lo deixando seus negócios, sua pacatez itatibana, para enfrentar estirões pedestres, fadigas, incompreensões, remoques, homenagens, fotógrafos, caminhões, chuva, calor, vistorias, múltiplas e menores cruzes suplementares. A culpa dos grandes pesa muito mais de três quilos e não é de alumínio, é de elementos infernais, inclusive ferocidade e velhacaria, mas o cearense a resume numa peça maneira, de alumínio, e com isto pode suportar todo o peso da iniquidade. É um louco, um exibicionista, um fanático, um apóstolo, um mistificador, um provocador, um propagandista de artigos de alumínio? É um homem, e expõe à sua maneira a miséria de nosso tempo.

(17 de janeiro de 1962)

TREMOR

Na manhã de quarta-feira, todo mundo queria saber quem havia percebido o tremor de terra.

— Eu senti. Você sentiu?

— Sentiu o que, minha filha? Estava no primeiro sono, dono de casa dorme cedo. Isso é bom para você, que vive no veludo.

— Puxa, então você não acordou com a explosão, o clarão, os móveis dançando, o edifício parecendo que vinha abaixo?

Esta é certamente exagerada, e ouviu, viu e sentiu sozinha manifestações esparsas por vários bairros e em muitas cabeças imaginosas. Outros, mais modestos, perceberam somente uma ligeira oscilação do armário, e com isto se deram por assustados.

E há a competição dos bairros, zona sul sempre implicando com zona norte. Um morador do posto 4 não se conforma em lhe ter sido proporcionada fatia tão insignificante do tremor de terra, quando no Grajaú o abalo foi legal. Pelo menos os primos que vivem lá telefonaram de boca cheia, gabando-se do terremoto, sim, senhor, terremoto no duro!

Os sábios protestam:

— Não diga besteira. Terremoto coisa nenhuma. Antes de o Lélio Gama[89] dizer, eu já havia bolado que era simples acomodação de camadas subterrâneas. Aliás, fraquinha, está entendendo? Sei muito bem o que é isso. Quando vivi em Goiás...

— Então estavam fora de cômodo? Sinal de que a coisa não anda boa, hein? Até debaixo do solo...

---

89 Lélio Gama (1892-1981), astrônomo e matemático, era diretor do Observatório Nacional e do Instituto de Matemática Pura e Aplicada (IMPA).

Foi, não foi terremoto, que é terremoto? Chegamos a tal perturbação de pessoas e coisas, que ela se comunicou às palavras, depois de ter penetrado na crosta terrestre. Ponderam os especialistas que movimento de terra pode ou não ser terremoto, depende da intensidade; sendo de 4 a 5 graus apenas, na escala Mercalli, não chega a ser terremoto. É acomodação, como na política.

— E não me fale em abalo sísmico, porque é pleonasmo. Diga fenômeno sísmico, tá bom?

— Tá. O que não está nada bom é o câmbio daquele camarada, mártir do trabalho noturno, que precisamente às 23h27m45s...

— Sim, que plantão é esse? Onde é que o senhor estava na hora do terremoto, faça-me o favor de dizer? Se nem ouviu falar nele, e só tomou conhecimento agora às 4 da manhã, isso mesmo porque lhe contei?

O pobre ensaia explicações penosas, estava com uma dor de cabeça tão terrível que se a Terra acabasse naquele momento nem daria fé; iriam brigar com ele por causa de um abalozinho de nada, pelo qual, de resto, ele não é responsável?

E começam os indiscretos a querer apurar o que cada um ou cada uma fazia justo na hora do tremor, como se fazendo isso ou aquilo fosse mais sensível à natureza do fenômeno e pudesse observá-lo melhor. Umas pessoas liam, outras estavam no cinema, outras na rua, outras entre lençóis, mas não é da sua conta, ouviu?

Não faltaram especialistas em ciências ocultas, para quem o tremor foi um aviso, o primeiro, leve. O que virá depois, só eles sabem. Sabem mas não querem dizer. Uma coisa ficou provada: edifícios, aqui no Rio, não caem por motivo de tremor de terra. Só por outros motivos, que não vêm ao caso.

(19 de janeiro de 1962)

O BONDE

Paulo Mendes Campos observou que o desaparecimento de qualquer traço do Rio tradicional sugere infalivelmente a este cronista uma celebração nostálgica. Fiquei sendo modesto, mas fiel cantor de despedidas urbanas. Pois aqui estou, no cumprimento da missão, para ensaiar a elegia do bonde da zona sul. Esse bonde que em abril começará a virar legenda, com a supressão de algumas linhas e a redução de outras.

Não é preciso recorrer aos livros de Noronha Santos[90] e Dunlop[91] para enaltecer a bela, fraternal e popular história do bonde de Copacabana, que em sua origem teve a assistência dos poetas "engajados" (faziam versinhos destinados a atrair gente para os passeios na praia e a fixação em Copacabana). Bonde e poesia, aliás, sempre rodaram juntos. O "Veja, ilustre passageiro",[92] criação admirável, decorada por muita gente que nunca viu uma estrofe dos *Lusíadas*, é poema de bonde e para bonde. A quantos não deu ele a noção única de poesia que muita gente recebeu na vida e guardou como prova de que, para além das utilidades imediatas da palavra, há uma função secreta e lúdica, a de despertar prazer mental? Pois essa pequena glória é do bonde, inventor da poesia mural.

Outra glória dele foi a de civilizar os indivíduos, antes condicionados pela solidão do tílburi ou do cavalo, solidão apenas mitigada pela presença

---

90 Francisco Agenor de Noronha Santos (1876-1954), escritor e historiador, autor de *Meios de transporte no Rio de Janeiro* (1934).

91 Charles Julius Dunlop (1908-1987), ou C.J. Dunlop, escritor especializado no Rio Antigo, foi presidente da Companhia Ferro-Carril Carioca, que administrava os bondes de Santa Teresa.

92 Peça publicitária em versos criada pelo compositor e farmacêutico Ernesto de Souza (1864-1928): "Veja, ilustre passageiro / o belo tipo faceiro / que o senhor tem a seu lado. // E no entanto, acredite, / quase morreu de bronquite. / Salvou-o o Rhum Creosotado."

de um ou dois companheiros no carro, e do passageiro de garupa, no animal. O bonde trouxe o convívio e a sociabilidade de cinco pessoas por banco, de 50 ou 100 por veículo. Regras de etiqueta foram estabelecidas e gentilezas mil experimentadas para ceder lugar a uma senhora (cedia-se!), dar conforto a um velho, evitar salpicos na roupa de um desconhecido. Se tais regras foram abolidas com o tempo, ou se converteram em normas opostas, a culpa não é do bonde nem do condutor, geralmente dos homens mais finos, humanos e compreensivos que me foi dado conhecer, sem embargo da humildade ou aparente rusticidade da pessoa. O próprio bonde tornou-se incivil, como o ônibus, embora menos que o automóvel e a lambreta, mas, repito, não foi ele que se corrompeu; apenas cedeu à pressão externa, que transformou os coletivos em escolas de má educação e ferocidade.

Esse, o louvor geral do bonde. O louvor particular do bonde da zona Sul, ai, vivências! Lembre-se a feliz ligação de um veículo simpático com um cenário de montanha e mar, sempre renovado a cada túnel ou volta de caminho. E, na esfera individual, os instantes deliciosos que todos nós vivemos como passageiros, quando ainda era possível andar de bonde, passear de bonde, ou antes, ver o desfile das ruas de Botafogo, Laranjeiras, Leme, Copacabana, Ipanema, Gávea, do alto da democrática e amena plateia rolante que era o assento do bonde. Namorados que íeis de mãos presas e joelhos aderentes; meninada colegial; damas e cavalheiros avulsos, gozando a ventilação, o estar à vontade de uma condução dentro dos trilhos como dentro de um sistema filosófico; gente fina e grossa convivendo em mistura tranquila (ou estou delirando?); carnavalescos; grande urbanista Lucio Costa, que preferias esse meio de transporte, mesmo de pé, para ler o teu vespertino: convoquei-vos para uma nênia em honra do bonde que vai acabar, mas como na realidade ele já acabou há muito tempo, e restam só alguns *revenants*[93] rangendo nos trilhos de nossa saudade, fica sem efeito a convocação.

(21 de março de 1962)

---

93   Em francês, "fantasmas", "assombrações".

HINO CARIOCA

Afinal, a marcha "Cidade Maravilhosa"[94] serve ou não serve para hino do Estado da Guanabara? A discussão em torno desta pergunta me parece acadêmica, diante da realidade do som coletivizado. Não se trata de hino, porém de marcha? Mas anda na boca do povo, para definir o Rio e expressar o sentimento carioca de amor a esta cidade, a ideia ingênua porém doce que fazemos dela, com abstração do juízo crítico. Não era hino? Ficou sendo, pronto. As mulheres o cantam quando estão cosendo, lavando roupa ou cozinhando; o rádio o repete; o teatro de revista o consagra; e no espírito popular, a marcha e sobretudo a designação "Cidade Maravilhosa" aparecem como representações sonoras, como a encarnação de uma entidade ideal que é o Rio, ou achamos que ele seja ou devia ser.

Alega-se que não é própria para cerimônias oficiais, sobretudo as de caráter fúnebre; o ritmo dançarino convida a mexer com as juntas, e não ao recolhimento cívico ou piedoso. Eu acho muito chatas as cerimônias oficiais, e creio que no fundo todos assim as consideram, embora sem coragem para dizê-lo e, sobretudo, para evitá-las. Não faz mal que a melodia ligeira e dinamogênica amenize um pouco as cerimônias graves. Se não é próprio a banda do Corpo de Bombeiros executar a "Cidade Maravilhosa" à beira de um túmulo, que execute um trecho da "Missa de Réquiem" do carioca padre José Garcia, a menos que prefira atacar o Chopin velho de guerra; quanto às outras solenidades, espantem o tédio, senhores, sapecando a marchinha do baiano André Filho, que soube sentir e melodizar o Rio. Um hino que tanto sirva para a dor como para a alegria, para a colação de grau, a inauguração de um matadouro ou de uma companhia de seguros, a

---

94 Composta por André Filho (1906-1974) em 1934, "Cidade Maravilhosa" é, hoje, o hino oficial da cidade do Rio Janeiro.

festa da Penha, o Dia do Motorista e a Semana da Criança não é um hino, é uma sinfonia, a menos que o façam desligado do real, incaracterístico, amorfo, e nesse caso não é nada.

Os hinos nacionais são via de regra baseados na Marselhesa, que não era hino nacional, mas canto de guerra. Os cantos de guerra tinham uma função: empurrar o civil para o campo de batalha e convencê-lo de que era um Alexandre, ou pelo menos, de que morrer é uma delícia. Os hinos nacionais falam terrivelmente em lutas pela liberdade, em morrer pela pátria, e papapá. Não são da melhor literatura nem da melhor música. A "Cidade Maravilhosa", com ser uma composição modesta, elevada a hino oferece a originalidade de não encerrar nenhum pensamento mavórtico, majestático ou hiperbólico. É chã, coloquial – um desses momentos felizes em que compositor e letrista captam um traço da alma popular e lhe dão forma sensível.

E já pensaram no que poderia dar um concurso para feitura do hino da Guanabara propriamente dito, com todas as "especificações técnicas"? Nossos poetas não são muito fortes na fabricação de hinos, e que poeta o é? O gênero é espúrio, não convida à criação, mas à repetição. Imaginem se sai escolhida qualquer coisa laboriosamente imitada do inglês e amanhã estaremos cantando (não me refiro especificamente à atualidade, mas a qualquer tempo e situação), sobre música também inspirada em Bach, esse compositor brasileiro nascido na Alemanha: "Deus guarde o nosso governador! Longa vida ao nosso governador! Deus o faça vitorioso, feliz e glorioso! Que ele governe por longos anos o seu povo!"

(27 de abril de 1962)

A BOMBA

Sou um homem temente a Deus, aos governos federal e estadual, à polícia, aos códigos, regulamentos e portarias, à gripe, aos automóveis. Agora o serei também às exposições[95] e aos escritórios comerciais, onde passaram a ser encontradas pastas contendo bombas-relógio, ou bananas de dinamite ainda sem relógio e sem pasta. Sei que esses engenhos até agora não explodiram, ou só o fizeram de maneira assaz discreta, como na Embaixada soviética e na Feira de Livros; dir-se-ia que estão sendo submetidos a testes amistosos, como fez a seleção brasileira de futebol, antes de embarcar para o Chile; quem me diz que amanhã não disputarão o campeonato com as bombas da OES, pra valer? E daí, bomba é bichinho que não carece explodir; ela assusta por si mesma, só de cara; no fundo, explode sempre, mesmo sem estampido.

A existência de uma bomba num agrupamento civilizado mostra como é apenas uma casquinha a estrutura jurídico-policial-militar; como estamos todos à mercê do primeiro debiloide, do primeiro fanático ou mercenário, e como o problema da convivência pacífica, não entre nações, mas entre indivíduos, volta a ser colocado todas as manhãs. Ao acordar, antes de escovar os dentes, devemos dizer-nos uns aos outros: "Fiquei ou ficaste bestial? Quem ou que iremos arrebentar hoje? Ou continuaremos bonzinhos e sociáveis até segunda ordem?" Temos de nos interrogar e de nos inspecionar severamente, pois um terrorista pode surgir de súbito entre as melhores famílias, entre os cidadãos mais graduados na esfera social, nos grupos políticos mais isentos de suspeita, nos meios e associações de correta

---

95 No dia 19 de maio de 1962, militares anticomunistas colocaram uma bomba com dez quilos de dinamite na Exposição Soviética da Indústria e Comércio, inaugurada semanas antes, no campo de São Cristóvão. O atentado, felizmente, não foi bem-sucedido.

formação filosófica ou religiosa, e não é uma anomalia celular, um tumor, um equívoco, mas uma floração natural e primitiva da espécie, que nega o longo e lerdo aperfeiçoamento moral, para escândalo de todos. Talvez por isso as autoridades nunca se esforçam muito por identificar a fera oculta; abrem o inquérito rigoroso de costume e vão todas para a praia. Há surpresas que devem ser rigorosamente evitadas.

O terrorista do Campo de São Cristóvão pode desculpar-se alegando que não queria matar ninguém; só assustar. É verdade que também se morre de susto. Mas, admitindo-se que confessasse intenção homicida, ele continuaria alegando que não desejava propriamente matar aqueles homens e mulheres que se distraíam vendo máquinas ou filmes numa noite tranquila de sábado; pretendia eliminar pessoas e coisas mais distantes, ou mesmo uma ordem de coisas que se lhe afigurava injusta e desumana. Quem morresse por aqui, sem ter nada com o peixe, morreria em holocausto a um fim elevadíssimo. Todos os fins terroristas são elevadíssimos.

Há quem pretenda atribuir aos russos a autoria do atentado *manqué*[96] contra a exposição russa. Não é o único aspecto humorístico do caso, que entrelaçou cenas de comédia de pastelão ao fundo dramático malogrado. De tudo ficou uma bomba a ser examinada pelos peritos. Não é nada, em comparação com as bombas megatônicas com que nos ameaçam terroristas maiores de dois campos adversos. Mas tem parentesco orgulhoso com elas, orgulho de prima em quingentésimo grau. Também quer servir de argumento, quer intimidar, ter influência na vida e impor sua verdade. Não dando certo, desculpa-se dizendo que foi brincadeira de humor negro. Enfim, para citar Mussorgsky e Ravel, "quadros de uma exposição".[97]

(23 de maio de 1962)

---

96 Em francês, "fracassado", "malsucedido".

97 *Quadros de uma exposição* é o título de uma peça para piano composta por Modest Mussorgsky, em 1874, e orquestrada por Maurice Ravel, em 1922.

A FORMIGUINHA

Não, Juca, não comprei nenhum transistor nem vou comprá-lo. Serei talvez – ai de mim – o único brasileiro a não tomar conhecimento espontâneo do Campeonato Mundial de Futebol. Digo espontâneo porque conhecimento compulsório até os passarinhos e as pedras são forçados a tomar. O Campeonato entra-nos pela alma adentro, e de lá retira qualquer outro interesse humano, qualquer preocupação com os temas graves ou minúsculos da vida, qualquer laço com as pessoas que não estejam vivendo em função de quatro bolas de couro chutadas em quatro pontos do Chile. Ora, eis que me apetece pensar alguns instantes em outras coisas e seres – numa árvore, numa formiga, por exemplo.

A formiga precisa ser pensada, Juca. Neste momento ela dá duro sobre o mármore da pia, tentando absorver uma gota de mel que escorreu da garrafinha. É um esforço muito sério e vital para a formiga, e não há fotógrafos para documentá-lo, ninguém pagou entrada para apreciar, sou eu o único representante do homem a testemunhar esta operação. E a árvore está lá fora deixando cair uma folha em que se misturam os tons mais diversos de ouro e de vermelho, toda uma riqueza de outono; esta folha condensa uma série de fatos que vão desde a meteorologia até o destino, e me conduz a reflexões profundas, que não vou lhe comunicar aqui: ficarão para um livro, se o futebol permitir que eu use papel para escrevê-lo, pois todo papel é pouco para a Copa do Mundo.

Soube que o presidente da República, o governador de São Paulo e em geral todos os maiorais do país deixaram de lado suas obrigações e foram sofrer pelo rádio as peripécias do primeiro jogo. Eu não deixei a obrigação que me traçara, e que consistia na observação alternada da formiguinha e da árvore. Senti-me no dever de substituir aqueles eminentes republicanos, para que o Brasil não parasse de todo; e assim, cumprindo uma tarefa a meu alcance, cuido haver contribuído, modestamente embora, para que a vida continuasse. A formiga papou o seu mel. A árvore completou sua toalete de inverno. Eu trasladei estes acontecimentos.

Já ouço você me chamar de espírito de porco ou, mais elegantemente, de alienado, quando procuro apenas preservar minha humanidade pessoal e, por tabela, a sua também, embora você não me passasse procuração. Tenho medo de unanimidades, Juca. Aderimos facilmente ao entusiasmo alheio, à emoção alheia. Nossa própria emoção acaba encolhida e anula-se. Ao lado das pessoas que amam de amor passional e trágico o futebol, bom é que se consinta na existência de outras interessadas de preferência na formiguinha. Entre os motivos que eu tinha para admirar esse homem encantador que é o embaixador Edmundo da Luz Pinto, estava o fato de ele haver perguntado a um amigo se o Botafogo tinha chance de vencer o Fla-Flu. Este é um para quem o resto do mundo existe, exclamei. Pois você acredita que numa roda de cobras no esporte, ele, o desinformado, o ausente, o alienado, foi o único a prever o *score* do jogo Brasil-México? Vou pedir ao caro embaixador que volte a contemplar a formiguinha. Seremos dois a representar o direito do indivíduo a não vibrar em cadeia. Adeus, Juca.

(3 de junho de 1962)

NA RUA

Não é a primeira crise a que o velhote assiste, e a experiência o convida a ter calma. Já viu revoluções, golpes, cargas de cavalaria nas ruas, trincheiras cavadas nas dobras da Mantiqueira, metralhadoras pipocando, quarteirões de Copacabana cercados por tanques, e a vida recobrou seu ritmo.

Na manhã em que estas linhas são batidas, há um bonito sol faiscando nas árvores, e pelo movimento do posto 6 conclui-se que muitos grevistas, entre os bancários, preferiram trocar o ativismo pela praia. Circulam maiôs e biquínis, que aliás já vinham começando a reaparecer nos últimos dias, quando o frio passou a entregar os pontos. À falta de condução para a cidade, garotas abstiveram-se de comparecer ao trabalho nos escritórios, espécie de grevezinha apolítica, dentro da greve meio-geral. É justo que tomem o caminho do mar, quando os caminhos da terra estão cheios, senão de perigos, pelo menos de boatos. E na areia encontrarão grevistas veteranos, da Universidade.

Que estará acontecendo em Brasília, nos quartéis, na Câmara? Que irá acontecer? Crianças brincam na calçada: há em seus movimentos uma carga de vida indiferente a tudo isso, a existência assume neles feições gratuitas e compensatórias, e é uma pena admitir que esses garotos vão crescer, daqui a pouco serão adultos sem graça e sem juízo, repetirão os erros dos adultos de hoje.

As mulheres vão para a rua, não é novidade. Nem é para se manifestarem pelo presidencialismo ou pelo parlamentarismo. Seus objetivos são um quilo de arroz, outro de feijão, outro de açúcar. A que volta para casa sobraçando um pequeno pacote pode gabar-se perante o vizinho; tem um bom assunto para conversa, assunto maior que o Ato Adicional, tão vago e longínquo. É admirável a benignidade, a doçura resignada e lapidada como diamante, a paciência quase cúmplice com que as mulheres se dispõem a passar em fila uma parte cada vez maior de sua vida. Há notícia de que em outro bairro, em outra cidade, em outro mundo, foi assaltada uma mercearia. Mas o que se vê é a serpente imóvel, silenciosa, conformada, alongando-se até a rua da esquina, dando volta, indo acabar bem longe da vista. Acabar ou recomeçar, como animal fabuloso. E há as pobres mulheres que encontram na fila uma triste distração para formas trágicas de solitude.

Em suma, o bairro vai vivendo sua vida como pode, nesta manhã de crise. Não será a crise um estado normal, o absurdo um estado normal? Aceitá-lo sem angústia é, pelo menos, tentativa de domesticá-lo. A maioria das pessoas simples, não cogitando sequer de analisar os acontecimentos, está, sem saber, praticando higiene mental e assumindo postura filosófica, pois não é correto que as provocações exteriores nos invadam a ponto de esmagar-nos. Passam as fórmulas políticas, passam as combinações de grupo e de momento, as grandes palavras dourando baixos interesses e ambições, passam rótulos de esquerda e direita, e resta um pobre ser vulnerável, de vida curta e alma ansiosa, que através do absurdo, entre equívocos, ambiguidades e pressões, busca (e seria bom que o deixassem) simplesmente – viver.

(6 de julho de 1962)

O CORREIO ESPERADO

É curiosa a sofreguidão com que todas as manhãs aguardamos a passagem do carteiro. Esperamos invariavelmente que ele nos traga a Boa Notícia – qual, não sabemos. A hipótese de notícia negra jamais é admitida: quem se lembraria de magoar-nos por via postal, degradando tão respeitável veículo de comunicações? A figura do carteiro é símbolo de esperança e promessa de felicidade. Por isso nos queixamos dele, se a notícia não vem. Uns o acusam frontalmente: "Você não me trouxe nada hoje! Que está fazendo com as minhas cartas?"

Mas o carteiro faz o que pode. Talvez até faça demais. Desconfio que muita correspondência entregue por ele tenha sido fabricada a seu pedido, com intuito de não nos desapontar completamente. Se ele não pode trazer a novidade radiosa, traz pelo menos impressos.

Examino o meu correio de hoje, recebido com a sofreguidão de sempre, e noto que a empresa de aviação agiu por instigação daquele servidor, ao enviar-me esta mensagem: "Escolha você mesmo as cidades que gostaria de visitar", acompanhada de mapinha azul e branco onde as cidades são bolinhas pretas em que posso fincar o alfinete do meu arbítrio. Qual o hotel em que deseja hospedar-me: de primeira, de luxo, ou standard? Com meia pensão ou pensão completa? É só botar um x no quadradinho. Apetecem-me circuitos marítimos, passeios em iate, a austera e meditativa excursão individual? Outro quadradinho. Tudo a companhia e seu agente me dão, inclusive altas comidas a bordo, servidas por fabulosas moçoilas; e tudo incluído fica por 752 dólares. Mas esqueceram-se de mandar-me o cheque, ó carteiro!

A revista *Brasília*, que canta as glórias da capital, comunica-me que andou um tanto parada, mas voltou a circular, e a renovação de minha assinatura custará uns pícolos cruzeiros. Como eu não era assinante, considero impraticável a renovação. Obrigado, carteiro.

O banco oferece-me sua nova sede, onde, em ambiente de conforto e eficiência que bem mereço, tudo está a meu inteiro dispor para qualquer tipo de operação que me agrade fazer, inclusive as de câmbio. Deus sabe as operações que me agradaria fazer, os maravilhosos esquemas que elaborei para desenvolver ao máximo a economia nacional e a própria; mas não me tente, carteiro.

A galeria de arte me convida para a abertura da exposição de um pintor que não conheço e reproduz no convite um quadro dele, como para evitar que eu compareça, à vista do exposto. Em que ficamos, carteiro?

Tem mais: prospecto do loteamento na última beirada do Estado do Rio ainda provida de olho-d'água e de capoeirão, onde será construída a Tebaida do Artista; anúncio da cartomante neoespacial clarividente; cadeia de boa vontade rompida pelo general dominicano que morreu de volvo; circular do sindicato pedindo para comparecer à eterna reeleição que perdeu o sabor de eleição; convite para a conferência sobre a ioga e a conjuntura nacional; eis o correio de hoje.

Please, amigo carteiro, não me traga mais nada.

(20 de julho de 1962)

MULHER DE CACHIMBO

Bem que eu sentia falta de alguma coisa no aspecto geral das mulheres ultimamente. E não sabia dizer o que era. Usavam vestidos, bolsas, sapatos como sempre. Maquilavam-se etc. Mas faltava-lhes um elemento, que importasse em renovação, em revalorização geral da estampa. Agora a foto publicada no segundo caderno me elucida, ao mostrar duas mulheres completas, isto é, providas de um elemento novo e particular, que lhes estava faltando: um comprido cachimbo. E não o portam simplesmente como enfeite; dão boas cachimbadas.

A atitude dessas damas é tão elegante que não deixa dúvidas no espírito de ninguém: mulher nasceu para fumar cachimbo. Entre nós, as velhas pretas o faziam com superior dignidade, e seus cachimbos de barro lhes conferiam o prestígio de uma austera *rêverie*,[98] que o cigarro não é capaz de sugerir. Eram de barro esses cachimbos, mas rivalizavam com os de âmbar, porcelana e prata, na função que a todos eles incumbe de criar um halo de grave e simpático alheamento em torno de quem cachimba. Elegância de classe alta inspira-se, muitas vezes, na elegância do povo.

Pelo que pude concluir da foto, esse cachimbo feminino lançado agora é do tipo oriental chibuque, adotado em tempos idos pelas damas turcas de maior requinte; alguns alcançavam um metro de comprimento, e revestiam-se de metais preciosos. Não há exagero na medida, uma vez que a portadora seja de estatura adequada e possua donaire suficiente para manejar como convém esse acessório nobre. Aliás, a segunda recomendação é supérflua, pois mulher que não for visceralmente elegante, desista de fumar cachimbo; não é o cachimbo que destoa, é ela. O cachimbo usa a mulher, de tal modo ele impõe sua presença e exige complemento feminino à altura.

---

98   Em francês, "devaneio".

Amiga, vai à butique e escolhe o teu cachimbo. Hás de querer um de toalete, outro de passeio, outro de praia, pois todos são absolutamente indispensáveis desde o momento em que se começa a pensar neles. Confio em teu gosto, e sei que em teus dedos e lábios o cachimbo nunca será instrumento de irrisão, mas de ligação entre a graça feminina e a névoa metafísica, ponte sutil que conduz ao outro lado do real – o real inventado. Uma das atribuições mulheris mais incontestáveis é a de reinventar o real a toda hora, consolando a nossa mesmice; e mulher fumando cachimbo, com arte, faz bem ao coração do homem. Cachimbarás *nonchalant*, e o fumo cheiroso de tua cachimbada derramará prazer e tranquilidade em teu redor. O índio não tinha outro aparelho para selar a paz. Cachimbo de mulher será garantia (ou esperança) de paz entre as nações. Cachimbai, amigas.

(28 de setembro de 1962)

SÓ PARA HOMENS

Daqui estou vendo você, leitor, de camisa esporte, e você, leitora, de calça colante e lenço à cabeça, calmamente na fila de votar. A seção fica a poucos metros do seu apartamento; é domingo, e vocês podem ir à praia depois do ato cívico. Há quase silêncio na rua; os vizinhos trocam sorrisos. A preocupação única é não se afobar com a cédula única; não vá a gente contribuir para a vitória do pior, à custa do pior. Mas tudo é fácil, esportivo, na manhã fácil.

Agora ponho vocês dois neste mesmo Rio há 300 anos – 1662 – e convido-os a eleger o Senado da Câmara, única assembleia do tempo. Desculpe, leitora, você pode voltar para casa: mulher não é admitida à atividade política. Volte depressa, se não quer ser presa, e vá rezando o terço, à espera de que no século XX lhe seja reconhecido o direito de voto. Quanto a vosmecê, leitor, fui afobado em convidá-lo antes de apurar se seu nome figura no caderno dos "homens bons", isto é, dos "herdadores", contribuintes e proprietários; se foi riscado desse rol, nada feito. Se estiver em condições, reúna-se aos demais e ao povo, com toda a circunspeção, barba e roupa-de-ver-Deus, e escolha com eles, debaixo de sigilo, seis eleitores. Estes sim, irão votar por você, divididos em grupos de dois, para escolha dos futuros dirigentes do Rio. O ouvidor da Câmara fará a apuração, escrevendo os nomes dos mais votados e guardando os diferentes papéis no interior de bolinhas de cera, chamadas pelouros; estes são postos num saco cheio de compartimentos; o saco é recolhido a uma arca de três chaves, confiadas a três vereadores atuais, ou claviculários; quem passar a chave a outrem pagará multa e sofrerá degredo por um ano. Em 1° de janeiro seguinte, um guri de sete anos, com toda a inocência, tira os pelouros, e os eleitos são proclamados.

Desta maneira você constituiu o ilustríssimo Senado da Câmara, elegendo vereadores, juiz, escrivães e almotacés. Claro que seu eleitor teve cautela de não votar em artista ou oficial mecânico, mercador, "filho do Reino", excomungado ou "gente de nação", isto é, judeu; nem em soldado ou degredado, todos inelegíveis. O voto seria nulo, e o votante, apesar do sigilo, pagaria caro o atrevimento.

Como a posse é a 20 de janeiro, festa de São Sebastião, o eleito vai logo providenciar casaca, bofes, colete, calção de seda, chapéu de aba, sapatos de fivela e capa, a fim de verear com decência. Precisará também de um cavalo, hoje carrinho, para serviço externo.

Não sei que impressão ou gosto você leva para casa, depois desse voto indireto (atenção: recolha-se antes das três badaladas da Ave-Maria; é proibido circular depois desse toque). Achará talvez que o sistema é antiquado e odioso em suas discriminações de casta, raça e dinheiro; desejará votar por conta própria e não através de seis fulustrecos escolhidos sob medida; por outro lado, simpatizou com o voto sob resguardo, antepassado do voto secreto; e encantou-se com aquele mistério do papel dentro da bolinha dentro do saco dentro da arca. Mas, pensando bem, o melhor é votar como agora, sem paletó ou vestido solene, na manhã fácil. Votar em quem bem lhe aprouver, e não no camarada que o cartaz lhe recomenda – ato e responsabilidade de cada um, como deve ser.

(30 de setembro de 1962)

COCO LISO

Vamos raspar a cabeça dos ladrões de automóvel. Mas só deles. Os de outros bens maiores e menores, móveis e imóveis, poderão manter a cobertura capilar que a natureza lhes deu, até ordem em contrário da autoridade competente. Assim, em vendo nas proximidades do seu carro um indivíduo de crânio luzidio, o leitor já sabe que se trata de um ladrão especializado, e vá tratando de prevenir a polícia ou de retirar-se dentro do carro, o que é mais prudente. Careca total? Diz que é banqueiro ou deputado? Não facilite com ele, por via das dúvidas.

Pode ser que o ladrão de coco rapado use de subterfúgio. Por isso, aconselha-se o proprietário de automóvel a desconfiar também dos indivíduos, mesmo de burguês aspecto, que usem boina. Compraram-na ao sair do Distrito, quem sabe? Quanto aos ladrões já carecas, porque Deus assim os fez, não sei como a polícia irá identificá-los. Implantando-lhes, talvez, uma peruca verde?

Não. Este alvitre é caro e, como lembra o professor Mangabeira,[99] está na hora de fazer economia, mesmo que para isso se tenha de gastar o máximo. De resto, a taxa de ladrões carecas (no ramo dos motores de explosão) é muito reduzida; a taxa de proprietários carecas, principalmente de modelos de luxo, sim, está sempre aumentando; por um curioso fenômeno, ainda não explicado, a propriedade em geral faz perder o cabelo.

E aqui está o problema criado pela polícia: como diferenciar o proprietário careca do ladrão careca? Ambos usam automóvel, o mesmo automóvel. O próprio policial, com o tempo e as agruras do ofício, costuma desguarnecer a cabeça. Pode muito bem dar-se o caso de uma discussão

---

99 O advogado e professor Francisco Mangabeira (1909-1993), à época presidente da Petrobras.

furiosa entre três carecas, cada um acusando o outro, ou os outros, de lhe terem roubado a viatura, sem que se saiba, pelo exame craniano, distinguir inocentes e culpados.

A essa altura, para complicar as coisas, perguntam ao chefe de polícia se raspar a cabeça de detentos não seria ilegal. "E roubar automóveis é legal?", retrucou sua senhoria, devolvendo a bola num chute de calcanhar. Como quem diz: eles começaram primeiro; terão o troco. E o troco é miúdo, talvez até seja bem acolhido. Imagino (tudo é possível no Rio) o ladrão de automóveis, de teto liso, abatido, encontrando-se com a garota, cujos olhos se iluminam de súbito:

— Mas você de cabeça raspada!

— Gostou?

— Tártaro!

Eis aí: a volta do Yul Brynner como arquétipo eleganciário, e pequenas taradinhas caindo de beijos na calva de supostos ladrões de automóveis, que são apenas honestos servidores aposentados do Instituto Nacional do Pinho.

E há quem sugira raspar-se pelo menos o bigode dos proprietários de empresas de ônibus, que exigem mais de 70% de aumento na tarifa. À consideração superior.

(14 de novembro de 1962)

O PODER DO BRAGA

Rabat,[100] 12 de janeiro: cinquenta borboletas amarelas esvoaçam em torno do embaixador Rubem Braga, que precisamente nessa data, em 1913, nascia em Cachoeiro do Itapemirim.

O fato de serem amarelas não as torna menos festivas. Antes de tudo, são borboletas, que já praticavam o balé antes que essa arte fosse aprendida pelos humanos, e lembram ao nosso diplomata a graça da vida.

Aliás, o Braga nem carece ser lembrado. Ele sabe. Oculto por trás do seu indiferente e às vezes antipático semblante, há um jardim de afetos e intelecções, que torna bom e simples o ato de viver. Sua estética nos conduz a observar o pé de milho, nascido contra a lei, em plena cidade. E esse pé de milho nos dá força e esperança, além de mostrar que a poesia não está só nas glicínias.

Longe mora o homem, porém muitos aqui o têm presente, na leitura fiel de seus escritos, e reclamam quando ele os faz demasiado curtos ou raros. Porque o Braga prefere seguir a borboleta azul pela rua e contá-la.[101] Sua qualidade maior vem mesmo, em parte, daí. O que ele nos conta é o seu dia, o seu expediente de homem, apanhado no essencial, narrativa direta e econômica.

Sua novidade perene está nessa adesão ao vivo, sob aparência de sonho e alienação. É o poeta do real, do palpável, que se vai diluindo em cisma. Dá

---

100   Rubem Braga morou em Rabat entre os anos de 1961 e 1963, quando atuou como embaixador do Brasil no Marrocos.

101   Em setembro de 1952, Rubem Braga publicou, no *Correio da Manhã*, uma crônica dividida em três partes, chamada "Borboleta". Nela o cronista confessava haver seguido uma borboleta amarela pelas ruas do Rio de Janeiro, descrevendo em minúcias o seu trajeto. Em 1955, republicou-as, rebatizadas, no livro *A borboleta amarela*. Ao falar de uma "borboleta azul", já tendo citado as amarelas no primeiro parágrafo, Drummond provavelmente se enganou.

o sentimento da realidade e o remédio para ela. Qualquer um pode ser livre, desde que saiba construir sua liberdade e não a venda por nenhum preço. E a liberdade consiste, de saída, em ver e sentir por nossa própria conta.

Passou-me o Braga, há tempos, a carta de uma admiradora sua de 23 anos, que fortuitamente me citava. Começa dizendo: "Por que escolhi a madrugada para lhe escrever?" E explica: Não foi escolha, foi vontade. Padecia dessa vontade há muitos meses, quando num acesso de solidão leu suas crônicas e ficou profundamente tocada. "Lia ora num ônibus apinhado, ora num banco da praça da República, ou em pé nas intermináveis filas paulistas; e nesses momentos me ilhava de tudo, com esse consolo, essa alegria." E a moça pergunta ao Braga: "Não sabe que suas palavras foram terapêutica infalível? Você ao menos calcula o poder que tem?" Ela não lhe pede nada, só quer agradecer: e nem assina a carta. Se a assinasse, poderia supor-se que desejava manter um romance mais ou menos postal (menos) com o escritor famoso. Nada disso: era mesmo para agradecer "com a maior humildade na alma".

Todo sujeito que escreve para jornal recebe frequentemente cartas de louvação, de xingamento, de amor e outras, assinadas, com pseudônimo ou sem qualquer assinatura, e considera isso de ofício. Esta de que falei, entretanto, me chamou a atenção pela pergunta grave, e terna: "Você ao menos calcula o poder que tem?" Aí está a maior homenagem que, a meu ver, se poderia prestar a Rubem Braga, tanto mais quanto, como se sabe, esse poder não é temporal.

(11 de janeiro de 1963)[102]

---

102   O aniversário de Braga, conforme Drummond registra na primeira frase da crônica, seria no dia seguinte, 12 de janeiro.

BACUPARI

Houve tempo em que eu escrevia com sentido nas passas de caju de Sergipe. Tinha lá um admirador que de vez em quando me remunerava os momentos de prazer intelectual (como dizia ele), proporcionados pelos meus escritos, enviando-me boa amostra dessa especialidade nordestina, que não chamarei de deliciosa, porque o adjetivo é fraco para qualificá-la. As passas vinham por portador de confiança, para não serem comidas no caminho. Eu caprichava nas crônicas, no afã de cativar o doador, e, se uma vez ou outra me saía com brilho, dizia comigo: "Semana que vem chega passa." E chegava. Depois, com o rolar do tempo, não sei se o leitor sergipano achou que era demais, ou se minha literatura jornalística perdeu o encanto, o certo é que não me chegam mais passas de caju. Assim é a glória deste gênero precário, ó colegas da crônica: não vos envaideçais nem ambicioneis nada além do justo limite, que é passar despercebido. Sobretudo, não vos apaixoneis por doce de caju.

Felizmente, ainda existem almas gentis. Acabo de receber uma cesta, quase diria, um balaio de bacuparis. Vem da Fazenda Santa Lúcia, em Minas, com esta carta da jovem fazendeira: "Lendo uma sua crônica, ano passado, sobre as saudades que sentia do bacupari, nessa época do ano, quis mandar-lhe alguns, mas já haviam acabado. Faço-o este ano, por minha sobrinha Lizzie, esperando que o senhor os aprecie. Sempre pensei que bacupari fosse fruta do Norte, pois há muitas de lá aqui na fazenda, e nunca de Minas, onde jamais ouvi falar dele."

Ei, menino, há quase meio século que não comias essa frutinha amarela, feito laranja que ficou miúda e enrugou a casca. E foi comer e as coisas voltaram, daquele tempo. Já está muito batido isso de revisitar o passado através de um cheiro ou de um sabor, mas a verdade é que nunca deixamos de maravilhar-nos ao realizar a experiência. Como as coisas são eternas, e nós transitórios: elas encerram o segredo do mundo, que estamos esquecendo sempre. Mas basta um bacupari para lembrá-lo. Mudei, terrivelmente; a fruta é a mesma.

Para responder à dúvida sobre a naturalidade do bacupari, disponho de dois dicionários: o de Eurico Teixeira da Fonseca, *Frutas do Brasil*, e o da infância. O primeiro informa que são muitas as frutas desse nome, espalhadas por quase todo o Brasil, e assinala notadamente a espécie mineira, de polpa branca, mucilaginosa, adocicada, envolvendo a semente. Adocicada, sim, mas beirando o adstringente, e esse particular o valoriza a meu gosto. No dicionário da infância, a mineiridade do bacupari é uma questão de vivência: ele vinha da fazenda do pai, num contexto de coisas mineiras de substância e expressão, como a própria vida que a gente vivia. Agradeço a fazendeira amável da Santa Lúcia pelo presente que me mandou: de bacuparis, de meninice e de tudo mais que dormia no tempo.

(20 de fevereiro de 1963)

DA COLOCAÇÃO DE QUADROS

Confesso-me agradavelmente surpreendido com a troca de cartas entre o prefeito de Niterói e o governador de São Paulo,[103] a propósito de um assunto de arte. Raras vezes no Brasil as autoridades se interessam por questões dessa natureza, e mais raramente ainda se dão ao luxo de escrever sobre elas. Os dois homens públicos a que me refiro, entretanto, revelaram-se superiores à média, ao travarem debate público em torno dessa coisa que não costuma atrair o olhar de nossos governantes: um quadro a óleo.

É verdade que não se trata de um quadro qualquer: representa uma mulher nua. Esta circunstância parece justificar o ardor com que os dois saíram a campo. Mas, se considerarmos que mulher nua anda por aí às pampas, não suscitando mais atenção especial salvo nos casos de apuro plástico também especial, isentaremos logo o prefeito e o governador da suspeita de haverem agido em função do instinto, desmandado no primeiro, e reprimido no segundo. Felizmente que não foi assim: o episódio perderia o significado confortador que lhe atribuo.

Porque, antes de representar uma senhora em estado de natureza, o quadro em questão é fundamentalmente quadro, objeto proposto ao prazer estético; se representasse uma goiabeira ou um caneco, seria sempre e antes de tudo quadro; a atenção que mereceu dos administradores é fundada no gozo profundo, desinteressado, que em ambos provoca a sublime arte da pintura – na espécie, a pintura de Antônio Parreiras.

O prefeito de Niterói, ouvindo falar que a tela do artista fluminense saíra do lugar de honra que ocupava no Palácio dos Campos Elísios, e fora jogada sabe Deus onde, protestou contra o atentado e reivindicou, mesmo, o privilégio de guardar essa obra menosprezada em São Paulo. O governador,

---

103 O prefeito de Niterói era Sílvio Picanço; o governador de São Paulo, Adhemar de Barros.

agravado em seus melindres artísticos, respondeu que despendurara, sim, o quadro, mas para pendurá-lo de novo, não na mesquinha antessala onde o tinham posto, mas em "ambiente mais amplo e com maiores perspectivas para melhor visão dos que possam ter a felicidade de contemplar essa magnífica tela". Não disse onde fica esse ambiente de várias perspectivas (talvez um salão circular, com chassi giratório ao centro, ou um salão de paredes móveis), mas revelou na defesa do quadro o mesmo empenho do outro: ceder o quadro? Jamais, por preço nenhum.

Tudo combina, pois, no gosto de ambos; só discordam quanto à parede. Não é porque mostre uma dama pelada que a obra sumiu da antessala do gabinete do governador, é porque a estreiteza do cômodo não permitia ao observador sentir toda a felicidade de contemplá-la (à obra). De certo, ao tomar posse, o dr. Adhemar viu que os aspirantes a essa felicidade batiam com o nariz na tela, por falta de espaço, não por miopia ou lubricidade. Revelando conhecimentos museográficos, ele transportou a dama, perdão, o quadro, para melhor ambiente. Resta saber se o prefeito de Niterói, outro entusiasta desses assuntos técnicos, pretende inspecionar esse ambiente. De qualquer maneira, parabéns a ambos: graças aos dois, pintura já é assunto de governo, pelo menos no capítulo da colocação de quadros.

(22 de fevereiro de 1963)

UMBIGO

— Que beleza de umbigo, moça. É natural?

A pergunta foi feita no baile do Copa, e a interpelada riu mas não quis responder. Deixou o curioso na dúvida. Há umbigos tão lapidares que não parecem obra de médico obstetra, mas de cirurgião plástico, ou, quem sabe, de decorador.

O umbigo é um dos vencedores do Carnaval de 1963. Já fizera sentir o seu charme insólito nos carnavais anteriores, mas no de agora é que pudemos admirá-lo em toda a sua capacidade de divertir-se, de criar e de transmitir alegria às demais partes do corpo e, em cadeia, aos demais corpos.

Não quero dizer que o Carnaval transcorreu à base de umbigo, nem que este proliferou por aí em demasia. Os espécimes não eram incontáveis, mas eram quase todos selecionados. E, na seleção, mostraram sua variedade.

Parece fora de dúvida que o umbigo não é mais uma reminiscência da vida preliminar, a cicatriz consequente a um corte. É mesmo o ponto central e radiante do corpo feminino (quando me refiro a umbigo, é sempre feminino), como por extensão se diz de um ponto geográfico que ele é o umbigo da Terra: Paris já foi umbigo do mundo, o qual, com certo incômodo, tem hoje dois umbigos: Nova York e Moscou, e se vê ameaçado de ganhar um terceiro, chinês.

O fato é que, no Municipal e nos outros bailes, os tivemos bem luzidos, como estrela, joia ou amêndoa engastada na suave proeminência do ventre: uns, rigorosamente esféricos, outros alongados vertical ou horizontalmente, pulando e dançando por conta própria, numa pulsação que se comunicava à plataforma continental e daí ganhava o mundo largo do salão. Nesse arfar, ora se projetavam ora se escondiam em ritmo, e, não garanto, mas era como se viesse deles a voz do samba: "Eu agora sou feliz!"

No teatro rebolado, essas expansões resultam de espetáculo ensaiado, dirigido, e não refletem a festiva espontaneidade umbilical; na praia, o umbigo simplesmente se estira ao sol ou passeia com circunspecta inocência, e no máximo se permite furar uma ou outra ondinha leve. No Carnaval é que ele revela sua índole dionisíaca, apesar de tudo, casta. Sim, casta. Não é preciso insistir no equívoco da roupa como escudo de pureza, da roupa às vezes tão marota pelo que esconde e sugere. Já aprendêramos isso, pelo contraste, no Arpoador e em outras universidades.

A lição do Carnaval – uma de suas lições – é a elevação da alegria ao nível do esporte, sem perda de sua raiz instintiva – e para esse resultado saudável o umbigo traz sua contribuição. Já estou vendo despontar, em 64, a Rainha do Umbigo.

(1º de março de 1963)

NOVA ANGÚSTIA

Parte da população do Rio de Janeiro está sofrendo uma angústia nova: a angústia do melhor. Bairros que eram servidos (ou desservidos) por lotações sem conforto nem amenidade, sob o signo do desastre, passaram a dispor, em substituição a eles, de uma frota de ônibus elétricos, macios, tranquilizantes, mais baratos, operados por pessoal cortês... e ninguém se conforma com isso.

— O pior – disse-me um amigo morador no bairro Peixoto — é que o diabo desses ônibus, além das vantagens que oferecem, ainda prometem aos usuários, para breve, ar-condicionado e música em surdina. Não! Nunca! Isso não existe! Viva o lotação abagunçado, caro e até mesmo trágico, mas tão real, tão verdadeiro! Tão carioca!

Não fantasio; aí estão os psiquiatras, que não me deixam mentir. A clientela deles vem aumentando nos últimos dias: gente que se queixa de não poder trabalhar porque a vida melhorou no setor de transportes. E quando a vida melhora em algum setor, nós, em primeiro lugar, não acreditamos; depois, não acreditamos ainda; em seguida, começamos a desconfiar de desígnios maquiavélicos, escondidos por trás do novo aspecto azul das coisas, simples fase intermediária de uma situação ainda mais negra do que a anterior; afinal, derrotados, convencemo-nos e protestamos.

A maior queixa contra os novos veículos é que eles não correm. Se não correm, não são perigosos. Ora, o perigo entrou a fazer parte obrigatória de nossa existência cotidiana, era o sal, o acicate da vida, e sem perigo iminente e contínuo, como poderemos viver aspirando à tranquilidade, estado neutro por excelência? Porque nossa aspiração, nosso maior sonho ainda é tranquilidade. Se ela nos é oferecida, ficamos sem aspiração. Ou passamos a ter esta: voltar à condição atribulada.

Pelo visto, irão achar-me o principal acionista da Companhia de Transportes Coletivos, que opera os ônibus elétricos, ou pelo menos seu preposto de relações públicas. Ah, meu São Cristóvão, sou um reles passageiro de lotação, também estou viciado no *plaisir de dégoût*,[104] e também me queixo de novidades. O lotação era um de meus mais queridos assuntos: brigas, confusões dentro e fora deles, simples diálogos na fila nutriam o comentarista. Receio que o *trolley* não me forneça matéria cronicável. É demasiado funcional e cumpridor de deveres. Falei ao trocador, num deles, e não lhe vi nada de pitoresco; era um homem de seus cinquenta anos, polido, até elegante no uniforme sóbrio; sóbrio e limpo. A informação que me prestou não foi dada em gíria, e pelo tom parecia antes em inglês da Inglaterra. Ai, este Rio está perdendo o sabor. A zona norte aproveite bem seus lotações, que fazem da vida uma aventura sempre renovada. Nós, os sulinos, entramos na pauta. E os psiquiatras ainda dizem que acabaremos por aceitar, pelo hábito, as novas comodidades! É demais para o nosso masoquismo.

(20 de março de 1963)

---

104 Em francês, algo como "prazer da náusea", aqui com o sentido paradoxal de "gostar de desgostar".

GREVES

Quando ia pagar a passagem no ônibus elétrico, o cobrador informou que não custava nada; aliás, não havia cobrador, os demais passageiros é que davam a informação. Enfim chegou a Idade de Ouro, pensei comigo; idade em que todos viajarão de graça sobre a face da Terra e pelo cosmo; idade em que o próprio ouro será abolido, por inútil: tudo de todos e para todos.

— Não – esclareceu-me o cotovelo do vizinho —, é só neste fim de greve, enquanto não há cobradores para recolher o dinheiro. Os táxis, aviões e tudo mais continuam cobrando passagem.

De qualquer maneira, viva a greve, que nos deu esta miúda antecipação da sociedade perfeita. De resto, quem não tem carro ama as greves de transporte; já notaram que só há lugar nos lotações quando só há lotações no tráfego? É verdade que os passageiros se sentam uns por cima dos outros, no chão e no ar, mas a isso a gente já está acostumada nos cinemas.

A greve, afinal de contas, serve para provar que podemos passar sem esse ou aquele serviço urbano. Uma greve de força e gás não me assustaria maiormente; até o século XIX, ninguém aqui suspeitava dessas utilidades, e nem por isso deixava de viver, de amar, de trabalhar e de morrer na forma prescrita pelos misteriosos e imperturbáveis poderes que nos governam (refiro-me aos sobrenaturais, não aos de Brasília e Guanabara, sempre em choque).

A greve geral seria talvez experiência um pouco forte, mas, passada a emoção dos primeiros instantes, homens industriosos cuidariam de tomar providências para a reorganização da vida coletiva. Os não-industriosos, como eu, louvariam a iniciativa deles, mas ah! não providenciassem demais, só o necessário. Aproveitaríamos o feriado compulsório para sentir como a vida era, como a vida é, realmente, no fundo e não na forma, e como quase tudo por aí considerado essencial é menos importante que as coleções de flâmulas ou de caixas de fósforos dos adultos.

215

E se o assunto é greve, ocorre-me propô-la aos nossos prezados generais, ministros, certos deputados, governadores e presidente, que bem andariam fazendo uma de pronunciamentos. Eles se pronunciam demais, e quanto mais se pronunciam menos sossegado deixam o pobre cidadão a que se dirigem. Vamos, caros militares e dirigentes, entrai em greve de palavra por algumas semanas. Os quartéis deixarão de ser visitados com tanta frequência, quartel não é para visita e parolagem, é para serviço; a TV dará preferência a programas amenos, em vez de cancelá-los para dar lugar aos vossos, que não são de nosso particular agrado. Enquanto isso, fareis o que é de vossa respectiva obrigação e sentireis a alta qualidade e beleza do silêncio, *silence and secrecy!*[105] já dizia o outro. De todas, esta será a melhor greve, a mais oportuna – e, de nossa parte, não vemos inconveniente em que a prolongueis.

(9 de abril de 1963)

---

105   Em inglês, "silêncio e segredo".

O BIGODE DO POETA

O poeta nacional Manuel Bandeira deixa crescer o bigode, e há controvérsia entre seus amigos, a respeito da iniciativa. Faz bem o poeta em alterar sua antiga e peculiar fisionomia, amada das musas? Não lhe assenta o bigode? Deve este assumir forma diversa da escolhida pelo portador?

Em face destas e de outras indagações suscitadas pelo inopinado acontecimento, Bandeira, com *humour*, admite a realização de um plebiscito amical, para decidir se continuará, ou não, mustachudo.

Não há dúvida que tal plebiscito seria muito mais interessante do que esse outro, tão boboca, destinado a resolver se o Rio de Janeiro deve ou não ser repartido em bolinhos políticos para clientelas paroquiais.[106] Pelo menos cuidaria de assunto sério, qual seja o limite da liberdade atribuída ao artista na administração de sua figura física.

Percorro com a maior atenção a venerável encíclica *Pacem in Terris*, que discrimina os direitos da pessoa, e não encontro referência específica ao direito de usar bigode. Tampouco o menciona a Declaração Universal dos Direitos do Homem, da ONU. Deve concluir-se daí a inexistência ou discutibilidade desse direito? Acho precisamente o contrário. É talvez o único direito indiscutível no mundo de hoje (salvo para os praças de pré, que não têm direito algum), esse de adornar ou não o rosto com um apêndice capilar do tamanho e forma que melhor nos agrade. Todos os demais direitos, por mais que os proclame a voz generosa do papa ou da assembleia das nações,

---

106   O plebiscito sobre a manutenção ou o fim do estado da Guanabara estava marcado para dali a dois dias, 21 de abril. Pouco antes, Manuel Bandeira havia deixado crescer um bigode. O assunto virou piada na imprensa carioca, e improvisou-se um "plebiscito" para saber se o poeta deveria ou não conservá-lo. Além de Drummond, manifestaram-se publicamente, contra ou a favor do bigode de Bandeira, Paulo Mendes Campos, Austregésilo de Athayde, Elsie Lessa, Carlos Heitor Cony, Guimarães Rosa e Raimundo Magalhães Júnior, entre muitos outros.

sofrem na prática distorções violentas e a cada momento são negados na face da Terra, muitas vezes em nome do Direito.

Todavia, há que examinar o caso particular de poetas, pintores, escultores, músicos (excluídos os comediantes, que por obrigação profissional têm mil rostos). A cara desses homens marcados pelo signo da arte exprime tal ou qual princípio interior de criação, seja porque há concordância luminosa entre os traços fisionômicos e as linhas espirituais pressentidas, seja porque a admiração e o fervor dos admiradores assim o estabeleceram por deliberação irrecusável. Quer dizer: o poeta é um retrato de sua poesia, ou fica sendo, no consenso geral. Nessas condições, ser-lhe-á lícito alterar o retrato, lançando turbação no espírito público? É dono de sua face? Pode mexer nela à vontade?

Afeiçoado à noção de tombamento dos bens culturais, que são patrimônio coletivo, eu responderia que não. Contudo, o princípio fundamental da arte é a liberdade, e não vejo porque o artista, livre de criar sua linguagem e seus mitos, esteja impedido de criar um simples bigode, ou mesmo uma frondosa barba. Os fiéis que se adaptem à nova face. O poeta é soberano. E terá suas razões.

Pelo que, voto sim no plebiscito bandeiriano, aproveitando o ensejo para saudar o poeta em seus viçosos 77 anos, que ensinam trabalho, alegria e mocidade aos moços.

(19 de abril de 1963)

CORAÇÃO GRAVADO

Sr. Comissário: Li que Vossa Senhoria, passando por um jardim, deteve dois namorados que gravavam corações nas árvores. Munidos de faquinha pernambucana, tinham feito já apreciável serviço.

Pelo portador, remeto a Vossa Senhoria um álbum do desenhista francês Peynet, que lhe peço aceitar a título de cortesia cívica. Irá adoçar-lhe a vista e a carranca, ajudando-o a compreender por que namorados gravam corações, sempre os gravaram e os gravarão sempre.

O coração, sr. Comissário, é músculo amoroso por definição, mas tem o inconveniente de permanecer oculto. Daí as dúvidas sobre seu estado efetivo: estará mesmo vibrando liricamente? Em certos casos, existirá coração dentro do peito, ou um simples despertador, uma coqueteleira, uma pilha de rádio? Então, para demonstrar que o possuem, e banhado em flamas, os pobres namorados se armam de estiletes, canivetes ou o que seja, e em modesta xilografia o representam na casca das árvores – de jardins públicos, bem se vê, pois ninguém mais na cidade é dono de árvore, esse luxo barroco.

Bole Vossa Senhoria um jeito de se manifestarem os corações à evidência dos olhos e ao afago dos dedos, e as árvores deixarão de receber incisões, de que aliás elas gostam, sr. Comissário, pois amor envolve tudo. Ligá-las ao êxtase humano é preferível a cortá-las. Mas Vossa Senhoria não tem o poder, que Peynet revelou possuir, de visualizar corações.

Os namorados de Peynet são criaturas como quaisquer outras, mas basta-lhes desabotoar o casaco ou a blusa, e surgem duas janelinhas; por trás delas vemos corações incandescentes. O desenho intitula-se: *À coeur ouvert*.[107] Em outra imagem, o rapaz, com o coração na mão, deposita-o na abertura da veneziana, como se bota carta no correio, e a moça o espia discretamente, lá dentro. Chama-se "Timidez".

---

107   Em francês, "de coração aberto".

Garotas fazem tricô com a lã de um coração empunhado pelos seus queridos, e daí resulta a confissão: "Eu gosto de você", repetida infinitamente em forma de suéter. Quando brigam, põem corações a secar no varal de roupa, escorrendo as lágrimas. "Escute, meu bem, como está batendo" – diz outra garota, ao telefone. E põe o aparelho no peito, onde um cupidinho toca tambor como um possesso, nas paredes do coração. Dois namorados rotos e em pranto levam o coração à Caixa de Penhores, e ele resplandece na balança: *Un coeur d'or*.[108]

Vossa Senhoria achará menos protocolares outras invenções do desenhista, como a jovem entregando duas laranjas ao namorado, que as embala ternamente, enquanto ela explica: "É porque você me inspira toda confiança; não costumo emprestar coisa alguma." São fantasias, sr. Comissário. Na prática, ninguém pode realizá-las. Então os namorados recorrem a símbolos gráficos. Compreenda-os e, em lugar de prendê-los, se possível ofereça-lhes um buril.

(21 de julho de 1963)

---

108   "Um coração de ouro."

MISS U

Uma amiga recém-chegada de viagem conta-me o susto sofrido entre Montevidéu e Porto Alegre, quando o avião pegou uma tempestade noturna. Os passageiros portaram-se dignamente, isto é, aparentando não sentir o medo que de fato sentiam. A confiança da maioria concentrava-se em duas freiras, que rezavam serenas. A um solavanco mais forte, os rosários caíram-lhes das mãos, e parecia que Deus abandonava suas criaturas. Cada um prometia a si mesmo que, se escapasse daquela, nunca mais... A tormenta foi cedendo, e ouviu-se o alto-falante: "Temos uma boa notícia a transmitir: Miss Brasil acaba de conquistar o título de Miss Universo." Então, todos desfizeram os cintos, levantaram-se, inclusive as freiras, e bateram palmas; ninguém mais se lembrou de que minutos antes a morte passara pelo Convair.

Assim é a beleza: chega na hora da tempestade e converte o medo em alegria. E em orgulho nacional também. Todos sabemos que a vitória da moça gaúcha não resolve nenhuma das dificuldades brasileiras, mas dá à gente motivo para bater palmas e se regozijar pelo fato de ainda existirem (e cada vez mais!) lindas garotas à face da Terra, e de uma delas, precisamente essa escolhida em Miami, ser produto do Rio Grande do Sul, estado que no caso abrange até o Amazonas e vira Brasil. A beleza pacífica estimula, consola, dá felicidade momentânea. Bem de poucos, torna-se patrimônio de todos, porque a todos infunde prazer. (Ieda Vargas é hoje prima geral dos brasileiros, além de Miss Universo.) Mesmo comercializada pelos vendedores de coisas, que a tornam veículo para promoção de suas mercadorias, a beleza se impõe de tal modo que esquecemos a promoção para nos extasiarmos com esse eterno mistério da criatura jovem provida das graças da proporção e do ritmo.

A moça mais bela do universo pode não ser efetivamente a mais bela de todas as viventes, e é provável que a beleza absoluta e deslumbrante esteja repartida entre muitas; seria preciso separar e juntar elementos distintos para chegar-se à beleza exemplar. Esse concurso total seria impraticável, e enlouqueceria juízes, moças e público. Ainda assim, e descontados erros, fraquezas e interesses de julgamento, uma menina do Rio Grande, emergindo da seleção entre 50 mil jovens, sorri para o mundo, em toda a flor de sua inexperiência e boa vontade. Não oferece solução para problemas internacionais nem promete nada; sorri e passa. E contemplá-la assim de passagem, em seu relâmpago de esplendor, é um relax, um conforto entre o marxismo agressivo da China, o desaparecimento carioca da manteiga e a individual dor de dentes.

E sua beleza é simples. Mais do que isto: é desambiciosa e doméstica. Olho o retrato da menina e fico tranquilo ao recordar o que li numa revista: Miss Universo, antes de o ser, mostrou-se perita em fazer lasanha. Assim, as outras mulheres, bonitas ou não, a imitem, aprendendo a cozinhar qualquer coisa, para contentamento universal.

(23 de julho de 1963)

O BANTO MEDITA

Entre lembranças que me trouxe de longes terras um amigo dileto, quero destacar a maravilha de arte gráfica que é um *miniscule*, formato in-26, ou seja, 4×3 cm, corpo 5, papel-bíblia, obra do impressor Kundig, de Genebra. Livros assim resolvem o problema da biblioteca de apartamento; não são sequer de bolso, mas de porta-moedas: ocupam o espaço de uma chave Yale. Se a Constituição fosse impressa num voluminho desses, creio que seria mais consultada e entendida. E o microlivro de Genebra é mesmo uma constituição; pertence à linhagem de obras de proveito e exemplo, que têm nos *Provérbios* de Salomão o titular mais ilustre. Não importa que o tenham "escrito" negros humildes do sul da África, tão nossos conhecidos porque levantaram em grande parte a estrutura tradicional do Brasil, plantaram cana, fumo, café, milho, cataram ouro e diamante, e nos deram ainda o cucumbi, o batuque, o candomblé de caboclo.

Chama-se *Proverbes bantous* e é uma suma da arte da vida, com ceticismo, bondade, senso prático e humor. Não se procure aí rastro de superstições grosseiras, mas ciência moral acumulada no convívio da natureza. A cultura banto, amadurecida, procura dominar o real e captar suas leis.

Gostaria de traduzir o livrinho para uso nacional, mas alguma coisa de sua sabedoria já é patrimônio nosso. Quando o filósofo negro recomenda: "Não ensines o peixe a nadar", reconhecemos a malícia portuguesa do "filho de peixe" e do "ensinar padre-nosso a vigário". Contudo, ele desaprova o nosso "matar dois coelhos de uma só cajadada", ao advertir: "Não se pode matar dois passarinhos com uma pedra só." Finalmente, se o bom senso ariano estabelece que "roupa suja lava-se em casa", o banto corrige, preciso: "atrás da casa".

Chefes e autoridades são ironizados pelo rifoneiro africano: "Quando o chefe manca, todos os súditos mancam atrás dele." "A autoridade, como a pele do leopardo, é cheia de buracos." "Fome não entra na cabana do chefe, mas a morte entra." "Se queres te queixar do chefe, primeiro atravessa a fronteira."

Para o banto, "riqueza é tempero, como cal; grande coisa é a bondade". "Quando o pobre fica rico, esquece os outros." "Rico está sempre se queixando."

Casamento? "Esposa é carrapato na pele." "Quem casa, põe cobra na mochila." Entretanto, "nunca é longe onde mora o nosso amor".

Outras amostras de sabedoria: "A gente se imagina ligada ao branco, mas o branco continua branco." "Parente de branco é dinheiro." "O fogo não destrói o fogo, nem a guerra a guerra." "Pare de tomar mel enquanto ele é gostoso." "Cachorro cansa de latir." "Viajar é abrir os olhos." "Ao deixares a casa que te hospedou, não sujes a água do poço." "Elogiar, só aos mortos." "Destróis a sombra da árvore de tua aldeia, e buscas a sombra das nuvens que passam..."

Entre a árvore e a nuvem, o banto medita.

(1º de agosto de 1963)

FRÁGIL RAINHA

Miss Universo deveria ser realmente Miss Universo: mandar nas estrelas, em Kennedy e Kruschev, no Mercado Comum Europeu, quebrar todos os galhos...

A China e a União Soviética, a um aceno de sua mãozinha, encerrariam as divergências ideológicas, e o mundo ocidental e o oriental seriam uma coisa só, aliás, variada e cordial. Sabendo que monges budistas estão se queimando vivos, ela mandaria apagar as fogueiras e a razão moral das fogueiras. Imagino Miss U intervindo, sempre em termos de graça e estética, na cotação paralela do dólar, no abastecimento, nos debates legislativos, nos desquites litigiosos, e tudo e todos se rendendo a um simples relancear de olhos de nossa rainha máxima.

Pois não é ela a moça mais bonita do universo, escolhida regulamentarmente e proclamada sem impugnação de suas competidoras? E que não significa a beleza, perante a qual imperadores se curvam? Assim eu idealizo a magistratura de Miss U: fórmula de salvar o mundo conhecido e os mundos possíveis, pelo reconhecimento de um poder maior que o das armas e do dinheiro.

Ao contrário disso, que vejo: todos aborrecendo nossa Ieda, este querendo impingir-lhe o título de sócia-proprietária do fechadíssimo clube de golfe com heliporto, aquele rogando-lhe posar para a marca de sabonete luminescente, outro futuca-lhe o suposto namoro com o jovem repórter, qual lhe impõe entrevistas coletivas, qual fiscaliza as bombas de chocolate que ela quer comer à margem do programa, qual lhe exige exclusividade para certo canal, e é preciso visitar a fábrica de eletrodomésticos, a de meias, a Petrobras, inaugurar um banco, experimentar o carro nacional, apertar a mão peluda de todas as autoridades, sorrir, autografar, autografar, sorrir, autossorrir, sorrigrafar...

Como se não bastasse, passaram um susto na menina. Viu espancarem pessoas em seu redor, e não pôde sustar o braço dos espancadores nem amparar os espancados, e muito menos reconciliar uns e outros. Seu único recurso – e tão frágil – foi desmaiar. À mais linda jovem da Terra, não lhe dá o mundo autoridade para apaziguar o coração truculento de seus súditos, e a beleza, pelo visto, não vale nada, no recinto da Exposição Americana[109] ou em qualquer ponto habitado. Vale, sim, muita amolação.

Soube agora que seu maior desejo é voltar para casa, botar um vestidinho simples e recomeçar a vidinha de antes. Mas não há mais vestidinho simples. Nem vida de antes. Todos os vestidos se tornaram sofisticados para o corpo dito perfeito por um júri internacional. E não há mais casa, no antigo sentido; há mostruário. A boa menina ainda vai penar muito, antes que a deixem em paz relativa. Ela perdeu alguma coisa: o jeito antigo de garota de Porto Alegre. E nós perdemos muito mais: a beleza não conserta este mundo, onde, parece, só o feio governa.

(15 de agosto de 1963)

---

109 De acordo com uma reportagem do *Correio da Manhã*, um dia antes, Ieda Vargas teria desmaiado após ver o fotógrafo Francisco Ruas, que cobria sua visita à exposição EUA – Aliados no Progresso, ser espancado por policiais militares e seguranças do evento, na Quinta da Boa Vista.

CHICO

Manhãzinha, o garoto desce o morro para vender jornal. Do quarto andar da penitenciária, um preso madrugador faz sinais ao menino. Para nada. Para fazer sinal a alguém que está livre. O menino responde com outro gesto. Entre os dois se estabelece uma conversa de braços; com o tempo, de palavras.

Chico tem 12 anos, o sorriso na azeitona lustrosa do rosto. O homem está ali há anos, vendo o tempo passar. Quem passa é o menino, que às vezes acorda o homem ao amanhecer. Assovia; se o homem custa a aparecer, ele grita:

— Ciaaano!

O sentenciado tem nome de pintor: Ticiano. O nome diminui, fica do tamanho do menino, a aproximá-los. Surge o busto de Ciano, entre grades. Chico saúda-o com o gesto largo, o sorriso que clareia o rosto inteiro. De tanto se cumprimentarem ficaram amigos.

Um dia Chico aparece na penitenciária:

— Quero falar com Ciano. Aposto que ele também quer falar comigo.

— Criança sozinha não entra.

— Quem disse que estou sozinho? Esta aqui é minha irmã caçula.

(Chico é o degrau mais alto, na escadinha de seis, feita por um carpinteiro e uma lavadeira. A garotinha dá a mão a Chico, compenetrada do papel de acompanhante.)

— Moço, deixa eu ver meu amigo, deixa...

Ele pede com olhos e voz tão especiais de pedir, que acaba entrando. Ciano recebe-os com distinção, paga-lhes refrigerantes na cantina, leva-os ao trapézio, conversa. Chico não tem programa além de vender jornal; falta-lhe chance.

— Mas você gostaria, Chico?

— Demais!

Por acaso, há na penitenciária um recluso importante, condenado por uma dessas faltas que costumam levar à fortuna e ao poder. Ciano pede-lhe que recomende Chico a uma de suas empresas cá fora. Dão ao garoto um lugar de boy, passam-lhe livros e cadernos na escola. Chico deixa de vender jornal na rua mas, por fidelidade, continua a servir os fregueses de casa. Vai entregar uma carta ao Museu de Arte Moderna e as linhas do prédio o fascinam, "Quando crescer serei arquiteto". O diretor da tal empresa matricula-o num curso noturno de desenho. Agora subiu a protocolista no escritório. Sua vida começa como sempre às 3h30: jornal, escola, almoço, emprego, jantar, escola. Cansado? A fieira de dentes, iluminando a cara, diz que não.

Aniversário de Ciano, Chico vai visitá-lo brandindo o bolo de milho que a mãe mandou com um recado: quando Ciano sair, terá de ir ao barraco para comer um bolo maior, especial. A vida tem dessas coisas: às vezes é um sentenciado que, de sua cela no quarto andar da penitenciária, funciona como serviço social e dá a mão a um garoto do morro.

(8 de setembro de 1963)

O ENGRAÇADO

Nada a fazer por um homem do interior que receia ser preso e me escreve pedindo tomar sua defesa na imprensa. O auxílio que posso prestar é silenciar-lhe o nome e endereço, evitando publicidade que talvez antecipe o infortúnio. Segundo conta, seu crime é achar graça nas coisas e manifestá-la em conversa. Por esse crime o prefeito quer enquadrá-lo em não sei que lei de segurança municipal ou nacional. O homem admite que fala demais, sempre em tom de brincadeira, e pondera que isso não o impede de ser bom cidadão, funcionário correto etc.

Cuide-se, amigo, e medite o caso de João Pais Florião, que por sorte acabei de ler nos "Documentos Históricos" da Biblioteca Nacional. Esse Florião vivia na Bahia por volta de 1658 e era mais importante do que o senhor. Pois aconteceu-lhe o que o senhor teme por igual motivo. Dou a palavra a Francisco Barreto, governador-geral do Brasil, em carta ao Rei, que resumo:

"O desembargador Salema comunicou ser necessário prender JPF. E querendo eu ver as culpas, m'as não mostrou. Só disse que as tinha de sua pouca confidência, por cujo respeito o mandei prender, se não como Salema queria, como me pareceu justiça, e lhe dei sua casa por prisão porque a opinião que tenho deste é muito diversa do estrondo com que nele se fala. JP é sujeito de qualidade, diserto, engraçadíssimo, muito velho, desprezador da autoridade que pudera ter por sua fazenda considerável. Foi sempre estimado de todos por sua pessoa e conversação, e dos governadores por ser o vassalo que fez sempre levantar as dízimas com grande excesso, e a seu zelo deve a fazenda de Vossa Majestade aumentos notórios. E como no modo e no juízo é naturalmente jocoso e agudo, folgavam de o ouvir. Por não perder um bom dito, não reparava talvez em dizer uma heresia, que nem nele passava da superfície, nem nos que o ouviam a escândalo. Antes da feliz aclamação de Vossa Majestade, dizia de El Rei de Castela o que lhe parecia, se dali tirasse conceito para dar gosto aos que procuravam a rir. O mesmo praticava de si próprio, com muita galhardia. Com este bom humor viveu sempre. E porque alguns dos que o ouviam não compreendiam muitas vezes a sutileza com que falava ou os fundamentos com que discorria, resultava da ignorância aquele rumor confuso com que depois de o celebrarem o murmuravam. Na opinião dos sujeitos de prudência, não tem ação nesta matéria que não seja venialidade desculpável."

Depois de tão bela defesa, Florião foi solto? Que esperança. Em 1660 o mesmo Barreto informava que ele permanecia sob ferrolho. E não se falou mais disso. O perfeito cidadão não deve ser engraçado.

(9 de setembro de 1963)

SIMPATIA

Era tão simpático aquele casal na Pedra de Guaratiba, mas tão simpático, que despertou suspeitas. Daí um delegado que não dorme no ponto prendê-lo por excesso de simpatia. E viu-se que o homem era ladrão internacional de grande classe; a mulher, exclusivamente esposa dedicada, como ele fez questão de declarar:

— Ela me acompanha pelo mundo afora, porém não participa de meus trabalhos.

Os trabalhos de Leopold são especializados. Ele opera no ramo de bancos e isso lhe valeu dez anos de vilegiatura na penitenciária de Quebec. Não foram só de vilegiatura, pois no interregno se aprimorou no ofício, graças ao companheiro de cela, que lhe ensinou o fino em técnica de arrombamento de caixas-fortes.

— O senhor tem uma aí para eu fazer demonstração? – perguntou à autoridade.

Como a polícia não dispusesse de tal equipamento, Leopold limitou-se a abrir em vinte minutos um cofre sem segurança e em dez segundos uma fechadura Yale. Perfeito. Alarmou o delegado com esta informação: nossos bancos em geral não têm alarme.

Conversa vai, conversa vem, Leopold e Lise contaram o romance de suas vidas. Doze países visitados oferecem bastante matéria. Em Ottawa há um banco que ele não assaltou, pelo contrário, tem ficha limpíssima nele. É o Banco de Sangue, que lhe outorgou distintivo de honra, como doador. Ficou implícito que o Banco da Providência, aqui, jamais correria qualquer risco. Leopold esclarece:

— Eu podia estar podre de rico, sabe? O coração é que não deixa.

Pois não é que, tendo amordaçado o motorista e os guardas do carro-pagador, no Canadá, desceu na primeira estação para telefonar à polícia, pedindo que fosse salvá-los de asfixia? Aos pobres nunca roubou; parece óbvio e não é: há pobres que são ricos disfarçados, ou meio-ricos. Leopold prefere ajudá-los fartamente. E também abomina a violência, não é de fazer mal a ninguém, mesmo a um banqueiro.

Com a simpatia de sempre, conta o que fez e o que esperava fazer. Tinha três bancos cariocas na alça de mira e pretendia visitá-los na noite de 31 de dezembro. Fala com a espontaneidade de quem anuncia onde vai fazer réveillon, e as esticadas possíveis. É um homem sem mistérios, dispensando investigações, inquéritos, comissões dispendiosas e complicadas para apuração de crimes, pois até os futuros são relatados corretamente. Tudo isso entre festinhas a Lise, que de sua parte não lhe regateia quindins. O repórter que os viu sob os cuidados da Interpol, e de cujas informações me sirvo, conclui que se trata de um casal feliz.

Só que não lhes apetece voltar ao Canadá. Há tantas sentenças, tantos anos de prisão a enfrentar por lá! Preferem ficar por aqui mesmo (a paisagem, o estilo camarada da gente, não sei que visgo da terra) e assim esperam a compreensão das autoridades. São tão simpáticos, tão leais no confessar e no antecipar, que se fica desarmado, e o jeito será, talvez, soltá-los antes do Natal, ou pelo menos antes da noite de 31 de dezembro, para a qual já têm programa.

(25 de outubro de 1963)

REINO ANIMAL

O noticiário dos homens anda tão pobre de simpatia que de vez em quando convém mergulhar no noticiário dos bichos – e aquele cãozinho que se insinuou na cerimônia de entrega de medalhas em Brasília (foto da semana) bem merecia a primeira página.

Mas vemos, desapontados, que entre animais também não escasseiam problemas. Os macucos, por exemplo, foram convidados a escolher. Sofriam antes a morte traiçoeira imposta pelo caçador. Agora, serão criados em domesticidade pelo Ministério da Agricultura. Protestam caçadores, sentindo fugir-lhes um esporte, ou o que eles consideram tal. Sabendo-se que algures há rinocerontes, búfalos bravos e até onças goianas à disposição deles, a reclamação não procede. Quanto aos macucos, passarão a ser imolados como galinhas, sem glória. E, infelizmente para eles, a carne é saborosíssima.

Por falar em galinhas, lavra entre elas a doença de Newcastle. A ave torna-se melancólica, pálida, arrepiada, deita-se, enterra o bico no chão, recusa toda sorte de alimento ou remédio e morre. Assim a descreve um consulente de Anchieta, e o técnico acha tão grave a sintomatologia que não receita coisa alguma, senão telefonar para o Departamento de Medicina Veterinária.

Corrupião. Surgiu o problema de casá-lo, para o senhor de Niterói, que possui dois espécimes. Talvez porque também se chame sofrê, esse pássaro é esquivo, e o acasalamento discreto. A resposta dos doutos é que se deve deixá-los sozinhos, no viveiro, com alimentação farta e sadia, mas principalmente sozinhos. "As condições ambientais favorecerão o conúbio." E que tal um pouco de liberdade, no céu de Deus? É a melhor solidão.

Já o cruzamento de jabutis, tentado improficuamente por um leitor de Sampaio, é matéria de alta indagação. Jabuti pode viver 50 anos, sem que se lhe divulguem os sentimentos. Em todo caso, fique certificado que o macho tem peito fundo, para permitir a monta com segurança. O mais é segredo entre eles.

Comida de papagaio é semente de girassol, mas vá lá, também serve pimentão doce. Ou pirãozinho escaldado. Se o louro insiste em não comer, é porque não vai mesmo com a cara do dono, que pediu orientação ao jornal. Até os papagaios enjoam com certas caras.

Se seu gatinho bate com a cabeça no chão, minha senhora, não julgue que é ciúme pela preferência dada ao cachorrinho. É otite, e cura-se com meio grama de estreptomicina.

Quem ama os cães deve preparar-se para assistir-lhes à velhice. Constipam-se facilmente, as presas cedem à cárie, formam-se nódulos cutâneos perigosos. Paciência quando o cão ronca: é próprio da idade. Passeie com ele devagar, mantendo a guia do lado esquerdo. Lembre-se que os achaques dele são irmãos dos nossos.

O triste noticiário se interrompe: uma revoada. Quatro mil pombos-correios estão sendo treinados nos céus do Brasil para graves tarefas (esperemos que não seja pelo general Pinheiro)[110] e talvez para outras mais suaves, como levar no bico a carta do soldado à sua garota. Vai, amigo! Em voo altaneiro, a 130 quilômetros por hora, pairando sobre o desconcerto das coisas, a febre dos espíritos, a irremediável chatice dos que se arrastam cá em baixo, penando e bramindo. Evita o fuzil dos perversos, dispostos a pagar multa para te verem tombar. Guia-te o maravilhoso instrumento natural, que é essa espécie de bússola magnética insculpida no nervo ótico. Ao prazer de voar juntas o prazer de servir. Voa e revoa, amigo do ingrato gênero humano, e boa viagem!

(27 de outubro de 1963)

---

110 O general Alfredo Pinheiro Soares Filho foi acusado, à época, de participar de um plano para prender Carlos Lacerda. Em entrevista ao *Los Angeles Times*, o então governador da Guanabara teria dito que o presidente João Goulart estava prestes a ser deposto pelos militares.

POESIA-NOTÍCIA

Recebi há dias uma participação de casamento em verso, e fiquei pensando que a funcionalidade humana e social da poesia se manifesta à margem e independente dos debates intermináveis sobre a natureza, extensão, meios e modos dessa funcionalidade. Ninguém, que eu saiba, pleiteou ainda para o poeta essa função específica, antes reservada à prosa, ao passo que inúmeros são aqueles que reclamam do bardo uma atitude positiva, quer diante da problemática do nosso tempo quer diante de cada conjuntura, transformando-o em mágico motor de tudo. E eis que, não sendo exigida por nenhum teórico, *partisan*[111] ou artepurista, a poesia-informação abre seu caminho postal e vem dizer à gente que dois se casaram e passarão a residir na rua tal, número tantos. É bom.

Dirá o leitor recalcitrante: esses dois são líricos e estão apenas praticando a poesia de circunstância e dos ovos de páscoa mallarmaicos. É, são líricos, mas não são poetas de ofício e nem mesmo, que eu saiba, poetas de domingo, e nisso está o interesse da novidade: agiram como poetas. O marido, por sinal, é crítico de poesia, e se empregou esse meio de participar o casamento é porque sua agudeza intuiu uma virtualidade prática da poesia, a aplicação válida da linguagem poética aos ritos da vida societária. Vislumbro nisso uma sugestão, mais do que uma fantasia; algo como um convite implícito, um desafio, sei lá.

Sem dúvida, a natureza lírica do acontecimento (só imperceptível a um oficial do registro civil puído pela extrema mecânica dos processos de habilitação) já é de molde a suscitar um veículo lírico de transmissão. Quero crer, porém, que semelhante veículo possa ser adaptado a qualquer tipo de mensagem, de ordem particular ou pública, e é de desejar que o seja de

---

111 Em francês, "partidário", com o sentido de guerrilheiro, militante, resistente.

preferência a mensagens destituídas de substância lírica, para precisamente demonstrar sua eficácia, ao tornar lírico aquilo que nem sonhava sê-lo – ou que nem sonhávamos que o fosse.

Tudo está, evidentemente, na própria eficácia do poeta, e quem não o for nem mesmo de estalo haverá de socorrer-se de poeta capaz de aviar esse tipo de "encomenda" social, que poderá vir a apontar no futuro. Assim, o que hoje se considera poesia "de circunstância", simples brinco inconsequente no atalho da verdadeira poesia, e portanto instrumento de fuga e alienação, virá a assumir papel relevante, no conjunto de técnicas modernas de que o homem se vale para informar aos outros sobre si mesmo e informar-se sobre os outros. E não duvido que isso trará algum bem à nossa humana condição, pois tal poesia não contará apenas as coisas habituais da vida, senão que as contará revelando-lhes ou conferindo-lhes um lampejo poético, uma oculta dimensão que nos escapava ou de que já nos havíamos desinteressado por efeito da prosa chilra que as referia.

Equipem-se os poetas para a tarefa e, ao executá-la, se não salvarem o mundo, como pretendem certos exagerados, pelo menos o tornarão mais amável.

(30 de outubro de 1963)

GUERRA AO POMBO

A culpa de tudo cabe evidentemente à inflação, que corrói as energias do país, condenando-nos ao desequilíbrio social e à miséria generalizada; não, a culpa é das estruturas, visivelmente caducas e sem correspondência com a realidade brasileira; a verdade é que a culpa é do processo espoliativo exercitado pelos trustes internacionais, com a cumplicidade sinistra de maus brasileiros; culpados em toda a linha são os governos ineptos que nos infelicitam, promovendo o caos; claro que a culpa é dos comunas infiltrados até na sacristia; todo mundo sabe que a culpa é da direita fantasiada de centro; mas de quem a culpa, afinal? Bem, a culpa é dos pombos.

E nós que não desconfiávamos disso. Íamos pela Cinelândia, um tanto curvados ao peso dos problemas coletivos, com a sobrecarga dos probleminhas individuais, e eis que as sombras se dissipam. Lá estão os pombos, bicando milho na mão em concha do tratador; passeando no chão com a naturalidade de donos da casa; fazendo necessidades simples sobre pernas e braços do monumento positivista ao marechal. Vê-los e assuntá-los era um descanso a que nenhum pedestre se furtava. Os transeuntes mais pachorrentos ou mais necessitados de relax tomavam lugar nos bancos, e perdiam (ganhavam) horas na contemplação colombina. Disso, todos levavam para seu destino uma impressão visual grata, a noção de que os pombos, *sans en avoir l'air*,[112] contribuem para o equilíbrio psíquico da cidade, pelo pitoresco decorativo e bucólico; dão vida aos beirais de rígidos escritórios e repartições, graças ao cotidiano, devaneios grátis ao pobre.

Assim pensávamos, em nossa ingenuidade pascácia. Mas a verdade é bem outra, e vem de ser denunciada ao povo. Os pombos não são aves em que possamos confiar; longe disso, onde pousa o pombo, aí se instala a

---

112 Em francês, "sem parecer".

morte, sob o pseudônimo de *Cryptococcus neoformans*. Pombo é meningite, é ornitose, é o mal.

— Já houve casos de meningite transmitida por pombos, no Rio?

— Nenhum. Mas podia ter havido, e quem sabe se houve e não foi notado? Em Nova York morreram duas pessoas por causa dos pombos; foram juradas por eles, desejosos de repetir o filme de Hitchcock. Mas as autoridades americanas não dormiram no ponto. Hoje nos Estados Unidos se trava guerra de morte aos pombos, de norte a sul. São caçados a espingarda, enquanto se multa em 60 dólares quem cometer a loucura ou a estupidez de alimentá-los. Também o Oriente, à sua maneira particular está exterminando os pombos. Em Moscou faz-se isso na calada da noite, em subterrâneos profundos, onde inquisidores embuçados em capas pretas torcem suavemente o pescoço aos pombos, para evitar que parte da população mal esclarecida tome a defesa deles e derrube o regime soviético.

A palavra de ordem – morte ao pombo – chega ao Rio e já se cogita de sacrificar os 200 mil exemplares por aí. O dr. Lombardi[113] veio em defesa deles, alegando a bobagem científica da acusação, mas todos nós, a esta altura, sentimos que o pombo é o verdadeiro culpado dos casos de meningite que poderiam ter-se registrado na Cinelândia; e não só desses casos, como de tudo mais que nos atormenta ou aborrece; e não só no Brasil como no mundo. O pombo é o grande culpado de tudo. Matemos e comamos o pombo.

(6 de novembro de 1963)

---

113   O pediatra Flávio Lombardi, presidente da Sociedade União Internacional Protetora dos Animais (Suipa), da qual Drummond era membro.

DECOREMO-NOS PARA O NATAL

Ornamente a entrada do seu edifício para o Natal, de modo que o Rio fique natalino de lado a lado – recomenda o colunista ao leitor, e já estou prevendo as consequências da recomendação.

Síndicos, condôminos e inquilinos, em tocante emulação, resolvem, cada um por sua conta, decorar da melhor maneira possível a entrada nobre dos edifícios. O jardim, a fachada e o hall desaparecerão sob a avalancha de coroas, sinos, pinheiros, velas, bolas, estrelas e outros símbolos mais ou menos cristãos. E lavrará o desentendimento entre os homens, pelo excesso de fervor no celebrar aquele que veio trazer o entendimento à Terra. Hoje em dia todos somos decoradores, pois aprendemos assinando revistas especializadas ou simplesmente vendo as lojas sofisticadas da rua Barata Ribeiro. E não há de ser o nosso vizinho ou vizinha, aliás ótima pessoa em tudo mais, que nos imporá sua concepção de adornos de Natal.

O remédio será – talvez – dividir a área de entrada dos edifícios em tantas glebas quantos forem os seus moradores, reconhecendo-se a cada um destes o direito de ornamentar a seu modo a respectiva gleba. O porteiro velará pela integridade de cada um desses espaços decorados, impedindo invasões e depredações. Poderiam instituir-se mesmo, quem sabe?, como estímulo à coexistência pacífica de decoradores de vário estilo, prêmios às três melhores criações de cada bloco residencial, na categoria acadêmica e na moderna.

Não. Isso daria margem a outros incidentes de fronteira, pois ninguém gostaria de passar pelo vexame de não ser premiado. E o Menino Jesus, ao ver-se recepcionado em atmosfera assim conflituosa, rumaria, sem dúvida, para a humilde entrada de serviço, erma de atavios – mas plácida.

Convém pensar em outra solução, se quisermos integrar a cidade, "de lado a lado", no espírito do Natal. Seria possivelmente a decoração individual, o preparo de cada homem, mulher ou menino, como se eles próprios fossem casas engalanadas para o acontecimento. Cada indivíduo procuraria vestir-se ou enfeitar-se do modo festivo que melhor lhe parecesse para lembrar a Natividade, escolhendo no arsenal de símbolos aquele ou aqueles que fossem de sua particular simpatia. Imagino que alguns sairiam para a rua vestidos literalmente de árvores de Natal, e estariam no seu direito, desde que as dimensões não afetassem o trânsito; de qualquer modo, seriam mais expressivos do que os Papais Noéis de encomenda, que têm como função tornar as crianças completamente desiludidas da existência mágica de Papai Noel. Outros, ruidosos, levariam sinos de mão e os badalariam ao cumprimentar conhecidos e mesmo desconhecidos, mas haveria em compensação os discretos, que se limitariam a usar um raminho verde na lapela, uma braçadeira azul-clara. Certas mulheres teriam habilidade bastante para dar a seu sorriso uma nuança natalina, ou mesmo ao olhar que assumiria um enlevo mais cândido, um mistério suave, de amor celestial. Enfim, cada qual se arranjaria a seu modo, e o Natal seria visível em todos. Num segundo estágio, daqui a tempos, já nem seria preciso enfeitar os corpos, tudo se enfeitaria por si mesmo; e finalmente, em grau mais sublime, o Natal penetraria de tal modo na alma das pessoas que não só a cidade mas os seus moradores por ele seriam trespassados – e teríamos então o Natal de lado a lado.

(22 de novembro de 1963)

O QUE NÃO HOUVE

Acontece que é dezembro. Vamos deixar tudo para o ano que vem, isto é, para março ou abril.

Já podemos olhar para 1963 como quem, do alto da montanha, inventaria paisagem. Da montanha, não, que é hipérbole. O máximo que se costuma fazer é olhá-la (à paisagem) do alto do morro, ou da ladeira em que plantamos nosso domicílio. Ou simplesmente de nossa janela que dá para a rua, ao nível chão do primeiro andar.

O ano acabou. Até 31 de dezembro haverá um espaço baldio, seguido de outros espaços baldios até o Carnaval e a Semana Santa. A esse primeiro espaço encheremos com várias e agitadas coisas, mas efetivamente essas coisas é que nos comandam, nos utilizam, nos enchem. O ano real vinha tendo nove meses. Agora tem sete ou cinco; encolheu muito com as greves.

Quero ser o primeiro colunista do Brasil e talvez do mundo a fazer o retrospecto de 1963, e por isso madruguei na máquina, disposto a furar todos os colegas. Consulto minha memória, que aliás não existe, apelo para a dos outros aqui em casa e na Academia São José, ponto de encontro de comentadores e observadores da vida; atiro-me aos recortes de jornal, que a gente coleciona não se sabe bem para quê, pois o recorte é como a felicidade do poeta Vicente, que "está sempre onde nós a pomos, e nunca a pomos onde nós estamos".[114] Com estes subsídios, declaro-me apto a escrever a crônica do ano da graça que findou em meados de novembro: os grandes momentos, as grandes caminhadas do homem em proveito da vida em comunhão, e as jornadas particulares aqui de nossa pátria.

---

114 Referência aos versos finais do soneto "Velho tema", de Vicente de Carvalho (1866-
-1924).

Tenho em meu poder toneladas de fatos, um número infinito de pronunciamentos de responsáveis e líderes, e contemplo o trabalho de tantas corporações votadas ao aperfeiçoamento espiritual e material do homem. Sim, há de ser um rico balanço, este.

E verifico, depois de muito pesquisar, que este ano não houve. Passamo-lo todo à espera de alguma coisa ou acontecimento que não se produziu. Nossas alegrias e nossas dores aconteceram como de costume, e algumas mais fortes do que de costume, porém não conseguiram, no plano geral, fixar essa coisa. O ano passou entre o temor, a dúvida, a esperança e finalmente o horror. O mundo esperou muito, direi mesmo que esperançou muito. E nada. No Brasil, esperamos apenas. Mas não houve tempo para a grande coisa triunfal se produzir. Toda a nossa ciência e boa vontade foram impotentes para produzi-la, ou não a merecemos.

A chuva, o fogo, o riso, a viagem, a morte, a inauguração, a letra de câmbio, o batizado, a obra de arte, a pseudo-obra de arte, as conversações de cúpula, a sonoterapia, o crime, o striptease, a cultura popular, as mútuas concessões das forças opostas, a rotina doméstica, a lida de cada um, tudo isso aconteceu no estilo de tudo acontecer e passar; para nós foi um ano confuso, e sobrou confusão para os tempos próximos, com tendência para estatizar-se, ganhar lei e regulamento. E a sensação de falta, de malogro. Continuamos à espera.

Pensando melhor, deixo o balanço aos colegas.

(1º de dezembro de 1963)

242

RUA, DEZEMBRO

Augusto Meyer[115] tem um poema delicioso, em que compadre Bilu, instado a "contar uma história", vai dizendo coisas raras que já viu: viu a andorinha fugir de avião, viu Lênin dançando shimmy,[116] viu o Curupira trocando o cachimbo pelo canudo de bacharel, viu o tesouro de Teiniaguá,[117] etc., mas principalmente viu "a rosa, que sempre é a rosa, e a fonte cantar a eterna canção".

Por mim, não tenho visto nada de maravilhoso ao caminhar na cidade, nesses dias de grande movimento e de muita vontade de acreditar no homem. Há calor, chuvisco, trânsito entupigaitado, nostalgia do Natal dentro do Natal – procura, menos de objetos compráveis e dáveis, do que de sentido para os objetos. E vamos rolando e nos empurrando uns aos outros, sem olhos de Bilu para os signos biluínos do universo.

Entretanto, vi duas coisas, que me ficaram. Não eram importantes, não mereciam notícia, eram cotidianas a mais não poder, e, contudo, as guardei em meu depósito de fatos falantes. A primeira foi um velho brigando. Feia coisa, velho brigar. Estávamos no ônibus repleto, e ele brigava sozinho, pois o adversário, em pé, passageiro ainda moço, que lhe fizera talvez uma descortesia involuntária, não topava a parada. O velho se erguia do assento, ameaçava estalar a mão no queixo do outro; o outro dizia-lhe coisas em voz baixa, e olhava-o sem ódio. O velho sentava-se, furibundo, e tornava a erguer-se, declarando que aos 70 anos não tinha medo de ninguém;

---

115   Poeta e folclorista, Augusto Meyer (1902-1970) publicou o livro *Poemas de Bilu* em 1929. O poema citado por Drummond se chama "Balada de Bilu".

116   Tipo de técnica utilizada por praticantes da dança do ventre.

117   Segundo a lenda gaúcha, a Teiniaguá era uma princesa moura encantada, que vivia sob a forma de lagarto. O animal trazia na cabeça um rubi e guardava um tesouro, escondido na Salamanca do Jarau, ao qual só teria acesso o homem que passasse por sete provas mágicas.

quando descessem, havia de partir-lhe a cara. Mas a serenidade do outro era invencível; não queria estragar sua tarde com briga; e se o coração do velho estourasse? Há ocasiões em que não ser valente exige valentia máxima. E aquele homem civilizado, em meio de tantas brigas na cidade, no país e no mundo, me pareceu um verdadeiro habitante do Natal.

Vi outro homem trabalhando. Estava de cócoras na calçada, curvo, atento ao serviço. Juntava pedrinhas pretas e brancas, para recompor o calçamento, e era como se recompusesse o mapa das nações, pelo interesse que punha na tarefa. Um bolo de gente circulava à sua volta, inclusive mulheres de bela escultura, que sempre as há, pelo Natal e fora dele. Pois não erguia os olhos para contemplar a visão rápida. Não disse palavrão, quando um afobado o respingou de lama. A banda do Exército de Salvação, perto, tocava seus hinos melancólicos e ele não se distraía, numa demonstração silenciosa de que o papel do homem na Terra é refazer os mosaicos de pedrinhas que outros desfizeram. Não tinha ar infeliz nem tampouco fingia extraordinária felicidade por estar cumprindo sua missão. Era apenas um homem que ajustava pedrinhas no chão. Por culpa dele não é que o país está assim. Está assim talvez porque não o imitem.

E mais não conto, por hoje e nas próximas semanas. O cronista entra em recesso, para descanso próprio e dos leitores. A estes, pacientes e amados, formulo um voto de Bilu: que eles consigam ver "a rosa, que sempre é a rosa, e a fonte cantar a eterna canção".

(22 de dezembro de 1963)

O DISCÍPULO MARCADO

Quando Judas, consumado seu torpe comércio, se aproxima de Jesus para saudá-lo: "Deus te salve, Mestre!", tem como resposta: "Amigo, a que vieste?" Segundo o padre Fillion,[118] douto tradutor e comentador da Bíblia, na versão grega mais antiga e merecedora de fé a palavra usada por Jesus não corresponde precisamente a amigo, mas a companheiro ou discípulo: o qualificativo afetuoso, ele o reservava aos que o mereciam de fato. Jesus sabia de antemão o que iria suceder-lhe, e não se enganava a respeito de Judas. Por isso, o "A que vieste?", na lição daquele perito, deve ser entendido mais como exclamação do que como indagação: "Foi para isto que vieste?"

A traição fora anunciada muitos séculos antes, e a vítima sabia-se predestinada, mas o traidor se ignorava a si mesmo, e ainda depois de praticar a infâmia ignorava-lhe as proporções. Esperava talvez (é aquela autoridade literária que o admite) um milagre como tantos outros que Jesus ia fazendo com a maior simplicidade: preso, saberia libertar-se; acusado, defender-se; julgado, não o condenariam; condenado, escaparia à morte. Tamanha confiança tinha no mestre que bem poderia ganhar à sua custa algum dinheiro (à semelhança de tantos homens de hoje e de sempre, Judas amava o dinheiro). Essa fraqueza lhe seria perdoada. Vendo, porém, que a tragédia caminhava inexoravelmente para o desfecho, saiu correndo a devolver as trinta moedas de prata que já não lhe davam nenhum prazer, antes lhe queimavam as mãos.

Como ninguém as quisesse, atirou-as ao chão do templo e enforcou-se. "Tocado de arrependimento", traduz o padre Matos Soares;[119] e observa: "O arrependimento de Judas não foi um ato de dor sincera, mas uma mani-

---

118   O padre Louis-Claude Fillion (1843-1927), autor da *Enciclopédia da vida de Jesus*.

119   O padre português Manuel de Matos e Silva Soares de Almeida foi o primeiro a traduzir a Bíblia para a nossa língua, a partir da Vulgata e dos originais em grego e hebraico. Sua versão foi publicada em 1927.

festação de despenseiro. Se fosse um ato de dor, Jesus ter-lhe-ia perdoado, como perdoou a muitos outros pecadores." *Poussé par le repentir*,[120] confirma Fillion, que, por sua vez, considerando superficial esse arrependimento, o assimila ao remorso, e comenta: "Como se, pela restituição do dinheiro, Judas pudesse apagar sua traição!"

Não podia, o que não impede que em todos os textos e versões de São Mateus (os outros evangelistas silenciam) figure a notícia de que Judas se arrependeu – *poenitentia ductus*.[121] É exato que, segundo Fillion, a versão grega não emprega o verbo referente à penitência sincera, e que se perdeu o texto aramaico original, onde se faria talvez a elucidação desse grave passo. Tal como chegou até nós, a letra do cronista fala em arrependimento, só.

A situação de Judas, moral e juridicamente, é única: fadado a cometer crime monstruoso, indicado previamente pelos profetas, crime superior a qualquer outro imaginável, e sem resgate; e esse crime é necessário, pois dele resultará a redenção do homem. Se Judas não o comete, cometê-lo-á outro; alguém há de cometê-lo, e esse alguém é desgraçadamente Judas, logo ele, discípulo, companheiro do homem admirável que depositara no discípulo sua confiança. Pior: do homem que, podendo escapar à traição e ao martírio, nada faz por anular uma e outra emergência; homem que se deixa prender, escarnecer e crucificar, quando tão fácil lhe seria – e ele mesmo o proclama – com um sorriso imobilizar seus perseguidores e dizer a Judas que restitua as moedas repugnantes. Como poderia o discípulo rude e cobiçoso perceber tamanhos mistérios? "Melhor fora que não houvesse nascido": mas aos criminosos não se oferece alternativa entre o nascimento e o nada.

Até Fillion, em seus comentários ortodoxos, reconhece que "corações como o de Judas são estranhamente complexos e difíceis de estudar". Talvez por isso, movido à piedade, aquele outro padre, Oegger,[122] primeiro vigário da Catedral de Paris, de que fala Anatole France, saiu pelo mundo a pregar

---

120 Em francês, "movido pelo arrependimento".

121 Em latim, "movido pela penitência".

122 Anatole France (1844-1924) conta a história do abade Oegger em seu livro *O jardim de Epicuro* (1895). Há quem diga que o excêntrico Oegger teria servido de inspiração a Victor Hugo, quando este criou o seu personagem Quasímodo, o corcunda de Notre-Dame.

246

a infinita misericórdia, em nome de Judas, resgatado como instrumento necessário da Paixão. Mas esse novo apóstolo morreu louco e miserável, e Judas perdeu definitivamente a causa perante os homens. É hoje um vago símbolo usado em campanhas políticas, figura grotesca, malhada pelos últimos moleques na Aleluia. Ou nem isso.

(27 de março de 1964)

HORA DE PROVAR

O maior erro de um presidente da República, em nosso sistema de governo, está em considerar-se dono do país e de seus habitantes. Esquece-se de que é um servidor – um servente, que ajuda no trabalho – como outros, e até mais tolhido e desamparado do que os outros, em seu período limitado de exercício e na imensidão de obrigações que deveriam assustá-lo em lugar de enchê-lo de arrogância. É preciso muita lucidez, muita polícia íntima, para que o presidente se ponha no seu lugar, aparentemente mais alto de todos e, no sentido moral, tão frágil e escravizado à lei quanto o de um mata-mosquito.

Evidentemente faltavam ao sr. João Goulart qualidades primeiras para investidura tão delicada – mas isso hoje em dia quase não se exige mais de candidatos. Aos trancos e barrancos poderia chegar ao fim do período, e teríamos suportado mais um governinho ruim, nós que já suportamos tantos. Mas ele chegou à perfeição de fazer um não-governo, irresponsável e absurdo, de que o bom senso, a ordem intelectual e a ordem física se tornaram ausentes. Fez tudo que era possível para não obter as reformas que ele preconizava e que ele mesmo não sabia quais fossem até o momento em que seus assessores lhe ministraram os figurinos mal recortados.

Reivindicou posições democráticas através de atitudes antidemocráticas nas quais as palavras traíam o avesso do que significavam. Ligando-se a extremistas, fez sem arte um jogo perigoso, de êxito impossível. E como ficou a vida, em redor? Ao acordar, as pessoas indagavam, inquietas, se naquele dia lhes seria permitido trabalhar; se disporiam de condução, alimento, segurança; não podiam conceber por que, para se instituírem novas condições de justiça social, era necessário acabar com o pacto de convivência pacífica, vigente em qualquer coletividade mais ou menos organizada, e fazer sofrer a todos. Deu no que deu.

É com tristeza misturada a horror que, ao longo da vida, tenho presenciado generais depondo presidentes, por piores que estes fossem. Será que jamais aprenderemos a existir politicamente? Não haverá jeito para o Brasil? Mas no caso do sr. Goulart a verdade é que ele pediu, reclamou, impôs sua própria deposição. Que fazer quando o servidor-presidente se torna inimigo maior da tranquilidade? Esperar que ele liquide com a ordem legal, para depois processá-lo segundo os ritos, julgando-o pelo Supremo Tribunal ou pelo Senado? Que Senado, que Tribunal existiriam a essa altura? Quem souber de outra solução para o caso, indique-a.

Os governadores que, ao lado do poder bélico, encarnaram a resistência ao caos e limparam a área do Executivo, precisam revestir-se de humildade e desprendimento na situação nova que se abre. Nenhum problema foi resolvido com a saída de um homem; apenas se evitou a ocorrência de outro problema ainda mais terrível do que os atuais, nutridos de inflação e desajustamento social. É necessário que o Congresso se mostre capaz de eleger presidente, alguém realmente qualificado para dissipar ressentimentos populares, inspirar confiança, botar um mínimo de ordem nas coisas, garantir eleições decentes. E não apenas alguém que tape um buraco. Enquanto isso, é hora de provar que reformas democráticas substanciais podem ser feitas – fazendo. Se o Congresso não entender assim, e abismar-se em perplexidades ou contemporizar, não terá perdão. E voltaríamos a isso que foi varrido nos últimos dias.

(4 de abril de 1964)

O OUTONO, O CÉU

E o outono só ontem foi noticiado, minha amiga. Em março, quando ele baixou como clandestino, reinava a confusão política; abril entrou no tinir das armas,[123] que só costumavam tinir de agosto a novembro, e a presença do outono passou despercebida, nem ele fez por onde mostrar-se. Ainda agora, quem o percebe? O repórter foi à praia e lá encontrou o verão implantado em seu comando geral revolucionário. As carnes em flor submetiam-se a seu poder de fato, Catherine Deneuve falava de Marilyn como da mais bela mulher que já se entregou às câmeras de cinema, e transitava entre a areia e o céu essa jubilação das coisas que se exprimem na luz. A luz esculpe-as, encandece-as, dançarina-as, valoriza-as, torna-as mais saborosamente coisas. Contudo, é outono; a folhinha o marca, e meu coração é a folhinha mais ortodoxa, fiel ao verso de Apollinaire – *ô ma saison mentale*[124] – e à magia dos verbos latinos *autumnare, autumnascere*,[125] que não caracterizam somente fenômenos meteorológicos, mas também existenciais. A palavra "outono", por si só, herança dos simbolistas, integra o meu vocabulário dileto. Mas você rirá destas coisas, pelo que, para variar, eu a levarei às estrelas – nem mais nem menos.

A novidade, amiga, é tirar fotografias coloridas de estrelas – estrelas propriamente ditas, pois as outras já gozavam desse privilégio. Vem de Roma o comunicado de que os aperfeiçoamentos técnicos possibilitaram resultados deslumbrantes nesse sentido. Assim, basta um pouco de imaginação, e, pondo de lado as fotos, com o Palomar dos seus olhos você

---

123 Alusão ao golpe militar de 31 de março e 1° de abril de 1964.

124 Em francês, "ó minha estação mental", trecho do poema "Signo", de Guillaume Apollinaire (1880-1018).

125 Em latim, "outonar, outonear".

250

poderá agora distinguir, no espaço, corpos azuis, vermelhos, amarelos, que são as cores identificadas. Só? Bem, dentro do azul cabem tantos azuis: o fino ou pombinho, o turquesa, o marinho, o antraceno, tirante a verde e escarlate. E assim o amarelo e o vermelho, sendo que este último, parece, foi inventado para, esmaecendo-se, atingir a perfeição do rosa, com que se pintavam nossos sobradões e agora se pintará alguma estrelinha mineira e simples, no céu de Mariana.

Daí você partirá para o verde, com suas gamas, e não se esqueça de apurar se Betelgeuse tem realmente regiões cor de esmeralda e outras cor de ametista, como eu suspeito, ao contrário da massa alaranjada que nela enxergam telescópios e olhos humanos sujeitos a erro – dos últimos excluo os seus, é claro. E Antares, encravada no peito terrível do Escorpião, como pode também vestir-se de laranja, no testemunho desses observadores precários, se não cintilar em chamas que chegam até os pobres nascidos sob o signo?

Peço-lhe, amiga, os verdadeiros matizes de Altair, de Prócion, Capella e Aldebarã. O Cruzeiro do Sul, já sei, é todo ele verde-amarelo, e ligando as estrelas leva uma inscrição em português, meio apagada: "Ordem e Progresso", que também se costuma ler pelo avesso, mas deixemos essa constelação atrapalhada. Você irá, com o dedo, apontando a cor e as nuanças de cada astro a este seu míope amigo, e eu acreditarei sob palavra em sua maravilhosa descrição ou irei vendo todas as cores e subcores cintilarem um momento em seus olhos. Nada mais doce do que ver o céu refletido em outros olhos, nem há mais sábia astronomia.

(15 de abril de 1964)

A LISTA

— Como é, o seu nome está na lista?

— Claro, e com muita honra. Na lista dos que lutam por um Brasil melhor.

— Não é essa. A outra.

— Que outra?

— A nova lista de cassação de mandatos e de direitos políticos.

— Não tem lista nenhuma. Isso é onda, você não vê logo?

— Um major que mora perto lá de casa me garantiu que tem, e que é muito comprida, mas ainda não está completa.

— Conversa. Um coronel primo de outro da CSN[126] me garantiu que a única lista em estudo é a de promoções.

— É capaz de haver duas listas, então.

— Pois eu não estou em nenhuma das duas. Não sou militar, logo não posso ser promovido, embora me orgulhe do meu certificado de reservista de terceira categoria. Não sou comunista nem corrupto, logo não posso ser cassado, com esse, nem caçado com cê-cedilha.

— Ouvi que suas atitudes antes de 1º de abril...

— Que atitudes? Só tenho uma atitude na vida: servir à pátria. Nem é atitude, está no sangue.

— Bem, não duvido, mas parece que notaram sua presença no Comício das Reformas.[127]

— Fui como observador. É preciso estar vigilante em defesa da democracia, e lá é que pairava a ameaça.

---

126 Companhia Siderúrgica Nacional.

127 Estima-se que o Comício das Reformas, ou Comício da Central, reuniu entre 100 e 200 mil pessoas na praça da República, no Rio de Janeiro, no dia 13 de março de 1964, para ouvir o presidente João Goulart.

— Empunhando uma faixa.

— Ah, sim. Para ajudar um estivador, chamuscado por uma tocha da Petrobras. Se eu não lhe arrebatasse o pano (nem sei o que estava escrito), o coitado virava churrasco.

— Quer dizer que está tranquilo. Assim é que é bom.

— Tranquilo, tranquilo, propriamente não. A Assembleia anda nervosa, você sabe.

— Nervosa como?

— Querendo se cassar uns aos outros. A salvação é a falta de quórum na hora de votar. Tem dias em que um grupo está por baixo, no dia seguinte é o grupo contrário que perde de 45 a 7. Quando chega um capitão trazendo um envelope para o presidente, a sessão para e todos se entreolham, mais brancos do que o envelope. Às vezes quem se anuncia é um civil, mas a gente fareja em torno dele a aura de general. O presidente assume ar misterioso, diz que não é nada, simples convite para solenidade. Nunca vi tanta solenidade, tanto convite. Aliás, não perco nenhuma. Viu minha fotografia em Ouro Preto, no 21 de abril?

— Ótima. Da sacada da Casa da Baronesa, aplaudindo o discurso presidencial.[128]

— Não. Aquele é um tipo enxerido, que se parece muito comigo; entrou no meu lugar, furando a comitiva. Eu fiquei lá embaixo, como qualquer do povo, bem perto da estátua de Tiradentes. Mas também bati minhas palminhas, é lógico. Mandei ampliar a foto, vê-se perfeitamente que sou eu, meu bigode, meus óculos. A outra foto, a do comício, é apenas um equívoco, uma falta de sorte.

— Então, a lista...

— Não me fale mais em lista!

— A do Brasil melhor.

— Nenhuma! Corto relações!

(8 de maio de 1964)

---

128 Discurso do general Humberto Castelo Branco (1897-1967), primeiro presidente da ditadura militar, no Dia de Tiradentes, em Ouro Preto.

CAMÉLIAS

Hoje falarei de camélias. Estão brotando nas cabeças das mulheres como antes brotavam da natureza. Com o advento dos jardins modernos, constituídos de pedra, cacto e alguma folha rara, a mais disfarçada possível, as camélias entraram em recesso, e já nem se ouvia a comparação clássica entre a altura de suas pétalas e a cútis feminina. Pesquisando pela cidade inteira, com ou sem auxílio de feros policiais, nenhuma camélia seria encontrada, e mensageiros argutos, despachados para São Paulo e não sei onde, voltariam de mãos abanando, sem informes cameliais. Assim passa uma flor, de tradição nobre e quilos de poesia na história.

De repente, eis que a camélia ressurge, triunfal, em jardins suspensos e ambulantes, se assim podemos chamar as cabeleiras das mulheres. Podemos. Se reagíssemos em termos de antigamente, diríamos que foram colhidas à terra para adornar as cabeças de nossas estimáveis companheiras, à maneira do cravo espanhol; mas, não havendo mais terra propriamente florida, e considerando-se o estado atual da tecnologia, o correto é admitir que nasceram ali mesmo, atrás da orelha ou um pouco acima da nuca, por um processo qualquer que não me interessa investigar – matéria talvez para o anunciado Serviço Nacional de Informações, se ele quiser juntar um pouco de lirismo às suas graves cogitações específicas. Mulher dando camélia: é a novidade.

Ontem à noite, vi uma que portava duas camélias, uma branca e outra preta, no mesmo pé, quer dizer, na mesma cabeça. Era a verdadeira Dama das Camélias, sem implicação moral.

Se aparecer por aí uma cavalheira com três ou quatro, não me espanto. A maioria contenta-se em produzir uma. Há as que combinam camélia branca e laço cor-de-rosa, este último, ao que parece, comprado na loja, pois não imagino uma cabeça feminina, por mais aperfeiçoada que seja, ou por isso mesmo, capaz de produzir um laço de organdi. E há também, por deficiência orgânica, pobres mulheres usando camélias artificiais.

A ordem, portanto, é camélia, sobre a massa estilizada dos cabelos. Não como no tempo de Catulo: "As camélias, dos seios enfeite..." O "vem, formosa mulher, camélia pálida" poderá ser dito ainda, até mesmo para morenas, entendendo-se que elas virão trazendo no penteado o palor de uma flor. Dizem-me que esta moda exala um suave perfume de romantismo, embora camélia não cheire. É bom que paire esse odor romântico num período tão realista que as próprias mulheres se esqueciam de ser mulheres, e se tornavam simplesmente homens de calça comprida de pano de saco e chinelos, sem pintura nem feminilidade. O reaparecimento da camélia, brotando diretamente do crânio feminino, constitui uma grande esperança, ao lado do equilíbrio orçamentário, do aumento da taxa de desenvolvimento e de outras esperanças do dia.

(13 de maio de 1964)

ANTIELEGIA DO CENTAVO

Não chorarei a morte do centavo, que um deputado propôs e a Comissão de Justiça da Câmara aprovou. Ele teve vida curta e nunca se impôs. Nascido em 1942, e cunhado em moedas de 10, 20 e 50 – espécie de figurativismo abstrato –, sua capacidade aquisitiva era tão discreta que, a bem dizer, com ele se compravam apenas aborrecimentos. Levante-se a estatística das pessoas que resmungaram ou brigaram por vis questões de troco e chegar-se-á à conclusão de que o centavo foi elemento desagregador de convivência, e só por isso fazia jus ao título de moeda divisionária. Nos coletivos, discussões azedas, seguidas até de pugilato, tiveram como origem o níquel de 50 centavos. Na opinião de senhoras ranhetas, donos de padaria tornaram-se milionários sonegando a moedinha de troco de cada cliente, e no guichê dos Correios havia problemas de selo. Sujeitos compenetrados em excesso da noção de direito reclamavam o troco por uma questão de princípio, e as questões de princípio levam à intransigência e à guerra. Não direi que se perpetraram assassinatos por amor do centavo, mas houve enxaquecas, distúrbios vasculares, o diabo. Efígies conspícuas como as de José Bonifácio e Ruy Barbosa passaram pelo vexame de ser jogadas à cara do reclamante, com este comentário: "Fominha!" E para que tudo isso, se o centavo não valia sequer a pena de escrever-lhe o nome nos cheques que incluíam irritantes quebrados?

O tostão era outra coisa, e deixou saudades. Chegou a merecer apelido carinhoso: tusta. Era termo alto de comparação, na filosofia popular: "Quem nasceu para dez-réis não chega a tostão." Um poema de Mário de Andrade fala no "tostão de chuva" que um sitiante metido a gaiato pediu ao milagroso padre Cícero para o seu minifúndio. O santo mandou só dois vinténs de chuva para os outros, e para ele fez chover um tostão, água tanta que converteu o sítio em lagoa, matando o cavalo de Antônio Jerônimo.

Assim era o tostão: fluvial, poderoso, com ele se comprava um cafezinho, pão, bala, fósforo, jornal, passagem de bonde – não minto. Sua linhagem nobre remontava a moedas de ouro e prata do tempo dos Afonsinhos, se não quisermos entroncá-la no *teston* francês de Luís XII, em que se estampava a *tête*[129] do rei, conforme acaba de soprar-me a prestante enciclopédia.

Se o tostão, que era bom, se foi, por que não iriam também, e rápido, os centavos aluminizados que lhe sucederam e que ninguém ousaria oferecer a um mendigo, com receio de humilhá-lo e humilhar-se? Vai-te, centavo, para comodidade de todos nós e principalmente das máquinas registradoras, que não registram o vácuo. O único defeito que encontro no projeto é não suprimir também o cruzeiro pelos mesmos e respeitáveis motivos de inutilidade e elevado custo de fabricação. Para que dinheiro, a essa altura dos acontecimentos? Sai muito caro e não resolve.

(15 de maio de 1964)

---

129 Em francês, "cabeça".

O VENDEDOR DE LEIS

Este homem é silêncio e cabeça pendida. É também um chapéu velho, um charuto mata-rato. De pé, encostado à parede do edifício, em diferentes pontos do centro, não olha para ninguém. Olhará para o chão ou para o fundo de si mesmo? Ou para lugar nenhum? E não fala. Dos homens que, na rua, vendem alguma coisa, este é o menos notório, o mais desinteressado de vendê-la.

Sua mão imóvel exibe folhetos de capa verde, amarela, rosada, contendo as últimas leis do país, que é preciso conhecer, pois a ninguém é lícito ignorar a lei. Em outros tempos, vigoravam poucas leis e duravam longos anos; era doce ignorá-las. Funcionavam calado, sobreveludo. Podia-se nascer, crescer, casar, ter filhos, enriquecer e morrer sem ter lido uma lei. Se alguém, por absurdo, precisasse tomar conhecimento de um artigo de código, recorria a especialistas detentores do segredo: o advogado, o tabelião, o juiz, verdadeiros chanceleres, guarda-selos. Mas o mundo foi-se transformando, fenômenos estranhos se produziram, e começaram a brotar leis para cada fenômeno; leis que por sua vez engendram outros fenômenos, que reclamam novas leis. Tudo passou a ser regulado por lei; ou desregulado. Leis maiores pariam leis menores, chamadas decretos, regulamentos, portarias, instruções. Quem não se mantiver a par de tudo isso está frito. Então surgiu a profissão nova: a de vendedor de leis. As leis se vendem na rua, e seus mercadores apregoam-nas ruidosamente, como abridores de garrafa ou maçãs.

Este é distinto, não apregoa nada. Com a maior indiferença pela mercadoria e pelo consumidor, queda-se na postura de quem não espera nem da lei nem dos homens. Tabelas criptográficas do imposto de renda, aumento de vencimentos do funcionalismo, lei de inquilinato ou de remessa de lucros, código de vantagens de militares, lei disso, lei daquilo – que lhe importam?

É talvez o único homem que consegue ignorar o macrocosmo legal, vivendo pobremente dele, como o inseto instalado num elefante.

Não atrai compradores, como faz o vendedor do relógio suíço engastado no anel, que custa só quarenta mil cruzeiros, tão fáceis de gastar que o camelô atira aí notas à calçada, sem medo de vento. Nem curiosos, como o preto escultórico que, em lugar de vender lâminas de barbear e bonequinhas de seios que saltam do biquíni a uma leve pressão, prefere ficar nu da cintura para cima e deixar-se amarrar na corda de mil nós para libertar-se num balé angustioso. Antiatração por excelência, joga talvez com esse caráter álgido da lei, que não necessita ser simpática por ser compulsiva. Tão indiferente e fechado em si ele se mostra, que se diria a própria lei, se um traço de melancolia profunda não o tornasse antes ausente de tudo e do lugar onde pousa. Que tanto pode ser no Castelo, no Largo da Carioca ou – imagina – à beira da lagoa Rodrigo de Freitas, imóvel, de charuto, chapéu e cabeça baixa, lembrando a lei aos peixes.

(14 de junho de 1964)

UM FESTIVAL

Esse Festival da Cerveja, mesmo a gente não participando dele, é bom tomar conhecimento de que os canecos estão levantados, *prosit*![130] Não me animaria a disputar o título de Rei do Chope, mas conforta-me saber que o candidato distintíssimo à coroa é mineiro de Manhuaçu, mineiro Nacif, e que representa Santa Catarina. Ora, aí está o que é a cerveja, em última análise não bromatológica: um fator de confraternização universal, mérito a que nem todas as bebidas podem aspirar. Certas há que dividem mais do que separam, estimulando no bebedor o ânimo agressivo; outras são veículos de solidão: o consumidor quer separar-se do mundo, e esconde-se atrás da garrafa ou dentro dela. A cerveja, não: convoca os indivíduos e os povos, representados e unificados nesse Nacif de três marcas – mineira, libanesa e catarinense – e promove o múltiplo entendimento, a compreensão geral de que estamos cada vez mais precisados para bem cumprir o ofício de viver. Não esquecer que a cervejaria é sempre mais cordial do que o bar.

E com isso a cerveja é também agente eficaz de democratização. Está na mesa do abonado e do despossuído, nivelando-os no mesmo paladar; pois não é desdouro gostar de cerveja quem pode ter provisão de uísque escocês em casa; pelo contrário, fica-lhe bem esse traço. Sem a prosápia das bebidas de contos de réis, ela não é vulgar nem boçal; conserva sua graça e originalidade e sua tradição decente através da variedade de tipos. (Veio do Egito e da Grécia, antes de vir da Alemanha, meus caros.)

Já notei que o prazer de tomar cerveja começa pelo prazer de vê-la sair da garrafa. Não salta escandalosa como a champanha, nem apenas funcional como o vinho tinto; possui estilo próprio e diverte os olhos com sua espuma que pode ser regulada conforme o capricho de quem a verte no

---

130   Em alemão, "saúde".

copo. Um copo de cristal se enchendo de cerveja (sem desmerecer as belíssimas tonalidades de certos vinhos e os reflexos que o cristal e a luz sabem extrair dela) é das coisas mais agradáveis à contemplação, e mais simples do universo. Duvido que haja alguém impermeável ao atrativo formal desse espetáculo. Com os canecos de louça já entramos no pitoresco, também não despiciendo, mas o especial é o corpo (não o copo, amigo revisor) da cerveja, louro e alvo, em seu borbulhante devir entre paredes de cristal, esse fazer-se e desfazer-se alvilouro, em poucos instantes... *Prosit*!

Lá em nossa área cultural, como hoje se diz, apostava-se uma caixa de cerveja em tempo de eleição ou qualquer outro acontecimento notável. E cerveja era sobretudo o prêmio de grandes caminhadas, o leal pagamento de uma pena. Nunca bebi nada mais saboroso do que a cerveja (sem gelo) no pouso de São Gonçalo, depois de cinco léguas doídas no lombo do cavalo, em terra de sobe-e-desce do nordeste mineiro. E é pensando nela que delego poderes a Nacif para enxugar "mais um" pelo cronista, no Festival.

(12 de julho de 1964)

O PENSADOR

O jovem pai está encantado com o filho de dez meses, a quem observa atenta e permanentemente. É, sem contestação, o primeiro menino do mundo: pensa coisas profundas e manifesta-as através de expressões fisionômicas que só um burro não percebe. Está no ar a ideia de coligir em livro tão atiladas reflexões, das quais o pai me comunica as seguintes, para amostra (quem for pai estreante compreenderá): "Cachorro é uma superfície macia, diferente de tapete, pois sai correndo quando a gente puxa. Não serve para comer."

"Relógio? Também não é coisa que se coma, embora o barulho dele sirva de cozinha, fazendo aparecer o prato."

"Banheira: pélago onde se costuma jogar, sem salva-vidas, pessoas que não apreciam natação; depois de alguns minutos, sentem remorso, e pescam-nas. Brincadeira boba, essa."

"Espelho: parece que já vi esse tipo que me sorri. Quando me aproximo, ele me dá uma pancada na testa e foge. Ah, se eu te pego!"

"Terra não tem gosto de chocolate. Mas parece."

"Tudo é tão simples, sei exprimir-me tão bem. Quando sinto calor ou frio, se tenho fome ou mosquito me aborrece, emito o som apropriado e revelador. Infelizmente, a raça de gigantes que me rodeia é estúpida, e nada compreende. Discutem longo tempo, cheiram minhas fezes, guardam um pouco no vidrinho, telefonam para outro gigante, ele chega, me aperta a barriga até doer, e não liga a mínima ao que tento explicar-lhe. Que trabalho me dão!"

"Crescer não é fácil nem divertido. Cada dia é só um milímetro, e talvez isso aconteça quando estou dormindo. Acordo sem saber se fiquei maior."

"Cada elemento de meu corpo, que descubro, é um país novo, por onde gosto de viajar. Porém minha pátria são as mãos, a capital é a boca."

"Seria imprudente revelar o que penso da raça dos gigantes, com seus carinhos cruéis, seus métodos de treinamento. Talvez me expulsassem de casa."

"Entretanto gosto desses gigantes sem prática, que pretendem ser engraçados e às vezes são. Para distraí-los, deixo que me carreguem. Me enerva é serem frívolos demais. Olhar o pé da mesa com gravidade, por muito tempo, é um exercício grato, de que são incapazes. Não apreciam o chão, fonte de tesouros. Não troco meus dez meses pela idade deles."

"Há dois mundos distintos, o claro e o escuro. Dentro do escuro vive ainda um mundo claro, que eu vejo quando fecho os olhos. Até neste penetram gigantes. Mas no mundo escuro, de olhos abertos, sou livre e improviso minhas canções."

"No mundo escuro há barulhinhos delicados, de relógio e madeira estalando, psius fugitivos, pequeninas correntes de ar, risadinhas das coisas. Nunca estou sozinho, quando canto."

E assim aparece mais um pensador, o mais novo possível, pensando com o olhar, o sorriso, a careta, para embevecimento do pai intérprete.

(28 de agosto de 1964)

AMOR

(Carta sem endereço, encontrada na cadeira de um bar.)

"Se as tarifas postais dobrarem, amor, dobrarei as efusões e te mandarei dois mil carinhos em lugar de mil, e dobrarei as palavras também, escrevendo beijo-beijo ou beibeijojo, como preferires ou for de minha fantasia no instante. Se os selos continuarem a aparecer com cores erradas e citações latinas pedindo remendo, desenharei modelos novos com a tua só imagem na tonalidade mais que perfeita que nem o arco-íris nem Renoir foram capazes de reproduzir, e usarei o alfabeto ideal de uma exclusiva linguagem superior a declinações, pois todas as palavras e letras se resumirão no teu Nome; e não estaria fora de minhas cogitações fazer selos de música, timbres de Haydn, para nossa correspondência. Se o monopólio do papel chegar a um ponto em que cada folha de bloco represente o valor da exportação de minério durante um ano, minhas cartas ganharão a diafaneidade do ar, e na brisa receberás estas falinhas que com isso ganharão em leveza múrmura. Se a carne desaparecer definitivamente dos açougues e tudo mais de nutrir com ela se for, comerei folhas de árvores, começando pelas de verde mais claro e terminando a refeição com o flã ardente das amendoeiras vermelhas; mas se as árvores também entrarem em locaute, comerei a lembrança das folhas e não deixarei de pensar em planturosos banquetes, piqueniques e lanches aeronavais em tua amada companhia, que afinal de contas é meu único alimento verdadeiro, e quando estás distante não adianta que os supermercados deste mundo estejam abarrotados e de portas abertas sem caixa registradora e borboleta para quem quiser servir-se e levar. Se for vitoriosa a tese da coincidência de mandatos, para a qual existem oito fórmulas distintas e nenhuma coincidente com outra, levantarei a grande tese da coincidência dos corações amorosos, e todos os governadores, senadores e deputados eleitos no mesmo minuto para em outro igual se

264

retirarem após efêmera passagem, proclamarão que amor assim, de corações assim, jamais poderá ter fim, e será instituída a eternidade do mandato que o Amor nos conferiu. Se as concessionárias forem compradas e seus serviços e equipamentos passarem ao domínio da nação, de que somos parte sensível, pedirei ao Marechal que me confie duas ou três empresas para que eu instale um serviço telefônico direto entre a tua e a minha habitação, e plante uma fieira de luzes de mercúrio por toda a extensão do caminho, embora eu para meu bem passear saiba que essas lâmpadas se apagarão encabuladas quando passar a luz maior de teus olhos; e também aplicarei a energia em quinhentas fábricas de brinquedos para os frutos que resultarem de nosso amor, não falando nas indústrias de produtos de beleza a serem produzidos para doação às demais mulheres da Terra, já que tu não precisas deles e sei que és generosa com tuas companheiras necessitadas de artifício. E se mais houver mais proverei. Na terra, no mar, no ar, no fogo, na Constituição ou fora dela, beijo-te, amor."

(6 de setembro de 1964)

PÉ NO ASFALTO

A moça ia descalça, com toda a distinção e glória, pela avenida Copacabana. Vendo-a, a senhora idosa (e míope) confrangeu-se e disse consigo: "Coitada, vai ver que não tem dinheiro para comprar um par de chinelos." Tirou da bolsa o bastante para calçar aquele ente em penúria e estendeu-lhe discretamente a mão:

— Não repare, minha filha... Vá ali à sapataria.

— Como?!, disseram, com espanto, os olhos pintados da garota.

— Andando assim você estraga os pezinhos. Há tanto caco de vidro, tanta sujeira por aí... Vamos, não seja luxenta, aceite!

— Mas, vovozinha, isso é o grito, não está percebendo?

É o grito: andar de pé no chão, embora não haja propriamente chão, mas asfalto ou pedrinhas formando desenho, que por sinal prendem nos interstícios o salto fino dos sapatos. Diz que a nova bossa é cômoda, libertária, econômica. Cada qual é quem sabe onde lhe aperta o borzeguim, e, não havendo borzeguim, que festa para os sacrificados suportes do edifício humano!

De há muito que o pé procurava ser livre. Os sapatos dos últimos tempos já não o aprisionavam tanto: de entrada baixa, com a dedada de fora ou quase, sentia-se que estavam mesmo acabando. Um chute, e adeus constrangimento. Adeus também, sapatarias. Não há dúvida que fica mais barato; fica de graça, mesmo porque, misteriosamente, a um par de pés não corresponde nunca um par de sapatos. No fundo, e as mulheres principalmente, éramos umas centopeias, uns miriápodes; não havia calçado que chegasse, embora não fossem usados todos ao mesmo tempo. Agora, não. A cada criatura correspondem os dois estritos pés que a natureza lhe distribuiu, e veja como esta coisinha de lenço na cabeça tem os mais deliciosos atributos locomotores da espécie, que modelado, que arco, que tarso, que metatarso, que garbo! Depressa, José Bonifácio e Luís Guimarães Júnior,[131] poetas do pé, louvai-os!

Sim, talvez fique um pouco sujo, pelo vil contato com as impurezas da rua. A planta – não lhe chamemos sola, para não lembrar o calçado proscrito – pode adquirir um cascão desagradável e antiestético, a par de coloração duvidosa. São os riscos da independência, o tributo pago a uma afirmação de liberdade, individual ou pedal. E quem sabe se isso também não ficará sendo o fino? Por outro lado, a economia que se faz em sapatos libera uma verba a ser dedicada ao pedicuro – esse verdadeiro amigo do pé, que corrige os males causados pelo cruel sapateiro.

Daí, estou é dizendo bobagem. Esta moda não pegará entre pessoas que já viveram o suficiente para não castigar os pés na aspereza da rua. É moda essencialmente primaveril, convém a brotos e rapazolas que sentem vontade de fazer qualquer coisa, e tirar o sapato já é fazer, já é protestar contra não se sabe o quê, impeditivo dos pés da alma. É precisamente véspera teórica da primavera, e agrada-me ver essas meninas andando assim, antiprotocolares e desinibidas, lembrando à gente que às vezes é bom voltar a um estado (relativo) de natureza e, de passagem, pregar um susto na indústria de calçados, para que não exagere nos preços.

(20 de setembro de 1964)

---

131   José Bonifácio de Andrada e Silva, o Moço (1827-1886), autor do poema "Um pé", e Luís Guimarães Júnior (1845-1898), autor do soneto "A borralheira". Ambas as obras louvam os pés da mulher amada.

TESTEMUNHA DA NOITE

Com a morte de Antônio Maria, que vi apenas uma vez na vida, perco o meu informante em coisas noturnas. Podia dar-me ao descanso de ficar em casa, pois sabia que ele, vigilante, fazia a ronda da noite, e no dia seguinte contaria o essencial. E o essencial não estava em nomes de pessoas, notícias de comidas, vinhos e shows que constituíam aparentemente sua especialidade de cronista. Era o ar da noite, essa emanação filtrada entre luzes mortiças, fragmentos musicais ou simples ruído de pratos, na perspectiva alongada de ruas que se tornaram maiores, ganharam outra fisionomia; era uma espécie de resina escorrendo da face diversa da cidade, que esta não desvenda à luz do dia.

Ninguém me transmitiu melhor esta sensação de peculiaridade das formas noturnas do que Antônio Maria. Sem abusar do mistério e sem sequer usá-lo, ele captou e exprimiu intuitivamente, em palavras despreocupadas, o modo de ser e sobretudo de sentir que a noite infunde em seus "pastores" e um pouco em todos nós, cautelosos pequenos-burgueses que não nos animamos a explorá-la a fundo. Entre imagens confinadas de boate e a respiração larga do mar, no imenso cenário taciturno, Antônio Maria foi menos um repórter de coisas insignificantes do que um *guetteur mélancolique* a passear sua curiosidade inquieta, ao jeito de Apollinaire:

> *Comme un guetteur mélancolique*
> *J'observe la nuit et la mort*[132]

Com a gulodice difusa, a sensualidade voraz dos gordos, parecia antes observar a vida, por ele estimada no que pudesse oferecer de prazeres

---

132 "Como um vigia melancólico / Observo a noite e a morte", versos do poema "E tu, meu coração", de Apollinaire.

concretos. Mas seu lirismo natural corrigia esse apetite de mero gozador do imediato, e aí temos o poeta Maria, que não quis nunca fazer da poesia mais do que um embalo dolente, um queixar-se de penas de amor em samba-canção.

Poeta que trocou a poesia em miúdos, jornalista que não aspirou a ser escritor, largava todos os dias uma prosa cheia de sabor e vivacidade, como um João do Rio moderno. Fica-se imaginando que livro não poderia ele ter deixado, reunindo lembranças pernambucanas, de que guardava a nostalgia, e visões da noite carioca, de que foi o intérprete mais sensível.

Há menos de um mês, telefonei-lhe pedindo que indicasse uma entre os milhares de suas crônicas, para figurar em *Rio de Janeiro em prosa & verso*, antologia-reportagem que Manuel Bandeira e este colunista montamos para a editora José Olympio. Respondeu-me que não guardara nada do que escrevera em mais de vinte anos: "Simplesmente porque não acredito no que escrevo." Foi assim Antônio Maria, que deixa de si uma lembrança leve; toda a sua sensibilidade fica em um LP, enquanto o resto se perde nas coleções de jornais e revistas que quase ninguém consulta, e no hálito da noite – pois a noite é também esquecimento.

(18 de outubro de 1964)

MOBILIDADE

— Dá licença? O cavalheiro permite que eu roube dois minutos de seu precioso tempo? Quer colaborar conosco no censo de mobilidade? Não se molesta se eu lhe fizer umas perguntinhas ligeiras? Vai responder, pois não? Bem, a que hora o amigo sai de casa? Todos os dias úteis? Ah, depende da noite anterior? Compreendo, mas sai almoçado? Tem carro, não tem? Onde é a garagem? Quantos minutos até lá para pegá-lo? Se ele está no conserto, toma táxi, é lógico? Mas em que ponto? E vai para onde, pode-se saber? Sempre à mesma hora? Qual, precisamente? Sozinho? Dá carona, no percurso? Onde costuma acontecer isso? Uma pessoa só, mais de uma, como é? Costuma desviar o rumo para ser gentil? Quanto tempo leva na viagem normal? Na cidade, onde estaciona? De lá ao escritório, quantos minutos? Tanto assim? Em que rua fica esse edifício? E o andar, qual é? A que hora interrompe para o almoço? Desce para almoçar? O restaurante fica onde? Sempre o mesmo, ou gosta de variar? Sozinho, é? De ordinário, quantas pessoas, hein? E demora muito? Duas horas? Depois do almoço, dá uma volta? Por onde? A que hora está outra vez no trabalho? E seu lanche, quando é? Lá em cima, mesmo? Quanto tempo leva isso, em minutos? Costuma descer outras vezes, durante a jornada de trabalho? Para fazer o quê, hein? Sozinho? Ah, sim, lojas de que ruas? Demora muito? E o banco, onde é? Outros escritórios também? No mesmo perímetro, é? Pode cronometrar essas atividades externas? Digamos, aproximadamente? Nesses casos, o senhor ainda volta ao escritório, ou? Há outras interrupções de ritmo, que obriguem ao deslocamento de sua pessoa? Outras, sei lá? Fecha a que hora, meu amigo? Sempre, sempre? Nada de serão? Mesmo em ocasião de balanço? Balanço no sentido verdadeiro, é claro, esta é boazinha, não? Resumindo, acabado o serviço, vai direto ao carro, provavelmente? Já sei, passa talvez no bar? Onde é que fica isso? Sozinho, desta vez? Mas é questão de muito tempo? De lá segue para onde, meu caro? Não ouvi bem, pode fazer o obséquio de repetir? Coisa de meia, uma hora no máximo? Como? Nem perto nem longe? Depois, quantos minutos até o ponto de estacionamento? Ah, já estava no carro? Será que temos de refazer esta parte do roteiro para ficar mais claro? Acha que não precisa? Bem, e daí? Direto pra casa, adivinhei? Em quanto tempo? Aproveita para passar a essa hora no posto de gasolina, a que altura? Mas então, a que hora consegue chegar em casa? Digamos, no mais tardar? Guardou o carro em que fração de tempo? O jantar é servido sempre à mesma hora? Qual? Depois, vê televisão com a família ou sai pro cinema? Sozinho? É no bairro ou vai onde tiver um bom lançamento por aí? No seu carro, num de praça, ou de um amigo? Mesma sessão, sempre? Duas, três vezes por semana? Só? E boate? Sozinho não, era o que faltava? A mesma boate, ou "estica" em outras? Em que ruas? Qual o tempo de permanência habitual? E quantas vezes por mês, felizardo? Será que me esqueci de algum detalhe, alguma faixa de seu dia que… Não pode me ajudar, lembrando? Bem, vamos agora ao seu fim de semana? Quais os movimentos do meu amigo, a partir da hora em que põe o pé na rua, no sábado? Hein? Que é isso? Está se sentindo mal? Aborrecido comigo? Porventura acha que fui indiscreto, eu que tive o maior cuidado em não lhe perguntar o que quer que fosse de sua vida particular? Não, isso não, espera lá, não precisa me dar bolacha, eu saio imediatamente, até logo, socorro, socorro!

(21 de outubro de 1964)

AGAPANTO

A amarga injustiça que fizeram ao agapanto: rebaixaram-no ainda mais em comparação com a rosa e demais flores de primeira. Neste Finados, a rosa alcandorou-se às nuvens e está competindo com essa flor sem cheiro mas universalmente cheirada, que é o dólar; o cravo japonês (logo japonês, como se o Brasil não fosse o país dos jardins familiares perfumados a cravo) avançou 300% sobre a cotação do ano passado. O agapanto, popular e liliáceo, não alcançou sequer 30%.

Até uma flor perde prestígio se não é aumentada à altura das circunstâncias. Os vivos a desprezarão, estimando que os mortos fazem jus à homenagem mais custosa, e, como a linguagem dos mortos é o perfeito e global silêncio, não há apelação para o agapanto. Os floristas declaram à reportagem que não mais o encomendarão aos floricultores; estes por sua vez não apreciam o agapanto a ponto de plantá-lo só para o prazer pessoal, frase esta que me saiu com excesso de pê, mas fica assim mesmo; e em consequência da resolução de uns e outros, não sendo de geração espontânea, o agapanto deixará fatalmente de nascer e florescer, pois flor barata não interessa a ninguém, é mato.

Com isto se perderá uma rima dócil, que acudia sem fricotes a quem precisasse de companhia para "canto", "manto", "acalanto", e de consoante de apoio para "espanto", num verso à moda caduca. Este préstimo da consoante não está lembrado no *Tratado de versificação* de Bilac, porém na praça Olavo Bilac, onde remoçou o mercado de flores, queixou-se ao cronista um vendedor de últimos agapantos:

— O que atrapalha a gente é a quebra de hierarquia das flores. Saiba o senhor que o agapanto era humilde, mas nem tanto. Cotado a 300 cruzeiros a dúzia; abaixo dele ficavam o cravo comum a 250, e a saudade a 150. Pois esta pulou para 350, e o cravo deu um salto de vara que nem nas Olimpíadas, marcando 570; o agapanto, este, parou em 380. É o cabo passando na frente do capitão. Ou eu não entendo mais de flores?

A um indivíduo mal informado, e sobretudo mal acostumado ao mundo, como infelizmente sou, o que admira não é a quebra da hierarquia floral, praticada pelo tabelamento; é haver tabelamento e hierarquia, flor mais cara e flor mais barata, preço de flor, flor de preço e flor depreciada. Não sei, francamente, quanto pode valer uma rosa que dou a alguém ou que alguém me ofereça. Vale milhões, se é que milhões valem alguma coisa, principalmente uma rosa. E um agapanto não vale menos. E o antúrio e a orquídea não valem mais que a florzinha branca, aberta no barranco, ao capricho do vento. É exato que o homem tem grandes canseiras para fazer uma flor, e umas são mais difíceis do que outras, e tudo isso forma uma lavoura, um comércio e uma indústria, a cuja custa muita gente vive. Não obstante, o preço das flores, a mercantilização das flores me dói, e penso num serviço público, numa gigantesca autarquia destinada a restabelecer o caráter gratuito das flores, todas, todas, ofertadas ao cidadão ou cultivadas por ele como o objeto sem preço e sem classe nobre ou vulgar. Desabrochando para vivos e mortos com a mesma gentileza.

(30 de outubro de 1964)

RECEBER NO BANCO

De repente, os bancos começaram a manifestar extraordinário interesse por sua resumida pessoa. O carteiro entrega-lhe três, quatro envelopes timbrados por dia. O Banco Damião oferece-lhe toda sorte de serviços. O Banco Intermundial de Crédito Ilimitado envia-lhe a relação de agências em cada quadra de sua rua. O Banco da Lua espera contar com a sua honrosa preferência.

— Uai, gente! Que que há? Eu não estou fazendo nada...

E pelos jornais a rede bancária guanabarina aperta o cerco amável em torno dele. Em cada página um quadro, em cada quadro um convite, em cada convite um sorriso de guichês abertos. Tudo porque a Despesa Pública resolveu fazer por intermédio dos bancos o pagamento do funcionalismo da União, e cada servidor pode escolher o banco de sua comodidade, o mais próximo de seu domicílio: nem precisará dobrar a esquina, no dia de embolsar.

Barnabé de longo giro, habituado por mais de trinta anos às torturas da fila de pagamento sem que nunca ninguém se lembrasse de oferecer-lhe um mísero tamborete para suavizar a espera, sente-se confuso com tamanha amenidade. Chega a recear que um banco mais inventivo se proponha a instalar uma agência no hall de seu edifício, para pagá-lo à boca do apartamento. Ah, não precisa tanto!

Deixa estar que foi uma santa medida esta de mudar o sistema de pagamento do funcionalismo. A nação ganha mais um dia de trabalho; quando havia pagamento interno era impossível trabalhar e receber ao mesmo tempo. Todo mundo saía para fora da seção e ia fazer fila no corredor, aos berros, entre risadas, comendo pipoca, fofocando, protestando contra a lerdeza do pagador, despencando-se escada abaixo se o dinheiro acabava. Pois a certa altura o dinheiro acabava sempre, e quem dormiu no ponto ia caçar o pagador do andar de baixo; do andar de baixo, baixava ao andar mais de baixo, e assim sucessivamente até o andar da rua. Drama que terminava (terminava, não, recomeçava) no guichê da Fazenda, albergue e farol de retardatários. Lá, entre 3 mil guichês e outras tantas filas que se cruzam, descruzam e entrecruzam, vá o pobre-diabo saber onde, como, quando, por quem seria atendido.

Seu caso, então, era especial de triste, pois se aposentara, e não queira saber de fila mais borocoxô do que a dos "inativos". Começa pelo nome e continua pelas caras, pigarros, tosses, bengalas, roupas de corte antiquado, pés arrastados, conversas de Mistinguett[133] e Floriano Peixoto, na infinita gare ferroviária, sem ventilação, entre relógios indefectivelmente tão parados quanto a fila... De um mês para outro, registravam-se baixas nos companheiros, partidos para outra aposentadoria, sem fila e sem proventos. Nenhum diretor de despesa se lembrou jamais de colocar ao lado de cada aposentado um broto regenerativo, que iluminasse a sua via-crúcis.

A partir de janeiro tudo mudará. Escolhido o banco de caixa mais juvenil e estimulante, a aposentadoria torna-se um fato risonho. Os ativos também se rejubilam: dispensando-os de comparecer ao guichê de pagamento na repartição, o governo começa a testar a possibilidade de dispensar-lhes o comparecimento à própria repartição, em caráter definitivo, para benefício do país e deles em geral. Resta o problema psicológico de desmanchar velhos hábitos, mesmo aqueles que nos fazem sofrer. Um saudosista reclamará contra a supressão das filas, fiel a uma lembrança boa que lhe ficou do velho sistema: no meio do barulho, do calor, das síncopes e maldições do dia de pagamento, foi atendido com um sorriso por dona Esmeralda.

(6 de novembro de 1964)

---

133 Jeanne Bourgeois (1875-1956), conhecida como Mistinguett, atriz e cantora francesa.

ODE AO CENTAVO

Celebro e louvo tua morte, amigo, porque é tua primeira manifestação da vida.

Em verdade nunca exististe. Fazias de conta que, e nós fingíamos acreditar em ti, dando-te forma ilusória de microdisco. Tão leve que pesaria mais o ar deslocado pelo espirro de uma formiguinha.

Assim tão leve e breve em substância e valor, muito nos arreliaste com tua inexistência. Trilhões? Nonilhões de vezes grafamos teu signo ou teu nome por inteiro em papéis graves. Consumiste espaço suficiente para conter a Bíblia, o *Quixote*, as *Memórias de um médico*,[134] toda a literatura bramânica e a hispano-americana. Por quê, para quê? Em holocausto à Inobjetividade, deusa nacional.

Para figurar tua realidade, leis foram concebidas votadas e sancionadas, após longos anos de debates técnico-surrealistas; artistas desenharam figurinhas simbólicas, históricas e mais ou menos; gravadores talharam a buril essas concepções; máquinas complicadas multiplicaram tua rodelinha; e sacos e caixotes e arcas de ti se empanzinaram, como cheios de ar.

Serventuários zelosos foram incumbidos de tua guarda, policiais e metralhadoras velaram por eles e para que não caíssem em tentação diante de teus sedutores depósitos.

E navios, vagões blindados, caminhões, bolsos e porta-moedas te levaram a toda parte, para que passeasses o teu não-ser entre os problemas e as necessidades do viver.

Objetos que sonhássemos obter em troca de ti – pois para isso diziam os sábios que foras destinado – recuavam, ofendidos, e perdiam-se além, muito além daquela serra, que ainda azula no horizonte. Os poucos que, no

---

134 Série de quatro romances históricos escritos por Alexandre Dumas, Pai (1802-1870).

começo, se deixaram surpreender, perderam o rebolado e só o readquiriram pulando a cerca, em salto gigantesco.

Enquanto circulava, ou supunha-se que circulasses, suadas donas de casa brigaram em padarias por tua causa, discussões avinagradas produziram distúrbios circulatórios, a asa da morte esvoaçou apostando corrida com as ambulâncias do socorro cardiológico; feirantes foram autuados e encartados, e baixou sobre ti o desprezo dos mendigos.

Se um estrangeiro nos perguntasse o que é mesmo que significavas, não saberíamos responder senão que significavas o insignificante, o que para nós tem grande significação. Tanto que te conservamos no éter (e na escrituração) por mais de vinte anos, como para documentar o poder das abstrações no processo do desenvolvimento.

Agora que oficialmente lavramos teu atestado de óbito, assumes por lei condição de espectro, com direito a figurar em coleções numismáticas e a ser vendido como curiosidade nos tabuleiros do Largo da Carioca. Adquires cotação, justificas o trabalho que nos deste a todos em imaginar-te, cunhar-te, distribuir-te, anotar-te. Começas a viver, amigo! Os fantasmas existem mais do que o nosso dinheiro.

Saúda o colega tostão, que te precedeu no reino das sombras, e vai preparando lugar para o cruzeiro, que qualquer dia destes irá fazer-te companhia. Ave, centavo!

(6 de dezembro de 1964)

ANO DE PRATA

Foram sem conta os que saíram para a noite, compenetrados de que este era um dever cívico: assistir *in loco* à passagem do ano e ao início do IV Centenário,[135] dois acontecimentos bacanas que, abraçados, iriam adquirir força total.

Parece que o ano passa de preferência nas praias, e o centenário não podia fazer por menos. É o grande réveillon a céu aberto, com os poderes sobrenaturais invocados, presenteados e implorados, e uma tintura de Carnaval também, de samba a insinuar-se entre os pontos. Desta vez, o céu teve ainda maior projeção no espetáculo.

— E a chuva de prata? Vem ou não vem essa tal de chuva de prata?

— Mas será prata mesmo ou imitação?

— Eu é que sei? Chuva deve cair na certa, 31 de dezembro chove às pampas!

— Quer dizer que se não chover prata chove chuva mesmo, né?

Veio, fraquinha, a chuva de prata. Para falar exatamente, chuviscou prata por alguns instantes, o que não deu para despertar nos observadores a inédita sensação argêntea, que todos prelibavam. Tanta publicidade em torno daqueles lampejozinhos tímidos na esteira dos aviões, daquela galáxia de faz de conta, e a gente pensando que tudo virava prata de repente, a vida, o governo, o Rio, 1965 surgindo em armadura luminosa, o IV Centenário mais prateado que o luar de prata das serenatas!

— Puxa, que prata mais micha!

Os fogos de artifício salvaram a situação. Estes sim, sem promoção maior mas com eficiência, abriram na noite a *féerie*[136] reclamada pelo duplo aconte-

---

135 A cidade do Rio de Janeiro foi fundada no dia 1°de março de 1565.

136 Em francês, uma espécie de evento, espetáculo mágico, fantástico.

cimento. Todos concordaram que nunca tinham visto fogos iguais, mesmo os que já tinham visto iguais e até melhores, no céu ou no cinema. Eram realmente bons, faziam pensar que os místicos têm razão em eleger a noite para sede de suas meditações e arrebatamentos, pois nela habitam em segredo as magnificências que o dia exibe com despudor, amesquinhando-as.

Todos admiraram, não. Os que eram de louvar Iemanjá continuaram louvando, sem levantar a cabeça, na mesma atitude concentrada, mas os reflexos irisados chegaram até eles, transfigurando-os também.

Projetores do outro lado do Pão de Açúcar desenharam no ar um IV longilíneo, que para nós era VI, e cuja crista áurea se perdia na altura. O facho de luz, batendo de chapa nas ondas, laminava um rebolado de prata, sem comparação com a neblina argírica lá de cima.

Buraquinhos na areia, com velas acesas ao abandono, eram tristes, porque sem presença humana. Flores fincadas na areia davam talvez impressão da cova de pobre em dia de finados. Sugestões de morte – enterro do ano velho? – não estavam ausentes da festa de magia noturna sobre a qual pairava entretanto um espírito triunfal de esperança e jubilação por a vida ser esta vida, e a nossa vida, uma ocasião única, prodigiosa, de sentir e de ser.

Assim entramos no IV e em 1965, nós os privilegiados da Guanabara, com vantagem sobre os colegas da Federação, que só entraram neste. Todo carioca, de direito ou de fato, anda muito orgulhoso e cheio de si, não reparem, que o ano é nosso, e é todo de prata, mas de prata mesmo!

(3 de janeiro de 1965)

AUTOR COMPLETO

O editor José Aguilar[137] enviou a este cronista um exemplar da *Obra completa* do sr. Carlos Drummond de Andrade, publicada na coleção "Biblioteca Luso-Brasileira". O volume contém matéria de onze livros de poesia, quatro de crônicas e um de contos, além de versos inéditos. É apresentado pelo acadêmico Afrânio Coutinho, diretor da coleção, e inclui estudo crítico do sr. Emanuel de Moraes, fortuna crítica, cronologia da vida e da obra, iconografia e bibliografia. Tudo isso deu um volume maneiro de 959 páginas em papel-bíblia, embora, evidentemente, não deva ser considerado suplemento às Sagradas Escrituras.

Conheço de longa data o autor. Falamo-nos pouco e não vou muito com a sua cara, mas isso não impede que eu dê notícia de sua obrinha, com a isenção e a objetividade que devem caracterizar o ofício informativo. Assim, direi de saída que os admiradores e os desadmiradores do escritor encontrarão no volume aquilo que mais lhes agrada – os primeiros para guindá-lo de foguete aos píncaros da Lua, os segundos para o recolher a um oitavo círculo do inferno, privativo dos pobres-diabos das letras.

Qualquer dessas operações encontra justificativa nos mesmos textos do sr. Drummond, que o partido X acha genial, e o partido Y, debiloide. Este dualismo de apreciações perdura há 35 anos, não sei se cultivado pelo autor, que dizem pouco amigo de explicar-se, quando não se explica em demasia através de confidências poéticas a que costuma dar o título de claro enigma ou de pedra no caminho, ou as atribui a um suposto José, talvez para esconder, sob a simplicidade do nome, insabidas e quintas intenções.

---

137 Fundador e proprietário da editora Nova Aguilar, mais tarde comprada por Carlos Lacerda.

Daí formar-se terceira corrente, que prefere qualificá-lo: *ni ange ni bete*,[138] farsista. Nada disso, pondera uma corrente derradeira, a dos moderados; é apenas mais um com a mania de botar coisas no papel, com defeitos e qualidades normais: deixa-o!

Não serei eu quem o julgue; registro. A cronologia de sua vida não é a de um Ulisses ou a de um Byron, homens de ação direta; nosso bardo velejou em mansos mares burocráticos, jornalísticos e radiofônicos. A iconografia é magra, como convém à sua magreza. A bibliografia, ao contrário, é gordota, abrange tanto coroas de louro como pau no lombo, confirmando o que eu disse: serve para vexilários e contemptores, abrindo ainda margem à verificação crítica.

E assim temos o vate-contador-croniqueiro itabirano *au grand complet*,[139] encadernado em fatiota elegante e de preço alto, como é de moda e preceito. Para encher o espaço que falta, reproduzo um inédito do livro – a saudação a Teresa, dama que, segundo me informa, devia estar a esta hora no Rio, como carioca absoluta, de nascimento e estilo que é, ajudando a soprar as quatrocentas velinhas da cidade, mas que se limita a mandar, de Moscou ou Bombaim, boas-festas aos amigos. Não, não transcrevo nada, o espaço acabou, e chega de dar colher de chá a esse autor.

(8 de janeiro de 1965)

---

138 Em francês, "nem anjo nem besta".
139 Em francês, "na íntegra".

MAR, SEMPRE NOVO

Se o colunista disser que foi ao banho de mar, receio que o leitor não se sinta maiormente interessado pelo acontecimento. Entretanto, este é um acontecimento, pela generalidade que envolve sob aparência individual. Há no Rio uma porção de gente indecisa, omissa, que vive suspirando por praia e só se anima a frequentá-la quando o verão encerra o expediente. Quem mora perto do mar é quem mais comete este pecado. Deixa o mar para depois, não repara que ele está chamando. Gente de bairros distantes acode imediatamente ao apelo e invade aos domingos a área vacante deixada por praieiros desidiosos. Aí estes se alertam, na iminência de se verem espoliados, vestem o calção do ano passado e caem afobadamente na água, ô delícia! ô remorso!

Este ano o verão fez falseta, escondido sob o telão de chuva e vento. Nunca mais a praia se abrirá em sol e festa de biquínis, era o suspiro geral, e houve quem falasse em surfe como em lendas do *temps jadis*.[140] Eis que de repente, nos últimos dias, o azul do mar entra pela casa adentro e puxa pela perna o banhista desanimado: "Venha sob as penas da lei; sou o único azul possível, no verão em fogo; venha fruir-me, se é filho de Deus." Desenha-se no ar o velho slogan do almirante Alexandrino, varão ilustre que entre outras ilustrações teve a de ser avô da nossa cara embaixadora Dora Vasconcellos:[141] "Rumo ao mar!"

O mar recebeu-nos com a majestade que lhe é própria e que de tão evidente prescinde de etiquetas: pouca roupa é o melhor protocolo, curvaturas

---

140 Em francês, "tempos antigos", "antigamente".
141 Dora Vasconcellos (1910-1973), poeta e diplomata. Seu avô, o almirante Alexandrino Faria de Alencar (1848-1926), foi ministro da Marinha de diversos presidentes, desde Afonso Pena até Artur Bernardes.

são as de flexões ginásticas ou balés aquáticos improvisados ao gosto de cada qual. Nunca vi rei mais digno e mais camarada; pode-se virar-lhe as costas, espichado na areia, que ele nos manda uma ondinha mansa fazer cócega no pé. Recepção que ele dá é matinada, ruído, riso e afago total, com a fieira de alegrias saudáveis oferecidas ao corpo, restituído a seu antigo e universal elemento.

Diante de natureza tão dável, o vinco profissional faz-me sonhar com um jornalzinho para banhistas que se chamasse *A Gaivota* ou *A Sereia da Manhã*, impresso em papel salinamente úmido, cor de onda, que divulgasse notícias líquidas, agradáveis, como um verso de St. John Perse: *"Une eau pareille en songe au mélange de l'aube;"*[142] novos modelos de maiô e acessórios de praia, sabores novos de sorvetes e refrigerantes, jogos e brinquedos de areia (qualquer coisa no gênero foi feita há anos no Recife por José César Regueiro Costa).

E como são diferentes do verão passado os brotos deste verão, na linha de renovação contínua do mar! Todos desconhecidos do cronista, louvado seja Deus. Uma geração se modelou e floriu em doze meses. A graça antiga não se repete na graça nova. Os brotos são eternos, no variar sempre. A praia é mudança e o mar, imaginoso lançador de manequins adolescentes. De sorte que ir à praia constitui a mais exata maneira de redescobrir a inesgotável adolescência do mundo.

(27 de janeiro de 1965)

---

142 Verso extraído de um dos *Elogios*, de Saint-John Perse (1887-1975): "uma água seme-lhante a um sonho mistura-se à alvorada".

TESOURO

De repente, a televisão comunicou o telegrama de Londres:

"Procurem o tesouro entre as areias da praia. Talvez esteja lá. Milhares de libras roubadas aqui foram escondidas em Copacabana, diante de um hotel."

Entreolhamo-nos todos. A esta hora da noite, bem instalados no apartamento, esquecidas as canseiras do dia, a digestão a fazer-se placidamente, por que vem perturbar-nos a ideia de um tesouro? Se saíssemos de mansinho e fôssemos inspecionar o local... Oh, mera curiosidade. Para falar franco: dispostos a cavar. Mas chove. Chove sempre em cima de um tesouro. Não temos pás em casa. Que falta de senso não incluir entre os pertences domésticos uma pá, mesmo uma picareta, para essas emergências. Agora é tarde, comércio fechado. Cavaremos com as mãos, arrebentaremos as unhas, mas esse tesouro não pode ficar oculto ali adiante, em frente ao mar, de costas para uma cobiça que não suspeitávamos em nós e, bastou a televisão falar aquilo, estourou.

Porque esse tesouro é nosso, do nosso bairro, e não permitiremos que do Flamengo, do Centro, da zona norte venham disputá-lo. Como se não bastasse o número excessivo de moradores de Copacabana, todos com direito à pesquisa, em igualdade de condições. Igualdade? Talvez os da avenida Atlântica se considerem mais habilitados do que os outros, é um ponto a discutir. Em sã consciência, o mais democrático será estabelecer condições gerais para todos os habitantes do bairro, nacionais e estrangeiros, não, estrangeiros não, que provem residir aqui no mínimo há cinco anos... Impossível a verificação em pouco tempo, o tesouro já revelado não espera, deixemos de puerilidades.

Quantos somos nesta casa? Seis, fora o nosso garotinho de dois anos. Então divide-se por seis. Não. O velho não pode expor-se a esta chuva nem prestaria serviço como escavador. Ficará em casa, sua parte será menor.

Pensando bem, não terá parte nenhuma. A velha muito menos. Esses dois não são de procurar tesouro, passaram a vida cozinhando sonhos modestos; que fariam com tanto dinheiro se não podem sequer guardá-lo, tão esquecidos andam? A cunhada, professora incansável, será que precisa disso? Tão habituada a seu destino, havia de ser cômico vê-la de uma hora para outra rodeada de libras e pretendentes. Poupemos-lhe esta situação ridícula. O primo que alugou nosso quarto não é bem da família, primo longe, estudante vadio, não merece entrar no bolo. Vai ser difícil despistá-lo, mas se for o caso usaremos de energia. Restamos nós dois, e nosso menino, pelo qual faremos todos os sacrifícios, inclusive o de disputar a milhares e milhares de concorrentes, debaixo d'água, esse tesouro roubado que veio nos tirar o sono.

Claro, é o pensamento do futuro de nosso filho, neste mundo bárbaro de bombas, que nos leva a traçar este plano de luta enquanto a noite avança, minha Nossa Senhora das Graças, minha Santa Rita dos Impossíveis, será que chegaremos antes? Não podemos arrebatar o tesouro a tanta gente que escutou a notícia. Somos uma pobre pequena família sem elementos de intimidação. O jeito é distrair a atenção coletiva, lançando o pânico na população, telefonar a jornais, rádios e TVs, avisando que uma brigada de choque de marcianos acaba de descer no Arpoador, abandonem a orla marítima se quiserem ser salvos! Miséria: todos os telefones ocupados. Do terraço veem-se todos os vizinhos discando febrilmente, em vão. Tiveram todos a mesma ideia? Não há nada a fazer antes que amanheça? Tudo está perdido? Então esperemos o próximo tesouro.

(26 de maio de 1965)

CORREIO DA CRÔNICA

De Brasília, alguém que se assina X. A. e tem letra feminina escreve-me a propósito da flor-de-seda, ou flor-de-maio, celebrada nesta coluna em ocasião devida: "Tenho uns vasos de flor-de-maio, plantados há mais de 50 anos por minha mãe. Acompanham-me nas minhas andanças, sempre florindo em maio. Já foram seus vizinhos por três anos, aí na rua Joaquim Nabuco. Acabei dando com os costados em Brasília. Para minha surpresa (e alegria), meus vasos cobriram-se de flores em janeiro do ano passado. Em maio novamente elas voltaram. No mês de agosto houve nova floração. Pelo visto, certo mesmo nos dias de hoje só temos a morte..."

Passo a comunicação, em primeiro lugar, à leitora Jô, do Rio, que me puxa as orelhas por tratar de assuntos frívolos, quando ela vê "o povo na cruz". Não me sinto traidor do povo ao escrever de flores que dão ornamento à vida. Se me impusessem a tirania dos assuntos, forçando-me a abandonar os da vida cotidiana e o ângulo de humanidade pedestre em que gosto de situá-los, eu me sentiria bastante infeliz, preferindo calar a boca. Sempre achei que há nos jornais lugar para o que não é aparentemente importante e notícia, mas que toca a sensibilidade ou a curiosidade da gente. O pé de flor, por exemplo, que contraria os regulamentos da natureza e se desmanda em florações extras.

Em segundo lugar dou ciência aos floricultores, e por último aos que continuam vendo em Brasília um lugar de exílio, senão o próprio exílio vestido de arquitetura e governo. Propriedades mágicas do seu ar tornam a vida desejável, a ponto de interessar assim uma planta que se guardava circunspectamente para um só mês no ano. Se lá a flor-de-maio ficou tão à vontade, é de crer que a cidade futura seja uma reunião feliz de pessoas e elementos naturais – como há de ser a cidade dos nossos sonhos – vindo a compensar talvez, em parte, os duros sacrifícios de sua criação afobada, que por sinal tanto contribuíram para botar "o povo na cruz". Brasília se vai tornando simpática a poder de notícias como esta. É de desejar apenas que os nascimentos, lá, não peguem o ritmo da produção floral; do contrário...

Domingos Horta, de São João del-Rei, diz que voltou a Itabira e lá escutou a hora do fogo: hora em que se bombardeiam os depósitos de ferro, bombardeio tremendo, para encher de minério os vagões que o levam à exportação deixando buracos, na cidade "que se dá totalmente sem nada receber". E pede que escreva sobre isto. Pra quê, amigo Horta? Já muito briguei nessa novela, e o resultado são maiores buracos, até que um dia, tornando-se toda Itabira um só e imenso buraco, deixe de interessar à indústria ladra da mineração – e do fundo desse buraco, brotará em paz uma flor-de-maio de toda a eternidade. Amém.

(4 de junho de 1965)

DESPESA DE MORTOS

"Parentes de Ezequiel, Djanira, Magali, Fausto, Glicério e setenta outros homens, mulheres e meninos sepultados em Jacarepaguá, ide à administração do cemitério legalizar a situação de vossos mortos dentro de quinze dias, se não quereis que as covas sejam abertas e os despojos recolhidos ao ossário geral." O aviso, publicado pela imprensa, não é original. Depois que se secularizaram os cemitérios, são habituais as notificações desse teor a pais, filhos, irmãos e viúvos esquecidos ou sem recursos, que deixam passar o prazo de inumação provisória de seus defuntos. Nem todos têm possibilidade de adquirir com antecipação ou no momento de luto a terra necessária para que os mortos possam dormir sem embaraço pecuniário ou burocrático o chamado sono eterno. Que esse sono é possível de ser perturbado, ao menos na imaginação da família, pela conta do cemitério, aí está a prova.

Habitamos um mundo em que a terra se reparte entre pessoas e instituições, não entre almas e afetos; constitui valor venal e produz rendimento maior aproveitada na construção de apartamentos do que no recolhimento de cadáveres. O morto continua a ocupar espaço físico e, quando deixa de fazê-lo sobre a superfície, ainda assim o sentimento dos vivos quer conservar como intocável e privativo o lugar onde seus despojos se converteram em matéria indistinta. Então se opera o comércio: os mortos podem ficar, e o lugar deles, mais tarde, permanecer vazio, se for satisfeita a tabela fúnebre-imobiliária. Do mesmo modo que a casa residencial pode ficar deserta e trancada até a consumação dos séculos, se o proprietário pagar o justo imposto predial e taxas. Afinal, não há mortos nem vivos: há os que pagam e os que não pagam alguma coisa. Os últimos, se apurarmos bem, são os únicos realmente mortos, porque não praticam o ato vital por excelência, o ato de pagamento.

A preguiça e a pobreza insinuarão que tanto faz dormir o sono dos carneiros numerados como o da vala comum, na mesma glacial diferença de quem dorme. Mas o amor, senão o próprio corpo, há de ponderar que o sofrimento alheio é sofrido em nós e por nós, quando o recriamos pela afetividade; sentimos o abandono dos mortos, se os abandonamos; ao cobrir de terra um corpo amado ou amigo, estamos recobrindo o nosso próprio corpo. A ideia de ossário geral, com que se ameaçam Ezequiel, Djanira e outros, é antes ameaça aos parentes de Djanira, Ezequiel e outros, que não querem despersonalizar-se, precisam de lugar certo e permanente para recolherem a parte deles que morreu, salvando-a da promiscuidade com cinzas anônimas.

O comunicado especifica, ainda: "Feto, filho de X.; feto, filho de Y..." Desses, a vala comum não dissolveria nada de especial e entretanto os pais quiseram um dia preservá-los da dissolução, dando-lhes moradia provisória, em separado. Com o tempo, esqueceram-se de torná-la definitiva, ou faltou dinheiro para isso. Até os fetos têm de pagar; não ter chegado a viver não é motivo de isenção prevista em lei.

Humano seria que o Estado, enquanto não se resolve o problema da cremação, chamasse a si todos os mortos, sepultando-os igual, simples e decorosa e definitivamente, para o que os vivos pagariam a taxa necessária, com as demais taxas e impostos do cidadão. Mas a solução humana raramente cabe na moldura legal. Ide pois à Administração, no prazo de trinta dias, parentes de Ezequiel, Djanira, Magali, Fausto, Glicério e setenta outros ameaçados de despejo fúnebre.

(9 de julho de 1965)

ENTREVISTA

Sobre esse caso do edifício da avenida Atlântica onde mora um cão dinamarquês, têm falado moradores do prédio, advogados, amigos da raça canina e pessoas não especificadas. O cão ainda não falou.

Ora, não é mistério para ninguém que os animais falam, dentro e fora das fábulas, fazendo-se entender perfeitamente por criaturas humanas que não estejam de todo embotadas pelo trato exclusivo com os seus semelhantes. Esopo nada inventou. Os cães e outros animais é que inventaram Esopo, Fedro, La Fontaine, George Orwell e o Barão de Paranapiacaba,[143] tornando-os aquilo que a imprensa chama de porta-vozes.

Como nenhum colega da redação se lembrasse de entrevistar Drink, o dinamarquês objeto de sentença judicial, dirigi-me ao Champs Elysées à sua procura. Descobri-lo não foi problema: um dinamarquês não se esconde em bolso de colete. Contudo, seu volumoso porte como que se contraía até o tamanho de um schnauzer miniatura, porque Drink brincava com uma garotinha, e o cão que brinca, por maior que seja, vira menino pequeno.

Ao notar a presença de um estranho, compôs-se e olhou-me interrogativamente, querendo saber se eu era advogado, oficial de justiça ou agente do SNI. Tranquilizado por se tratar de repórter, não se esquivou ao diálogo.

— Contente com a solução do caso?

— Sim... e não.

— Não vá me dizer que até a alma dos cães dinamarqueses é complexa.

---

143 O escritor João Cardoso de Meneses e Sousa (1827-1915).

— E por que havia de ser menos complexa que a de vocês? Estou contente porque vou continuar com os meus amigos desta casa, e não estou contente porque gostaria que o juiz me mandasse embora daqui.

— Explique este dualismo, Drink!

— Um exemplo. Todo cachorro, por mais sofisticado que seja, adora correr atrás de uma lebre, questão de esporte. Não há lebres na avenida Atlântica. Você tem alguma que possa me emprestar?

— Mas você desfruta estabilidade, conforto, carinho.

— Não sou ingrato, e até nem saberia mais viver sem esses bens. Mas preciso também de aventura, natureza, emoção. Mesmo de um osso, um osso bem duro e descarnado, jogado por aí...

— O processo não lhe deu emoção?

— Como é que eu posso sentir emoção com esse negócio de ação cominatória, de Código do Processo Civil, de multa diária de 2 mil cruzeiros? Não exija de mim a leitura do Diário da Justiça. No momento, estou lendo é o *Aderbal*, de dona Flávia. Bárbaro!

— Drink, sua dona estava disposta a pagar a multa fixada pelo juiz, mas o morador que moveu a ação contra você desistiu da execução da sentença. Não acha que esta é a sua maior vitória?

— Nós dinamarqueses não separamos as coisas em vitórias e derrotas. Vocês nos interpretam mal. A começar pela ideia que fazem de nós. Porque somos grandes, julgam-nos perigosos. Somos grandes para caber maior doçura dentro. Qualquer criança sabe disso. Os adultos costumam esquecer.

— Está contra nós?

— Estou a favor de todos, e gostaria que a paz universal começasse pela paz neste edifício. Os que brigaram por minha causa deviam reconciliar-se numa grande festa na cobertura, com advogados, juiz e todos convindo em que a harmonia no cosmo começa pela harmonia em torno de um cão durante a festa, para a qual você seria convidado; nós, os cães moradores do edifício, iríamos para Jacarepaguá, redescobrir o estado natural. Uma reunião dessas talvez contribuísse até para resolver a crise político-militar, que me disseram estar fervendo. Pelo menos seria uma lição. Proponha isso no seu jornal.

Está proposto.

(24 de outubro de 1965)

MÁGICOS

Numa conjuntura em que se torne imperativo confiar nos mágicos, aguardo com vivo interesse a realização do I Congresso Brasileiro de Mágicos, anunciada para estes dias.

Em primeiro lugar, um Congresso de Mágicos sempre nos promete maiores novidades do que o Congresso propriamente dito, que por motivos de ordem técnica não se acha em condições de empolgar a assistência. Nos domínios infinitos da mágica (ou da magia), sem os condicionamentos institucionais e complementares em vigor, verdadeiros milagres poderão ser-nos proporcionados, para satisfação daquele fragmento de nós a que a realidade não cativa.

Espero que o Congresso de Mágicos se coloque à altura de suas responsabilidades. Vejo no programa referências à mulher serrada viva, à mulher no espaço e à mala moscovita. Ora, tudo isto são velharias e, por mais que nos queiram convencer que envolvem riscos tremendos, ficamos desejando algo mais. Queremos ver os pedaços da mulher serrada viva postos dentro da mala moscovita, lançados em órbita e convertidos em vagas estrelas da Ursa Maior – tem de ser a Maior, não fazemos por menos.

Confesso ter torcido o nariz à divisão do programa em duas partes – a das grandes ilusões e a das ilusões restantes, supostamente mirins. Em matéria de ilusões, quero-as enormes, e todo mundo está comigo. Não interessa pagar entrada para observar truques irrelevantes de cartas, bolas, cigarros, dedais, moedas, velas, cachimbos e relógios, que de tão vistos até o gato lá de casa é capaz de fazer.

Os mágicos brasileiros são tão mágicos que até não se chamam Raimundo ou Meireles, como no registro civil, mas Fran Lin, Drakon, Vic Dan, Ali Babá. Muito confio neles. De homens comuns andamos cansados, mas de alguém que domine o real a ponto de afeiçoá-lo à nossa mais errante fantasia se pode afirmar que é homem providencial. Os mágicos corrigem o mundo, as instituições e os defeitos humanos, dando asas à tartaruga, beleza e graça ao câncer, ordem ao caos, poesia ao imposto de renda, glória aos mosquitos, tanta coisa! Tanto prodígio, que o menor deles é tornar prodigioso o ato de um homem cruzar as pernas, na casa que escolheu e não outra, na cidade onde desejou morar e não outra, lendo o livro que quiser, ao comando de sua vontade, que também é mágica.

Por tudo isso, e mais pelo que não me ocorre mas certamente viria em apoio da tese, considero de alta benemerência a ação dos mágicos, e espero que não nos desiludam entregando-se a pequeninos efeitos de prestidigitação. Imagino o Congresso deles se realizando de maneira a corresponder à expectativa mais exigente: sem hora nem lugar marcado, irrompendo como uma aparição no centro comercial e deslocando-se sem táxi nem helicóptero, por meio de passes, para a Tijuca ou o Cosme Velho; exibindo uma deslumbrante mostra de filé-mignon em todos os açougues; fazendo brotar sonatas de Mozart nos postes gigantescos do parque do Flamengo; restabelecendo a paz nas universidades; tornando desnecessário o aumento de 46% ao funcionalismo pela revelação súbita de que todos os servidores públicos foram beneficiados com legados fabulosos de grandes empresas e grupos financeiros internacionais, em homenagem ao próximo Natal etc. Isto são sonhares? Para mágicos realmente mágicos, como para Santa Rita dos Impossíveis, tudo são possíveis.

(5 de novembro de 1965)

VOLTA

A volta da capital para o Rio de Janeiro (ideia no ar, ou ideia de ar) seduz-me porque implicaria a volta de alguns amigos diletos que lá estão em Brasília. Não senti absolutamente a perda do Governo Federal, quando ele se mandou, pois distância cada vez maior de todos os governos é o ideal moderno do cidadão, mas senti que ela me afastasse desses companheiros. É verdade que nos víamos pouco no Rio, mas sabê-los ao alcance do telefone, no mesmo bairro ou em outro ali adiante, criava uma segurança espiritual muito confortadora. Sentimo-nos reunidos, eis tudo. Não é como agora. De vez em quando, escrevem. A carta aumenta a sensação de distância, a carta é separação. Como se tivessem ido para a guerra, para uma estação espacial, sei lá.

Também costumam vir ao Rio, em férias. Ao vê-los, sinto vontade de instaurar um IPM[144] afetuoso sobre o gênero de vida que levam em Brasília, qual é o sentimento exato de viver lá, mas abstenho-me. Com receio de duas coisas: a primeira é que se queixem do exílio, não há cidade no mundo como este Rio velho de guerra, foi uma burrada que eu fiz dar com os costados naquela planície sofisticada etc. Eu não saberia consolá-los e me sentiria na posição do homem prevenido que fez a melhor viagem quedando-se em casa, de chambre: posição constrangedora porque evidencia nossa infinita superioridade sobre o pobre viajante escabreado.

A segunda razão é inversa: pode muito bem acontecer que o amigo se mostre plenamente identificado com sua nova cidade e a compare com a antiga, recordando os podres da velha em contraste com os esplendores

---

144 Inquérito Policial Militar. A partir do AI-2, promulgado em 27 de outubro de 1965, todo crime considerado político, ou que ameaçasse a segurança nacional, passou a ser julgado pelo Superior Tribunal Militar (STM).

da nova: Eu já não aguentava mais essa droga, aliás não sei como vocês aguentam, isso aqui no Rio não é vida, lá é diferente, tudo calma e beleza, a imensidão da noite serena, o bom leite, o clima um estouro, a sensação de planta crescendo, sabe como é? Aí eu o chamaria de ingrato, ele talvez me chamasse de imbecil, e nossa amizade não lucraria nada com isso.

Restaurando-se a capital no Rio, esta razão superior aplainaria as dificuldades, pois nem eles teriam que explicar o regresso como capitulação nem eu ousaria vangloriar-me do meu acerto de ter ficado aqui sob as amendoeiras. Reintegrados na comunhão carioca, que reabsorve facilmente os elementos tresmalhados, contariam de Brasília como de um satélite estranho em que, por artes de ficção científica, houvessem chegado um dia, nele assistindo a estranhas operações e estranhos ritos. Eu e os sábios que aqui ficamos escutaríamos encantados a narrativa, e a certa altura do uísque nacional sentiríamos vagamente que eles estavam mentindo, nunca houve Brasília nenhuma, tudo bafo, mas até que eles contam aquilo tudo muito direitinho, com uma big impressão de realidade. E se tornariam personagens histórico-lendários: camaradas que passaram cinco anos em outro planeta onde havia um lago imenso e não sei que arquiteturas magníficas e solitárias.

Certamente o governo revolucionário não fará a mudança de seus trecos só para dar-me este prazer de companhia e de papo, e os amigos continuaremos separados, carteando-nos de vez em quando. A razão não é bastante forte para determinar o retorno. Também, pudera, não existe outra razão que o justifique. Mas não será a falta de razão a melhor razão de certos atos?

(12 de novembro de 1965)

O NOVO GOVERNO

A posse mais tranquila, em dezembro, foi a do verão nas praias. Garantida por cinquenta mil biquínis e shorts, dez mil sorveteiros e vendedores de mate e refrigerantes diversos, gaivotas de pena e gaivotas de papel exercendo a vigilância aérea. Com utilização perfeita do equipamento de lanchas, barcos a vela, esqui aquático, pranchas de surfe, boias, barracas, esteiras, óleos de bronzear, óculos de esconder os olhos, baldes de carregar água para feitura de castelos e túneis na areia, e todos os demais petrechos necessários à segurança da posse e exercício imediato do poder, sem tutela.

Acima de todo o planejamento dos serviços responsáveis, porém, manda a justiça proclamar que esta posse mansa e pacífica deve ser creditada ao profundo sentimento veraniego dos moradores desta terra, nativos e forasteiros. Em dezembro, não aceitamos outro governo senão este, e repelimos qualquer tentativa (felizmente isolada) de subversão que tente impingir-nos sua substituição por outro governo sem bases populares. O mandato do verão não é conferido por tribunal em diploma; está gravado em nossos peitos queimados, na pele douradinha dos brotos, na folhagem ardente, na atmosfera. E para defendê-lo não pouparemos munição. Vem gente de bairros desconhecidos, talvez inexistentes, brota gente do interior do país, convocada ou por livre iniciativa, combatentes alertados acodem do estrangeiro, para garantir a posse do governador e viver sob a sua autoridade.

É um governo sem constituição e atos numerados, sem secretariado, sem orçamento, sem milícia e sem relações públicas. Contudo, não é um governo discricionário. A aceitação unânime dá-lhe foros de legalidade espontânea. Funciona onde dá pé e até onde não dá. À base de integração do fenômeno meteorológico, e de comunhão na alegria do sol.

Já fui governado por muitos senhores, sob regimes vários, inclusive o de exceção, que entre nós não é tão excepcional como parece, e confesso que de todos os dirigentes o que me deixou mais grata impressão continua sendo este governador de três meses, que não dá empregos nem demite empregados, não cassa nem caça (quando muito, assa, mas isso corre por culpa dos assados que não se cuidaram). A secretaria ideal de despachos ainda é a praia, verdadeiro palácio da alvorada, que Niemeyer não precisou projetar, surge todos os dias entre a espuma e a nuvem, com acesso franco à situação e à oposição, e você não precisa marcar audiência, basta marcar a companhia se não prefere entrar escoteiro na glauca sede autêntica do governo. A este regime praieiro e gaio, sereno, batido de brisa, todo em doces curvas e irisações de onda lavando o calor e o cansaço e o sujo da vida, seremos fiéis, com unanimidade.

(8 de dezembro de 1965)

VESTIDOS

Não sei por que, a eleição da sra. Indira Gandhi para primeiro-ministro da Índia, o fechamento da Casa Canadá e o 70° aniversário da invenção do cinema fundiram-se numa só imagem, projetada na tela interior do cronista. Talvez porque ao longo dessas matérias flutuassem vestidos. Longos brancos, esvoaçantes, que são os de maior rendimento plástico. Depois, de todas as cores e tamanhos, não só em levitação como inertes, no cabide, em caixas. Vestidos e mais vestidos e túnicas e sáris e sarongues e saiotes e saias e manequins circulando. Oh, perdoai-me se reduzo a importância político-sociológica da eleição de uma grande mulher para primeiro-ministro às proporções de um sári no poder. Perdoai-me se a longa e maravilhosa história do cinema, invenção revolucionária que ainda não completou o seu ciclo, passa a significar apenas um desfile de modas. Quanto à Canadá Modas, obviamente, não peço perdão, pois de vestidos e ornatos mulheris era a sua substância.

Começando pelo mais geral, confessarei que na história do cinema seduz-me, entre muitos outros poderes de comunicação e persuasão que ele revelou, o poder de fabricação de mitos, e, entre estes, os mitos femininos. São setenta anos de formulação e reformulação contínua de tipos que, partindo da visão cotidiana da mulher, a elevam à transcendência de imagens que só a poesia e a magia nos tinham feito pressentir. As técnicas naturalistas de conhecimento e as novas condições econômicas trabalhavam no sentido de desprestigiar a mulher, restringindo-a à posição de companheira comum de nossa existência masculina. Veio o cinema e produziu as mulheres imaginárias, mais belas do que qualquer uma de carne e osso, mesmo beneficiada pelos sortilégios dos salões de beleza. Criou as mulheres visíveis mas intocáveis, ao alcance de todos e de ninguém, pois se quebramos as leis que regem o comportamento do espectador, e as tocarmos na vida real, logo decaem à condição banal da espécie. Só existem no filme, forma peculiar de existência, na qual a erótica achou também uma forma peculiar de expressão.

E é o vestido que as encarna, são vestidos andando ou repousando, vestidos assinados por especialistas, coautores da produção ao lado do diretor, do argumentista, dos demais técnicos. O mito não anda pelado, sob pena de deixar de ser mito. O nu é aparição fugitiva e, se demora mais do que *"le temps d'un sein nu entre deux chemises"*,[145] dissolve o mito. Garbo, Dietrich, Hepburn, Crawford, Arletty, Bertini, Asta Nielsen eram deusas vestidas. As modernas, sem roupa, não chegam à categoria de mito ou se aniquilam como Marilyn.

Sim, é um sári governando a Índia, e embora tal vestimenta não seja rigorosamente o que por aqui se chama de vestido, nem por isso é menos vestido, e é até mais do que ele pela extensão drapejada em xale e em saia. Primeira veste feminina a quem os homens confiam a sorte de uma imensa comunidade: 5, 6 metros de pano fantasista envolvendo a dura responsabilidade que nenhum homem, no momento, estaria tão qualificado para assumir como herdeira moral de Nehru[146] e de Gandhi. É hora de ler Cecília Meireles: "Os sáris de seda reluzem como curvos pavões altivos."[147]

Resta a certeza de que dama nenhuma dirá mais a outra dama que o seu longo é obra da Canadá. Uma casa de alta-costura que se fecha acaba também com um tempo, uma concepção de elegância, um estilo. Um vestido mais espetacular recolhe-se ao museu, como o de dona Sarah;[148] os outros, ao museu da memória de quem os usou. Canadá fica sendo um vestido irreal no fundo do poço.

(21 de janeiro de 1966)

---

145 Versos finais do poema "A sílfide", de Paul Valéry (1871-1945): "o tempo de um seio nu / entre duas chemises". Chemise, no caso, é um vestido que se assemelha a uma camisa comprida, que desce até a altura dos joelhos.

146 Jawaharlal Nehru (1889-1964), primeiro-ministro da Índia, de 1947 a 1964.

147 Versos de abertura do poema "Família hindu", de Cecília Meireles (1901-1964).

148 Sarah Kubitschek (1908-1996), esposa do presidente JK, era cliente habitual da Canadá Modas.

LOJINHAS

Uma calçada no Rio de Janeiro nem sempre é uma calçada. Às vezes é uma lojinha, ou muitas lojinhas. Inconfundíveis, sem paredes, armários, vitrinas, balcões e outros acessórios antiquados. Funcionam ao ar livre, no chão de pedrinhas pretas e brancas, e não funcionam mal.

Cada lojinha está sempre assim de clientes. O dinheiro recebido pelo lojista é jogado ao solo, de mistura com os artigos expostos, e ali permanece em agradável desordem. Não atrai ladrões. Atrai outros clientes, fixados pelo encantamento visual daquelas cédulas atiradas a esmo, que o vento talvez espalhasse de maneira divertida, quem sabe? Mas até agora jamais voou alguma.

O lojista está sempre falando alto. Sua principal despesa não é com salário de empregados, luz, telefone, impostos e taxas, nada disso; é com voz. Apregoa suas especialidades em brado heroico e retumbante, com o máximo de ênfase literária, enquanto vai fazendo demonstrações da eficiência do produto. Alguns oferecem pequenos shows gratuitos, à base de prestidigitação, e o extremo interesse manifestado pelo público demonstra a boa qualidade do entretenimento. Transeuntes apressados, que necessitam correr ao banco ou à pretoria, perdem a hora do compromisso, enlevados com a exibição dos talentos do lojista.

A natureza das mercadorias é a mais variada, cumprindo ressaltar, os artigos necessários à difusão da cultura, como a caneta esferográfica, ou ao conforto do lar, como o descascador (inoxidável) de pepinos. A senhora de classe média, cujo orçamento estourou em março devido à anuidade escolar de quatro filhos, sabe que não ficará de pernas nuas no inverno, pois a lojinha da calçada lhe fornece meias de náilon a preço realmente convidativo e com a mesma duração das meias compradas nas lojas internas, ou seja, um dia para cada par. Não devem ser esquecidos os brinquedos engenhosos e de fácil aquisição, como o ratinho que sai em disparada e a aranha que nos sobe pelos joelhos, tão sedutores em sua simplicidade que muitos adultos os adquirem para levá-los a seus filhos e netos, mas sob reserva de domínio, pois também se deliciam em manejá-los pessoalmente.

Há de tudo: o relógio, a pera d'água, o guarda-chuva, os óculos Ray-Ban. Tudo é exagero. Notam-se algumas lacunas; o comércio de calçada ainda não lançou os eletrodomésticos de alto porte, móveis conversíveis para dormitório e sala de jantar, lanchas de recreio, locomotivas etc. Decerto o fará em estágio mais aprimorado de organização, se continuar a desfrutar de isenção tributária, e cessarem as perseguições que periodicamente lhe movem agentes administrativos.

No momento, as lojinhas de calçada passam por uma fase melindrosa, com a apreensão súbita de seus estoques por fiscais que percorrem diariamente a cidade. Afastados os fiscais, é certo, procedem os lojistas à imediata reposição dos estoques, para o que dispõem de reservas. A vida mercantil retoma o seu ritmo, mas a classe está preocupada: essas batidas fiscais se repetirão por muito tempo? Se tal acontecer, alguns lojistas já pensam em pôr em prática a lição do muito citado apólogo de Kafka: os leopardos invadiam o templo da floresta, à mesma hora, todos os dias, e profanavam os objetos sacros; os sacerdotes acabaram incluindo a profanação entre os atos do ritual.

Se a fiscalização das lojinhas observar a indispensável pontualidade, o ato de apreensão entrará na rotina comercial, e a cidade não perderá suas lojinhas ao ar livre, que tantos cariocas adoram.

(4 de março de 1966)

COSTUREIRO

Se o maior físico da atualidade visitasse o Brasil, não teria 5% da cobertura publicitária que vem alcançando o costureiro francês Pierre Cardin, hoje assunto que interessa profundamente o país. Por favor, não se veja nisto desapreço à ciência. Cardin é, a seu modo, um grande físico – não digo o maior, porque outros costureiros ilustres mantêm animada a competição, e não sei de eleição direta ou indireta que conduza à investidura suprema nesse ramo.

Físicos são os costureiros que ditam a moda universal, no sentido de que o campo de seus estudos, pesquisas e criações é menos a roupa do que o corpo. Têm a missão de modificar os corpos a cada estação, sem prejuízo das propriedades gerais da matéria; devem até inventá-los, em casos extremos, quando a natureza se omite: um vestido não pode ser usado no ar.

Também caberia chamá-los de escultores, pelo trabalho de modelagem a que se obrigam, mas prefiro a qualificação científica. Nem a arte nem a tecnologia absorvem a alta-costura, ciência que investiga os costumes, a temperatura social, a psicologia individual e coletiva, os imponderáveis, para chegar à produção de uma forma de pano que sirva de pretexto para um corpo.

O cientista Cardin, como todo cientista que se preza, tem algo de maravilhoso, que deslumbra as mulheres e, por intermédio destas, os homens. Não que as mulheres se vistam para os homens; sabe-se de há muito que elas se vestem para as outras mulheres, mas os homens caem em contemplação de enxeridos, ou em consequência do financiamento.

Cardin traça no ar um risco mágico, e a mulher alta e desabrochada vira criança de pré-primário, com a bola dos joelhos reluzindo ao sol da infância; suas coxas infantilizam-se e, com elas, os cuidados adultos, a tristeza de ter responsabilidades e pontos de vista maduros sobre os problemas da Terra.

Outra que sente demasiado calor já não o sentirá nunca mais: os pertences internos são abolidos e a natureza revela seus modelos de costureira máxima. A praia vai para o salão, ou o salão corre à praia, tanto faz, se a arte maior do costureiro é mesmo abolir a costura.

— Como é que não me vestirei amanhã, dentro da moda? – pergunta a mulher pioneira, esperando que Cardin e outros sábios deem a resposta autorizativa, num modelo que sintetize o ser e o não ser, a elegância no despojamento, o nada no tudo.

Os costureiros são chamados a desempenhar papel cada vez mais relevante em nosso tempo. Já os críticos de costura dizem que Cardin liberta a mulher de suas prisões e limitações clássicas. E outorga-lhe essa liberdade sem recorrer a métodos subversivos do estatuto social. Simplesmente, cortando, diminuindo, suprimindo medidas, estabelecendo relações novas entre as seções anatômicas femininas. A mulher integra-se na era espacial e já não precisa, entre nós, de uma boa reforma do Código Civil; passou a andar com liberdade.

(11 de março de 1966)

GEDEÃO

Chega de gente! exclamei de manhã, ao ler isso e aquilo nos jornais. Vamos aos camelos.

— O senhor não pode falar com ele – disse-me o guarda, no portão inglês do Jardim Zoológico — Gedeão está invisível.

— Foi cassado? – perguntei-lhe sem espanto.

— Cassado, propriamente não. Está à morte.

— E de que doença ele morre?

— Nenhuma. De velhice.

Ia duvidar, pois ainda no ano passado vira Gedeão em plena forma, tão jovem ou, por outra, tão sem idade, tal como os camelos parecem habitualmente. Mas o guarda me fez ver que os camelos, como as instituições, envelhecem terrivelmente depressa. Muito mais rápido que os homens. Enquanto um de nós aporta aos 60, ele já atingiu 120, e isso sem passar dos 35. Cada mês, cada dia, cada hora de nossa vida equivalem a cerca de três na existência cameleoa. A medonha condensação e intensidade de experiência que isso representa, na sorte de um camelo e de tantos outros animais – o guarda não comentou, nem eu lhe fiz ver. Mas senti. Aos animais de pequeno porte não lamentamos a vida breve. Mas a esse não parece injusto?

— Gedeão cumpriu seu destino – o guarda me falou, sentenciosamente.
— Deixa três filhos no Brasil. Era um bom camelo.

Mas qual é mesmo o destino de um camelo? fiquei pensando. Trotar pelo deserto, carregando gente e mercadorias, como viatura que prescinde de óleo diesel; fingir disso no cinema sem ganhar salário de artista, como as demais figurantes; mostrar-se como palerma a crianças, no Zoológico?

Realmente, não se sabe para que nascem ainda camelos. Uma estrutura tão rara, de tão breve duração, um meio de transporte ultrapassado e uma distração pouco fascinante para meninos que sonham em controlar o

305

Surveyor.[149] O erro do camelo foi deixar-se domesticar. O homem fez dele uma utilidade, e uma curiosidade, como é vício nosso fazer. A utilidade acabou, em face dos recursos técnicos de hoje. A curiosidade cede lugar à cápsula Gemini,[150] que eu vi acender uma centelha de êxtase nos olhos de meu neto. Passou a vez dos camelos.

Contudo, não quis deixar de aproximar-me de Gedeão. A forma animal me comove sempre. A cutia do Campo de Santana (que aguarda a indispensável remodelação e proteção do parque, prometida pelo dr. Negrão[151]) e um munícipe que me apraz encontrar toda vez que passo por ali, e às vezes passo só para espiá-la. O camelo Gedeão, mesmo destituído de sua primeira nobreza da vida selvagem, é um ser admirável pelo que ainda conserva de bicho, de giba dupla, de instinto e de dignidade nativa, em meio à indistinção, à incaracterística unanimidade dos bichos que se humanizam no contato com os homens, e dos homens que perdem o senso da diferença, da variedade, da afirmação pessoal, e se tornam por sua vez animais domésticos.

O guarda consentiu que eu chegasse perto do animal vencido e o contemplasse. Não fui entrevistar Gedeão, recolher-lhe as sensações da agonia, como um repórter que ouve os políticos no fim. Olhei-o apenas. Um animal que morre sabe fazê-lo com absoluta dignidade, no seu canto, no seu silêncio, e Gedeão não fugia a essa lei anterior aos parlamentos.

(10 de junho de 1966)

---

149   Sete espaçonaves não-tripuladas chamadas Surveyor foram enviadas pelos EUA à Lua, entre 1966 e 1968.

150   Espaçonave com lugar para dois tripulantes, lançada pela Nasa em 1962.

151   Negrão de Lima foi o governador da Guanabara entre os anos de 1965 e 1971.

TELEFONISTA

Antigamente detestávamos a telefonista. Mal você tirava o fone do gancho, ela, glacial e abelhuda, penetrava na sua vida:

— Número, faz favor?

E só depois de saber o número consentia em que conversássemos à distância com o nosso amor. Nem sempre consentia. Muitas vezes nem fazia a pergunta; ficávamos horas e séculos esperando que se intrometesse. Afinal se intrometia. Você lhe dava o número, repetia, tornava a repetir, bufava: nada. Se a ligação se fazia, era interrompida no melhor do oaristo. Quantas vezes, oh milhares de quantas, brigamos de palavrão com a telefonista porque ela não ligava, isto é, não fazia a ligação, e nós a responsabilizamos pela deficiência das instalações, pela técnica atrasada, pelo mau tempo, pela não invenção, até aquela data, do telefone automático!

Veio o automático, nossas relações com a telefonista melhoraram 99%. À base, porém, de desaparecimento. Ela já não interfere ostensivamente em nossa vida verbal, reservando-se para os casos de interurbano e internacional, este último exclusivo dos *happy few*,[152] e para providências relativas a um aparelho estragado, uma ligação nova. De invisível que era, ficou quase inaudível. Passou a não existir, salvo aquela moça que encontramos à entrada ou num canto dos escritórios, curvada sobre o painel, e com quem fazemos amizade. A outra, a misteriosa senhorita da Companhia Telefônica, essa ficou mais misteriosa ainda. Mas já não inspira a ladainha de Marcel Proust, que a chamava de Virgem Vigilante, Danaide do Invisível, Sombria Sacerdotisa, Fúria Irônica. Temos por ela uma vaga simpatia: a simpatia que nos provoca uma voz, desligada de rosto, e que nos permite imaginar esse rosto à feição de nossa fantasia, Vênus ou Cardinale ou Miss não sei que Estado de Graça...

---

152 Em inglês, "poucos felizardos", expressão consagrada na peça *Henrique V*, de Shakespeare.

Lendo o apelo da Companhia – "Neste dia que lhe é dedicado, saudemos a telefonista", senti-me possuído de ternura e disquei para 00, mas, antes que eu a saudasse, a moça me perguntou que auxílio eu desejava; para 01, e ela me disse logo que os circuitos para a Argentina estavam interrompidos; para 02, indagou solícita qual o defeito do meu aparelho; para 04, não havia 04; para 05, havia problema com a minha conta?; para 06, eu queria falar para Governador?; para 07, não, eu não queria falar para Caxias nem para Niterói; queria apenas saudar a telefonista, mas verifiquei que a uma telefonista não se saúda pelo telefone, para ela instrumento de trabalho e não de festa, para nós instrumento de tudo, trabalho, namoro, negócio, jogo do bicho, papo gratuito, festa.

Ponderei que o melhor meio de saudar a telefonista é saudá-la em pensamento. No Dia da Telefonista, dispensá-la da chateação e do desconcerto musical de vozes do telefone. Outra comemoração, esta positiva, seria oferecer a cada uma 200 ações preferenciais da Companhia, a título de reconhecimento; mas convinha antes catequizar os acionistas. Pensei em telefonar nesse sentido à diretoria, mas abstive-me, dizendo comigo mesmo, à maneira do ex-ministro Mem de Sá:[153] quem sou eu? E não soube me responder.

De qualquer modo, atendi ao desejo da Companhia, pensando afetuosamente nas telefonistas de ontem e de hoje, intermediárias do grande diálogo humano através dos ares, escravas da paciência e do assunto alheio, e que não devem sentir prazer algum quando telefonam como usuárias do serviço, depois de promoverem milhões de ligações para os usuários. E se todos telefonássemos menos, cultivássemos o silêncio comunicante, para repouso da telefonista? Vai daqui minha homenagem a dona Natalina, telefonista do jornal e, através dela, ao batalhão invisível.

(1º de julho de 1966)

---

153 Mem de Azambuja Sá (1905-1989), ministro da Justiça de Castelo Branco. Havia se demitido dias antes.

ROSÁCEA

Como é bela a nota de dez mil cruzeiros! Não bela em si, mas em descrição. Se lhe examinarmos o fac-símile, não tem nada de mais ou de menos com referência às notas em circulação ou já recolhidas, honradamente feias. Vem repleta de enfeites e babados, para dificultar a falsificação, mas não há de ser só por isso; acredito que deve ser também para dar prazer estético a quem ame a tradição e sofra com os rumos atuais da arte. É uma nota desenhada em 1850 para valer em 1966.

Mas se não olharmos o modelo e lermos apenas a descrição, a cascata de palavras encantatórias transfigura tudo. Ficamos sabendo que a nota tem rosáceas, tem filetes ondulados, tem florão. Florão simples? Não: florão irisado. Tem até corondel, que lembra coromandel, que lembra diamante, que não precisa lembrar nada: diamante é. São só dez mil cruzeiros, mas quanta iluminação comporta uma palavra dessas!

Levar no bolso várias rosáceas (umas em retângulo estilizado, outras de forma quadricular, outra triangular, outra losangular), tudo dentro de uma cédula azul do Banco Central, não é carregar apenas uma figura geométrica que sugere a olência da rosa; é ter consigo um fragmento da Notre-Dame de Paris ou do Batistério de Florença, em lugar de vil dinheiro. É bem verdade que no centro da rosácea principal está o valor nominal da cédula, tão nominal que chega a ser irreal, para constar, não para valer. Esqueçamos o valor e concentremos o pensamento na palavra e na forma rosácea: pronto, a inflação já não dói, e conduz à magia.

— Queres me passar vinte rosáceas azuis para eu comprar um par de sapatos de verniz com lacinho? diz a esposa ao esposo, e este não sente que lhe pediram 200 mil cruzeiros; sente o apelo poético:

— Só isso, amada minha? Leve quarenta, leve cinquenta rosáceas.

E tem ainda a microchancela do dr. Bulhões e do dr. Dênio.[154] A mim, o que microchancela inspira é economia, é redução da tarde de autógrafos, a tarde de microautógrafos, ou mesmo a microtarde, com apreciável poupança de tempo e esforço muscular para os escritores que vão às livrarias e butiques dedicar suas produções aos compradores. Não precisam ir mais. Em casa, mediante carimbo, a cozinheira Edelfísia bota a microchancela do patrão nos exemplares, aproveitando a lição da numismática.

Não compreendi foi o aumento de tamanho das notas, sob a alegação de que assim os falsificadores suarão mais a camisa para imitá-las. Se é por isso, o recomendável seria imprimir notas de 1,40 m por 1,25 m, como as notificações do Imposto de Renda, multiplicando as fiorituras em forma de rosa, de lírio, de antúrio, de jacinto etc., de sorte que o trabalho de fabricação de uma nota falsa custasse incomparavelmente mais do que o valor de uma nota dita legítima, e exigisse instalações e depósitos incompatíveis com a realidade imobiliária. Tangidos pela dificuldade material, os falsificadores iriam bater às portas do Banco Nacional da Habitação, pleiteando financiamento, ocasião em que seriam identificados e presos.

Eis as reflexões que me ocorrem a propósito da nota de dez mil cruzeiros. Não são muito originais, ela também não é. A homenagem a Santos Dumont leva a gente, não de 14-Bis, mas a jato, a 1900, e provoca este suspiro nostálgico:

— Que saudade do níquel de tostão.

Porque ele, sim, valia mesmo, como o Tostão mineiro de hoje.

(8 de julho de 1966)

---

154 Ambos economistas: Otávio Gouveia de Bulhões (1906-1990), ministro da Fazenda do presidente Castelo Branco; e Dênio Chagas Nogueira (1920-1997), primeiro presidente do Banco Central (BC), de 1965 a 1967.

ÍCARO

— Querida, amemo-nos com urgência. Vem aí o asteroide Ícaro, e ninguém sabe o que acontecerá se ele tirar um fino na Terra! – adverte o apaixonado ao esquivo objeto de suas insônias.

— Mas o Ícaro passa a 6,5 milhões de quilômetros de Ipanema – responde-lhe a irredutível, com o sorriso mais cruel que se possa juntar a uma recusa.

— Ai de mim! A órbita dos corpos celestes pode ser alterada. Basta que se faça sentir mais intensamente a força gravitacional de um astro poderoso, e será fatal o desvio de Ícaro para o nosso lado. Não compreendes, não sentes a morte girando sobre os afetos humanos? Ó amor, ó bloco de gelo e mármore, se o mundo acaba e eu não te tenho nos braços ao menos por uma breve noite de bodas, de que me valeu ter vivido trinta anos?

— Então espere até 17 de junho de 1968. Na véspera da passagem de Ícaro, pela manhã você me telefona, e quem sabe? ...

— Mas que história é essa de um bólide de baixo escalão, com pouco mais de 1,5 mil metros de diâmetro, ameaçar o meu governo antes de eu ser eleito? – exclama o marechal Costa e Silva.[155] Eu venho observando todas as regras do jogo, troquei o calendário gregoriano pelo calendário eleitoral do Castelo, e me botam esse asteroide no caminho para daqui a dois anos?!

— Se o tal de Ícaro bate com o rabo na Terra daqui a dois anos – calcula o empresário — o melhor é eu entrar logo na justiça com o pedido de concordata para pagar integralmente no fim desse prazo, pela forma que apetecer aos credores. E baibai, que vou aproveitar os últimos dias de Pompeia.

---

155 O marechal Artur da Costa e Silva (1899-1969) foi o segundo presidente da ditadura militar. Único candidato a concorrer, seria eleito indiretamente, pelo Congresso, no dia do seu aniversário, 3 de outubro.

— Dois anos? Dá tempo para mais uns três casamentos – diz a jovem senhora, admiradora de Brigitte Bardot.

"Prezado cliente. Em face do possível aniquilamento do nosso planeta no dia 18 de junho de 1968, pela deplorável colisão com o asteroide Ícaro, evento que não é inarredável, mas Vossa Senhoria compreende que temos de nos colocar a coberto de todos os riscos, muito a contragosto somos forçados a comunicar-lhe que fica sem efeito o financiamento que este Banco tinha em mente conceder-lhe por dez anos, para montagem e funcionamento de um laboratório especializado em pílulas anticoncepcionais (projeto Controlvite), pois seria obviamente contraindicada semelhante inversão de recursos. Todavia, com o máximo prazer continuamos à disposição do estimado cliente para o desejável financiamento, a curto prazo, da produção de tranquilizante e de um novo tipo de uísque mais reforçado, que tudo indica serão de enorme consumo nesses dois anos que faltam. Com todo o apreço e precaução, (a) Banco Mineiro da Produtividade."

O amador de catástrofes:

— Estados Unidos e União Soviética, meus queridos, para que tanto trabalho e aflição com os projetos de chegar à Lua em 1970, um primeiro que o outro. Se o mundo explodir, os destroços poderão chegar lá em 1968.

(29 de julho de 1966)

312

A NOTA & A CARTA

Outro dia alinhavei um comentário às notas de dez mil cruzeiros. Logo me telefonaram do Banco Central, convidando-me a receber uma delas. Considerando que minha ida ao estabelecimento custaria mais do que isso, em táxi e tempo, e qu a vinda do portador à minha casa não ficaria por menos, achei preferível adiar o conhecimento da nova cédula até que ela começasse a circular. O Banco, porém, sempre amável, fez questão de que o cronista fosse dos primeiros a manusear esse papel. E mandou-me um exemplar.

Decepção: era uma nota, sim, mas de n.º 000000, série 000A, com duas perfurações e esta palavra impressa quatro vezes em vermelho: "Modelo." Assim, não. Por um momento, cheguei a suspeitar no dr. Dênio a intenção maliciosa de expor-me a vexame: figurei-me indo ao cinema e pagando a entrada com aquela nota; a bilheteira olhava para os dez mil, espantada; olhava depois para mim, muito séria; em seguida, chamava o gerente; após uma série de complicações, a grave manchete: "Cronista passador de nota falsa será julgado pela Justiça Militar"; onde é que essa história iria parar?

Felizmente não sou dos mais distraídos, nem o Banco – compreendi – terá tido esse mau pensamento. Ele quis apenas divulgar desde logo o novo dinheiro, que hoje está sendo lançado na cidade mineira de Santos Dumont.[156] A nota reproduz o retrato do pai da aviação e seu histórico 14-Bis. Na homenagem estará jacente o reconhecimento de que a inflação voa mais alto e mais célere do que os mísseis, e que o cem réis do tempo de Santos Dumont atingiu a altura dos dez mil cruzeiros.

A nota é que não acompanha a ascensão. A gente esperava algo equivalente a uma cédula americana de cem dólares, que simplificasse a vida. E vem

---

156 A cidade de Palmira passou a se chamar Santos Dumont em 1932, ano da morte do inventor.

mais um trocado. Tenho de sugerir ao meu amigo alfaiate Carlos Moreira uma bossa que há muito venho imaginando para resolver o problema do transporte de dinheiro na roupa masculina: um paletó sem bolsos (para que teria bolso?), com um saco preso às costas. Quanto às mulheres, escusa de chamar o Guy Laroche, nem seria galante obrigá-las a carregar o fardo: cada uma será seguida por um pajem provido da dita indumentária funcional, o novo paletó-saco, de minha criação. Este pajem será marido, namorado, assalariado, escravo, o que quiserem; e pode ser também um boneco mecânico; exige-se apenas que suporte boa quantidade de dinheiro nacional.

Estou esperando que gentileza idêntica à do Banco Nacional me seja prestada pelo gabinete civil da Presidência da República: a oferta de um exemplar do projeto de Constituição[157] elaborado pela douta comissão de juristas. Ouvi que o Ministério da Justiça o achou antiquado e pretende introduzir-lhe novidades consoante o espírito (ou a ausência dele) que sopra no momento. Pois os tempos são novos e os juristas são velhos, e pretendem restabelecer velhas franquias, que já não servem para nada. Sendo assim, que me mandem o escrito daqueles mestres. Não que eu pretenda retocá-lo, mas passarei o expediente aos três meninos aqui de casa, para que eles digam o que pode existir ou subsistir hoje em dia (se alguma coisa pode subsistir), numa Constituição (se é que pode existir uma Constituição). Por mim, sugiro que, à maneira da nota de dez mil cruzeiros, ela seja lançada, a título de experiência, apenas numa cidade qualquer, cearense por exemplo.[158]

(24 de agosto de 1966)

---

157 O projeto da nova Constituição Federal seria publicado em dezembro de 1966, e a Constituição, aprovada pelo Congresso em março do ano seguinte.

158 O presidente Castelo Branco era de Fortaleza.

17 MIL HORAS

Os velhos funcionários aposentam-se depois de 35 anos de serviço estático e vão para casa dedicar-se a estudos sobre o panorama visto da janela. Ivone, a aeromoça paulista, aposentou-se com 17 mil horas de voo, mas não vai janelar. Comprou um automóvel, e dentro dele pretende conhecer a Terra.

— A Terra, Ivone, você não a viu bastante lá de cima?

Ver, ela viu, mas outra coisa é conhecer, é estar ao nível das coisas, tocá-las, senti-las, possuí-las. Dezessete mil horas de voo são 17 anos de desligamento fracionado das coisas. Ivone pisava o chão de São Paulo, de repente ei-la arrebatada ao céu, não por um carro de chamas como o profeta Elias, que não volta mais, mas pelo avião que vai e volta indefinidamente. Ela perde a horizontalidade plácida que nos congrega sobre a face da Terra, mas, nem bem aconteceu isto, o avião pousa, Ivone é de novo terrestre, mas só provisoriamente, sua profissão não é cá de baixo, seu local de trabalho não é uma sala num edifício, e ela sobe outra vez, desce, sobe, uma confusão. Dezessete mil horas nessa confusão.

Ivone se interroga, esquecida de sua experiência infantil, do tempo em que andava como a gente anda: como é mesmo esse negócio de terra? Seus sapatos pisam no ar, sua vida responsável desenrola-se no ar, toda ela é ar dentro de uma gaiola fechada, com pequenas transparências paisagísticas. O mais são pousos, intervalos, hotéis. Em 17 anos não viu os homens e as mulheres ao natural, no dia a dia que permite conhecê-los em sua realidade. Viu passageiros, uns simpáticos como o embaixador Chateaubriand,[159] que lhe levava flores, outros intratáveis, que viviam reclamando, outros espavoridos que eram um convite à catástrofe. Dezessete anos olhando

---

159 Assis Chateaubriand (1892-1968), o Chatô, foi embaixador do Brasil no Reino Unido, de 1957 a 1960.

transeuntes, e transeuntes sentados, com cintos de segurança, nessa passadeira monótona que é o avião.

Nem mesmo ela conheceu a fulguração do desastre aéreo, experiência que, no mínimo, nos deixa marcados para sempre, no corpo ou na alma. O deus da aviação parece ter resolvido: "Em aparelho que tenha Ivone de comissária eu não quero um parafuso fora do lugar." Caprichou mesmo em deixar-lhe amáveis lembranças, como as flores do embaixador e os suvenires que ela foi adquirindo nas rápidas descidas aos pontos da rota, hoje pequeno museu em sua casa. Pois Ivone reconquistou o direito de morar em casa. Direito, entretanto, que não se mostra desejosa de exercer. Vai andar por aí, guiando seu carro, que avião não a deixaram pilotar. E sempre que lhe apetecer, para, abre a porta, desce, vê a terra bem vista, vê as pessoas, as coisas, conversa, nem liga para o avião, que lá está passando com outra Ivone a bordo, outra Ivone que está contando hora até inteirar 17 mil.

Na verdade, o tempo que esta Ivone passou voando, ou sendo voada, só contou para aposentadoria, pois agora é que ela vai continuar em seu caminho terrestre, descobrir e redescobrir o comum das coisas, que é onde costuma estar o segredo de tudo. Desejo-lhe boa sorte, boas viagens, e, se encontrar na estrada um moço pedindo carona, antes de abrir a porta indague se ele é aviador; casamento, só com pessoal de terra.

(9 de setembro de 1966)

PROCISSÃO

A noite caiu em Ouro Preto. Descendo a rua do Ouvidor, tínhamos em volta a multidão possuída de estranho recolhimento. Movia-se vagarosa, em burburinho surdo, com a consciência não de assistir a um ato memorável, mas de participar dele, pelo fluido emocional que transforma espectadores em intérpretes. Nem era espetáculo. Era – observou alguém – um pesadelo. No fundo da praça Tomás Gonzaga, a pequena distância da Igreja de São Francisco de Assis, emergindo da luz crua dos projetores, a enorme cruz se erguia ao ar livre, e um corpo seminu, pregado a seus braços, deixava pender a cabeça. Duas cruzes menores a flanqueavam, e numa delas um homem retorcido e grotesco também estava morto, enquanto na outra o cadáver tinha postura mais serena.

A luz, incidindo sobre as escassas vestes coloridas dos três corpos, mais os implantava na noite negra, noite que vinha pesada de todos os morros de toda a região mineira, e na qual o recorte dos balcões de treliça, acesos nos sobrados das ruas, aumentava a impressão de irrealidade. Junto à cruz principal, duas escadas, também negras, se alçavam. E cá embaixo, capacetes e lanças, túnicas vermelhas, mulheres de véu, figuras inusitadas ostentando roupas alheias ao cotidiano, que drapejavam à brisa.

Então, ouviu-se a voz severa, dizendo da razão daquelas cruzes. E enquanto a voz explicava, dois vultos sombrios iam galgando as escadas e se debruçando sobre o corpo mais puro, o do meio, aquele que mais infundia um sentimento de mortal angústia. Despregaram-lhe suavemente as mãos e os pés, e foram descendo em silêncio, devagar, com os despojos. Centuriões, mulheres e homens do povo aproximaram-se, e mãos minuciosas deitaram o corpo sobre um esquife que permaneceria aberto. Aí começou, noite adentro, cidade adentro, a procissão do Enterro, da Sexta-Feira Santa em Ouro Preto. Não haverá muitas, entre nossas cerimônias religiosas, que pelo realismo fantástico, mescla de notações terrestres e sugestões místicas, se equiparem a essa, de barroquismo envolvente, e que do barroco mantém aquele traço de crueldade que os críticos assinalam como um dos elementos dessa arte.

O sentimento religioso é caldeado no "terror santo" que a passagem do corpo sangrento, sob a lenta oscilação do pálio, pelas ladeiras difíceis, entre renques de luminárias pendentes dos sobrados, infunde no observador. Mas não há observadores. Toda a assistência desempenha um papel nesse episódio de massas autoflageladas, de varas de prata batendo surdamente nas pedras, de anjos, milicianos, apóstolos e irmandades inteiras, que caminham sem pressa e parecem querer palmilhar a cidade de ponta a ponta.

Staccato. Arma-se um estrado no meio da rua, e sobe a moça loura, que até alguns momentos antes era uma senhorita de Ouro Preto, mas agora, fazendo ouvir sua lamentação grave e límpida, na madrugada, bem sabemos que se tornou Verônica.

Sim, na madrugada, pois a procissão termina às quatro da manhã, tangida que foi pela chuva, e obrigada inicialmente a recolher-se à nave de São Francisco, onde, por efeito da iluminação indireta, resplandecia no alto o painel mulato do Ataíde.[160] Foi um triste momento, e já não se pensava que aquele cortejo de espantos pudesse recompor-se, com suas sedas e ouropéis borrifados e amarfanhados, seus anjinhos sonolentos arregaçando as túnicas para cochilar nos degraus do consistório, seu caos aparente. Homens de pouca fé tinham voltado para casa, e outros, ainda menos visitados pelo espírito de Deus, saíram à procura de um vago boteco onde pudessem passar o resto da noite, aguardando as aleluias. E já se perdiam esses últimos nas brumas de suas cismas particulares, noite expirante, copos vazios, quando um rumor confuso, brando e litúrgico, lhes chegou aos ouvidos. Àquela hora?... Não podia ser. Ninguém mais pensava em procissão. Pois era, e o cortejo desenrolava-se rua Direita abaixo na marcação lenta e segura de sempre, conjurando chuva e desânimo, a música solene enchia o vale e chamava os fiéis, que despertavam em suas camas ou se erguiam das mesas de

---

160 O pintor Manuel da Costa Ataíde, conhecido como Mestre Ataíde (1762-1830).

318

bar para acompanhá-lo. E ao depositar o corpo do Senhor no bojo dourado do Pilar, transcorridas tantas horas, a procissão era talvez maior do que no começo, graças à incorporação de outros seguidores que ia fazendo a cada rua por onde passava, infindável e trágica.

(20 de março de 1967)

DICIONÁRIOS

O grupo de garotas da faculdade sorri na televisão: está preparando um dicionário de gíria, e pede que cada um de nós contribua literariamente para a execução do projeto, informando-lhe o que fala ou ouve nessa linguagem dentro da língua.

As garotas querem dicionarizar o vento; todos sabemos que as criações da gíria passam mais depressa do que ele, deixando apenas uma ou outra folha seca. O achado de gíria que circulou em 1960 soa hoje, na boca de um retardatário, tão estranho quanto o soaria o português de Paay Gomes Charinho,[161] que alguém se lembrasse de usar para pedir um chope num bar de Ipanema. Isto quanto à gíria que se pretende geral, socializante, integralizadora, pois as outras, as de profissão ou grupo, tendem à permanência e ao incógnito em face dos demais grupos e profissões: são códigos mais ou menos secretos.

Mas deixemos as meninas brincarem de dicionário, à sombra de mestre Nascentes[162] e de Stanislaw Ponte Preta.[163] Pois de dicionários estamos sempre precisados. A vida vai-se tornando uma consulta ininterrupta aos dicionários mais diversos, e muitas vezes não existe ainda aquele tal que procurávamos. Exemplo: um policial aqui da Guanabara (ou de qualquer parte do país, que o dom de inventar não é privilégio da casa) inventa um novo método de tortura, que tanto pode ser experimentado no interior do

---

161 Paay Gomes Charinho (1225-1295), trovador galego. Também conhecido como Pai ou Paio.

162 Antenor Nascentes (1886-1972), filólogo, autor do livro *A gíria brasileira*, publicado em 1953.

163 Pseudônimo do escritor Sérgio Porto (1923-1968). Na antologia *O Rio de Janeiro em prosa e verso*, organizada por Drummond e Manuel Bandeira, publicou o texto "É esta a gíria de hoje".

xadrez como num hospital mantido pelos cofres públicos. Como qualificar a novidade? Não se compôs ainda, que eu saiba, um dicionário de torturas, muito embora estas sejam numerosas e de aplicação frequente. Os dicionários gerais da língua, se forem atualizados, conterão verbetes definidores de diferentes processos de inquirição de criminosos e inocentes, utilizados em técnica policial. Mas sempre faltará alguma coisa. Procuro "pau de arara" no *Melhoramentos*, e encontro a planta voquisiácea, a alcunha do nordestino migrador, e o "pedaço de madeira apoiado em duas cadeiras ou outros objetos, onde o criminoso é pendurado pelos jarretes, de cabeça para baixo". Perfeito; só que o criminoso nem sempre o é; acaba se confessando tal, por força do instrumento.

Já "perna de pau", para esse bom dicionário, é a própria, e mais a ave caradriídea, e o jogador inábil de futebol; falta a acepção do pau amarrado à perna do preso, de maneira tal que ele não possa flexionar o joelho durante 24 horas ou mais; coisinha à toa, como se vê, que empalidece diante de um "racha-peito", durante o qual os defensores da sociedade sobem a uma cadeira e saltam de pés juntos sobre o tórax do... paciente, estirado no chão, de pés e mãos amarrados, com uma almofada (detalhe carinhoso) sobre o peito.

Não acho essas coisas em meu dicionário, e convém saber-lhes os nomes, pois não? Assim, conhecemos novas modalidades de *causa mortis*, ausentes dos tratados de patologia, mas presentes na vida real. É de utilidade pública saber que telefone não significa apenas aparelho de namorar ou de jogar no bicho, mas também de "refrescar a memória", com tapas nos dois ouvidos ao mesmo tempo, "para que a compressão do ar sobre os tímpanos produza atordoamento", o que se obtém "com a palma das mãos fechada em concha". O verbete não está redigido; copio de uma reportagem de Carlos André Marcier.[164] Você sabe o que é "liquidificador"? E "fecha-baú"? E "anjinho", e "caldo", e "Cristo Redentor" (perdoai-lhes, Senhor, se até mesmo a extrema perversidade se lembra de vosso santo nome, em preito de ironia e remorso)?

---

164 À época, repórter do *Correio da Manhã*.

Faltam-nos tantos dicionários. O de buracos, que variam ao infinito em tamanhos, duração e finalidade. O de leis castelistas, em oitenta e cinco volumes. O de intenções e promessas de entendimento, diálogo, humanização etc. E esse de torturas, prático, bem ilustrado, oh, sobretudo ilustrado e, se possível, como certos dicionários de música, trazendo gravações de vozes e ruídos demonstrativos.

(9 de abril de 1967)

CABEÇA DE MÁRIO

Não me admiraria nada se amanhã viessem dizer-me que desapareceu a estátua do Marechal Deodoro, com pedestal e tudo, na praça Paris. Pois os ladrões no ramo da escultura começaram simplesmente roubando letras de bronze em inscrições literárias nos monumentos públicos. Passaram depois às coroas do mesmo metal. (Nossos monumentos, temerosos de exprimir deficitariamente ideias de grandeza ou beleza, ornam-se de cachos vocabulares e outros.) Numa terceira fase, os ladrões entraram a subtrair bustos inteiros, como agora o de Afrânio Peixoto,[165] no Jardim da Glória. Amanhã, por que não? Cabral, Deodoro, Floriano, Pedro I, com suas bandeiras, cavalos, i-juca-piramas e demais acessórios, terão a mesma sorte.

Perdão. Não foi o busto de Afrânio que eles carregaram esta semana – corrige o repórter, a meu lado. Julgava-se que fosse, porque ninguém olha realmente para os bustos, nem é capaz de dizer com segurança quem é quem, em nossos jardins. Todos os bustos são iguais, à indiferença do olhar. O furtado foi Mário de Andrade.

Aqui corrijo eu: não é busto, mas cabeça, talhada por Bruno Giorgi, e posta no jardim da Glória por iniciativa de seu fiel Murilo Miranda.[166] Jardim da Glória: fico pensando na ironia involuntária do local e do desaparecimento. Como se o ladrão quisesse poupar ao chefe do modernismo brasileiro o vexame de uma glória acadêmica, oficial, no arquivo público de celebridades que são nossos infelizes jardins. Ou, pelo contrário, se pretendesse arrancar dali o intruso que não merece figurar ao lado de X, de Y, dos que acrescentaram à pátria. Nesse caso, quem deverá ocupar o vazio, a juízo do ladrão? Oswald de Andrade, talvez, para o qual se reivindica o primado, na verdadeira revolução poética?...

---

165 Afrânio Peixoto (1876-1947), médico e escritor, autor de *Sinhazinha* (1929).
166 Bruno Giorgi (1905-1993), escultor; Murilo Miranda (1912-1971), escritor e jornalista, fundador da *Revista Acadêmica*.

Morasse no Rio o poeta Paulo Armando,[167] e eu lhe atribuiria o furto, com diversa e simples intenção: a de levar para casa a imagem do escritor querido e venerado entre todos, e tê-la como presença de Mário. Porém vive em Porto Alegre o arrebatado Paulo, e temos de identificar um responsável carioca pelo sumiço. Vai ver que foi um simples ladrão de granito, interessado em vender a peso o que era o rosto de um poeta.

Que página viva não escreveria Mário de Andrade sobre o desaparecimento de sua representação plástica! Pois já escreveu, ou quase. Em *Os filhos da Candinha* há uma crônica sobre "o culto das estátuas", que encerra suas reflexões sobre a finalidade e o destino dos monumentos. "A função permanente da estátua não é conservar a memória de ninguém, é divertir o olhar da gente. O fato é que bem pouco as estátuas divertem." Divertir, isto é, "ter uma função educativa". Mas só há "um jeito de o monumento ser educativo: é pela grandiosidade obstruente e incomodatícia. O monumento pra chamar a atenção de verdade não pode fazer parte da rua... tem que atrapalhar". E o comum das estátuas não passa de mesquinharias, que perdem para "uma dona em toalete de baile" atravessando a rua. O culto das estátuas, que substitui o culto dos mortos, chega a significar o culto do próprio ego, pelos "amigos do morto", que ao levantarem a estátua se justificam em grupo. Daí a inutilidade funcional das estátuas, a menos que sirvam "como ponto de referência ou marcação de randevu".

Pelo visto, Mário de Andrade não sofreria com a perda de sua cabeça em pedra, sem embargo da admiração que votava ao nosso grande Bruno Giorgi, cuja obra estudou em texto magnífico. A própria ideia de busto ou cabeça de monumento concentrado e perdido no jardim imenso, despercebido de todos é que justificaria sua recusa em sentir a perda. Exclamaria talvez, em sorriso aberto, enclavinhando os dedos:

— Roubaram, é? E ninguém não viu, me'irmão? Que delícia!

(21 de maio de 1967)

---

167 Paulo Armando, poeta e jornalista, foi hóspede de Mário de Andrade em 1945, ano de sua morte. Mário, porém, em carta a amigos, dizia ter se arrependido da decisão de acolher o poeta, julgando-o uma espécie de aproveitador.

A INTENSA PALAVRA

Que fim levou o Dia dos Namorados? Na última semana, procurei em vão nos jornais e TVs aqueles anúncios líricos, em que lojas e fabricantes de coisas presenteáveis lembram ao namorado a obrigação de oferecer um mimo à namorada, e a esta a obrigação recíproca. Silenciou o comércio. O namoro terá deixado de ser mercado consumidor? Ou já não existem namorados?

Existem, sim, só que no parque do Flamengo, segundo me observa um interessado, eles não têm vez. Os bancos foram colocados ali de tal modo que a nenhum deles corresponde uma arvorezinha que seja. Tudo ao sol, sem esperança de sombra – e a sombra não é para esconder os namorados, incitando-os a efusões maiores. Qualquer um que já namorou sabe que a árvore é assistente natural do namoro, faz parte dele, imprimindo-lhe doçura repousada. Nem é preciso gravar no tronco o velho coração com iniciais: todos os nomes por inteiro, todos os corações por inteiro estão implícitos no silêncio das folhas, do lenho, na massa protetora da árvore. Pois no parque do Flamengo tem disso não. Resultado: os bancos permanecem vazios e tórridos.

Felizmente um vigário chamou os namorados, comunicou-lhes que iria celebrar missa em intenção deles, no dia deles. E mais: poderiam assistir de mãos dadas ao ofício religioso. Exultei. Não que pretenda valer-me da autorização, mas gosto de ver alguém estender a mão aos namorados, dizer-lhes: "Sentem-se, fiquem a gosto." Pois o que se costuma dizer-lhes é outra coisa, sem amenidade. De mãozinha entrelaçada, na sombra doce da igreja, sob vitrais que coam da luz só o princípio místico (pois igreja que se preza deve ter vitrais e o mínimo de luz natural), que namorado não ligará a Deus sua inclinação namoral? O vigário arrebata ao demônio aquilo que é propriedade divina e corria o risco de degradar-se à falta de bancos umbrosos na praça, com o inevitável recurso a lugares ilícitos. Talvez algum namorado mais afoito diga ao pároco: "Só de mãos dadas? Posso dar um beijinho, não?" A resposta a essa consulta será ditada pela nova casuística, em termos convenientes. Ecumenismo é escola de amor.

Amor: a intensa palavra escreveu-se por si mesma, no meio desta prosa fútil, e não sei o que fazer dela: se a expulso como enxerida, se a adoto e proclamo por ser aquele fogo que arde sob as aparências e ilusões do namoro, se reivindico a instauração do Dia do Amor, um Dia?, uma Semana, como a da Asa, a da Pátria, um Mês, como o de Maria, um Ano inteiro, a vida inteira, o tempo sem limitações senão as de nossa capacidade de amar o Amor e de sermos visitados, amados por ele?

Evidentemente, uma Sociedade dos Amores Unidos valeria muito mais que uma de Nações Unidas, mas é cedo para postular o amor universal, quando ainda só o admitimos em escala individual e ainda assim povoado de incompreensões, distorções, involuções, tragédias. A arte de amar é a menos sabida de todas, e os ignorantes que a praticam não fazem mais do que conspurcá-la, entre o paroxismo e a bestialidade. Amar é tão diferente do que a grande multidão de "práticos" do amor entende por amar! E não há escolas e não há exames que habilitem ao exercício desse ministério inefável. Que adianta encher este espaço com palavras, se uma só devia valer, e não vale? Calo-me, calo-me.

(9 de junho de 1967)

A MODA

Deu a louca na moda, ou os costureiros acertaram o passo? Voto pela segunda conclusão. Os costureiros passaram a vestir – ou a decorar – homens e mulheres, como eles e elas queriam ser vestidos e decorados.

Por muito tempo acreditei que a moda era uma imposição de modistas e fabricantes de tecidos e bugigangas a consumidores sem vontade própria. Hoje me convenço de que o consumidor é que impõe a esses produtores sua fantasia ávida de exercitar-se. Os grandes criadores da moda não criam nada. Apenas interpretam – assim mesmo com timidez – imagens subjacentes no porão do ser humano-1967. Imagens que querem libertar-se, assumir concreção, viver a vida.

Algumas são retardatárias, nostálgicas, como essas meias arrastão ou rendadas, que eu e o dr. Gudin[168] conhecemos em nossa adolescência, e por sinal eram características de alegres damas de café-concerto. Neste ponto, a subconsciência atual não trabalhou muito; apenas voltou ao passado, o que é tendência cíclica da moda. Mas o emprego de materiais novos e a figuração de novas realidades espaciais provam o dinamismo da mente de uma clientela que não se satisfaz em conservar ou restaurar padrões estéticos. A moça que sai para a rua vestida de marciana ou coisa parecida, voa mais alto e depressa que o astronauta: já veste a roupa dos habitantes que este irá encontrar um dia em Marte, sem nenhuma novidade.

Já não se trata de cobrir o corpo de maneira agradável à vista e ao tato, como não se trata igualmente de despi-lo. Não vos preocupe, ó moralistas, nem vos atice, ó lúbricos, a crescente elevação da barra da saia. Aí vem a bota subindo pelas coxas, mais guardadeira que o vestido de arrastar no chão. Parece bem longe dos vestidos a intenção de estimular a sensualidade. O

---

168 Eugênio Gudin (1886-1986), ex-ministro da Fazenda do presidente Café Filho.

corpo tanto se revela como se oculta, e não passa de um jogo provocativo. O corpo fica sendo um palco, uma plataforma onde se realizam experiências, se fazem e se desfazem formas, e nenhum dispositivo mecânico lhe leva vantagem. Maravilha da natureza, o corpo humano assume a feição do seu próprio capricho, inclusive a de deixar de ser corpo anatomicamente configurado para ser árvore, torre, pote, bicho, mastro de vela, balaústre, móbile, saci, e que mais, e que mais?

O corpo quer ser outro. Eis a pólvora, humildemente descoberta. Não quer mais ser ele mesmo, ao fim de tantos séculos de esconde-mostra--esconde-mostra. E a mente se dispõe a servi-lo nesta aspiração. Não me espantará ver amanhã sair do Le Bilboquet uma cavalheira de três pernas, cada qual de uma cor, logo seguida de outra com cinco, e mais outra com uma lanterninha no umbigo, um castiçal barroco pendurado à cabeleira fosforescente, e quatro peixes vivos circulando num aquário portátil na região do busto. Etc. etc. As mulheres fazem isso com tamanha dignidade e compostura, que temos de admitir motivação séria para o que deixou de ser jogo fútil de aparências; vem do fundo mais fundo do ser, talvez por impulso de revolta contra o estabelecido, mais certamente para dar resposta à altura, ao desafio da tecnologia, que revoluciona os mecanismos e exige de nós um comportamento novo.

Enquanto não se processam transformações biológicas correspondentes à mutação da maquinaria (estão a caminho, ficai certos), vamos assimilando técnicas e novidades externas, que modificam superficialmente o irmão corpo, de mulheres e homens, pois estes também, acordam para a moda nova, e com que apetite. Um dia acordaremos real e substancialmente outros, novos em folha, e seremos indubitavelmente mais felizes. Ou não?

(25 de agosto de 1967)

O COLARINHO, POR FAVOR, O COLARINHO

Hoje amanheci com saudade pessoal do colarinho duro de ponta virada. Por que não restauram o colarinho duro de ponta virada?

Se tudo mais de 1900 está voltando nas asas da moda, se a costeleta, o bigode, a barba se instalam hoje triunfalmente na cara dos jovens e dos maduros, como se instalavam no tempo da Primeira República, por que não tirarmos também do baú o nosso digno, o nosso respeitável colarinho duro de ponta virada?

Vejo por aí o blusão de Mao Tsé-Tung bancando o fino, adotado por honestos burgueses que jamais se alistariam na Guarda Vermelha. Pois não é ele, mais do que chinês, mineiro: o velho dólmã, aquele dólmã de brim cáqui, usado no trivial da semana para economizar gravata, ao tempo (feliz) do conselheiro Rodrigues Alves[169] no governo? E se o dólmã impera, que motivo há para desprezarmos seu contemporâneo, o colarinho de ponta virada, de praxe nas grandes ocasiões e até nas médias?

Eu quero, eu exijo o colarinho duro de ponta virada, senhores desenhistas e fabricantes de artigos de indumentária masculina. Recuso-me a admitir que o marechal Costa e Silva receba o corpo diplomático sem ter o pescoço emoldurado pelo colarinho duro de ponta virada; e também não compreendo o meu amigo José Bonifácio[170] assumindo a presidência da Câmara em Brasília de colarinho mole, pregado à camisa. Não. O colarinho há de ser duro, de ponta virada e, necessariamente, atarraxado à camisa por dois botões de ouro Krementz, façam-me o favor. Sei que

---

169 Francisco de Paula Rodrigues Alves (1848-1919), duas vezes eleito presidente do Brasil. Da primeira, governou de 1902 a 1906; da segunda, em 1918, não chegou a tomar posse. Oficialmente, teria morrido de gripe espanhola, fato hoje contestado por parte dos historiadores.
170 O deputado federal mineiro Zezinho Bonifácio (1904-1986), eleito presidente da Câmara pela Arena (Aliança Renovadora Nacional), o partido governista.

custa um pouco atarraxar o colarinho duro de ponta virada, como, aliás, também o colarinho duro, dobrado, e mais ainda fazer passar a gravata pelo estreitíssimo canal deste último. Isso não impede que os usemos a ambos, principalmente o de ponta virada, tão altaneiro, majestático, elegantérrimo. Gerações e gerações endureceram o pescoço com essa prenda. Voltam as demais prendas do homem e da mulher civilizados. Elas calçam sapatinhos de boneca e botam vírgulas de cabelo na testa, como faziam na era de D. João Charuto, em que fui jovem. Eles repetem a cara de seus avós. Por que não ressuscitam o colarinho duro, de ponta virada?

Pleiteio ainda o restabelecimento da sobrecasaca e da bengala, peças indispensáveis ao perfeito cidadão urbano. Aquela, também chamada robissão e sutambaque segundo os dicionários (nunca em minha vida ouvi tais termos), era obrigatória em cerimônias públicas, inclusive a missa de domingo. A bengala compõe extraordinariamente a figura masculina. Não preciso dizer para que serve. Serve para tudo, além de ornamento. Um cavalheiro de bengala não terá problemas com o motorista do táxi e o fiscal do imposto de renda. Se o encontro é com outro cavalheiro de bengala, as forças equilibram-se, e entra em jogo a maior ou menor arte em floreá-la. A bengala, que volte imediatamente a decorativa, eficiente bengala!

Mas antes de outra qualquer *rentrée*,[171] estou aqui postulando o ressurgimento engomado do colarinho duro, o de ponta virada, o bom, com que íamos ao baile no clube, à formatura na faculdade, à audiência com o governador, ao cinema com a namorada, ao embarque do amigo na estação da Central.

Está faltando, está faltando o colarinho duro de ponta virada. Que agora podia vir com uma ponta verde e outra vermelha, bem psicodélicas, ambas em forma de lira, bem *art nouveau*.

(3 de março de 1968)

---

171   Em francês, "regresso", "reentrada". Pode se referir à volta de um artista a uma carreira interrompida, ou à reabertura de uma casa de espetáculos, uma temporada de concertos etc.

A NOVA ROUPA VELHA, ESSE PROBLEMA

Eu estava longe de imaginar que minha tomada de posição a favor do colarinho duro de ponta virada despertasse tantas reações. O telefone não parou de tocar; fui interpelado na rua por desconhecidos; e o carteiro entregou-me mais de dez cartas relativas ao colarinho. Não direi que meus leitores são fúteis por tratarem de semelhante assunto. Fútil fui eu ao apresentá-lo nesta coluna, segundo me disseram ou escreveram diversas pessoas. Em compensação, outras me apoiaram, e outras ainda se valeram da oportunidade para sugerir novas campanhas pela restauração de outras peças abolidas do vestuário. Temos de convir que roupa é coisa séria, e que, mais do que nunca, o brasileiro se preocupa em como vestir-se e o que vestir. De modo geral, o colarinho duro de ponta virada foi aprovado, e não só pelos homens.

Cecília V. pede-me detalhes sobre o colarinho, que lhe pareceu muito romântico; posso desenhar um, para que ela faça o namorado encomendar essa peça genial? Tão simples, Cecília. Vá à Biblioteca Nacional (enquanto ela não desaba) e peça as revistas de 1915.

"O senhor está descumprindo a nobre missão de cronista", escreve Castro Alves Dias. "Isso não é coisa que se faça. Não será voltando às fofices do passado que o brasileiro vencerá o subdesenvolvimento e as pressões do imperialismo. Não recomende colarinho. Recomende uma atitude crítica face à situação nacional."

"Receba minhas felicitações pela excelente iniciativa de reabilitar um elemento digno e vistoso da indumentária masculina. Ele dará mais compostura ao homem da rua e ao de salão, acabando com o aspecto gaiato que hoje caracteriza o nosso sexo. Esses velhos de camisa vermelha, bermudas e sandália, então, faça-me o favor!" (Carta de S. P. Luna, de Niterói.)

"Afinal, que pretende Vossa Senhoria com essa moda absurda? Simples nostalgia de *vieux monsieur*[172] ou gozação em cima dos papalvos, que topam qualquer novidade mesmo quando ela é mais velha do que o Pão de Açúcar? Fico sem saber se há sutileza ou falta de assunto em sua crônica" – declara Hermes Feitosa, professor do Ginásio Fé e Esperança.

"O senhor esqueceu-se de pleitear a volta simultânea dos punhos engomados, pois, sem punhos engomados, como é possível usar o colarinho duro de ponta virada?" – telefonou-me Adolfo Soromenha, aposentado do Ministério da Justiça. "Conservo o par que usei no meu casamento em 1928, como aliás conservo igualmente a camisa de peito duro e o colarinho, tudo comprado no Parc Royal de saudosa memória. E tudo em perfeito estado de conservação. Posso emprestar o conjunto para ser exposto numa vitrina de Copacabana, caso o senhor queira levar avante o movimento. O traje correto faz o cidadão completo, não é mesmo?"

Na opinião de Vossa Senhoria, o suspensório é outra utilidade que está fazendo falta, bem como a liga de meia, para resguardo das pernas cabeludas ou com marcas de micose; também inculca o uso de ceroulas no inverno, enquanto Petrônio Saad, evidentemente pseudônimo, reclama a urgente reimplantação das botinas de abotoar, aquelas de cano de camurça, do tempo de Bilac. Outro, na rua, quer de volta o chapéu-coco, não porém o abominável palheta. Por último, Vandeca, de Ipanema, acusa-me de plagiar a Tropicália, na vã tentativa de criar um movimento diversionista à base de austeridade vitoriana, que absolutamente não foi minha intenção, juro.

(6 de março de 1968)

---

172 Em francês, "velhote".

DE UM DICIONÁRIO MODERNO

Aula – Processo antiquado de transmitir conhecimentos e noções sobre os mais variados assuntos. Era usado em locais denominados escolas. Hoje, só se pratica se, na véspera, a autoridade não decidir o contrário.

*

Restaurante – Lugar onde se fazem refeições e, em casos especiais, é mais prudente não fazê-las.

*

Estado (de sítio) – Unidade oculta da Federação, que, ao manifestar-se, faz entrar em eclipse as demais unidades.

*

Cavalaria – Arma de guerra para aplicação, de preferência, em tempo de paz.

*

Ordem – Estado de disciplina, tranquilidade e harmonia social, cuja manutenção deve ser garantida haja o que houver, custe o que custar, até mesmo pela implantação da desordem. (Vide Larousse: *Je fais de l'ordre avec du desordre*, frase do chefe de polícia parisiense Caussidière,[173] em 1848.)

---

173 Marc Caussidière (1808-1861), jornalista e político francês. Foi nomeado prefeito de polícia do Governo Provisório durante a revolução de 1848, ocasião em que teria dito: "É preciso fazer a ordem a partir da desordem."

*

Missa – Ato piedoso a que se pode assistir mais confortavelmente tendo-se o cuidado de portar máscara contra gases, à hora da saída.

*

Calabouço – Variação semântica de cala a boca.

*

Rua – Na cidade, aquele ponto onde não se deve transitar, para não pisar o calo das instituições.

*

Fotografia – Arte ou processo de fixar, pela ação da luz, imagens que deveriam permanecer na escuridão.

*

Casse-tête[174] – Francesismo expeditivo que substitui, com vantagem, seu colega *bourrage de crâne*, de ação retardada.

*

Facultativo (ponto) – Expediente de suspender o expediente nas repartições, quando a nação precisa mais de ociosos do que de servidores.

*

---

174 Em francês, "quebra-cabeça". "*Bourrage de crâne*", como já dito em nota anterior, "lavagem cerebral".

Estátua – De bronze, não pode ser alvo de manifestações, para evitar que se contagie do entusiasmo e saia por aí, com os manifestantes.

*

Trânsito – A primeira coisa que se paralisa, para assegurar a movimentação de outras, apressadas.

*

Gás – O hilariante passou definitivamente da moda. O que está na onda é o lacrimogêneo.

*

Racine – Poeta dramático francês do século XVII, muito estudado nos cursos secundários e superiores de letras (quando os havia), autor de tragédias em verso, de que se citavam trechos como estes:

On veut regner toujours quand on règne une fois (La Thébaide).
Discernez-vous si mal le crime et l'innocence? (Phèdre).
Prince aveugle! Ou plutôt trop aveugle ministre! (Bajazet).
Du sang qui se révolte est-ce quelque murmure? (Iphigénie).
Mon frère, ouvrez les yeux pour connaitre Alexandre (Alexandre le Grand).[175]

(7 de abril de 1968)

---

175 Citações de diversas peças de Racine: "Queremos reinar para sempre quando reinamos uma vez", de *Tebaida*; "Você discerne assim tão mal o crime da inocência?", de *Fedra*; "Príncipe cego! Ou melhor, ministro cego demais!", de *Bajazet*; "Seria este algum murmúrio do sangue que se revolta?", de *Ifigênia*; "Meu irmão, abra os olhos para conhecer Alexandre", de *Alexandre, o Grande*.

AS LACÔNICAS

Diálogo moderninho: dois monólogos frente a frente (ou de costas).

Inflação: à medida que encolhe como um balão, dilata-se como um gás.

Escravidão: foi abolida de maneira tão completa que ninguém mais se lembra da abolição, e reincide.

Mas foi mesmo a escravidão, ou foram os escravos que a lei liquidou, há muitos anos?

Paris: cidade harmoniosa, com a paz e o pau cantando em coro.

Os que morrerem no Vietnã durante as negociações de paz serão proclamados heróis nacionais, vítimas extranumerárias ou pobres-diabos?

Certos bigodes não foram feitos no barbeiro; foram arrancados de daguerreótipos do álbum da vovó.

O modelo desfila com velocidade máxima, para evitar que a moda passe antes dele.

Queria usar um vestido diferente, sem tecido: só a cor.

Em seu jeito de dizer: "até logo", havia um estranho sabor para longe.

Diante de um telefone que liga, exclamo como D. Pedro II: "Meu Deus, isto fala".

Eleitor: entre a sublegenda e a superlegenda, você pode escolher o seu próximo arrependimento.

Afinal, o poder militar e o poder civil são tão débeis que um não consegue engolir o outro.

Fez um projeto para acabar com as favelas: os favelados irão ocupar a Amazônia, antes que outros o façam.

Na feira de livros da Cinelândia, os numerosos tratados de ciência do sexo formam cientistas sem prática de laboratório.

Em compensação, laboratórios de um país do Terceiro Mundo fazem pesquisas para criação do quarto sexo, que será talvez o dos anjos.

Seja também um espião; é tão excitante! – parecem dizer os filmes do gênero.

The right man:[176] o meu amigo, deputado cassado, tem domicílio num município cassado.

Os acusados da matança de índios defendem-se alegando que se deixaram influenciar pelo manifesto antropofágico de Oswald de Andrade.

No bar, ele reclamava contra o fato de a Academia Brasileira de Letras até hoje não haver cogitado do problema dos excedentes às quarenta poltronas; e exigia que fosse criado o segundo turno.

---

176   Em inglês, "o homem certo".

Não há público para poesia, mas há críticos – queixava-se o poeta.

O transplante é caro e difícil; a ciência precisa obter é a vida sem coração – ponderou o homem prático.

Título de peça encontrado num bar do Leblon, e que se acha à disposição do proprietário: "Mas que negócio é esse, Bartira Sepúlveda, você jurou que ia dar plantão no jornal e eu topo com você se rebolando na boate, *face-to-face* com esse cara de pau, e o que é que eu faço agora, me diga por favor, o que é que eu faço que não te dou uma traulitada nesta cuca, mas o diabo é que eu não posso, eu sou vidrado por você, sua ..., etc. etc." (cortado por falta de espaço).

(15 de maio de 1968)

338

RIO EM TEMPO DE GUERRA[177]

O ônibus ia pela rua Larga, que também se chama avenida Marechal Floriano (dois nomes para uma só via pública, no Rio, não é exagero, é costume). Em frente ao Colégio Pedro II, obstrução do tráfego. Ninguém se entende, e o helicóptero em voo rasante parece aumentar a confusão, se é que não escolhe alvo para bombas. A velha senhora, aflita, quer descer, e o motorista adverte:

— Cuidado, madame, o gás está escapando.

*

O garoto olha para o monte de pedra na calçada. Mas o vigia da obra está perto, e não há jeito senão consultá-lo:

— Moço, com tanta pedra aí dano sopa, será que pode me emprestar ao menos uma dúzia?

*

Era evidentemente um contribuinte, e mostrava-se apreensivo, na calçada da rua Primeiro de Março:

---

177   No dia 18 de junho de 1968, vários estudantes foram presos no Rio de Janeiro, durante uma passeata. Nos dias seguintes, as manifestações ganharam força, culminando no episódio conhecido como Sexta-feira Sangrenta. No dia 21 de junho, os militares reprimiram com violência um protesto realizado em frente ao *Jornal do Brasil*. A contagem de mortos, feridos e detidos ainda é motivo de controvérsia. Os números oficiais apontavam três mortos; já o Centro de Documentação de História Contemporânea, da Fundação Getúlio Vargas, afirma que foram 28 as vítimas fatais do conflito.

— Dizem que esse gás que estão distribuindo nas ruas pelo menos é de graça. De graça nada. E com esse consumo progressivo, decerto aumentam 30% nos impostos, para reforçar a verba de matéria lacrimogênea.

*

E como, quando começa a chover, logo aparecem vendedores de guarda-chuvas, o camelô surgiu oferecendo lenços para os olhos em pranto, na rua São José:

— Compre uma caixa tamanho família, para o senhor e seus filhos!

*

Cinema quase lotado. Filme desses de roer unha, com espiões orientais perseguindo em cosmonave colegas ocidentais em astronave, e explosões muitas. De repente a luz acende, a polícia revista os espectadores.

Há um homem de cara indefinida, nem estudante nem terrorista, com um pacote sobre os joelhos. É ele! Será?

— Que troço é esse?

— Isso? Isso é biscoito.

— Deixa eu ver esse biscoito.

— Ah, o senhor quer provar? Pois não. Minha tia é quem fez, receita de família. Mas não recomendo. Desta vez não saíram no figurino. Muito salgados.

— Deixa de conversa, vai abrindo.

— Sabe de uma coisa? Prefiro dar o pacote. Eu não ia mesmo comer. Pode ficar com ele todo.

— Que é que eu vou fazer com essa porcaria? Não te faz de besta, abre logo. Quero ver que qualidade de biscoito é que tu está escondendo.

Abre não abre, o homem atira o pacote para longe, há um susto geral. O volume bate numa cadeira vazia, rasga-se o papel e estalam no chão rodelas duras como pedra, em meio à risada geral. Biscoitos.

*

O senhor, maduro e mineiro, comentava numa roda:

— Em meu tempo de estudante, lá em Belo Horizonte, não se jogavam bolinhas de gude para derrubar a cavalaria. Operávamos com rolhas de garrafa, que faziam as ferraduras derrapar, e o resultado era cem por cento. Mas agora, com essas tampinhas de metal dos refrigerantes, não seria a mesma coisa.

*

Os estudantes reclamaram tanto contra a má qualidade do ensino, que o governo acabou lhes dando razão, e tomou uma providência: suspendeu as aulas.

(26 de junho de 1968)

CARTAS A DIVERSOS

1

Sr. Diretor da TV Epopeia, Canal $3^{1/2}$:

Recebi a carta em que Vossa Senhoria me convida a comparecer aos estúdios dessa telemissora para participar do programa *Adivinhe o que ele pensa*, que oferece três camisas Volantim e seis pares de meias Batatex ao convidado que alcançar maior número de pontos na adivinhação do que pensa um certo ministro de Estado. Agradeço a gentileza do convite e a oportunidade que me dá para ganhar peças de vestuário, que suponho de qualidade recomendável. Infelizmente não poderei comparecer. No dia e hora marcados para o seu programa, estou comprometido com a TV Boreal, Canal $5^{3/4}$, de São Paulo, onde participarei do programa *Cada um com sua mania*, em que, como o título deixa prever, os convidados apresentam suas respectivas excentricidades ou obsessões, cabendo àquele que tiver a mania mais genial os seguintes prêmios: dois cortes de casimira Tarantela, quatro pares de sapatos Empíreo, seis litros de uísque nacional Tiger-Tiger e uma viagem de ida e volta a Congonhas do Campo, com direito a consultar Zé Arigó.[178] Sem intuito depreciativo para com a TV que Vossa Senhoria dirige, permito-me observar que os prêmios de sua coirmã paulista parecem mais atraentes, além de que a tarefa exigida dos convidados se afigura bem mais fácil. Saudações atenciosas.

---

178 José Pedro de Freitas, o médium Zé Arigó (1921-1971), que alegava realizar cirurgias milagrosas ao incorporar o espírito conhecido como dr. Fritz.

2

Sra. A. I. B.:

Conforme seu desejo, li em duas horas as 480 páginas datilografadas do seu romance *Desceu um marciano em meu jardim*, e, achando-o bacaninha, passei-o à Editora Sabiá. A narrativa é tão convincente que o Fernando Sabino manda sugerir-lhe a publicação do livro, não como obra de ficção, e sim como documentário de uma experiência real, e o Rubem Braga pergunta se o marciano ainda está em sua casa, pois não acredita que se trate de fantasia, de tal maneira a senhora conta a aparição do estranho ser e o que aconteceu depois entre quatro paredes. Não seria melhor – pergunto eu – adotar um pseudônimo, para poupá-la à curiosidade dos repórteres e talvez, mesmo, dos órgãos de segurança nacional? Troquei as iniciais do seu nome para mantermos o sigilo, e porque perdi o seu endereço para uma resposta pelo correio. Cumprimento-a com admiração e receio.

P. S. – Caso se confirme o que supomos, por favor, não deixe o marciano chegar à janela nem atender ao telefone. E vamos estudar a maneira de fazê-lo voltar ao lugar de origem, tornando novamente imaginária a realidade do seu romance.

3

Sr. Diretor da Divisão do Imposto do Ar:

Recebi o auto de infração e a terceira notificação desse órgão, para pagar com multa de 100% e mora, e ameaça de cobrança judicial com pagamento de correção monetária e custas, o imposto do ar consumido em 1967. Como já fiz ciente a Vossa Senhoria em cartas anteriores, o referido tributo foi por mim pago na época devida, conforme comprovante em meu poder, que lhe ofereço para o Museu da Burocracia, certamente em via de ser fundado ao ensejo da Reforma Administrativa. Sei que essa terceira cobrança de imposto já pago não deve ser atribuída a erro humano de nenhum dos dignos colaboradores dessa Divisão. O único responsável, pesa-me acusá-lo, é o computador eletrônico, que, decididamente, está de pinima comigo. Por que razão? Não tenho a menor ideia. Parece que os computadores cismam com determinadas pessoas e jamais lhes concedem uma chance, uma colher de chá: são implacáveis no processamento e baralhamento dos dados, embora continuem a ser impecáveis com relação aos dados da massa de cidadãos em geral. Assim pois, logo que receber minha pensão de aposentado pelo INPS, sr. Diretor, irei correndo saldar de novo o débito inexistente, e entrarei em juízo com uma ação contra o seu caprichoso auxiliar, antes que ele, no empenho de cobrar-me eternamente o imposto respiratório, acabe por exigir-me em pagamento os próprios pulmões. Saúdo respeitosamente a Vossa Senhoria.

(25 de setembro de 1968)

BOMBAS NA MADRUGADA

O jornal em que escrevo há 25 anos sofreu um atentado terrorista. Não posso esquivar-me à emoção que este fato provoca. Sei que este jornal foi alvo, no passado, de outras formas de perseguição e intimidação. O governo Bernardes fechou-o durante meses, prendendo seus diretores. Já no meu tempo de colaborador, ameaças e perigos reais cercaram-lhe a sede. Vi mais de uma vez seu pessoal preparado para o que desse e viesse, no resguardo da segurança do jornal, visado em sua independência de julgamento. Nunca se curvou. Vem daí sua força desarmada. É um jornal, nada mais que um jornal, maço de papel que registra os fatos, comenta e critica os poderosos. Pode eventualmente cometer injustiças, porém não comete o erro de calar. E é sobre esta opinião viva, participante, este direito de analisar e comentar, que tradicionalmente se manifesta a intolerância, agora sob a forma de bomba.

A destruição causada pela bomba faz lembrar velhas fotos: os edifícios de Londres atacados pela aviação nazista. Entretanto, não estamos em guerra no Brasil, onde apenas a efervescência social, como em outros países, denota um processo de mudanças estruturais em andamento. Este processo pode e deve ser pacífico, e não adiantaria impedi-lo (ou acelerá-lo) pelo uso da violência, quando as conquistas da ciência e da tecnologia oferecem a perspectiva de um mundo multidimensional aberto à suficiência econômica e à convivência tranquila, utopia que o homem pode converter em realidade se exercer plenamente sua consciência de homem.

Que pretendem os lançadores de bombas: fazer parar a vida? Reverter o fluxo das coisas, voltando-se a estágios políticos historicamente sepultados? Criar (o que é sinistro) condições de angústia e pânico para a instauração de um governo forte (oh, a fraqueza dos governos fortes!), que imponha pela brutalidade o que não se conseguiu ou nem sequer se tentou estabelecer pela persuasão?

O atentado ao *Correio da Manhã*, após outros dirigidos a jornais, escolas, quartéis, repartições públicas e a uma livraria, sempre com a mesma técnica, traz à evidência que se organizou, no país, um poder subterrâneo, voltado contra qualquer espécie de lei ou direito. O poder constituído, até agora, mostrou-se impotente para identificá-lo e destruí-lo. Se não consegue deitar-lhe a mão, acabará absorvido por ele, que passará a poder de fato. A Constituição será substituída pela nitroglicerina, em doses variáveis conforme o caso.

Esta a realidade da situação, entre explosões que se sucedem com regularidade espantosa. Os cidadãos e empresas já estão devidamente alertados, e tratam de montar seus dispositivos de defesa, para o trabalho e a vida, o que antes constituía obrigação oficial. Agora, que se cuide o governo. Pois as bombas na madrugada são colocadas aqui e ali, nos mais variados endereços, e nada garante que uma noite dessas elas não vão despertar até mesmo o pesado sono de suas excelências. Sono, aliás, curioso, pois o governo mantém um olho aberto para outras coisas, que não as bombas cá fora.

(11 de dezembro de 1968)

ENQUANTO VARRIA AS FOLHAS

O gari veio perguntar-me se já tinha sido feita a confusão da Guanabara com o Estado do Rio. Em caso afirmativo, queria pedir remoção para o Arraial do Cabo, onde a vida é mais azul.

— Que é que você chama de confusão da Guanabara com o Estado do Rio? – perguntei-lhe em resposta.

— Ué, juntar a confusão da Guanabara com a confusão do Estado do Rio. Já tá decidido?

Informei-lhe que não, ele suspirou. É um enamorado de praias, pescarias, salinas e liberdade, bens que lhe parecem específicos do Arraial do Cabo. Onde passou um dia inesquecível e gostaria de passar o resto desta confusa vida.

Não se queixava da confusão, queria mudar de. A confusão, ao que parece, é estado natural e geral, muito antes que Machado de Assis lhe conferisse este último adjetivo.

Enquanto a (con)fusão não vem,[179] meu gari promete sair três vezes no Carnaval, em um bloco de Ramos, ao lado de 1.999 figurantes.

— E como se chama o bloco?

— Sai Como Pode.

Achei o nome estupendo, e felicitei-o. Modestamente, confessou que o título não era de sua invenção. A bem dizer, não é de ninguém. O bloco, como todos os blocos, participa das dificuldades nacionais. A verdade é que não há absolutamente tutu para criar, equipar, ensaiar e vestir um bloco. Então, como que o bloco pode sair? Sai como pode – foi voz geral. Houve um cara que propôs chamá-lo Sai Como Não Pode, mas a turma achou que o nome era besta. E com o minguado fundo de participação do comércio

---

179   A fusão entre o Rio de Janeiro e a Guanabara só viria a acontecer em 1975.

local – minguado, porém sincero –, o bloco vai para a rua batizado pela modéstia de seus dois mil componentes, ele inclusive.

— Não é que eu goste de Carnaval. O doutor sabe como é. É obrigação. E é uma forra também. No ano inteiro eu limpo a rua que os outros sujaram. Nesses três dias eu sujo para os outros limparem.

— Faltando ao serviço? Não tem medo de ficar desprevenido para o leite das crianças?

— Se eu nunca dou leite às crianças, como é que posso ficar desprevenido?

Ia chamá-lo de pai desnaturado, mas seu olhar e sua voz não eram de quem sonega alimento básico à prole. Certamente teria seus motivos que não seriam dele, e não precisavam ser expostos.

— De qualquer maneira, arriscar-se a perder o emprego, nestes tempos...

— O chefe avisou que quem não comparecer ao serviço durante o Carnaval vai ser cassado, perde os direitos. Se eu não sair no bloco, os colegas também me cassam, fico sujo lá em Ramos. Que é que eu posso fazer? Vou maneirar. O resto é com São Jorge, que não deixa um pobre na sucata.

Voltando à vaca-fria:

— O doutor não deixe de me avisar quando sair a confusão. Quero ver por escrito, com toda a circunstância. Aí o doutor me dá uma mãozinha, falando com o dr. Negrão para me remover para o Arraial do Cabo, tá bom?

E enquanto falava, ia varrendo minuciosamente as folhas de cobre das amendoeiras, que, em confusão, cobriam o asfalto.

(12 de fevereiro de 1969)

ELEGIA DE UM COMPUTADOR

Passou quase despercebida a destruição de um computador eletrônico da Cruzeiro do Sul, ocorrida há dias, no Rio. Um incêndio inutilizou-o. Dois pelotões do Corpo de Bombeiros tentaram salvá-lo, mas o computador não resistiu à ação do fogo – um fogo comum, desses que se contentam com pouco, e, no espaço de duas ou três horas, entregam os pontos à mangueira.

É, que eu saiba, o primeiro computador sacrificado entre nós, e por isso merece necrológio. Ainda não assistíramos à morte de um cérebro eletrônico; testemunháramos apenas a sua entrada triunfal em nossa vida. Em breve tempo, Rio e São Paulo ficaram repletos de computadores; Belo Horizonte, Recife e Salvador não quiseram quedar atrás; cidades progressistas do interior fizeram o mesmo, encomendando esses engenhos. Adquirimos uma confortável consciência eletrônica, e confiamos-lhe o processamento dos dados de nossa vida, negócios, projetos, problemas e destinos. Se havia um computador a presidir-nos, com seu *encoder*, seu *integrator*, seu *storage*, seu *grouping of records*, seu fabuloso poder de informação, podíamos dormir descansados, e que outra coisa queremos senão dormir, enquanto alguém providencia nossa obrigação – o senhor Deus ou a máquina perfeita?

Ai de nós: como os homens, como as civilizações, os computadores também se revelam mortais. Um curto, um foguinho carioca, e já esturrica a memória eletrônica, memória que nos dispensava da nossa, tão incômoda por um lado, e por outro lado tão falha. A primeira reação é indignada: então o computador se deixa queimar como um reles armário de cozinha? Nosso segundo cérebro, que assumira o lugar do primeiro, e tão mais bem dotado que este, pois está provido de *buffet*, de programoteca, de *keyboard*, de *index accumulator* e mais não sei quantas bossas e sutilezas, converte-se passivamente em monte de cinzas; não prevê, não se previne, não se defende contra a corrente elétrica? Sentimo-nos desamparados e traídos pelo poder mágico em que confiávamos. E nós que contávamos com o valor absoluto dessa palavra estranha: "confiabilidade", e com o valor total dessa garantia: "proteção da memória"!

Espraiada a indignação, vem a piedade. Pobre, querido, frágil computador que te punhas a nosso serviço como um cão dócil, e a quem não prestamos a devida assistência. Pois devíamos cercar teu delicado mecanismo de todos os cuidados e defesas. O protetor reclamava proteção. Dia e noite, um guardião fiel deveria velar por tua existência, numa segunda maneira de velar pela nossa. Não soubemos retribuir teus serviços, e o luto cibernético nos tarja a alma com sabor de remorso.

Mas deste incêndio em que te imolaste resulta um motivo para te amarmos, ó ser eletrônico: verificamos teu grau de humanidade perecível, tua identificação impressentida conosco. Muitos homens morrem queimados, por mais que tenham cérebros de eleição, exatamente como te aconteceu. A morte deles, como a tua, não foi a do armário de cozinha, mas a de uma fina, complexa organização, que se orgulhava de sua qualidade. Nem tampouco morreste como aquele cão danado que foi Hal, o computador do Clark e Kubrick, insubmisso ante a condição soberana do homem. Teu fim foi o de um homem qualquer, tomado de surpresa quando dormia no 30° andar de um edifício. E em ti e contigo morremos uma segunda vez, pois teu cérebro é consequência e projeção do nosso.

Temos o privilégio de criar deuses e autômatos, porém, não temos o de torná-los eternos. Nascem e morrem à nossa semelhança, de um momento para outro. Por isto são bem nossos, por isto o computador morto ganha esta quase elegia, e fiquei gostando um pouco mais dos computadores.

(21 de fevereiro de 1969)

NO MAR DA CONFUSÃO

Compadre:

Assisti, sim, à chegada e à descida do homem na Lua. Ou por outra: não sei se assisti. Aí no sítio você não tem televisão, por isso vou lhe contar.

Às 17h de domingo vi claramente visto o módulo atravessando o espaço com seu jato de fogo que me deu saudades do Cometa de Halley. Varando a imensidão caminhava certeiro entre pontinhos luminosos que pareciam voar em sentido contrário. Baixando sempre, já se divisavam as crateras lunares, tão vastas quanto as que a Light e outros poderes costumam abrir em nossa rua, porém muito mais bem-feitas e sobretudo limpas; parece que tinham sido revisadas para o acontecimento. E o módulo pousou com gentileza, na superfície enrugada.

Soltei um ohhh de muitos agás e parei de respirar, de olhos fascinados. Sim senhor, como é fácil, elegante, bacana pousar na Lua. Lá se quedou o aparelho, e a gente aqui embaixo esperando que a porta dele se abrisse e os dois astronautas, muito lampeiros, descessem a escadinha, acenando com as duas mãos para o mundo. Ia demorar horas? Não tinha problema. Esperávamos, de uísque ao lado.

Eis senão quando um dos locutores destrói o pasmo e o júbilo universais, ao declarar que a chegada à Lua, que acabávamos de presenciar, não era a verdadeira chegada à Lua, que acabava de acontecer. Era um filme de faz de conta, produzido pela Nasa aqui na Terra. Claro, observou: Armstrong e Aldrin[180] não poderiam captar imagens de fora do módulo antes de sair dele, e na ocasião estavam muito preocupados com pormenores de pouso e descida; quanto a Collins,[181] girava por aí além, sem equipamento de TV.

---

180 Neil Armstrong (1930-2012) e Buzz Aldrin (1930-), os primeiros astronautas a pisar na Lua.

181 Michael Collins (1930-2021), o terceiro tripulante da Apolo 11, não desceu à Lua no módulo lunar Eagle.

Baixei as orelhas, que nem burro a quem se tirou o capim. Isto se faz? É certo que um dos locutores, enquanto o módulo ia baixando, falava em "imagem editada", expressão estranha, que me soara mal. Mas eu não me postara ali, ansioso e crédulo, para ouvir; era para ver e participar. E não chegava a admitir que tenha visto o imaginário em vez do real. Quis convencer-me de que o locutor mentia, fazendo graça, ao confessar que tudo fora uma graça. Qual o quê. Dissipara-se o encanto.

Daí por diante perdi a fé no que me mostravam na TV. Um cientista local abria a boca e dizia qualquer coisa científica? Não era cientista nem nada; era um cara qualquer, fingindo de. O telestar mandava de Houston a imagem do Centro Espacial em expectativa? Pois sim. Aquilo era o auditório da ABI,[182] antes de um concerto de garota-prodígio. As senhoras dos astronautas, dando entrevistas, eu conhecia muito bem: moram na Tijuca, vão à feira e aos domingos carregam a criançada para o banho de mar em Copacabana; as falas foram dubladas, ora!

Horas depois, quando apareceram dois fantasmas ciscando na superfície árida e sofrida do que me diziam ser a Lua, não levei muito a sério. Quem me garantia que não era outra brincadeira da Nasa, pior: quem me garantia mesmo que os astronautas são de verdade, e que a Lua existe, não é simples invenção da Esso e dos locutores, sobretudo destes últimos? Eram tantos, falavam tanto, deixavam a gente tão perturbada... Pois é, compadre, continuo na dúvida. Talvez eu tenha assistido ao acontecimento do milênio, talvez não. Quanto à realidade desse acontecimento, de que a TV me fez duvidar, é possível que o compadre, sem TV, sem telescópio, a olho nu, dentro de seu laranjal e entre suas couves, talvez tenha podido testemunhá-la melhor do que eu, que do Mar da Tranquilidade fui tangido para o Mar da Confusão. Onde me afoguei.

(23 de julho de 1969)

---

182 Associação Brasileira de Imprensa.

ÍNDICE ONOMÁSTICO

A

Adelbert von Chamisso, 101
Adhemar de Barros, 92, 210
Adolf Hitler, 63
Adolfo Morales de Los Rios, 45
Adriano Kury, 152
Afrânio Coutinho, 280
Afrânio Peixoto, 323
Agostinho dos Santos, 136
AI-5, 19
Al Mansur, 139
Albrecht Dürer, 116
Alexandre Severo, 33
Alexandrino Faria de Alencar, 282
Alfred Hitchcock, 174, 238
Alfredo Pinheiro Soares Filho, 234
Amador Bueno, 34
Anatole France, 148, 246
André Filho, 189
André Gide, 147
Antenor Nascentes, 320
Antonio Callado, 24
António de Oliveira Salazar, 125
Antonio Jannuzzi, 45
Antônio Parreiras, 209
Antônio Vieira, 133
Antonio Vivaldi, 172
Antoon van Dyck, 112
Arletty (Léonie Marie Julie Bathiat), 300

Artur Bernardes, 33, 345
Artur da Costa e Silva, 311, 329
Assis Chateaubriand, 315
Asta Nielsen, 300
Audrey Hepburn, 300
Auguste de Saint-Hilaire, 34
Augusto Meyer, 243
Aurora Aboim, 32, 164

B

Benito Mussolini, 63
Bertrand Russell, 176
Bibi Ferreira, 169-170
Brigitte Bardot, 312
Bruno Giorgi, 17, 323-324
Buzz Aldrin, 351

C

Café Filho (João Fernandes Campos
    Café Filho), 30, 163
Camilinha Cardoso, 169-170
Carl Gustav Jung, 77
Carlos André Marcier, 321
Carlos Lacerda, 163
Castelo Branco (Humberto Castelo
    Branco), 311
Catherine Deneuve, 250
Catulo, 255
Cecília Meireles, 171, 300

Celso Antônio de Menezes, 105
Charles Baudelaire, 47
Charles de Foucauld, 70-71
Charles Julius Dunlop, 187
Clarice Lispector, 171

D
D. Pedro I, 323
D. Pedro II, 166, 337
Declaração da Independência dos Estados Unidos, 42
Ded Bourbonnais, 169
Demóstenes, 52
Dênio Chagas Nogueira, 310, 313
Deodoro da Fonseca, 323
depressão norte-americana de 1929, 63
Dora Vasconcellos, 282
dr. Hirsch, 49
Dulcídio Cardoso, 32

E
Edmundo da Luz Pinto, 194
Edwin R. A. Seligman, 31
Edy Lima, 169-170
Elisabeth Hartmann, 169-170
Elizeth Cardoso, 136
Emanuel de Moraes, 280
Émile-Auguste Chartier (Alain), 42
Emmanuel Mounier, 109
Esopo, 290
Eugène Ionesco, 164
Eugênio Gudin, 327
Eurico Gaspar Dutra, 35, 48
Eurico Nogueira França, 173
Eurico Teixeira da Fonseca, 208
Eva Wilma, 169-170

F
Fada Santoro, 32
Fernanda Montenegro, 146
Fernando Sabino, 158-159, 343
Flávio Lombardi, 238
Floresta de Miranda, 171
Floria Tosca, 173-174
Floriano Peixoto, 275, 323
Francesca Bertini, 300
Francisco Agenor Noronha Santos, 187
Francisco Barreto, 229-230
Francisco de Paula Rodrigues Alves, 329
Francisco Mangabeira, 203
Francisco Pereira Passos, 44
Franz Kafka, 302

G
G. K. Chesterton, 71
Gastão Cruls, 44
Geoffrey Chaucer, 88
George Orwell, 290
Germaine Coty, 39
Getúlio Vargas, 19, 32, 34
Giacomo Matteotti, 63
Giacomo Puccini, 173-174
Gilberto Amado, 92
Gilberto Freyre, 133
Giovanni Pierluigi da Palestrina, 180
golpe de 1964, 19
Greta Garbo, 300
Guerra Fria, 19, 63
Guillaume Apollinaire, 250, 268
Guy de Maupassant, 140
Guy Laroche, 314

H

Heliodoro Pamplona, 50
Henrique Roxo, 50
Henrique Teixeira Lott, 121
Hilda Hilst, 169-170

I

Ieda Vargas, 221, 225
Indira Gandhi, 299
irmãos Albernaz (Salvador e Francisco de Faria Albernaz), 34
Israel Pinheiro, 153

J

Jaime Guedes, 32
Jânio Quadros, 19, 38, 116-117
Jawaharlal Nehru, 300
Jean Racine, 335
Jesus, 239, 245-246
Joan Crawford, 300
João Cardoso de Meneses e Sousa (Barão de Paranapiacaba), 290
João Goulart (Jango), 19, 38, 248-249
João Pais Florião, 229-230
Joaquim José de Sá Freire Alvim, 151
Johann Strauss, 136
Johann Winckelmann,
John F. Kennedy, 163, 225
José Aguilar, 280
José Antônio Flores da Cunha, 47, 52
José Bonifácio (Zezinho Bonifácio), 170
José Bonifácio de Andrada e Silva, 256, 267
José César Regueiro Costa, 283
José de Alencar, 76
José Sette Câmara Filho, 153

Joseph Haydn, 264
Juarez Távora, 92
Judas, 245-247
Juscelino Kubitschek (JK), 19, 92, 117, 152, 154, 161

L

La Fontaine, 290
Lauro Müller, 44
Lélio Gama, 185
Lolita Lebrón, 43
Lord Byron, 281
Lúcio Cardoso, 137
Lucio Costa, 45, 188
Luís da Câmara Cascudo, 141
Luís Gallotti, 154
Luís Guimarães Júnior, 267
Luís Salema, 229
Luís XII, 257
Lygia Fagundes Telles, 155-157, 169-170

M

MAC (Movimento Anticomunista), 181
Machado de Assis, 15, 347
Madame Besse, 76-77
Mahatma Gandhi, 300
Manuel Bandeira, 23, 45, 68, 217, 269
Manuel Dias de Sousa, 58
Mao Tsé-Tung, 329
Marc Caussidière, 333
Marc Chagall, 179
Marcel Proust, 307
marcha sobre Roma, 63
Maria Bonomi, 169
Maria Julieta Drummond de Andrade, 18
Marilyn Monroe, 250, 300

Mário de Alencar, 15

Mário de Andrade, 16-18, 256, 323-324

Marlene Dietrich, 300

Maurice Ravel, 192

Maysa, 136

Mem de Azambuja Sá, 308

Mestre Ataíde (Manuel da Costa Ataíde), 318

Michael Collins, 351

Mistinguett (Jeanne Bourgeois), 275

Modest Mussorgsky, 192

Montesquieu, 108

Murilo Miranda, 323

N

Negrão de Lima, 306, 348

Neil Armstrong, 351

Nestor Moreira, 66

Newton Freitas, 153

Nikita Kruschev, 162

Niomar Moniz Sodré Bittencourt, 20

O

Octávio Alvarenga, 164

Olavo Bilac, 272, 332

Olegário Mariano, 45

Oscar Niemeyer, 298

Osvaldo Maia Penido, 152

Oswald de Andrade, 323, 337

Otávio Gouveia de Bulhões, 310

Ovídio, 57

P

Paay Gomes Charinho, 320

padre Cícero, 256

padre José Garcia, 189

padre Louis-Claude Fillion, 245-246

padre Maciel Vidigal, 33

padre Manuel de Matos e Silva Soares, 245

padre Oegger, 246

Paulo Armando, 324

Paulo Autran, 146

Paulo Campos Porto, 171

Paulo de Frontin, 44

Paulo Gomide, 109

Paulo Mendes Campos, 158-159, 187

Pedro Álvares Cabral, 323

Pierre Cardin, 303-304

Pierre Louÿs, 127

Pierre-Auguste Renoir, 116, 264

Plínio Salgado, 92

R

Rainer Maria Rilke, 56-57

rainha Vitória, 166

Raymond Peynet, 219

Reis Júnior, 32, 164

Robert Briffault, 75

Roberto Burle Marx, 113, 171

Rubem Braga, 22, 34, 158-159, 205-206, 343

Ruy Barbosa, 256

S

Saint-John Perse, 283

Salomão, 223

Santos Dumont, 310, 313

São Francisco de Assis, 71, 317-318

São Jorge, 61-62, 348

São Mateus, 246

São Sebastião, 202

Sarah Bernhardt, 104

Sarah Kubitschek, 300
Segunda Guerra Mundial, 63
Sêneca, 33
Sherazade, 139
Sigmund Freud, 77
Sputnik I, 166
Stanislaw Ponte Preta (Sérgio Porto),
    320
Stella Leonardos, 171
Stéphane Mallarmé, 165
Sylvio Rebecchi, 45

T
Thomas Jefferson, 42-43

U
Ulisses, 281

V
Vinicius de Moraes, 158-159

W
Wilhelm Ludwig von Eschwege, 34
Wilson Rodrigues, 164
Wolfgang Amadeus Mozart, 112, 180,
    294

Y
Yedo Fiúza, 32
Yul Brynner, 204
Yuri Gagarin, 165

Z
Zé Arigó (José Pedro de Freitas), 342

CONSELHO EDITORIAL
Afonso Borges, Edmílson Caminha, Livia Vianna, Luis Mauricio Graña Drummond, Pedro Augusto Graña Drummond, Roberta Machado, Rodrigo Lacerda e Sônia Machado Jardim

DESIGN DE CAPA
Juliana Misumi

IMAGEM DE QUARTA CAPA
Carlos Drummond de Andrade, Rio de Janeiro, 1963 © Alécio de Andrade, AUTVIS, Brasil, 2024

CIP-BRASIL. CATALOGAÇÃO NA PUBLICAÇÃO
SINDICATO NACIONAL DOS EDITORES DE LIVROS, RJ

A566i

Andrade, Carlos Drummond de, 1902-1987
A intensa palavra : crônicas inéditas do Correio da Manhã, 1954-1969 / Carlos Drummond de Andrade ; organização Luís Henrique Pellanda. - 1. ed. - Rio de Janeiro : Record, 2024.

Inclui índice
ISBN 978-65-5587-937-7

1. Crônicas brasileiras. I. Pellanda, Luís Henrique. II. Título.

24-91907

CDD: 869.8
CDU: 82-94(81)

Meri Gleice Rodrigues de Souza - Bibliotecária - CRB-7/6439

Carlos Drummond de Andrade © Graña Drummond
www.carlosdrummond.com.br

Todos os direitos reservados. Proibida a reprodução, armazenamento ou transmissão de partes deste livro, através de quaisquer meios, sem prévia autorização por escrito.

Texto revisado segundo o Acordo Ortográfico da Língua Portuguesa de 1990.

Direitos exclusivos desta edição reservados pela
EDITORA RECORD LTDA.
Rua Argentina, 171 – Rio de Janeiro, RJ – 20921-380 – Tel.: (21) 2585-2000.

Impresso no Brasil

ISBN 978-65-5587-937-7

Seja um leitor preferencial Record.
Cadastre-se no site www.record.com.br
e receba informações sobre nossos lançamentos e nossas promoções.

Atendimento e venda direta ao leitor:
sac@record.com.br

Este livro foi composto na tipografia Arno Pro,
em corpo 10/16, e impresso em
papel off-white no Sistema Cameron da
Divisão Gráfica da Distribuidora Record.